영웅의 도시 **2**

이원호대표장편소설

英雄의 都市

제 2 권
실종자

스토리뱅크

목 차

적과의 동침 | 7

살육의 끝 | 42

실종자 | 71

태풍전야 | 88

배신 | 129

사면초가 | 170

무법자 타운 | 208

보스들의 결단 | 249

서울과 시베리아의 3월 | 291

외로운 사나이 | 325

뜨거운 여인 | 353

삼합회 | 391

적과의 동침

"배가 도착했지만 하역은 아직 엄두도 내지 못하고 있습니다. 관계자 이야기로는 한 달쯤 후에야 순서가 돌아올 것 같다고 하는데요."

수저를 내려놓은 한일만이 이남호에게 말했다. 아침 식사 시간이어서 아래층 식당에는 중역들이 모두 모여 있었다.

"어제 도착한 미쓰비시의 컨테이너는 오늘 아침부터 하역을 시작한다고 합니다."

한일만이 다시 말하자 중역들의 시선이 모두 이남호에게로 모여졌다.

"파리야킨이 우리한테 시위를 하는군."

반찬을 씹으면서 이남호가 얼굴에 웃음을 띠었다. 본사에서 데려온 중역 일곱 명 중 넷은 외국에서 박사학위를 따고 대학교수나 권위 있는 연구소에서 10여 년을 보낸 두뇌들이다. 그리고 셋은 러시아 전문가와 기획, 상담의 전문가들이었다. 그러나 상대방인 파리야킨은 어떤가. 이쪽 숫자에 맞추려는 듯 간부급 부하들을 수행했지만 모두 한결같이 인상이 거친데다가 체격이 컸다.

그리고 그 전력이란, 그가 대충 알아본 바에 의하면 KGB 장교 출신과 군인, 기관차 노조원 등이었다. 파리야킨은 과거가 베일에 싸여 있지만 이르쿠츠크의 경찰간부 출신이라는 설도 있다. 어쨌거나 그들은 도무지 대화나 설득이 통하지 않는 상대들인 것이다.

"어쨌든 협상은 오늘 오후에 다시 시작합시다."

수저를 내려놓은 이남호가 식탁을 둘러보았다.

"저쪽이 알아듣지 못하더라도 끈기 있게 밀고 갑시다."

수저와 젓가락이 그릇에 부딪치는 소리만 날 뿐 식당 안은 조용했다. 파리야킨은 예상외로 완강했던 것이다. 그는 이쪽에서 내미는 자료는 아예 거들떠도 보지 않았다. 그가 원하는 것은 임차지 전역에 대한 마피아의 보호와 보호세로 매출액의 10%를 내라는 것뿐이었다. 러시아에 진출해온 기업들에게서 10%를 받는 것과 임차지에서 산업을 일으키는 고려와의 차이점을 중역들이 열성적으로 설명을 해도 딴전을 피울 뿐 대꾸도 하지 않는 것이다. 식사를 마친 이남호는 한일만과 함께 2층의 사무실로 들어섰다.

"뾰족한 방법이 없어. 회장님 말씀대로 수백 명의 박사가 있으면 뭘 해? 놈들한테 질질 끌려 다니기만 하고 말이야."

소파에 앉은 이남호가 입맛을 다셨다.

"난 회장님이 김상철이의 방법을 받아들일 줄 예상했었어."

"북한 측은 아직 확실한 언급도 하지 않았습니다."

노크소리가 들리더니 김상철이 들어섰다.

"부르셨습니까?"

"응, 거기 앉아."

김상철이 앞자리에 앉자 이남호가 길게 숨을 내려쉬었다.

"이 봐, 김 대리. 진행시키도록 해."

"예, 실장님. 그렇지 않아도 낮에 만나자는 연락이 왔습니다."

"연락은 누구를 통해서 오나?"

"신해복이라고 여기에서 고용한 조선족입니다."

"그자는 이 일의 내용을 아나?"

"모릅니다."

"다른 사람들은 어때?"

"제가 이금철을 만났다는 것은 알지만 내용은 모릅니다. 그들에게는 적대 행위를 중지해 달라고 말했다고 했습니다."

"믿을까? 그들이?"

"그건 모르지만 믿을 만한 사람들입니다. 그들에게 절대로 입을 열면 안 된다고 주의를 주었습니다."

"이 일은 내 선에서 끝나는 거야."

"문제가 생기면 제가 책임지겠습니다."

그러자 이남호가 혀를 찼다.

"유장석이도 자네한테 신세를 입었지만 이번 일에 대해서는 나도 마찬가지야. 그러니 그따위 건방진 소리는 말아."

"만일 당국에서 알면 위험한 상황이 됩니다. 그래서……."

"그렇다고 해도 북한 쪽이 네 독단으로 진행한다면 믿어줄 것 같으냐? 적어도 내가 최전선에 나서야 한다. 그들에게 내가 허락했다고 해. 회장님은 모르시는 일이다."

"알겠습니다."

자리에서 일어선 김상철이 이남호를 바라보았다.

"유 전무께 보고 드리려고 했습니다만."

"뭔가?"

"국정원 요원들이 이곳에 와 있습니다. 그들이 연락을 해와서 한 번 만

9

났습니다. 심재택이라고, 지난번에 여길 찾아온 자인데요."

"······."

"서울에 있을 때에 국정원 요원들이 절 찾아왔더군요. 저에게 제의를 했습니다. 일에 협조해주면 아버지를 올 크리스마스 때에 성탄특사로 가석방시켜 주겠다고 했습니다."

"······."

"그들은 저한테서 임차지 내의 정보를 얻을 생각입니다. 며칠 전에 만났을 때도 유전 관계, 조직 관계 등을 묻기에 보편적인 것만 말해주었습니다."

이남호와 한일만이 몸을 굳힌 채 그를 올려다보았다. 그의 말이 이어졌다.

"북한 측과 협조하게 되면 제일 부담이 되는 것이 그들입니다, 실장님."

"맞는 말이야."

가라앉은 목소리로 이남호가 말했다.

"그런데 김 대리, 그 이야기를 해주는 이유는 알겠는데, 그건 정말 나로서도······."

"아버지는 남은 형기를 그대로 마치시는 것이 낫습니다. 제가 회사를 배신하면서까지 형기를 줄인 것을 아신다면 절 용서하지 않으실 겁니다."

"······."

"머지않아 국정원도 제가 자신들 뜻대로 움직이지 않았다는 것을 알 테니까요. 그래서 실장님께 미리 말씀드리는 겁니다."

머리를 숙인 김상철이 방을 나가자 한일만이 이남호를 바라보았다. 그러나 그의 시선을 느끼면서도 이남호는 앞쪽을 바라본 채 움직이지 않았다.

"제법 괜찮은 여자들도 있군."

라운지를 둘러보던 심재택이 혼잣말처럼 말하자 고정문이 머리를 끄덕였다.

"백계 러시아 여자들의 피부는 끝내주지요. 혼혈 여자들은 말할 것도 없고."

그들의 시선이 두 테이블 건너편에 막 앉는 동양 여자에게 멈추었다.

"한족인지 조선족인지는 모르지만 저 여자도 괜찮군요."

도시의 중심인 레닌 광장 건너편에 자리 잡은 센트랄리나야 호텔 안이다.

심재택이 담배를 빼어 물었다.

"고부장, 쉘사 사람들도 지금 바쁘겠지요?"

커피 잔을 내려놓은 고정문이 머리를 들고 그를 바라보았다.

"무슨 말씀입니까?"

"어젯밤에 그 사람들이 아무르 호텔에 투숙했던데…… 석유 메이저들 말입니다."

"……"

"대영그룹의 거래선들 아닙니까?"

"글쎄요. 나는 아직."

"유전 소식을 듣고 석유 메이저들이 달려드는 건 당연한 일이지요."

"고려 쪽의 다른 정보는 없습니까?"

"우리보다 심 과장께서 더 잘 아실 것 아닙니까? 우리야 시중에 나도는 소문이나 듣는 것 외에는 직접 걸어오는 정보가 없어요."

"누구는 직접 걸어온답디까? 다 마찬가지요."

좁은 바닥이어서 그들은 하루에 한 번 꼴로 만나고 있었다. 그러나 분위기는 예전과 달라서 한물간 정보나 서로 주고받고 헤어지곤 했는데 누가 시키지 않아도 다음날에는 다시 만나는 것이다.

"고려는 결국 마피아에게 매출액의 10%를 내놓게 되겠더군."

심재택이 말을 이었다.

"파리야킨이 한 치도 물러나지 않는 모양이오. 하긴 마피아가 틀면 개발이고 건설 이고 끝장이니까."

다 아는 소리였으므로 고정문이 시계를 내려다보았다.

"난 3시에 약속이 있어서 돌아가 보겠습니다."

"아아, 벌써 2시가 넘었군. 나는 잠시 여기에서 눈요기나 하고 갈랍니다."

자리에서 일어선 고정문이 라운지를 나가자 심재택은 주위를 둘러보았다. 눈요깃감을 찾는 것이다.

페치카에 장작을 집어넣은 이금철이 몸을 돌려 김상철을 바라보았다.

"파리야킨은 정부 관리들은 말할 것도 없고 군의 고위층과도 끈이 닿아 있소. 김 선생도 잘 알고 계시겠지만 러시아 마피아는 미국 마피아나 일본의 야쿠자 등과 근본적으로 다릅니다. 이들은 러시아 개방과 함께 급격한 성장을 해서 그 뿌리를 굳혀버렸단 말이오. 마피아를 소탕한다면 이제 막 기반이 굳기 시작한 자본주의 체제가 흔들릴지도 모릅니다."

그는 김상철의 앞자리로 다가와 앉았다.

"지금 상황으로는 마피아가 필요악이오. 모스크바 정부가 내버려두고 있는 것도 힘이 없어서가 아니라 그것을 염려하기 때문이지."

벽시계가 오후 4시 30분을 가리키고 있었다. 이곳은 교외에 있는 조선족의 거주지로 창밖으로 10여 호의 흰색 벽돌집이 드문드문 세워져 있었다. 그들이 들어와 있는 집의 주인은 아직 얼굴도 보지 못했는데 아마 뒤채에 있는 모양이었다.

"나도 평양에서 이렇게 빨리 지시가 내려올 줄은 몰랐소."

"나도 마찬가집니다. 이 실장께선 책임을 지시겠다고 합니다."

이금철이 머리를 끄덕였다.

"이남호 실장이 고려그룹의 제2인자라는 것은 우리도 잘 압니다."

"이번 일의 최종 결정권자이십니다."

"무슨 말인지 잘 압니다. 일이 잘못되면 이 실장이 책임을 지시겠다는 뜻이지요. 강 회장에게 피해가 안 가도록 말이오."

"……."

"이런 일을 강 회장에게 보고도 하지 않고 결정할 리가 없지요, 대단히 위험한 일인데 말이오."

"그런 건 알 필요가 없습니다."

그때 나무문이 소리 나게 열리더니 털코트를 벗어든 여자 한 명이 들어섰다.

"늦었습니다."

방 안을 향해 머리를 까닥여 보인 그녀가 다가와서는 김상철을 향해 손을 내밀었다.

"만나서 반갑습니다, 김 선생님. 말씀 많이 들었습니다."

"나에 대해서 말입니까?"

그녀의 손을 잡은 김상철이 묻자 이금철이 얼굴에 웃음을 띠었다.

"김 선생은 제거 대상 1호였소. 지금 센트랄리나야 호텔에 있는 국정원 요원보다도 순서가 빨랐단 말이오."

이금철이 옆자리에 앉는 장인규를 바라보았다.

"그럼, 장 선생이 말씀하시오."

그리고는 김상철을 향해 웃었다.

"장 선생은 조선족 여성동맹 위원장이오. 나도 때로는 장 선생의 지시를 받습니다."

장인규가 표정 없는 얼굴로 입을 열었다.

"우선 일을 시작하기 전에 몇 가지 조건을 짚고 넘어갑시다."

김상철에게 하는 말이다.

"첫째로 고려는 우리가 추천한 조선족 동포들을 모두 일꾼으로 뽑아야 합니다. 그건 할 수 있지요?"

"내 생각이지만 가능할 거요."

"둘째로 상호 협조 관계를 지속시키기 위해서 협의체를 만들도록 요구합니다. 고려 쪽의 대표는 김 선생으로도 만족합니다."

"그것도 가능할 것 같습니다. 어차피 도움을 받게 되었으니까."

"우리 요구는 그것뿐입니다, 김 선생."

장인규가 처음으로 이를 드러내며 웃었다.

"자, 그러면 내일 협상은 어디에서 열리지요?"

"그건 아직 모릅니다. 어제도 끝날 쯤에야 협상장소가 결정이 되어서."

"그렇다면 내일 협상 장소는 오늘 늦게야 결정이 되겠구먼."

생각에 잠긴 얼굴로 앞쪽을 바라보며 이금철이 말했다.

숙소로 돌아왔을 때는 저녁 7시가 되어 있었다. 그라노프의 저택에서 이 실장과 일행들이 아직 돌아오지 않은 것을 보면 그곳에서 저녁 식사까지 하고 올 모양이었다. 아래층의 사무실로 들어서자 신문을 읽고 있던 장국진이 머리를 들었다.

"어디 다녀오는 거야?"

"시내에."

짧게 대답한 김상철이 그의 앞자리에 앉았다.

"모두 어디 갔지?"

"저녁 먹으러."

그러면서 장국진이 신문을 내려놓았다.

"이금철 만난 이야기를 자세히 해 봐."

"왜? 불안한 거야?"

웃음 띤 얼굴로 김상철이 묻자 그는 입맛을 다셨다. 그는 북한군 대위 출신인 것이다.

"방해하지 말라는 말을 하려고 만났다는 건 믿을 수가 없어."

"……."

"이금철은 곧 장군이 될 놈이야. 이 쪽 조선족들을 휘어잡고 있으면서 러시아로 넘어오는 공화국 인민들을 거의 빠짐없이 잡아갔어. 그런 놈한테 그 말이 먹힐 것 같아?"

사무실 문이 열리더니 고태성과 신해복이 들어섰다.

저녁을 먹고 온 모양으로 입술에 윤기가 흘렀다. 그들이 자리를 잡고 앉자 김상철이 입을 열었다

"이제부터 우리 넷이 해야 할 일이 있어. 이건 회사의 운명이 걸린 일이니까 잘들 들어."

방 안이 순식간에 긴장감에 덮였다. 세 사내는 잠자코 그를 바라보았다.

"이 일은 목숨을 걸어야 하는 일이야. 물론 그 대가야 있겠지만 내키지 않는 사람은 지금 말해 줘. 업무를 바꿔줄 테니까."

한동안 정적이 흐른 후에 장국진이 풀썩 웃었다.

"난 아냐, 갈 데도 없는 걸 뻔히 알면서."

"저도 아닙니다."

다음은 고태성이다.

마지막으로 신해복이 입을 열었다.

"지난번에 고려직원이 죽었을 때 3억 원씩 주었다던데, 그렇게만 준다면."

"5억이야, 이 사람아."

고태성이 정정해주면서 분위기가 잠깐 밝아졌다. 김상철이 헛기침을 하자 다시 시선이 그에게로 모였다.

"이제 곧 전쟁이 일어날지 모른다. 하지만 그 내용은 작전 직전까지 비밀이다."

"……."

"지금으로써는 그렇게 밖에 말해줄 수 없어. 그리고 행동하기 쉽도록 둘씩 팀으로 나눈다."

그의 시선이 사내들을 하나씩 찍고 지나갔다.

"장 형은 나하고, 그리고 고 형과 신 형이 한 팀이다."

"전쟁이 일어나다니."

혼잣말처럼 장국진이 중얼거리더니 사내들을 바라보았다.

"내가 회사를 잘못 들어온 것 같군."

밤 10시 가깝게 되어서야 숙소에 돌아온 이남호는 지친 표정이었다. 그는 현관에서 기다리고 선 김상철과 시선이 마주치자 따라오라는 눈짓을 하고는 2층의 응접실로 올라갔다. 수행한 중역들의 어깨도 늘어져 있는 것을 보면 회담의 결과는 물어보나 마나일 것이다. 김상철이 응접실로 들어섰을 때 이남호는 한일만과 마주앉아 있었다.

"더 이상 끌 수가 없을 것 같다, 김 대리."

이남호가 손으로 앞자리를 가리키며 앉으라는 시늉을 했다.

"오늘 그놈들한테서 최후통첩을 받았어. 모레까지 결정을 하라는 거야."

"모레 몇 시에 어디서 만나시기로 했습니까?"

"그건 내일 그놈들이 알려 주기로 했다."

"오늘 북한 쪽이 조건을 내놓았습니다."

김상철의 말에 이남호와 한일만이 긴장한 듯 얼굴을 굳혔다.

장인규가 제시한 조건을 들은 이남호가 쓴웃음을 지었다.

"임차지에서 노동자 혁명을 일으킬 심보로군, 그놈들이."

"개 쫓다가 늑대 들여놓는 것 아닙니까?"

한일만이 찌푸린 얼굴로 말했다.

"차라리 마피아한테 돈 떼어주는 것이 나을지 모르겠는데요."

"어차피 조선족을 들여놓아야만 해. 그자들은 마음만 먹으면 얼마든지 제 사람들을 임차지로 보낼 수 있어."

이남호가 김상철에게 물었다.

"인원은 몇 명이라고 하던가?"

"그런 말은 없었습니다."

"그럴 것이다. 그쪽은 아직 우리의 사업규모를 모를 테니까."

"……."

"그쪽 숫자 개념보다 우리는 아마 동그라미가 두 개쯤 많을 것이다. 몇 백 명 추천해 주겠지만 우리가 뽑는 몇 만 명에 비하면 한 줌이야."

"그렇지만 실장님."

한일만이 나섰다.

"그 몇 백 명이 선동하면 문제가 커질 수도……."

"그 몇 백 명의 리스트를 이미 알고 있게 될 테니까 차라리 잘 되었지, 관리하기도 쉬워 질 테니까."

"……."

"내 책임으로 그걸 받아들인다. 협의체도. 김 대리 네가 창구가 되는 것도 말이야."

"그렇게 전하겠습니다."

"나는 그쪽이 어떤 방법을 쓸 것인가를 알려고 하지 않겠다. 하지만 이틀 후에는 어쩔 수 없이 계약을 맺어야 한다는 것을 알아야 돼. 그렇게 되면 제휴고 추천이고 모두 필요 없어지는 거야."

"잘 알고 있습니다, 실장님."

방을 나온 김상철은 무거운 걸음으로 복도를 걸었다. 모두 자신의 입장이 있는 것이다. 하다못해 죽은 후의 보상금이라도 계산해 놓아야 마음이 놓이는 상황이었다.

안드레이 파리야킨은 소파에 몸을 길게 뻗고 앉아 있었다. 양탄자 위로 뻗어 나온 가죽장화가 샹들리에 불빛에 윤기를 내고 있었으나 창백한 얼굴은 푸른빛이 돌았다. 날카로웠던 검은 눈빛도 이제 반쯤 감춰진 상태여서 그는 마치 병든 사내처럼 보였다.

방 안은 조용했고 뒤쪽의 페치카에서 장작 불꽃이 튀어 오르는 소리만 들렸다. 방 안에 모여 앉은 사내들도 술잔을 든 채, 혹은 시가를 입에 문 채 입을 열지 않았으므로 침묵은 한동안 더 계속되었다. 이윽고 파리야킨이 눈시울을 추켜올렸다.

"그라노프, 이제까지 고려가 모은 노동자는 모두 몇 명이나 되지?"

"서류를 낸 것은 1500명 가량 되었는데 실제 면접을 본 숫자는 100명도 안 됩니다."

술잔을 들고 있던 그라노프가 말했다.

"내일 그놈들하고 고용계약을 할 모양이지만 그것도 힘들 겁니다, 안드레이."

"시간을 끌면서 정부쪽에 공작을 하고 있을 것이다."

파리야킨이 주위의 사내들을 둘러보며 말했다.

"체르넨코나 로스토프, 아마 대통령한테까지 매달리고 있을 거야."

"아직 그쪽에서는 연락이 없습니다, 안드레이."

파벨이 말하자 파리야킨이 머리를 끄덕였다.

"당연하지. 어차피 10%도 러시아로 흘러 들어오는 돈이니까, 그 돈의 몇 %는 제 주머니에 들어오게 되어 있단 말이야."

응접실에 모인 사내들은 마피아의 간부들로 모두 그의 심복들이다. 그들은 파리야킨이 세력을 키우기 위해서 경쟁자를 어떻게 처단했는지도 잘 알고 있었다. 그의 조직에는 2인자가 없다. 작년까지만 해도 2인자 노릇을 하던 파리야킨의 친구 카자코프가 술에 취해 동사한 이후부터는 모두 2인자를 사양하고 있기 때문이다.

"안드레이, 고려 직원들이 조선족들을 만나고 다닌다는 보고를 들으셨습니까?"

파벨이 묻자 그가 머리를 끄덕였다.

"들었어, 놈들이 바쁘게 움직인다는 것도."

"영국 쉘사의 정보원들도 와 있고, 대영그룹의 직원들, 한국 국정원 직원에다가 북한 공작원들까지 섞여져서 하바롭스크는 정보원으로 가득 차 있습니다."

그러자 그라노프가 입을 열었다.

"그들 대부분이 유전 소문 때문에 그런 거요. 우리가 그들 때문에 행동의 제약을 받지는 않습니다."

"북한 공작원들이 다시 무리로 몰려왔다는 소문이 있습니다."

그라노프의 말을 반박하듯이 파벨이 다시 나섰다.

"그자들은 어떻게든 고려의 사업을 방해하려고 들 겁니다. 조선족 모집을 방해한 것은 우리들만이 아닙니다. 북한 공작원들도 조직적으로 방해를 한 겁니다."

"회담이 끝나면 소탕해 버리기로 하지."

파리야킨이 머리를 들고 사내들을 둘러보았다.

"몽땅 말이야, 물론 이틀 후에 고려가 계약서에 사인을 하고 난 다음이지."

논현동 유흥가의 밤 11시는 가장 활발한 영업시간이다. 타운호텔 건너편 골목 안에 있는 카페에도 손님이 많았는데 대부분이 20대 초반의 젊은 층이었다.

"잘못 들어 왔나 봐."

박미정이 그렇게 말했지만 안인석이 주문을 끝낸 후이다. 회사 근처에서 1차를 하고 헤어지기 전에 한잔 더하자는 안인석의 제의에 차에서 내려 우연히 들린 곳이 이곳이다.

"때로는 시끄러운 분위기가 편안해질 때도 있어. 특히 어색한 사이일 때 에는."

안인석이 박미정을 바라보며 웃었다.

"물론 지금 우리 사이를 말하는 것은 아냐. 난 너하고 있으면 어디서든 편안하니까."

"다행이야, 어쨌든 간에 요즘 편안하고 안정이 된 것 같이 보여서."

맥주를 세 병쯤 마신 참이라 얼굴이 조금 달아오른 박미정이 손바닥을 볼에 대었다. 그러고 보니 카페 안의 분위기는 밝고 건강했는데 조명이나 장식도 밝은 색을 써서 그들의 분위기에 어울렸다.

"그나저나 상철이 그놈, 연락도 없었다니 너무한데."

박미정의 잔에 술을 따르면서 안인석이 말했다.

"간지가 며칠이야? 열흘도 넘었지 않아?"

"바빠서 그럴 거야."

"아무리 바쁘다고 하더라도."

"이제 그 이야기는 그만."

그러자 안인석이 그녀를 빤히 바라보았다.

"그놈이 약점이 있지. 내가 알려줄까?"

"……."

"어때? 알고 싶지 않아?"

이윽고 그에게서 시선을 뗀 박미정이 머리를 저었다.

"알고 싶지 않아."

"이 여자, 깊게 빠져들었는데."

잠자코 웃는 박미정을 바라보던 안인석이 술잔을 들어 한 모금을 마셨다.

"상철이가 부럽다. 내가 그 자식이 진정으로 부럽다고 느낀 건 이번이 처음이야."

"그럼, 이제까지 그런 적이 한 번도 없었단 말이야?"

"없었어. 전혀."

"그럼, 상철 씨가 인석 씨를 부러워 할 것이라는 생각은?"

"있었지, 여러 번."

"……."

"그렇지만 그 자식은 내색을 하지 않았어. 물론 나도 티 내지 않으려고 했지만."

"상철 씨는 걱정을 많이 했어, 떠나기 전까지도. 인석 씨 소식을 전해달라고 나한테도 부탁을 했고."

이맛살을 찌푸린 안인석이 술잔에 술을 채웠다.

"자식, 내가 어린앤가?"

"우정이야. 난 둘의 사이가 부러워."

"……."

"이렇게 인석 씨와 같이 있으면 상철 씨 흔적이 가끔 보이는 것도 기쁘고."

"젠장."

투덜거리던 안인석이 금방 얼굴을 펴면서 웃었다.

"그래, 내가 그놈 약점을 알려주지. 네가 듣고 싶지 않다고 해도 말해야겠다."

"……."

"그 자식은 제 기준으로 선악을 판단해. 그놈한테 나는 죽을 때까지 착한 사람이고 또 다른 사람은 악당이란 말이야. 난 그것이 부담스럽고 지겨워."

"우스워."

말은 그렇게 했지만 박미정은 웃지 않았다.

"사람마다 다 자기 기준이 있어. 그것이 무슨 약점이야?"

"스스로 매어 산단 말이야, 그 자식은. 설령 제 기준이 틀렸다는 생각이 들어도 그것을 고치지 않아. 환경 때문인지는 몰라도."

"……."

"아무래도 난 자신이 없어."

안인석의 가라앉은 목소리에 그녀는 머리를 들었다.

"사생활이, 인과 관계가 말이야. 열심히 일하다가도 가끔 깜짝 놀랄 때가 많아."

"……."

"솔직히 네가 없었다면 난 방황했을 거야. 너에 대해서 정말 고맙게 생각하고 있어."

"상철 씨한테는 지겹고?"
그러자 안인석이 쓴웃음을 짓고는 술잔을 들이 켰다.

이슬에 젖은 잔디밭에서 매운 풀냄새가 맡아졌다. 성큼성큼 발을 떼는 사이에 맑고 신선한 아침공기가 마셔졌다가 뿜어져 나왔다. 200평쯤 되는 잔디밭을 가로지르는 동안 구두와 발목이 이슬에 젖었지만 상쾌한 아침이었다. 잔디밭을 건넌 강미현이 대문으로 다가가는데 옆쪽에서 검정색 세단이 다가왔다. 할아버지의 승용차였다. 걸음을 멈춘 강미현이 옆으로 비켜서면서 뒷좌석에 대고 머리를 숙였을 때 차가 멈춰 섰다. 뒤쪽 창문이 내려지더니 강 회장의 얼굴이 드러났다.

"여기 타거라."

문까지 열렸으므로 가타부타 말할 처지가 아니다. 세단은 조부와 손녀를 싣고 대문을 나섰다.

"네 차는 어디 고장났느냐?"

강 회장이 무뚝뚝하게 물었다.

"아녜요, 할아버지. 전철이 편해서요."

"지금도 회사에서 네가 내 손녀인지 몰라?"

"아녜요. 대부분 다 알아요."

"무슨, 연속극 같이 일부러 감출 필요는 없다."

"네."

"네 나이가 몇이더라?"

올해 들어서 아마 다섯 번쯤은 물어보았을 것이지만 강미현은 다소곳이 대답했다.

"스물다섯요, 할아버지."

작년까지만 해도 일 년에 세 번쯤 물어 보았는데 빈도가 잦은 것을 보면 결혼 때문인 것이리라.

아침 7시가 조금 넘은 시간이어서 도로는 막히지 않았다. 세단은 속력을 내어 달리고 있었다. 한동안 앞쪽을 바라보던 강 회장이 입을 열었다.

"네 애비를 우리 땅으로 보낼 작정인데, 너도 알고 있지?"

"네, 할아버지."

부자가 식탁에서 나누는 대화를 들은 것이다. 강 회장은 시베리아 임차지를 이제 우리 땅이라고 부르고 있다.

"그곳에 우선 경공업을 일으킬 것이다. 경공업으로 기반을 다지고, 인력을 모아야 돼. 물론 유전을 중심으로 중화학공업도 같이 일으킨다."

강 회장이 학생을 가르치는 늙은 선생처럼 설명했다.

"한국에서는 사양 산업이 되어 있는 경공업이야. 그룹 내의 일부 경공업 체들도 그쪽으로 옮겨야 될 것이다."

"……."

"네 오빠는 올해 안에 미국 지사장 일을 그만두게 하고 네 애비 일을 돕게 할 거야. 당분간 네 애비는 서울과 우리 땅 일을 같이 하다가 네 오빠에게 넘기게 될 것이다."

"오빠는 잘 할 거예요."

"그래, 아직 나도 있으니까."

강미현의 오빠 강재원은 고려상사의 미국 지사장으로 뉴욕에 살고 있었다. 프린스턴을 졸업한 강재원은 두 강 회장으로부터 엄격한 후계자 수업을 받고 있는 중이다. 그룹 비서실 근무부터 시작한 그가 뉴욕에 부임한 것은 작년 초였고 꽤 좋은 실적을 올려 할아버지를 만족시켜 주고 있었다.

"그 땅은 너희들 것이다."

강 회장이 다시 입을 열었다.

"난 우리 땅을 고르다 죽을 것이다. 그래, 뼈대는 세우겠지. 그 다음에 네 애비가 도시를 만들 것이고, 그리고 너희들 대에 와서는 나라가 되어야 해."

강 회장이 손가락으로 강미현의 얼굴을 서너 번 가리켰다.

"50년 후에 살아남을 녀석들은 너희들, 그리고 너희들 후손뿐이니까 명심하란 말이다."

"예, 할아버지."

"너 남자 있느냐?"

"없어요, 할아버지."

"사내를 잘 만나야 좋은 자손이 나온다. 그것도 명심해라."

"……."

"노는 건 괜찮지만 결혼은 이 할애비가 알아서 하도록 해줄 테니까."

그러더니 갑자기 운전사를 바라보았다.

"이봐, 속력을 줄여라. 오늘은 조금 늦게 들어가도 괜찮아."

말을 돌리는 것은 특히 가족들한테서 다른 말을 듣지 않으려는 강 회장의 버릇이었다.

하바롭스크의 아침.

그라노프의 부하로 별명이 '오리'인 우다트는 자신의 가게인 환전소로 들어섰다. 10평 정도의 대기실은 이미 깨끗이 청소가 되었고 철장 안의 사무실에서 분주히 움직이고 있던 직원들이 그를 보더니 인사를 했다.

"이봐, 세프첸코. 낮에 3000달러 정도는 내가 가져갈 수 있겠지?"

철장문을 열고 사무실로 들어선 그가 묻자 머리를 짧게 깎은 사내가 그를 올려다보았다.

"예, 우다트. 지금 잔고가 2000달러 정도 있으니까요. 그리고 머코스키도 올 것이고."

환전소라고 해도 요즘들어 늘어난 여행객들로부터 달러를 받고 루블을 바꿔주는 일뿐으로, 루블을 받고 달러를 내주지는 않는다. 자리에 앉은 우다트는 책상 위에 꽂힌 메모지를 집어 들고 읽었다.

"첸트랄, 일본, 15, 머코스키."

그것은 근처에 있는 첸트랄리나야 호텔에 일본 관광객 15명이 어젯밤 들어왔으며 안내인인 머코스키가 그들을 인솔하고 환전하러 온다는 내용이다.

물론 호텔 내에 환전소가 있고 길 건너편에 은행도 있지만 관광객들은 루블이 부족하거나 담당자가 없다는 설명을 듣고 머코스키와 함께 이쪽으로 오곤 했다. 아침에는 대개 호텔 종업원이나 택시 운전사들, 또는 어젯밤 시달린 값을 달러로 받은 창녀들이 주요 고객이었다. 그들은 대개 1, 20달러 많아야 100달러 미만이었는데 가끔 돈 많은 한국인의 등을 쳐서 4, 5백 달러를 가져오는 사람들도 있다. 환전 창구에 사람들이 들어오고 있었으므로 사무실은 떠들썩해졌다. 의자를 뒤로 제낀 우다트는 뜨거운 커피를 한 모금씩 마시면서 신문을 펼쳤다. 그는 활기찬 사무소의 소음 속에서 아침 커피를 마시는 것이 즐거웠다. 소음이 곧 돈인 것이다. 그는 구형이지만 벤츠가 있었고 환전사업 2년 만에 시내에 주택을 얻은 데다 이제 마누라는 가로수 길에 있는 베료스카가 아니면 물건을 사지 않는다. 개혁 이전에 그라노프와 함께 KGB정보원 노릇을 할 때에는 고기를 일주일에 한번 정도밖에 먹지 못했다. 그러나 지금은 아이들까지도 고기는 쳐다보지도 않는다. 미제 통조림에다 그 비싼 한국산 라면을 간식으로 먹는 것이다. 매장이 시끄러워졌으므로 우다트는 머리를 들었다. 동양인 서너 명이 세프첸코와 말다툼을 벌이는 중이었다.

더듬거리는 러시아어를 들으니 그자들은 중국계 동양인들인 것 같았다.

"이봐, 네가 준 돈은 225달러 야. 288달러가 아니란 말이다!"

세프첸코도 화가 단단히 난 모양으로 얼굴을 붉히며 소리쳤다.

"이 빌어먹을 중국 놈들이 어디 와서 사기를 치려고 그래!"

"너, 우리를 뭐로 보고 그래?"

그중 한 사내가 나섰는데 제법 익숙한 러시아어를 썼다. 그는 세프첸코가 빠르게 지껄인 말을 알아들은 것이다. 제법 값진 슈바 차림에 모자를 쓴 그는 손가락으로 세프첸코를 가리켰다.

"이 새끼들, 돈 계산을 제대로 하지 않으면 가만두지 않겠다."

이미 손님들은 세 명의 동양인 주위에서 떨어져 구경을 하는 판이었고 이쪽 사무실도 모두 일손을 놓고 있었다.

"이봐요, 잠깐만."

이렇게 말하면서 일어서던 우다트는 사내가 슈바를 젖히면서 기관총의 손잡이를 잡는 것을 보았다.

"아."

일순간 몸을 굳혔던 우다트가 무의식 상태에서 책상 밑으로 몸을 숨기려고 허리를 굽혔을 때 사무실에 터져 나갈 듯한 총성이 울렸다.

"타타타타타타."

몸통에 여러 발 총탄을 맞은 우다트가 벽에 등을 부딪치며 놀란 표정을 지우지도 못한 채 숨이 끊겼고 제프첸코는 도망치려고 등을 돌렸다가 사내들이 어지럽게 쏜 총을 등에 맞고 엎어졌다.

사무실의 나머지 직원들 중 성한 사람은 여직원 한 명과 어깨에 총을 맞고 주저앉아 있는 젊은 직원뿐이었다. 손님들이 아우성을 치며 뛰쳐나갔으므로 대기실에는 동양인 네 사람뿐이다.

사내 한 명이 철장을 뛰어넘어 안으로 들어왔다. 그는 우다트의 책상 위에 놓인 소형 금고에서 달러를 꺼내 주머니에 넣었다.

 그들이 밖으로 달려 나간 것은 그로부터 30초도 되지 않았다.

 "털린 돈은 2000달러 정도 됩니다. 하지만 우다트를 포함해서 세 명이 죽었습니다."

 부하가 불안한 표정으로 그라노프를 바라보았다.

 "놈들은 모두 네 명으로 중국계입니다. 여직원이 그들끼리 중국어로 말하는 것을 들었습니다."

 아침 10시였다. 막 아침 식사를 끝낸 그라노프는 속이 거북해 졌으므로 허리를 폈다.

 "경찰은 지금 어떻게 하고 있어?"

 "중국갱의 소행으로 생각하는 모양입니다. 요즘 국경을 넘어온 놈들이 부쩍 늘어난 데다가……."

 "빌어먹을."

 그라노프가 혀를 찼다. 우다트는 그의 친구이자 믿을 만한 심복이었던 것이다.

 "경찰한테 맡길 수는 없어. 강 상류의 중국인 거주지하고 시내에 정보원을 풀어라. 이번 기회에 아주 뿌리를 뽑을 테니까."

 부하들을 총동원시켜 범인들을 찾게 하고 그라노프는 경찰서에 전화를 걸었다. 곧 빅토르 서장이 전화를 받았다.

 "그라노프, 그렇지 않아도 내가 전화하려고 했어."

 서장이 대뜸 말했다.

 "정보가 들어왔는데 중국에서 넘어온 갱단이라는 거야. 마약 조직인 것 같아."

 "그것이 정보라는 거야? 그걸 모르는 사람이 어디 있어?"

버럭 소리를 지르고 난 그라노프가 말을 이었다.

"아직 한 시간도 안 되었으니 그놈들은 국경을 넘지 못했어. 이미 내 부하들이 그쪽에도 깔려 있으니까 빅토르, 자네는 나한테 정보나 넘겨 줘."

"알겠어, 그라노프. 그나저나 우다트가 안 됐구먼. 며칠 전에도 술 한 잔 했는데."

"……."

"이봐, 그라노프. 그 환전소 말인데, 전에 내가 부탁했던 내 처남 말이야, 무슨 말인지 알고 있지?"

"지금 그런 이야기할 때가 아니란 말이야, 빅토르. 이 망할."

"알겠네, 그라노프. 내가 다시 연락하지."

수화기를 내려놓은 그라노프는 길게 숨을 내려쉬고는 의자에 등을 붙였다.

우다트는 이익금의 반을 상납해 왔는데 그것은 그와의 친분 관계 때문이었다. 다른 사람에게 환전소의 경영을 맡기면 20%만 가져가게 하더라도 춤을 추며 고마워 할 것이었다.

저녁 무렵이 되었을 때 표드르는 지친 몸으로 카페에 들어섰다. 역에서 한 블록쯤 떨어진 길가에 위치한 이곳은 값싼 밀주를 마실 수 있어서 언제나 주정뱅이가 들끓었고 싸움이 일어나곤 했다.

돈 몇 루블과 술 한 잔에도 온갖 정보가 교환되는 곳이었지만 대개가 쓰레기 같은 소문뿐으로 그도 몇 번 돈만 날린 경험이 있다. 안으로 들어선 그가 자욱한 담배연기를 헤치며 안쪽의 빈자리에 앉았을 때 아니나 다를까 셔츠 깃을 풀어 제친 바실리가 다가왔다. 대머리에 배가 튀어나온 상체에 비해 하체가 빈약한 50대의 알코올 중독자였다. 그는 하루 종일을 이곳에서 지내면서 온갖 이야기를 귀담아 듣고는 그 이야기들을 상대방에게 술 몇 잔 값을 받고 팔았다. 그 정보에는 상대방이 고의로 흘린 고기값에 관한 것도 있고 빚을 갚지 않으면 죽인다는 위협도 있다.

"표드르, 정보가 있어, 이건 보드카 한 병으로는 안 돼."

역한 술 냄새를 풍기며 그가 말했다. 어두운 실내였고 술꾼들이 내지르는 소음 때문에 그는 바짝 얼굴을 들이대고 있었다. 표드르가 손바닥으로 바실리의 얼굴을 덮고는 밀어젖혔다.

"이 개자식, 얼굴을 치워. 떨어지란 말이다."

"표드르, 중국인에 대한 정보가 있단 말이야."

"난 그 개 같은 정보를 오늘 열 번도 더 들었다. 허탕만 열 번도 더 쳤단 말이야."

"이건 진짜야."

종업원이 보드카 한 잔을 표드르 앞에 내려놓고 돌아갔다. 그것은 밀주가 아니었다. 향이 그럴 듯한, 모스크바산으로 그라노프의 정보원인 표드르 같은 특별손님 외에는 내놓지 않는 술이다. 바실리가 술잔을 내려다보았으므로 표드르는 술잔을 손으로 쥐었다.

"중국인이 어쨌단 말이야? 바실리, 쓸데없는 소리를 했다가는 아예 술을 입에도 못 대게 할 테니까."

표드르가 눈을 부릅떴다.

"지금이 어느 때라고…… 당장에 널 죽여서 아무르 강 속에 던져 버릴 수도 있어."

"이건 진짜야. 내가 내 귀로 똑똑히 들었어."

바실리가 손으로 제 귀를 가리켰다

"그놈들한테 20달러짜리 지폐를 받았다는 놈이 조금 전에 이곳에 왔다갔단 말이야. 내 말을 못 믿으면 그놈 말은 믿을 수 있겠지?"

"그놈이 누구야?"

그러자 바실리가 잠자코 시선을 술잔으로 내렸다. 표드르가 술잔을 그의 앞으로 밀었다.

"바실리, 이 개 같은 놈, 거짓말이면 넌 죽는다."

술잔을 두 손으로 움켜쥔 바실리가 한 입에 입 안으로 털어 넣더니 입맛을 다셨다.

"표드르, 넌 운이 좋은 거야. 네가 제일 먼저 나타났으니까."

"어서 말해. 그놈이 누군지."

"표드르, 내 소원은 별거 아니야. 바로 이 술을 한 병만 병 채로 마셔보는 거야."

바실리가 빈 잔을 들어 보이며 눈썹을 늘어뜨렸다.

"내 말이 거짓말이면 날 죽여도 좋아. 그러니 표드르……."

표드르가 손을 들자 종업원이 다가왔다.

"보드카 한 병 가져와, 내가 먹는 걸로."

그리고는 의자를 당겨 앉았다.

"자, 바실리. 말해라."

이반 마코비치가 표드르의 일행에게 잡힌 것은 그로부터 한 시간 후인 6시 30분경이었다.

쟈파린 거리 모퉁이에 있는 기간트 극장에서 청소원으로 일하다가 알코올 중독으로 해직당한 그가 살고 있는 곳은 아무르 강 상류의 빈민촌이다.

"당신들 누구요?"

문을 열자마자 집 안으로 몰려들어온 사내들에게 질린 듯 마코비치의 목소리는 굳어져 있었다. 헝클어진 머리에 주름진 얼굴이었지만 콧등이 붉어져 있는 것을 보면 보드카를 꽤나 마신 모양이었다.

"마코비치, 자리에 앉아."

일행을 이끌고 온 것은 그라노프의 심복으로 간부급인 트레빈이다. 그가 턱으로 마코비치를 가리키자 부하 한 명이 그를 밀어 나무의자에 앉혔고 두 명은 안쪽으로 들어갔다. 그러나 2칸짜리 셋집에 혼자 살고 있는 신세라 그들은 곧 마코비치를 빙 둘러싸고 섰다.

"마코비치, 20달러를 받은 놈들에 대해서 물을 것이 있다."

트레빈이 내던지듯 말했다.

"사실대로 대답하면 20달러를 더 줄 것이고 거짓말이면 널 죽인다."

"난, 그저, 심부름만 했을 뿐이오."

마코비치는 이미 사태를 짐작하고 있는 모양이다. 그가 트레빈을 올려다보았다.

60대인지 70대인지 나이를 분간할 수 없었는데 크게 겁을 내는 것 같지는 않았다.

"자, 중국 놈에게 무슨 심부름을 했어? 그리고 그놈들은 지금 어디에 있어."

트레빈이 바짝 다가섰다.

"그리고 그놈들을 어떻게 만나게 되었는지를 말해."

"오전에 강가에서 만났소."

마코비치가 탁자 위에 놓인 보드카 병을 쥐었다. 그리고는 병 채로 두어 모금을 마시고는 다시 입을 열었다.

"나한테 빵과 소시지를 사다줄 수 없느냐고 합디다. 그들은 강가의 쿠스코 카페에 모여앉아 있었는데 노동자 무리로 보였습니다."

"몇 명이나 되었어?"

"열 명도 넘었소."

"쿠스코 카페라면 시장이 바로 옆 인데, 너한테 부탁한 거야?"

"사람 많은 것을 피하는 눈치였소. 그리고 또…….”

마코비치가 다시 보드카를 한 모금 마시는 동안 사내들은 끈기있게 기다렸다.

"그자들은 루블이 없었소. 돈을 꺼내는 것을 보니 모두 달러더라니까. 아무래도 그래서 나한테 부탁한 모양이오."

"달러가 많았나?"

"많은 것 같았소."

"빵과 소시지는 얼마나 샀어."

"100달러치를 샀더니 한 짐이 되었소."

"……."

"물론 내가 돈 가지고 도망칠까봐 중국인 한 놈이 옆에 붙어 다녔소."

"그놈들이 지금 어디에 있는지 아나?"

"그래서 내가 역 근처의 카페에 들른 거요. 그곳에서 정보를 판다고 해서."

그러자 트레빈이 표드르를 바라보았다.

한방 맞은 얼굴이었다. 마코비치가 말을 이었다.

"그자들한테 심부름 값으로 20달러를 받고 환전을 하려고 시내로 나왔더니 그 사건 이야기를 합디다. 그래서 술꾼들한테 들은 기억도 나고 해서 그곳에 들른 거요."

"그자들이 환전소를 턴 놈들이라고 믿나?"

"그건 잘 모르지만 수상했소."

"자, 그럼, 그놈들이 있는 곳을 대."

그러자 마코비치가 다시 술병을 쥐었다.

"100달러를 주시오."

"이런 빌어먹을."

표드르가 한 걸음 나섰다가 트레빈의 눈짓을 받고 물러섰다.

"난 중국어를 조금 합니다. 옛날에 중국 여자하고 사귄 적이 있어서, 그들 말을 들었지요, 그자들은 마약 밀매자들 같았소. 조직을 갖춘 자들로 제법 질서가 있습디다."

"좋아, 100달러 주지."

트레빈이 지갑을 열어 20달러 지폐 다섯 장을 꺼내 탁자 위에 올려놓았다.

"자, 말해라. 이 망할 영감 놈아."

"교외의 강가에 있는 수블라야 모텔이오. 그자들이 중국어로 그렇게 말하는 걸 들었소. 그곳에서 일행을 기다린다고."

"수블라야 모텔."

트레빈이 사내들을 둘러보았다.

중국 쪽이 아니고 강 상류로 한참 올라간 하급 모텔이었는데 강을 건너는 사람들을 위한 임시 숙박소였다. 그래서 강이 얼어있는 동안은 폐업을 한다.

"빌어먹을."

짧게 외친 트레빈이 몸을 돌리자 사내들은 썰물이 물러가듯 방을 나갔다. 강이 풀려 있는 것이다. 그런 이유로 그들은 개업을 하고 있는 것을 잊고 그쪽에는 사람을 보내지 않았던 것이다.

다음날 아침, 시내에서 돌아온 신해복이 사무실로 들어서서 곧장 김상철에게로 다가와 섰다.

"어젯밤 교외의 수블라야 모텔에서 총격전이 벌어졌답니다.

그곳에 있던 중국인 다섯 명인가가 총에 맞아 죽은 모양이오. 경찰은 개입하지 않아서 그저 소문만 나 있습니다."

옆쪽에 있던 장국진과 고태성이 그들에게로 다가와 섰다.

"중국 갱들이야. 마약 밀매업자들이 그곳에 자주 모여들어."

그렇게 말한 것은 장국진이다.

"중국인들이 애꿎은 수난을 당하는군."

잠자코 머리를 끄덕인 김상철이 자리에서 일어나 사무실을 나왔다. 환전소에 들어가 중국인 행세를 하며 우다트와 부하들을 죽인 것은 그들이었다.

기관총을 난사한 것은 장국진이었고 중국어로 더듬거린 것은 신해복이었던 것이다.

그들은 환전소를 뛰쳐나와 둘씩 짝을 지어 흩어져서는 곧장 콤소몰 광장 근처에 있는 숙소로 돌아와 박혀 있었다. 2층의 사무실에서 중역들과 이야기를 하고 있던 이남호가 들어서는 김상철을 보더니 자리에서 일어섰다.

그들은 사람들과 떨어진 창가로 다가가 마주보고 섰다.

"회담을 제의하시지요. 시간은 저녁때가 좋습니다, 실장님."

김상철이 말하자 이남호가 찬찬히 그를 바라보았다.

"그자들과 회담을 하란 말이냐?"

"예, 그라노프의 저택에서 만나자고 말씀해 주십시오."

"그라노프의 저택에서?"

"예, 파리야킨이 그곳에 있어야 됩니다."

"지난번에도 그쪽에서 열렸는데. 그리고 장소를 정하는 것은 그쪽이고."

"이곳에서 열리지 못할 사정이 생기면 그쪽이 되지 않겠습니까?"

"······."

"잠깐 회의실을 비워주시면 제가 불을 조금만 지르겠습니다."
얼굴을 굳힌 이남호가 그를 바라본 채 천천히 머리를 끄덕였다.
"그렇구나."
"아마 실장님이 그곳에 도착하시기 전에 일이 끝나 있을 겁니다."
"이번에 네가 할 일은 무엇이야?"
그러자 김상철이 머리를 저었다.
"그건 아실 필요가 없습니다, 실장님."
이남호는 그들이 환전소를 습격 했다는 사실조차 모르는 것이다.
"답답하군."
힐끗 뒤쪽의 중역들을 바라본 이남호가 쓴웃음을 지었다.
"난 이제까지 회장님의 수족으로 궂은일을 도맡아왔다. 내막을 모르고 따라간 일이 한 번도 없다."
"……."
"네가 혼자 책임을 지려는 의도는 알지만 그건 말도 안 되는 소리야. 네놈 따위가 책임을 질 사건이 아니란 말이다. 자, 자세한 내막을 말해라."
김상철이 입을 열었다.
"저하고 제 조원 세 명이 그라노프의 부하가 운영하는 환전소를 습격했습니다. 중국인 행세를 하고 그라노프와 부하 두 명을 죽였습니다."
"……."
"그리고 나서는 이금철이 다시 중국인 행세를 하고는 강가의 모텔로 그라노프를 유인했습니다. 어젯밤 그라노프가 강가의 모텔을 습격해 중국인 여럿이 죽었는데 그들은 중국인 마약 밀수자들이었습니다. 그자들은 영문도 모르고 당한 것이지요."
"……."
"이제 이금철이 다시 중국인 갱단이 되어 그라노프에게 보복을 할 겁니다. 그때 파리야킨이 함께 있다가 당해야 됩니다."

이남호가 가늘게 긴 숨을 내려쉬었다.

"그렇다면 회의실부터 비워야겠구나."

"그렇습니다, 실장님."

"이 일은 네 조원들도 다 알고 있어?"

"말해주지 않았습니다. 이금철과 제가 손발을 맞추고 있다는 것은 아직 모릅니다."

"그건 잘했다."

머리를 끄덕인 이남호가 몸을 돌렸다.

파리야킨의 저택 응접실에서는 수천 평이 되는 넓은 잔디밭과 그 너머의 호수까지가 한눈에 바라보인다.

검은 침엽수 숲으로 양면이 둘러싸인 호수는 햇빛을 받아 하얗게 반짝였고 위쪽의 하늘은 구름 한 점 없이 푸른색이었다. 응접실의 소파에 앉아 자신의 장대한 영지를 바라보는 파리야킨의 가슴은 언제나처럼 가라앉아 있었다. 전에는 '잘도 여기까지 왔구나'하는 생각이 들었었는데 곧 그것은 이긴 자만이 갖는 당연한 결과라는 마음으로 바뀌어졌다. 오늘도 그는 그런 충만감으로 가라앉은 가슴이 되어 있는 것이다.

문에서 노크소리가 들리더니 곧 우바로프가 들어섰다. 40대 중반으로 전직이 KGB 간부였던 사내이다.

"안드레이, 회담장소는 그라노프의 저택으로 하라고 전했습니다. 오후 일곱 시니까 여기서 다섯 시에는 출발하셔야 합니다."

그는 파리야킨 앞에 공손한 자세로 섰다.

"파벨은 조금 전에 헬기로 먼저 떠났습니다."

파리야킨이 잠자코 머리를 끄덕였다. 중국 갱들 사건은 이미 보고가 되어 있었다. 매사에 세심한 파벨은 미리 부하들을 데리고 상황을 점검하기 위해 먼저 떠났다.

"아마 고려 쪽은 오늘 계약을 체결 할 것 같습니다, 안드레이."

"그럴 수밖에, 강 회장 그 영감, 이제 우리에 대해서 잘 알게 되었겠지."

입술 끝으로 희미한 웃음을 띠운 파리야킨이 말했다.

"장사꾼은 장사꾼을 상대로 해야 제 힘을 발휘하는 법이야. 그자는 상대를 잘못 만났어."

"임차지에 들어간 정부 조사단은 석유 매장량이 약 10억 배럴이라고 추정한 모양입니다."

"유전은 그곳 한 곳뿐만이 아닐 것이다 그놈들은 우리한테 10%를 내놓는 다해도 절대로 손해가 아니야."

"그렇지요, 안드레이, 엄청난 이득을 보게 될 것입니다."

오후 3시가 되어가고 있었으므로 파리야킨은 자리에서 일어섰다. 낮잠을 잘 시간이다.

"그라노프에게 파티 준비를 시켜라. 고려 놈들과 기념파티를 할 테니까. 물론 계약을 끝내고 나서 말이야."

베료스카 앞에 차가 멈추자 고태성이 신해복을 바라보았다.

"신발 가게가 어디에 있지?"

"안쪽 끝의 왼쪽이오, 고형. 검정색 구두는 사지 말아요. 가짜 가죽이 많으니까."

"알겠어. 그럼, 10분만 기다려."

아무르 가로수 길에 있는 베료스카 앞에는 쇼핑을 하는 사람들로 언제나 북적거린다. 차에서 내린 고태성은 사람들을 헤치고 안으로 들어섰다.

오후 3시 30분이어서 상점에 손님이 모일 시간이었지만 겨우 짬을 내어 신해복과 함께 나온 것이다.

그는 안쪽으로 들어가 끝에서 곧장 오른쪽으로 꺾어져 들어갔다. 그러자 비상구의 표시가 보였다. 그 안으로 들어서자 한쪽은 흡연실이었고 다른 쪽은 비상구였다. 그는 비상구를 열고 밖으로 나왔다. 그곳은 상점의 뒤쪽 공간으로 나무 궤짝과 상품의 포장 박스가 어지럽게 쌓여진 곳이었다. 칸막이 옆쪽으로 화물을 운반하는 사람들의 소리만 들릴 뿐 이쪽은 인적이 없다.

"이봐, 30분이나 늦었어."

옆에서 들리는 말소리에 고태성은 몸을 굳혔다. 나무 궤짝 위에 걸터앉아 있던 심재택이 일어나 그에게로 다가왔다.

"도대체 어쩔 작정이야? 이남호는 김상철을 시켜서 마피아를 치려는 건가?"

주위를 둘러본 고태성이 말했다.

"모든 것은 김상철이가 알고 있어요. 그 친구는 이 실장의 방에 자주 들락거립니다."

"그놈은 내 연락을 무시하고 있어."

그는 피우던 담배를 던지고는 구두로 짓이겨 껐다.

"이놈의 새끼, 제 애비는 고사하고 한국에 돌아가면 10년은 교도소에서 썩게 해주겠어."

"난 지금 바쁩니다. 밖에서 사람이 기다리고 있어서."

힐끗 비상구 쪽을 바라본 고태성이 빠르게 말을 이었다.

"오후 다섯 시에 출동하기로 되어 있는데 어디로 가는지는 모릅니다. 지난번처럼 어딜 습격하는지 어쩔지를 아직……."

"그놈, 철저하게 움직이는군."

"혹시 날 의심하는 건 아닐까요?"

"그렇지 않아. 그건 정보가 새나가지 않도록 하는 작전의 기본이야."

"오늘 오후 여덟 시에 회담이 열립니다."

그러자 심재택의 얼굴이 돌처럼 굳어졌다.

"오늘 저녁 여덟 시에? 어디서?"

"그라노프의 저택에서 순서대로 한다면 우리 숙소에서 열려야 하는데 회의실 페치카가 과열되어서 불이 났거든요. 금방 꺼졌지만."

"……."

"다섯 시 출동이 그것과 연관된 것 아닐까요?"

심재택이 잠자코 있자 고태성이 한 걸음 다가섰다.

"난 운동화를 사려고 나왔단 말입니다. 곧 들어가서 총기 점검을 해야 됩니다."

"본부에서는 아직 별다른 지시는 없다. 그러니 그들을 따라 행동해."

심재택이 고태성의 어깨에 한 손을 올려놓았다

"어차피 나라일로 너나 나나 목숨을 걸고 있는 셈이야. 기운을 내라."

"어쨌든 나도 서약을 한 몸이니까요."

고태성이 얼굴에 웃음을 띠었다.

"그럼, 내일 다시 뵙지요. 심 과장님."

그 순간 비상구의 문이 열리면서 신해복의 상반신이 드러났다. 주위를 둘러보던 그의 시선이 이쪽으로 향해지더니 곧 두 눈이 크게 떠졌다.

"아니, 고 형. 거기서 뭘 하고 계신 거요."

"아, 잠깐 친구를 만나서."

고태성이 당황한 얼굴로 대답하자 심재택이 얼굴에 웃음을 띠었다.

"안녕하시오."

그는 밖으로 나온 신해복에게로 다가가 손을 내밀었다.

"난 서울에서 온 심재택입니다. 말씀 많이 들었습니다."

신해복은 그의 손을 잡았으나 시선은 고태성에게로 향해져 있다. 묻는 듯한 시선이었다. 그 순간이다. 쥐고 있던 신해복의 손을 와락 잡아당긴 심재택이 왼쪽 주먹으로 그의 턱을 쳤다. 그리고는 엎어지는 신해복의 배를 구두 끝으로 올려 찼다. 신음소리를 내며 신해복이 시멘트 바닥 위에 엎어져 몸을 웅크렸다.

"할 수 없다."

낮게 말한 심재택이 두 손으로 그의 머리를 움켜쥐었다. 그리고는 머리를 한쪽으로 힘껏 틀자 뼈가 부러지는 무딘 소리가 났다.

살육의 끝

"헤어진 곳이 어디야?"

김상철이 묻자 이맛살을 찌푸린 고태성이 말했다.

"중앙백화점 앞이었습니다. 백화점에 볼일이 있다고 10분만 기다리라고 하더니 들어가서 나오지 않았습니다."

"……"

"30분을 기다리다가 신발도 사지 못하고 돌아왔습니다."

시계를 내려다본 김상철이 자리에서 일어섰다 오후 4시 50분이 되어 있었다.

"출발 준비를 해. 기다리고 있을 시간이 없어."

"무슨 일이 생긴 건 아닐까요?"

고태성이 묻자 김상철이 머리를 저었다.

"있더라도 지금은 어쩔 수 없어."

"그런데 우리는 어디로 가는 겁니까?"

"가보면 알아."

그러자 이제까지 잠자코 있던 장국진이 입을 열었다.

"이거, 아무래도 예감이 좋지 않은데."

그들 세 명이 탄 랜드로버가 황량한 강가에 도착했을 때는 5시 20분이었다. 강 건너편 민가의 불빛 두어 점만 보일 뿐 주위는 어두워져 있었는데 운전석 옆자리에 앉은 장국진이 턱으로 앞쪽을 가리켰다.

"저기, 사람들이 있어."

김상철의 눈에도 갈대숲 위로 희끗하게 드러난 차량들의 윗부분과 이쪽으로 다가오는 사람들이 보였다. 차에서 내린 그들에게 다가온 것은 이금철과 서너 명의 사내들이었는데 그중에는 장인규도 끼어 있었다.

"동무가 장국진이지?"

그가 대뜸 묻자 장국진의 몸이 뻣뻣하게 굳어졌다.

"그렇습니다."

"난 이금철 대좌야. 알고 있지?"

"알고 있습니다."

머리를 끄덕인 이금철이 김상철에게로 몸을 돌렸다.

"파리야킨이 예상보다 빨리 출발해서 서둘러야겠소. 놈은 지금 부하들과 함께 헬기 두 대에 나눠 타고 날아오는 중인데 한 시간 후면 도착할 거요."

그들은 이금철의 차량들이 주차된 강가로 가서 차를 등에 두고 둘러앉았다. 이금철의 부하들은 모두 열 명이 넘어보였지만 입을 여는 사내는 없다. 이금철이 말을 이었다.

"파리야킨을 기습할 곳은 두 군데 뿐이오. 그 첫 번째가 강 아래쪽의 헬기장인데 보통 그곳에서 내립니다. 그런데 그곳은 군대가 경비를 서고 있는 공용 착륙장이라 접근하기가 쉽지가 않아."

어둠 속에서 이금철의 두 눈이 번들거렸다.

"두번째 장소는 만일의 경우이지만, 헬기가 그라노프 저택 근처의 공터에 착륙할 수도 있어. 헬기가 시내에 접근할 수 없도록 되어 있지만 언젠가는 한낮에 그곳에 내린 적도 있었소."

바람이 갈대숲을 쓸고 지나는 소리가 들려 왔다. 바람결에 섞인 비리고 짠 물 냄새가 맡아졌다.

"이 두 곳은 너무 떨어져 있어서 병력을 둘로 나눕니다. 공용 착륙장은 내가 맡고 그라노프 저택 근처의 공터는 장 선생이 맡으시오. 김 선생은 장 선생과 같이 행동하시도록."

김상철의 시선이 옆쪽의 장인규에게로 돌려졌다. 그러자 장인규의 목소리가 강가를 울렸다.

"자, 시간이 없습니다. 어서 일어납시다."

그 시간에 이남호는 막 통화를 끝낸 수화기를 내려놓고 있었다.

옆에 앉아 있는 것은 한일만이다.

"실장님, 그라노프는 파티 준비를 하고 있습니다. 조금 전에도 전화가 왔는데 우리 쪽 참석인원이 몇 명이냐고 묻더군요."

한일만의 표정은 어두웠다.

"만일 일이 잘못되면 우리 목숨이야 이미 내놓고 있으니 상관없습니다만 임차지가……."

"이미 시작된 일이야."

자리에서 일어선 이남호가 찬장으로 다가가 위스키 병을 집어 들었다.

"성공하든 실패하든 우리는 오늘 그라노프의 집에 들어갈 수는 없을 거다. 술이나 한 잔씩 하자."

잔 두 개에 술을 채운 그가 한 잔을 한일만에게 건네주었다.

"중국 갱들이 그라노프에게 보복하는 거다. 그렇게 밀고나가는 수밖에 없어.”

한일만은 더 할 말이 있는 얼굴이었지만 술잔을 들어 한 모금 삼켰다.
“시베리아 건설의 제일 큰 난관을 바로 지금 우리가 겪고 있는 거야.”
술병을 든 이남호가 앞자리에 앉았다.
“실패해서 만일 우리 짓으로 탄로가 난다면 내가 책임을 지겠어.”
“저도 마찬가집니다, 실장님.”
그들은 다시 술잔을 들었다. 탄로가 난다면 목숨이 붙어 있을 가능성은 없다. 그러나 러시아 정부와 맺은 임차지 계약은 유효한 상태이므로 다른 책임자를 내세워 파리야킨과 접촉하게 해야만 한다. 물론 그때에는 그들의 조건 10%를 받아들여야만 할 것이고 더 나쁜 조건이 첨부될지도 몰랐다. 술을 입 안에 털어 넣은 이남호가 벽시계를 올려다보았다. 6시 10분이었다. 지방에서 올라온 회장에게 조금 전에 암호 보고를 했으니 지금쯤 회장은 내용을 읽고 있을 것이었다.

“다 해독했어요, 할아버지.”
서둘러 응접실로 들어선 강미현의 얼굴은 굳어져 있었다. 그녀는 손에 두어 장의 종이를 들고 강 회장을 바라보았다.
회사에 있다가 집에 가서 기다리라는 강 회장의 연락을 받고 오늘은 일찍 퇴근한 것이다.
“읽어 드려요?”
강 회장이 끄덕이자 강미현은 강 회장의 앞자리에 앉았다.
“오늘 중으로 일이 끝날 것이라는 내용이에요. 이 실장님이 처음 이야기 하신 부분이에요.”
“……”
“그 다음엔 만일 일이 잘못되면 이 실장님이 책임지실 것이라고, 그것에 대한 대책을 세워두시는 것이 낫겠다는 내용이구요."

강 회장이 머리를 끄덕이자 그녀가 말을 이었다.

"지금 김 대리가 두 명을 데리고 나갔다고 했어요. 다시 연락드린다고."

종이를 내려놓은 강미현이 강 회장을 바라보았다.

"회신하실 말씀이 있으세요?"

"없다."

"그럼, 마실 것 가져다 드려요?"

그러자 강 회장의 시선이 그녀에게로 옮겨졌다.

"주고받는 내용이 모두 너를 거쳤으니 넌 무슨 일이 어떻게 진행되는지 잘 알겠구나."

"예, 할아버지."

"만일 실패한다면, 그래서 우리와 북한이 주도했다는 것이 드러난다면 넌 어떻게 하는 것이 낫겠느냐?"

"러시아 정부와 군 쪽에다 강력하게 협조를 요구하셨으면 해요. 이런 상황에서는 임차지를 개발할 수 없다고요."

"……."

"그리고 이 실장님 말씀대로 이 일은 본사에서는 몰랐던 일이라고 말씀하시는 것이 나을 것 같아요."

"임차지에 있는 4백여 명의 직원들은 멀리 있으니 그렇다고 하더라도 하바롭스크에 있는 50여 명의 직원들은 무사하지 못할 것이다."

"……."

"그래도 난 하라고 했다. 왜 그랬는지 넌 아느냐?"

"어쨌든 임차지는 우리 고려그룹의 소유지로 마피아가 러시아 정부를 전복시키지 않는 한 그것은 변함이 없으니까요."

"……."

"개발이 조금 늦어진다고 해도 마피아에게 그런 식으로 끌려 다닐 수는 없어요, 어떤 시도도 없이 무조건 받아들일 수는 없다고 생각합니다."

"……."

"하지만 마피아와 이런 식으로 싸우기 만 할 수는 없으니까 정부나 군의 협조를 받아 마피아와 타협을 해야 한다고 생각해요. 후에 다시 시도를 하더라도 지금은……."

강 회장이 머리를 끄덕였다.

"네가 지금 나이가 몇이더라?"

"스물다섯이에요, 할아버지."

다시 머리를 끄덕이는 강 회장을 보면서 강미현은 자리에서 일어섰다.

그라노프의 저택에서 직선거리로 300미터쯤 떨어진 곳에 구소련시대의 군대시설로 쓰이던 작은 3층 건물이 있다. 군 정치장교 교육기관으로 쓰이던 이 건물은 소련이 붕괴하자 제대군인의 직업훈련원으로 바뀌었는데 그것도 1년 만에 문을 닫아서 지금은 빈 건물이다. 장인규와 김상철 일행이 건물의 허물어진 시멘트 담장 사이로 들어선 것은 저녁 6시 10분이었다.

담장 안쪽은 넓은 공터였고 그 건너편으로 어둠에 덮인 3층 건물의 윤곽이 희미하게 보였다. 그들은 공터를 가로질러 건물 쪽으로 달렸다. 낮에는 축구장으로도 사용될 만큼 공터는 넓었으므로 건물에 도착하자 모두들 가쁘게 숨을 쉬었다.

"2층으로."

장인규가 가쁜 숨을 억누르며 말했다.

"시간이 없어요. 빨리!"

한적한 곳을 찾아 차를 세우고 이곳까지 오는데 예상 외로 시간이 걸렸던 것이다. 파리야킨이 블라디보스토크을 떠난 시간으로 계산하면 도착할 시간은 1, 20분밖에 남지 않았다. 그들은 계단을 뛰어올라 공터가 내려다보이는 2층의 한쪽 방으로 몰려 들어갔다.

"이곳이 좋겠어."

장인규가 가리킨 자리에 사내들이 제각기 들고 있던 가방을 내려놓았다. 그리고 서둘러 꺼내놓는 것은 RPG-7의 부속들이다.

대전차척탄 발사관으로 구조가 간단한데다 야간용 패시브식 조준경을 부착하면 유효사격 거리 100미터 안에서는 거의 백발백중이었고 무게도 10킬로그램 미만이어서 이동에도 편리했다. 재빨리 발사관을 조립한 사내 한 명이 조준경으로 공터를 조준하자 다른 사내는 탄두가 긴 노즈형의 HEAT탄을 두 개 꺼냈다. 탄두와 부스터를 연결하여 발사통에 넣기만 하면 된다. 장인규가 데려온 다섯 명의 사내는 일사분란하게 움직였다. 두 명이 발사관에 붙어 있는 동안 나머지 세 명은 각기 유리창을 열고 소총의 받침대를 찾거나 사격 자세를 굳히고 있다.

장인규가 김상철을 바라보았다.

"우리가 헬기를 공격하기 전에 움직이면 안 됩니다. 그라노프만 먼저 칠 수는 없어요."

건물의 정문은 그들의 뒤쪽이어서 공터에 가려면 건물의 옆을 지나야 한다.

"헬기를 부수고 나서 위아래층에서 그라노프를 공격하면 됩니다."

"알았습니다."

"파리야킨이 이곳에 내린다면 아마 그전에 그라노프가 부하들을 데리고 와서 이 건물을 수색할지도 모르겠어요. 그때는 요령껏 피하는 수밖에 없습니다."

장인규의 말소리는 딱딱했다. 머리를 끄덕인 김상철이 손목시계를 내려다보았다. 야광시계의 바늘이 6시 25분을 가리키고 있었다.

아래층의 계단 입구로 내려온 그들은 출입구의 양쪽 벽에 붙어 섰다. 계단 사이로 정문과 공터가 바라보이는 위치였다. 시멘트로 만들어진 건물이어서 냉기가 온몸으로 전해져왔고 자신의 숨소리가 들릴 만큼 주위는 짙은 정적에 묻혀 있었다. 김상철은 손에 쥐고 있던 중국제 56식 소총의 접는 그립을 펴고 30발들이 탄창을 끼웠다. 통로 건너편의 기둥에 붙어 서 있던 장국진 쪽에서도 쇳소리가 났다. 탄알을 장진하는 소리였다.

"이쪽으로 올 것 같지는 않아. 제 아무리 파리야킨이라고 하더라도 헬기로 시내에 들어오려면 공군 사령부의 허락을 받아야 할 테니까."

장국진이 낮은 목소리로 말했으나 공기가 진동을 했다.

"낮이라면 몰라도 지금은 밤이야. 잘못하면 대공포를 맞아 비명횡사를 할 수가 있어."

그래서 이금철이 강가의 착륙장을 맡은 것이다.

"그나저나 저 여자를 여기서 보다니."

혼잣말처럼 말한 장국진을 향해 김상철이 낮게 물었다.

"저 여자를 아나?"

"블라디보스토크에서 무역업을 하는 조선족이야. 조선족 여성 동맹 위원장이지. 모스크바 대학을 나온 인텔리로 제 아버지의 유산을 꽤 많이 물려받았어."

"……"

"저 여자는 외화사업단의 이금철 소속도 아니고 내가 있었던 대외 정보국 요원도 아니야. 그렇다면 32호실 소속이 틀림없는 것 같아."

"32호실이라니?"

"김정일 직속의 해외 특수사업반이야. 김정일의 직접 명령을 받는 곳이지."

"……."

"이것, 묘하군. 공화국을 떠난 줄 알았더니 다시 그쪽 일꾼들하고 같이 일하게 될 줄이야."

그때 자동차의 엔진소리가 들려왔다 장국진도 그 소리를 들은 모양으로 말을 멈추었다. 그 순간 밝은 불빛이 이쪽을 비추었으므로 그들은 바닥에 주저앉았다. 차량들이 정문으로 들어서고 있다.

차가 정문 안으로 들어서자 그라노프는 시계를 내려다보았다. 6시 35분이었다. 이제 10분 후면 헬기가 도착할 것이다.

"이봐, 고려 쪽에서는 출발했나?"

그가 묻자 앞자리에 앉은 트레빈이 그에게로 몸을 돌렸다.

"아마 출발했을 겁니다."

"몇 명이 온다고 했지?"

"열다섯 명쯤 되겠다고 하더군요."

공터의 한쪽에 차를 세운 그라노프는 차에서 내려 주위를 둘러보았다. 차량 세 대가 나란히 세워져 전조등으로 공터를 환하게 비추고 있었으므로 헬기는 곧 이곳을 찾아내게 될 것이다.

"저 건물은 헐어버리고 저기에다 호텔이나 지으면 좋을 텐데."

그라노프가 턱으로 검은 몸체만을 드러낸 옆쪽의 건물을 가리켰다.

"로스토프한테 불하계획이 없느냐고 물어 봐야겠군."

변두리에 있었지만 곧 이쪽도 개발될 것이니 일본이나 한국의 기업과 공동으로 호텔을 세운다면 괜찮을 것이었다. 그라노프는 생각난 김에 곧 극동군 사령관인 로스토프에게 흥정을 해봐야겠다고 마음먹었다. 잘만 하면 거저나 다름없는 값으로 불하를 받고, 이쪽은 토지를 제공하는 대신 외국 기업에 호텔 건설을 맡겨 반반씩의 지분을 갖는 것이다.

그러자 밤하늘을 울리며 헬기의 폭음이 들려왔다.

"이제 오는군."

밤하늘을 올려다보면서 그가 말했다. 그의 주위에 둘러선 7, 8명의 부하들도 그의 흉내를 내었다.

"오늘따라 날씨가 좋구나."

파리야킨과 그의 부하들이 탄 헬기는 두 대였다. 공군용 수송헬기인 TU-33형을 불하받아 내부를 개조한 것으로 탑승인원은 두 명의 조종사를 포함하여 8명이다. 1번기에 타고 있던 파리야킨은 아래쪽 공터에서 비치는 자동차의 불빛을 내려다보았다. 그라노프가 기다리고 있는 것이다. 옆자리에 앉아있던 우바로프가 시계를 내려다보았다.

"십분 전 일곱 시입니다. 안드레이, 강쪽 착륙장에 내렸다면 조금 늦을 뻔 했습니다."

조금 늦더라도 상관없는 일이었지만 오늘은 고려 쪽과 계약을 하는 날이다. 파리야킨이 기수를 이쪽으로 돌려 시간 안에 대라고 지시를 하자 조종사는 땀을 뺐다. 방공사령부의 당직 장교는 신참이어서 파리야킨을 잘 몰랐던 모양이었다. 안 된다고 고집을 피우던 그 장교는 부사령관의 지시를 받고서야 허락해 주었던 것이다.

헬기는 이제 공터의 허공 10미터쯤 위에 떠 있었다. 그리고는 차츰 고도를 낮추어 내려간다. 파리야킨이 머리를 돌려 우바로프를 바라보았다.

"우바로프, 네가 하바롭스크를 맡아라."

그러자 우바로프가 눈을 껌벅이며 그를 바라보았다. 알아듣긴 했지만 놀란 얼굴이었다.

"제가 이곳을 말입니까?"

"그렇다. 그라노프는 니호트카로 보내겠다."

"……"

"한곳에 오래 두면 문제가 많아. 며칠 전 환전소 사건도 긴장이 풀렸기 때문이야."

우바로프는 어깨를 굳힌 채 대답하지 않았다. 이것은 그에게 대단한 영 전이다.

하바롭스크를 장악한다는 것은 곧 조직의 2인자가 된다는 것을 말하는 것이다.

"안드레이, 이 은혜는……."

헬기는 이제 바싹 땅 위로 내려와 있어서 앞쪽의 자동차가 비치는 라이트 빛이 수평으로 보였다.

"잊지 않겠습니다, 안드레이."

그 순간 우바로프는 가슴에 격심한 충격을 받고 입을 쩍 벌렸다. 눈을 다시 뜬 그는 파리야킨이 머리가 반쯤 날아간 채 그대로 앉아 있는 것을 보았다. 그 다음 순간 기체는 요란한 폭발음과 함께 땅 위로 떨어져 내렸고 곧 화염에 쌓였다. 우바로프는 그것을 느낄 수도 없었다.

그라노프는 오른쪽에서 내리는 헬기 한 대가 폭파되는 순간까지 무슨 영문인지 몰랐다가 다시 쉬익 소리가 들려오자 저도 모르게 땅바닥에 납작 엎드렸다. 미사일이다. 그는 그렇게 생각했다 다시 천지를 진동하는 폭음과 함께 화염을 하늘로 내뿜으며 두 번째 헬기가 폭발했다.

"아아, 빌어먹을."

엎드린 채 고함을 친 그라노프는 그제야 자신의 몸이 뒤쪽의 차량의 불빛에 완전히 노출되어 있는 것을 알았다.

앞쪽은 이제 불덩어리가 된 두 대의 헬기가 어둠을 대낮같이 밝히고 있다.

"죽여라!"

그렇게 소리친 것은 공포감 때문이었다.

그리고 소리치는 반동으로 벌떡 몸을 일으켰을 때 밤하늘을 울리는 총소리가 울렸다. 옆쪽 건물에서 번쩍이는 여러 개의 섬광을 보는 순간 그는 다시 땅바닥으로 내동댕이쳐졌다. 대여섯 발의 총탄을 맞은 몸이어서 두어 번 몸을 뒤튼 그는 곧 사지를 늘어뜨렸다.

자동차 안에서도 폭발음과 총성이 똑똑히 들렸으므로 옆자리에 앉은 한일만이 몸을 굳히고는 이남호를 바라보았다. 그라노프의 저택이 한 블록 앞으로 다가온 위치였다.

"실장님."

그러자 이남호가 자르듯 말했다.

"그대로 간다."

총성은 더욱 요란해졌지만 어느 쪽에서 울려나오는지는 알 수가 없다. 그들 일행이 탄 네 대의 승용차가 그라노프의 저택 앞에서 멈춰 섰을 때 총성은 그쳐져 있었다. 저택의 철문 앞에 서 있던 사내들이 그들을 안으로 들어가게 했지만 불안한 표정들이었다. 차가 현관 앞에 멈추자 대여섯 명의 사내들이 밖으로 몰려나왔다.

그중에서 낯익은 얼굴은 파벨이다. 차에서 내린 이남호 앞으로 파벨이 다가왔다.

"미스터 리, 오늘 회담은 연기하도록 합시다. 우리 쪽에 사고가 생겨서."

파벨의 표정은 굳어져 있었다.

"돌아가시면 우리가 다시 연락을 드리도록 하지요."

"오는 중에 총소리를 들었습니다. 도대체 무슨 일입니까?"

파벨이 부하들을 이끌고 옆쪽에 세워진 차로 뛰듯이 다가갔으므로 이남호가 한일만을 바라보았다.

"그럼, 우리도 돌아가자."

그들이 다시 차에 타는 동안에 요란한 엔진소리를 내며 서너 대의 승용차가 정문으로 빠져나가고 있었다.

"일이 벌어졌구나."

무섭게 딱딱해진 얼굴로 이남호가 한일만을 바라보았다. 그들의 차를 스치고 다시 승용차 두 대가 맹렬한 속력을 내며 지나갔다. 차 안에는 사내들이 가득 차 있었다.

"그럼, 우리들은 어떻게 해야 합니까?"

"기다려야지."

승용차가 대로로 나와 차량의 행렬에 끼자 이남호가 다시 말했다.

"모른 척 기다리는 수밖에 다른 방법이 없다. 이 일을 알고 있는 사람은……"

이남호가 앉은 채로 상반신을 옆으로 기울였다. 앞자리의 운전사와 기획실의 상무를 의식한 몸짓이었다.

"나와 당신, 그리고 김상철이 뿐이니까."

"……"

"이 방법밖에 없었어, 난 결과가 어떻게 되건 책임을 질 테니까 당신도 각오하고 있어."

"그건 염려 하지 마십시오."

이제 네 대의 승용차는 마르크스 대로를 곧장 달려 올라가기 시작했다.

그 시간에 김상철은 퇴역군인 직업 양성소에서 5킬로미터쯤 떨어진 도로를 남하해 가고 있었다. 교외로 접어들었으므로 가끔씩 한두 대의 차량이 스쳐지나갈 뿐 주위는 짙은 어둠에 덮인 황야다.

뒷좌석에 앉은 김상철이 시계를 내려다보았다. 7시 20분이었다. 건물을 빠져나와 차를 세워둔 곳까지 달려왔을 때까지도 그라노프의 부하들이 응원해 오는 기색은 보이지 않았다. 작전은 대성공이었다. 그라노프의 부하 한두 명이 살아남았을 가능성은 있다손 치더라도 헬기 두 대는 불덩어리가 되었고 그라노프가 쓰러지는 것도 똑똑히 보았던 것이다. 앞쪽을 달리던 승용차가 오른쪽 신호등을 켜더니 속력을 줄이고 있었다.

짙은 어둠에 덮인 황야에 서너 채의 주택이 희미한 윤곽을 드러내고 있는 곳이다. 운전사는 라이트를 끄고 좁은 길을 천천히 달려 나갔다.

차가 2층 통나무집 앞의 마당에 멈추자 먼저 도착해 있던 장인규가 다가왔다.

"안에서 이 대좌가 기다리고 계십니다. 들어가시지요."

이금철은 착륙장에 헬기가 내리지 않는 것을 알고는 곧장 이곳으로 온 모양이었다. 그들 일행이 통나무집의 아래층으로 들어서자 환하게 불을 밝힌 넓은 홀에 서너 명의 사내들과 이야기를 나누고 있던 이금철이 머리를 들었다.

"수고들 했습니다. 파리야킨은 심복 부하들과 함께 몰살을 당했소."

웃음 띤 얼굴로 그는 김상철의 손을 잡았다

"이제 블라디보스토크 마피아의 체제 개편이 있을 거요."

그들은 둥그렇게 놓인 의자에 마주보고 앉았다 벽 쪽의 페치카에서 장작불이 세차게 타오르고 있었다.

"김 선생은 숙소로 돌아가 걱정하고 있는 윗분들께 보고를 해야겠지요. 하지만 정리해야 할 것이 있소."

이금철의 시선이 김상철의 옆자리에 앉아 있는 장국진에게서 멈추었다.

"북쪽에서는 저 사람이 죽은 줄 알고 있소. 나도 그랬고."

"이 사람은 이제 우리 직원입니다."

김상철이 그의 말을 잘랐다.

"내가 포로로 잡아서 데리고 있었던 겁니다. 이런 상황에서 장국진 씨 이야기를 꺼낼 필요는 없다고 생각합니다."

"글쎄, 난 이미 평양에 보고를 해놓아서. 죽은 줄 알았던 우리 공화국 장교가 남조선 기업의 일꾼이 되어 있다는 것을 들은 윗사람들의 기분이 어떻겠소?"

"그 윗분들께 다시 말씀해 주시지요. 고려는 장국진 씨의 제의를 받아 북한과의 협동을 생각하게 되었다고. 이 사람이 아니었으면 내가 당신들을 찾을 생각도 못했을 겁니다."

그러자 주위에 둘러앉은 사내들이 제각기 눈을 맞추었다. 장인규가 입을 열었다.

"이 일은 다시 검토가 되어야 할 것 같군요, 대좌 동지. 저도 평양에 보고를 하겠습니다. 그때까지 만이라도."

살찐 얼굴의 근육을 굳히고 있던 이금철이 이윽고 머리를 끄덕였다.

"좋소이다. 그럼, 장 선생……."

그의 시선을 받은 장인규가 자리에서 일어나 김상철 앞으로 다가와 섰다.

"김 선생, 우리 관계를 확실하게 하기 위해서 김 선생께 몇 가지 확인해 둘 일이 있습니다."

시선이 다시 자신에게로 모아지자 김상철이 쓴웃음을 지었다.

"이거 북한에서 하는 비판 시간입니까? 난 어색한데요."

"김 선생이 한국 국정원 요원과 만나고 있는 것을 압니다."

"……."

"고려그룹 내부의 정보가 그쪽으로 흘러갔겠지요. 그렇다면 우리와의 이 일도 국정원이 압니까?"

얼굴을 굳힌 김상철이 머리를 저었다.

"그건 모릅니다."

"솔직히 말해 주세요. 김 선생은 국정원의 정보원 아닙니까?"

장인규의 목소리가 날카로워졌다. 모두의 시선을 받은 김상철이 천천히 머리를 저었다.

"제의를 받았었지요, 아버지의 형기를 감해준다고. 하지만 난 그것을 이 실장께 보고했습니다. 아버지는 그대로 형을 사시는 게 낫다고."

말을 멈춘 김상철이 장인규를 올려다보면서 웃었다.

"날 여기에 두고 사람을 보내든지 해서 확인을 해요."

한동안 마주치고 있던 둘의 시선이 거의 동시에 비켜났다. 장인규가 천천히 머리를 끄덕였다.

"그렇다면 이 자가 국정원의 정보원인 것을 알고 있습니까?"

그녀가 손가락 끝으로 가리킨 것은 고태성이다. 고태성의 얼굴빛이 금방 하얗게 되었다. 김상철이 이맛살을 찌푸렸다.

"그건 무슨 말이요?"

"김 선생 대답하세요. 이 자가 심재택이를 이틀에 한 번씩 만나고 있다는 것을 압니까?"

"난 몰랐소."

"이 자와 심재택이는 오늘 오후에 베료스카에 있었어요. 그러다가 신해복이에게 만나는 것을 들키자 목을 꺾어 죽였지요. 신해복의 시체는 지금도 베료스카의 뒷마당 박스 속에 있습니다."

김상철이 고태성을 바라보았다.

"정말이냐?"

"난 모르는 일입니다. 난 베료스카엔 가지도 않았어요. 중앙백화점에서……."

"심재택을 만난 것도 말이야?"

"나도 그자한테 협박을 받았던 거요."

그러자 장인규가 그들에게 한 걸음 다가와 섰다.

"자, 김 선생. 어떻게 하시겠소? 이 자의 거짓말을 우리는 더 이상 들을 수가 없소."

"당신들에게 맡기지요."

고태성이 벌떡 일어났으나 어느 사이에 뒤에서 다가온 두 사내에게 어깨를 눌려 주저앉았다.

그는 사내들의 손을 뿌리치려고 상반신을 뒤틀며 소리쳤다.

"날 어떻게 하면 모두에게 좋지 않을 거다. 시베리아 계획도 하루아침에 사라진단 말이다."

"끌고 나가."

장인규가 말하자 사내들이 고태성을 잡아 일으켰다.

"이봐, 김상철! 너는 나를……."

악을 쓰던 고태성은 사내가 내리친 주먹에 배를 맞고는 허리를 꺾었다. 사내들이 그를 끌고 나가자 방 안에는 잠시 침묵이 흘렀다. 이윽고 김상철이 장국진의 어깨를 치며 자리에서 일어섰다.

"난 가봐야겠습니다."

그러자 이금철이 따라 일어섰다.

"저 친구 걱정은 하지 마시오. 우리가 이미 계획을 세워두었으니까. 아마 오늘밤에 시내를 돌아다닐 것 같습니다. 저 친구는."

이튿날 아침 10시경, 그라노프의 저택 회의실에는 20여 명의 사내들이 모여 앉아 있었다. 파리야킨을 비롯한 간부급 보스 6명이 몰살을 당한데다가 경호원과 그라노프의 부하들까지 포함하면 20명 가까운 인원이 죽은 것이다.

블라디보스토크, 니호트카 등 시베리아 각지에서 몰려 온 보스들은 우선 그들을 습격한 중국계 갱단의 소탕에 대한 열띤 토론을 했다. 어젯밤 사건이 중국인들의 복수극이라는 것이 건물 안에 흘리고 간 증거물로 입증이 된 것이다.

사건 직후에 제일 먼저 달려간 것은 파벨이었는데 그와 부하들은 현장에서 중국제 낡은 가방 속에 든 마약 몇 뭉치와 척탄발사기 부속품, 그리고 고장난 중국산 56식 소총을 찾아냈다.

이윽고 파벨이 주위를 둘러보며 손을 흔들자 회의실은 조용해 졌다.

"나도 이 일에 대한 책임이 있소. 여러분, 그라노프가 중국 갱들하고 죽고 죽이는 게임을 벌였을 때 내가 조금 더 신경을 썼더라면 이 일을 막을 수도 있었을 거요."

파벨이 붉어진 두 눈 사이를 손끝으로 눌렀다.

"난 그라노프가 중국 갱들을 완전히 소탕했다는 말만을 믿고 경계를 게을리 했소. 그냥 집 안에서 기다리기만 했단 말입니다."

그러자 사내들 가운데에서 누군가가 혀를 찼다.

검은 머리칼에 육중한 체격의 50대 사내였다.

"파벨, 하바롭스크 경비는 그라노프 소관이오. 당신이 나설 일이 못돼. 따라서 당신이 죄책감을 느낄 필요는 없어요."

그는 니콜라이 마르첸코로 파리야킨의 동료였으나 지금은 니호트카의 한쪽 부분을 관리하고 있다.

"우선 시급한 것은 그 중국갱단 놈들이 국경을 빠져나가지 못하게 하는 거요. 부하들을 총동원해서 중국 놈들을 잡아야 합니다. 그래야 우리

체면이 설 거요."

그러자 다시 회의실이 떠들썩해졌다. 두어 명은 자리를 차고 일어서서 얼굴을 붉히며 소리쳤고 몇 명은 주먹으로 테이블을 쳤다.

"잠깐만!"

마르첸코가 소리치자 모두들 그를 바라보았다. 그는 비록 파리야킨에 의해서 니호트카의 구석으로 밀려나 있었지만 파리야킨의 동료였다. 마르첸코가 입을 열었다.

"경찰과 군이 개입할 거요. 파리야킨이 죽은 줄 알면 우리를 압박해올 것이 뻔한데, 그들과는 수십 가지 문제가 걸려 있단 말이오."

그가 주위를 둘러보자 모두들 조용해졌다. 그들 대부분은 파리야킨의 우산 아래서 제각기 지역과 영업장을 배분받고 거드름을 피우며 살아왔던 것이다. 이제까지 직접 군과 경찰의 고위층과 협상을 해본 적은 없다. 마르첸코가 무거운 몸을 천천히 일으켰다.

"그래서 중국 갱들을 소탕하기 전에 간부 전원이 모인 지금 파리야킨을 대신하고 군과 경찰, 그리고 관리들에게 얼굴을 보일 보스를 선출해야 한다고 생각합니다. 이것이 현재 우리에게 제일 시급한 일이오."

그러자 사내 한 명이 손으로 그를 가리켰다.

"마르첸코, 당신이 하시오."

"좋소."

서너 명이 따라 소리치자 마르첸코가 와락 얼굴을 찌푸렸다.

"난 블라디보스토크 시청 간부 한 놈을 쏜 일 때문에 니호트카의 구석으로 쫓겨난 사람이야. 난 도무지 그런 일에는 어울리지 않아."

그는 머리를 돌려 파벨을 바라보았다.

"파벨, 당신이 적임자요. 당신은 지역도 없는데다 언제나 중립 역할로 우리 간부들의 불화를 해결해 주었소, 그리고 당신만큼 정부와 군, 경찰에 발이 넓은 사람도 없소. 당신은 파리야킨보다도 그들과 더 밀접한 관계요."

모두의 시선이 자신에게 몰리자 파벨이 이맛살을 찌푸렸다.

"니콜라이, 난 이 일을 해결하고 나면 은퇴할 생각이오. 파리야킨이 없는 이 조직에 몸담고 있을 생각이 없습니다."

"무슨 그따위 무책임 한 소리를 하는 거요?"

마르첸코가 주먹으로 테이블을 치며 소리 쳤다.

"조직을 떠나다니? 우릴 배신할 작정이요? 파리야킨을 생각해서라도 조직을 맡아 봉사해야 할 것 아니오!"

그러자 모두들 입을 열어 떠들기 시작했다. 몇 명은 파벨을 손가락으로 가리키며 무어라고 소리치고 있다.

그러자 다시 마르첸코가 손을 들어 주위를 진정시켰다. 그는 파리야킨의 간부들 중에서 세력으로 친다면 대여섯 번째 서열밖에 되지 않는다. 그러나 파리야킨을 비롯해서 우바로프, 그라노프 등 고위 서열의 간부가 대부분 폭사해 버렸으므로 이제 그가 선임이 되어 있었다.

"파벨, 다시 한 번 말합니다. 당신이 조직을 맡아줘야겠소. 당장 처리해야 할 일이 산더미같이 많소. 고려와도 협상을 마무리해야 할 텐데, 당신이 없으면 그것도 힘들 거요."

"파벨, 맡으시오!"

여럿이 이렇게 소리치기 시작했는데 대부분 마음을 정한 모양이었다.

그것은 그들 나름대로의 계산이 작용한 까닭이다. 마르첸코가 상기시켜 준 대로 파벨은 독자 세력이 없다. 이제까지 파리야킨의 보좌관으로 그림자 역할을 해왔기 때문에 지역을 맡아 세력을 키우지 못했던 것이다. 파리야킨은 독재자였다. 마음에 안 들면 가차 없이 지역을 빼고 추방시켜 버렸던 것이다. 파벨이 보스 자리에 앉게 되면 지역 보스들의 세력과 이득이 커질 것은 당연한 일이다. 그들은 이제 일제히 파벨을 향해 소리치기 시작했다.

이윽고 파벨이 자리에서 일어섰다. 피로한 듯 두 눈 사이를 손끝으로 누른 그가 주위를 둘러보자 회의실은 조용해졌다.

"좋소, 맡겠습니다. 파리야킨 동지를 위해서, 그리고 여러분의 우정을 위해서라도."

그러자 회의장을 메우는 박수소리가 터져 나왔다.

오전 11시 가깝게 되어서야 숙소로 돌아온 김영규 부장과 김상철은 곧장 2층 이남호의 방으로 들어섰다.

중역들과 앉아 있던 이남호가 머리를 들었다

"그래, 어떻게 되었어?"

그가 다그치듯 묻자 모두 그들을 바라보았다. 김영규가 한 걸음 다가섰다.

"파리야킨과 간부급 보스 여섯 명이 죽었습니다, 실장님."

그의 말소리가 방 안을 울렸다.

"지금 시내에는 비상이 걸렸습니다. 군과 경찰이 확 깔려 있어서 저희들이 숙소로 오는 데에도 네 번이나 검문을 받았습니다."

"그거 확실한가?"

메마른 소리로 이남호가 묻자 김영규가 머리를 끄덕였다.

"경찰 간부한테서 들었으니 틀림없습니다."

그러자 눈을 치켜 뜬 이남호가 중역 들을 둘러보았다. 뻣뻣하게 굳어진 얼굴이었다.

"이것, 야단났군. 회담이 어떻게 될지 모르겠는데. 마피아 질서가 엉망이 되면 우리도 피해를 볼 것 아닌가?"

대답하는 사람이 없었으므로 이남호가 길게 숨을 내려쉬고는 다시 물었다.

"그래, 시체는 확인했나?"

"예, 고태성 씨 맞습니다."

그들은 경찰서에 불려가 시체 확인을 하고 온 것이다. 김영규가 말을 이었다.

"사고를 낸 러시아인 트럭 운전사는 경찰 조사를 받고 있답니다. 운전사는 고태성 씨가 차도 보지 않고 길로 나왔다고 한다는 군요."

"……"

"고태성 씨는 술에 취해 있었답니다. 옷에서도 술 냄새가 났습니다."

앉아 있던 중역 중 누군가가 길게 한숨을 내쉬었다. 이남호가 김상철에게로 머리를 돌렸다.

"조사는 끝났나?"

"예, 경찰은 신해복 씨는 강도에게 당했다고 말했습니다. 지갑과 시계가 없어지고 신발도 누가 벗겨 갔더군요."

"이것, 하룻밤 사이에 우리도 두 명이 죽다니, 그런데 두 명 모두가 자네 소속 직원이야."

"면목 없습니다."

"이런 식으로 일해서는 어디 직원이 남아나겠어?"

"……"

"술 취해 교통사고를 당하고, 강도를 만났다고 하지만 모두 피할 수 있는 사고야."

자리에서 일어선 이남호가 중역들을 둘러보았다.

"자, 그럼, 이만 끝냅시다."

중역들을 따라 나가던 김상철의 어깨를 한일만이 가볍게 쳤다.

"잠깐 남아."

그가 낮게 말하고는 돌아서자 김상철은 주춤거리다가 방의 문을 닫았다. 이제 방에는 그들 셋만이 남았다.

이남호가 손을 들어 김상철에게 앞자리를 가리켰다.

"파리야킨과 간부급들이 죽었다고 해도 아직은 우리에게 이롭다는 보장이 없어. 북한은 어떤 계획이 있나?"

"그건 아직 모릅니다, 실장님."

"그럼, 회담이 연기된 것이 우리가 지금 얻은 이득인가?"

"제가 그라노프의 저택에 가볼까 합니다만, 아직 누가 죽고 살았는지 알 수 없습니다. 하지만 아는 얼굴을 만날지도 모르겠습니다."

"……."

"회담 개최 문제도 물어보고 분위기도 알아보도록 하겠습니다."

머리를 끄덕인 이남호가 입맛을 다셨다.

"고태성이 국정원 끄나풀이었다니, 하마터면 큰일 날 뻔했어."

"북한 쪽은 저뿐만 아니라 고태성이나 심재택 모두를 감시하고 있었던 겁니다."

그러자 이제까지 잠자코 있던 한일만이 길게 숨을 내려쉬었다.

"아무려나 그래도 같이 일하던 동료를 죽이다니 그놈은 도대체……."

"고태성은 우리 동료가 아닙니다, 이사님. 국정원원이라고 봐도 됩니다."

김상철이 말하자 이남호가 담배를 빼내 입에 물었다.

"그나저나 국정원 쪽에서도 가만있지 않을 거야. 트럭에 치여 죽은 것처럼 만들기는 했지만 그냥 넘어갈 놈들이 아냐."

그는 담배 연기를 길게 내어뿜었다.

"이건 전쟁보다 지독한 상황이로군. 적도 동지도 분간할 수 없는 난장

판이 되었어."

대기실에서 20분쯤을 기다리게 한 후에야 사내 한 명이 들어서더니 김상철에게 말했다.
"당신만 날 따라오시오."
자리에서 일어선 김상철이 장국진을 바라보았다.
"그래도 만나주니 다행이군."
사내를 따라 2층의 계단을 오르면서 그는 집 안의 분위기가 가라앉아 있는 것을 느낄 수 있었다. 1, 2층 합해서 500평이 넘을 것 같은 대저택 안에 사내들이 가득 차 있었지만 말소리도 거의 들리지 않을 정도로 조용한 것이다.
그러나 지나치는 사내들의 시선은 부드럽지가 않았다. 앞장서서 가던 사내가 2층의 한쪽 방 앞에 멈춰 서더니 김상철을 돌아보았다.
"들어가시오."
김상철이 방 안으로 들어서자 창가에 서 있던 파벨이 그를 똑바로 바라보았다. 검은 눈이 유리구슬처럼 눈에 박혀 깜박이지도 않는다.
"책임자를 찾은 걸 보면 누가 파리야킨의 후계자가 되었나를 알려고 온 것 같은데."
무표정한 얼굴로 그가 말을 이었다.
"어쨌든 간에 내가 보스가 된 것을 외부에 처음으로 알리는 셈이군. 당신에게 말이야."
김상철이 머리를 숙였다
"영광입니다, 파벨 씨."
"그전에 죽은 파리야킨과 그라노프, 그리고 다른 간부들의 명복을 빌어주시오."

"대단히 유감입니다, 파벨 씨. 저희 이 실장께서도 이번 사건에 대해서 깊은 유감의 뜻을 전하라고 하셨습니다."

그들은 넓은 응접실 안에서 마주보고 서 있었으나 파벨은 자리를 권하지도 않았다.

"우린 내일 아침에 파리야킨의 시체를 블라디보스토크으로 이송해 장례식을 치릅니다. 아마 고위 관리들이 대거 참석하게 될 거요."

"저희 이 실장께서도 참석하시기를 바라셨습니다."

창틀에서 허리를 뗀 파벨이 두어 걸음 그에게로 다가와 섰다.

"이 일을 제의한 사람이 당신이라고 하던데, 맞소?"

숨을 멈춘 김상철이 그를 바라보았다

"무엇을 말씀입니까."

"파리야킨을 치자는 제의 말이오."

"……"

"이 대좌한테서 들었지. 나와 그는 조금 알고 지내는 사이거든."

"……"

"어젯밤 당신도 직업 양성소 건물에 있었다면서요?"

그러면서 파벨이 처음으로 흰 이를 드러내며 웃었다.

"멋진 솜씨였소. 그, 장이라는 여자, 동양 여자치고는 쓸 만하지."

"……"

"김, 당신도 쓸 만한 남자요."

"고맙습니다, 파벨 씨."

"내가 왜 당신한테 이런 이야기를 해주는지 알겠소?"

"아직 모릅니다, 파벨 씨."

"제의는 당신네가 했지만 행동을 한 것은 북한이야. 그들은 곧 당신들과 나에게 영향력을 행사하려고 하겠지. 무슨 말인지 알겠소?"

"알겠습니다, 파벨 씨."

"당신들은 보호세를 줄이려고 북한을 끌어들였지만 머지않아 그들과의 싸움이 시작될 거요. 임차지 안에서의 주도권 다툼이지."

"……"

"또한 북한은 나에게도 영향력을 행사하려고 들 것이고, 내 약점을 잡고 있다고 생각할 테니까."

이제 바짝 다가온 파벨이 다시 이를 드러내며 웃었다.

"요컨대 우리 셋이 지금은 뜻을 합했지만 공존할 수는 없는 사이란 말이오. 그래서 내가 미리 이야기해 주는 거요."

"……"

"나는 그들이 영향력을 키우는 것을 원하지 않아. 나는 물론이고 당신들한테도. 그러면 우리 몫이 적어지거든."

"……"

"그리고 당신들도 마찬가지일 거요. 그들에게 주도권을 뺏기면 임차지 건설은 헛일이 되지."

"잘 알겠습니다, 파벨 씨."

"그것을 우리가 돕겠소. 우리는 당신들이 발견한 자원을 북한쪽과 나눠서 갖고 싶지는 않으니까."

"그러면 이번 회담에서는 어떻게 해주시렵니까? 그것이 우선 우리를 도와주시는 길입니다."

"파리야킨은 생각이 너무 짧았어."

파벨이 혼잣말처럼 말했다.

"그렇게 성급하게 굴지 말아야 했어. 그래서 머리가 없어졌지만."

"……"

"난 현실적으로 하겠어. 아마 임차지의 매출이 생기는 것은 3년쯤 후가 될 테니 첫해부터는 매년 200만 달러, 그리고 3년 후에 다시 협상을 하도록 합시다."

파리야킨은 첫해부터 매년 1000만 달러에 매출이 생기면 10%였으니 놀랄 만한 조건이었다.

"전 잘 모르지만 실장께서도 생각하시는 조건이 있을 겁니다."

김상철이 말하자 파벨이 머리를 끄덕였다.

"좋소. 그쪽 조건에 될 수 있는 한 맞춰보도록 하지요. 그렇게 전하시오."

"고맙습니다, 파벨 씨."

"내 말을 기억하시오. 그리고 당신들이 어디에 있는가를 돌아보시오."

이곳은 러시아 땅이고 임차지는 러시아 영토에 둘러싸여 있는 것이다. 그리고 마피아는 러시아 땅에 뿌리를 내리고 있다는 말이었다.

돌아가는 차 안이다.

파벨의 호의로 그의 부하가 운전하는 승용차의 뒷좌석에 앉은 김상철은 한동안 입을 열지 않았다. 여러 차례의 검문을 가볍게 통과한 차가 시내로 들어섰을 때 장국진이 김상철에게로 머리를 들렸다.

"미처 인사를 못했는데…… 어젯밤에 날 구해준 일 말이야."

"널 구해주다니? 난 그런 적 없어."

김상철이 말하자 장국진이 혀를 찼다.

"어쨌든 김 대리 덕분에 내가 살았어. 어젯밤 분위기로 보면 날 데려갈 작정이었어, 그렇게 되면 난 죽는다."

"너하고 같이 있다 보니까 이번 일의 계획이 떠올랐던 거야. 그러니 오히려 네 도움을 받은 거지."

"그런가?"

"앞으로도 네 도움이 필요해."

"어쨌든 신세를 갚아야지, 하지만 김 대리가 한 번 더 말해주었으면 좋겠는데, 그 장인규한테."

잠자코 바라보는 김상철을 향해 그가 말을 이었다.

"내 가족 말이야. 평양에 보고를 했다면 내 처자식이 위험해, 그래서……."

"……."

"처자식한테 무슨 일이 없도록 김 대리가 한번만 더 이야기해 줬으면 해서."

김상철이 머리를 끄덕였다.

"돈이라도 써보지. 아니면 다른 방법을 쓰던가. 그냥 들어줄 위인들은 아닌 것 같으니까 말이야."

숙소에 도착한 김상철은 곧장 이남호의 사무실로 들어가 보고를 했다.

한일만과 함께 기다리고 있던 이남호는 그의 보고가 끝나자 천천히 머리를 끄덕였다.

"파벨이었군. 그리고 이금철과 미리 손발을 맞춘 작업이었어."

한일만이 입을 열었다.

"교활한 사내군요. 파리야킨이 제거되자 금방 이금철과 거리를 두려는 것을 보면 말입니다."

"그자 말마따나 현실적인 것이지. 그는 지금부터 우리의 가장 큰 문제가 북한이라는 것을 잘 지적해 주었어. 북한에게 임차지의 주도권을 뺏기면 마피아 쪽에서도 좋을 일이 없다."

이남호가 한일만과 김상철을 번갈아 바라보았다.

"늑대를 피하려고 호랑이 굴에 들어간 모양이 되면 안 된다는 말이다.

이제는 파벨을 적극적으로 이용해야 될 것 같다."

"제 생각도 그렇습니다."

한일만이 머리를 끄덕였다.

"양쪽의 힘을 적당히 조절하는 것이 중요합니다."

"당장은 북한 쪽과 가계약을 맺은 것에 우리 쪽도 이의가 없어, 인원이 절대적으로 필요한 상황이긴 하지만 내부단속은 철저히 한다."

그러자 한일만이 웃었다.

"그자들 생각대로는 안 될 겁니다, 실장님. 팔십년 전 레닌 혁명시의 상황도 아니고 우리 고려 노조는 아마 그들보다 더 조직력과 결속력이 강할 테니까요."

이남호가 길게 숨을 내려쉬었다.

"3년 동안 연 200만 달러 조건은 그야말로 파격적이다. 다만 3년 후에 다시 계약을 하자는 것이 조금 걸리지만."

"하지만 그것도 우리 쪽의 조건이 있다면 될 수 있는 한 맞춰 본다고 했습니다."

"회장님이 기뻐하시겠다. 난 그것만으로도 가슴이 뛴다."

그러면서 이남호가 얼굴에 웃음을 띠었다.

"수고했다, 김 대리."

실종자

회장실에서 나온 박미정이 자리에 앉자 한 과장이 다가왔다. 그는 박미정 직속상관으로 비서실 경력만 5년이 되는 사람이다.

"회장님 심기는 어때?"

"좋으세요."

박미정이 얼굴에 웃음을 띠었다.

"요즘 며칠간은 부드럽고 따뜻해요, 과장님."

"이런 분위기는 오랜만이야."

그녀의 책상 앞에서 팔짱을 끼고 선 그도 따라 웃었다.

"한 달 가깝게 가스통 옆에 있는 것 같았다고. 언제 터질지 모르는 가스통 말이야."

그는 힐끗 회장실을 바라보더니 말소리를 낮췄다.

"나도 다음 순서에 시베리아 지원을 해야겠어. 그래야 말년 과장 타이틀을 벗을 것 같아."

30대 중반으로 과장 3년차인 그는 2년 후에야 차장 진급 서열이 된다.

"입사 반년 만에 과장 진급을 한 놈도 있는 판에 난 이게 뭐야? 어떤 놈은 스물여섯에 과장이 되고 난 서른다섯에 과장이라니."

박미정이 잠자코 웃자 그는 주위를 둘러보더니 더욱 목소리를 낮췄다.

"미스 박이 통신 업무를 맡고 있어서 잘 알 텐데. 그, 김상철이 그놈은 도대체 무슨 일을 하고 있는 거야? 인사기록에는 자재담당이라고만 씌어 있던데."

"그건 저도 잘 모르겠어요."

"알았어, 알았어."

괜히 물어보았다는 시늉으로 손까지 저어보인 한 과장은 자리로 돌아갔다.

회장의 컨디션이 요즘 최상인 것은 마피아와의 계약이 좋은 조건으로 체결되었기 때문인 것은 말할 필요도 없다.

회장과 이 실장과의 연락을 맡고 있는 박미정은 김상철이 이번 계약에 관계된 일에 공을 세웠다는 것을 어렴풋이 짐작하고 있었다. 오늘 아침에 이남호는 김상철을 과장으로 진급시켰는데 물론 회장의 지시를 받은 것이다.

회장은 박미정이 바꿔준 전화를 들고는 이렇게 말했었다.

"김상철이를 과장으로 진급시켜. 나이가 무슨 상관이냐? 경력은 무슨. 당장에 자네가 발령을 내. 그래야 일하기가 수월해질 것 같다."

옆에 서 있던 박미정은 가슴이 두근거렸고 얼굴이 굳어져서 일부러 딴 쪽을 바라보았었다. 그러니 오늘 아침에 김상철의 과장 진급 명령서를 하바롭스크로 보낸 한 과장이 영문을 모른 채 신세 한탄을 하는 것도 무리는 아니다.

점심시간이 되어서 직원들이 하나둘씩 자리에서 일어서는데 책상 위의 전화벨이 울렸다. 수화기를 귀에 대자 안인석의 목소리가 들려 왔다.

"난데, 오늘 점심 약속은 다음으로 미뤄야겠어. 괜찮지?"
"괜찮아. 그런데 무슨 일 있어?"
"아니, 일이 조금 바빠서 그래."
"저기 인석 씨. 상철 씨가…… 아냐. 그럼, 다음에 시간 나면 연락해."
박미정은 김상철의 과장 진급 소식을 말해주려다가 그만두었다. 수화기를 내려놓은 박미정은 안하기를 잘했다는 생각이 들었다.

안인석이 시청 앞의 프린스 호텔 커피숍에 들어선 것은 오후 12시 30분이다.
입구에 멈춰 서서 주위를 두리번거리는데 안쪽에서 그를 향해 손을 드는 사내가 있었다. 감색 양복에 넥타이를 단정히 맨 사내는 그가 다가오자 자리에서 일어섰다.
"안인석 씨 맞지요?"
"예, 그럼, 그쪽은 홍만규 씨."
"그렇습니다. 바쁘실 텐데 뵙자고 해서 미안합니다."
악수를 나눈 그들은 자리에 앉았으나 잠시 어색한 침묵이 흘렀다.
점심시간이 가까워졌을 때 홍만규로부터 전화가 왔던 것이다. 처음에는 그가 누군지 몰랐던 안인석도 그랜드 여행사라고 자신을 소개하자 정신이 번쩍 들었다. 그가 이유미와 가까워져 있다는 것은 이미 알고 있었던 것이다.
차가 날라져 오자 먼저 입을 연 것은 홍만규였다.
"언젠가는 한번 만나 뵈려고 했었지요. 특히 지난번 일이 있고나서는 말입니다."
그는 얼굴을 펴며 웃었다.
"하지만 그건 이제 끝난 일이고, 저나 유미도 잊어버리기로 했습니다."

"무얼 말입니까?"

"내가 그 이야길 하려고 뵙자고 한 건 아니니까요. 물론 다시 그런 일이 있으면 안 되겠지만."

그가 자세를 바로 세웠다.

"지금 유미가 LA에 가 있는 건 아시죠?"

안인석이 머리를 끄덕이자 그가 말을 이었다.

"유미가 직접 안 형께 이야기를 하겠다고 했습니다만 아무래도 내가 나서는 게 나을 것 같아서요."

"……"

"며칠 후에 유미는 LA에서 돌아옵니다. 그리고 우린 약혼을 할 계획입니다."

"그렇습니까?"

안인석이 설탕을 젓던 스푼을 내려놓았다.

"하면 하는 거지 이렇게 불러내서 무슨 선전포고 하는 것처럼 분위기를 잡는 이유가 뭡니까?"

"이유를 잘 아실 텐데."

"내가 그따위 계집에게 매달릴 것 같아서 그러시오?"

"매달린다고 해서 될 일이 아니니까 지난번에도 그런 행패를 부린 것 아닙니까? 그래서 충고를 해드리려고 온 겁니다."

"행패를 부리다니? 내가 언제?"

"정말 모르고 계셨던 거요?"

"무얼 말이요?"

"안 형이 김상철이를 시켜 우리를 구타했지 않았습니까? 우리는 병원에 입원까지 했었어요."

"……"

"경찰에 고발을 했다가 주위의 이목도 있고, 김상철이나 안 형의 장래도 생각해서 취하했던 거요. 정말 그 일을 모르고 계셨단 말이요?"

"……."

"만일 두 번 다시 그런 일이 발생하면 난 모든 수단을 동원해서, 그리고 어떤 피해를 감수하고서라도 법으로 해결할 겁니다, 기억해 두시오."

그러자 잠자코 시선을 주던 안인석이 입을 열었다.

"그때가 언제였지요?"

"김상철이가 시베리아에서 돌아왔을 때, 난 전치 3주였고 유미는 2주 진단을 받았어요. 난 안 형이 알고 계신다고 생각했는데……."

"……."

"어쨌든 좋습니다. 난 그걸 따지자고 온 건 아니니까요. 유미와 한때 좋은 사이였던 안 형께 상황을 설명해드리는 것이 예의일 것 같아서 만나자고 한 겁니다."

"……."

"그리고 물론 그런 일이 두 번 다시 있으면 안 되겠지요, 안 형."

그러자 안인석이 자리에서 일어섰다.

"내가 시킨 일이 아니었어, 그 일은."

눈을 치켜뜬 그가 홍만규를 내려다보았다.

"그러니 경고를 하려면 그 친구한테 하란 말이야. 난 모르는 일이니까."

옆자리에 앉아 있던 두 사내가 몸을 굳히는 것을 보면 홍만규의 동행인 모양이었다.

몸을 돌린 안인석이 휘청거리는 걸음으로 커피숍을 나왔다. 현기증이 날 정도로 햇살이 밝은 오후였다.

홀리데이인 호텔의 라운지에서는 한강이 내려다보였다. 유람선이 흰 물결을 뒤로 뱉으며 강심을 거슬러 올라가는 옆에는 철 이른 윈드서핑의 돛 서너 개가 위태롭게 흔들리고 있었다.

점심을 마친 후여서 식후의 포만감에 조금 나른해진 시간이다. 강미현은 커피 잔을 내려놓고 앞에 앉은 최희은을 바라보았다. 그녀는 고등학교 동창으로 마음을 터놓을 수 있는 몇 안 되는 친구 중의 하나였다.

"어머니한테 끌려서 맞선을 세 번 보았어, 모두 집안 좋고 학벌 좋고 잘 생겼더라. 요즘은 잘생긴 남자가 너무 많아."

계속 하라는 듯 최희은이 잠자코 시선을 주었다. 그녀는 그림 공부를 하는 화가이다.

"모두 행세깨나 하는 집안이야, 이름만 대면 알 수 있는. 솔직히 어떤 미인이라도 데려 갈 수 있는 남자들이지."

머리를 끄덕인 최희은이 커피를 한 모금 마시고는 내려놓았다.

"어떤 애들은 공주병이 걸려서 꼴불견인데 네 증세는 도대체 뭐야? 그래, 그 사람들이 왜 싫었나. 그 이야기를 하려는 모양인데, 해 봐. 들어줄 테니."

"싫었어, 그냥. 물려받은 재산이, 미국과 영국에서 따낸 학위, 그리고 번듯한 외모도."

"아이고."

"양쪽 가족이 호화롭게 나타나서 입에 발린 인사를 늘어놓는 분위기도, 지긋지긋했다니까."

"너, 로마의 휴일 봤니?"

강미현이 잠자코 있자 최희은이 말을 이었다.

"공주인 헵번이 뛰쳐나가서 신문기자 그레고리 펙을 만나 사랑하는 장면 알지? 그때 내 속마음이 어땠는지 내가 말해줄까? 아니, 그 영화를 본 수백만의 여자들 속마음을 내가 말해줘야겠어?"

이제는 물 잔을 들어 한 모금 마시고 난 최희은이 강미현을 쏘아보았다.

"아마 100%가 저러다가 공주자리를 놓치면 어쩌나 하고 간이 좋아서 안달을 했을 거다. 그래, 둘이 헤어졌을 때 눈물 꽤나 흘렸겠지만 속으로는 안도의 한숨을 쉬었을 거란 말이야."

"나아 참."

"주인공이 신데렐라라면 상황이 다르지. 신고 있던 구두라도 스크린에다 던져줘서 왕자님과 짝이 되게 만들어 주고 싶은 것이 여자들의 마음이야."

최희은이 넓은 얼굴을 찌푸리자 더욱 얼굴이 넓어졌다.

"그러니 네가 그따위 광고를 해대어도 믿을 사람 아무도 없을 거야. 넌 그 헵번 공주보다 더 부자고 생긴 것도 그러니까. 그러니 정도를 가란 말이야. 쓸데없는 투정은 그만 부리고."

"좋아하는 남자가 있어."

그러자 최희은이 움직임을 멈추고 시선을 주었다. 강미현이 말을 이었다.

"고려그룹 직원인데 지금 시베리아에 나가 있어."

"너희 회사 직원이란 말이야?"

"과장이야."

"몇 살인데."

"스물여섯."

최희은의 눈이 크게 떠졌다.

"스물여섯에 과장이라면…… 어디서 정책적으로 데려다 놓은 남자야?"

"아냐. 입사 반년 만에 자기 힘으로 진급한 거야."

"집 안은 어떤데?"

"그저 평범한 공무원집."

"그만둬."

그 순간 강미현이 눈을 치켜떴다.

"너는 왜 이렇게 갈수록 속물이 돼가니?"

"그래, 알았다. 그 남자 이야기나 듣자."

"그 남자에게 끌려, 그냥. 처음 보았을 때부터."

"그쪽도 그래?"

"그건 모르겠어. 아니, 그쪽은 아닌 것 같아."

"별일도 다 봤네. 그래서 어떻게 되었는데?"

"어떻게 되긴? 그냥 이 남자라면 괜찮다 하고 생각하는 중이지."

"네 아버지, 할아버지가 승낙할 것 같아?"

"모르겠어."

강미현이 김상철의 이야기를 겉만 대충 포장해서 이야기해 주었는데도 최희은이 입을 딱 벌렸다.

"대단하네, 그 남자. 그만하면 고려에서 출세는 보장되겠다."

"……."

"하지만 앞으로 골치 아프게 될 거야. 네가 회장의 손녀인 줄 알게 된다면 한바탕 분란이 일어날 테니까."

"분란이라니?"

"물론 도망치지야 않겠지만 양쪽이 선입견을 갖게 될 테니 재미가 없어질 거야. 그리고 너희들 스스로 갈등을 만들어서 고민하고. 이건 소설책에서 읽었어."

"심재택은 어제 오후에 도쿄행 일본 항공으로 하바롭스크를 떠났습니다."

장인규가 김상철을 바라보며 말을 이었다.

"혹시 그동안 그자한테서 무슨 연락이 오지는 않았습니까?"

"아니, 그날 이후로 없었습니다."

"눈치를 챘는지도 모르겠군요."

잠시 방 안에는 정적이 흘렀다. 교외에 있는 그들의 아지트인 통나무집 안이다. 이제 하바롭스크에도 긴 겨울이 가고 짧은 여름이 다가오는 중이어서 창문은 활짝 열려 있었다.

저녁 무렵이었다. 어디에선가 태우는 나뭇가지 연기가 집 안으로 흘러 들어 왔다. 탁자 옆쪽에 앉은 이금철이 입을 열었다.

"호텔에는 그자 부하들로 보이는 두 사내가 투숙하고 있어요. 국정원 원들이 모두 철수한 건 아니오."

김상철이 잠자코 머리를 끄덕였다. 오늘 김상철은 이금철에게서 고려그룹 취업 희망자인 조선족 300명의 명단을 받으려고 온 길이었다. 이 실장과 파벨은 열흘 전에 5년 동안 연간 보호비 150만 달러를 지급하기로 하고 5년 후에는 다시 협상을 한다는 협정을 맺었다. 블라디보스토크 항에 입항해 있던 고려의 화물선은 이미 하역을 끝내고 화물을 실은 100여 대의 트럭이 임차지로 다가가는 중이었다. 탁자 위에 놓인 서류를 챙기던 김상철이 그들을 바라보았다.

"나는 내일 임차지로 갑니다. 당분간 그곳에 있게 될 것 같습니다."

"그렇습니까? 이젠 그쪽 일이 바쁘실 테니까."

장인규가 얼굴에 웃음을 띠었다.

"조선족 일꾼들이 1000명이 넘게 가 있으니 신경이 쓰이겠지요."

1000여 명 중에서 이금철의 추천을 받아 채용한 인원이 500명 가깝게 된다.

"상부에서도 기대가 커요."

김상철을 향해 장인규가 말을 이었다.

"특히 김 선생에 대해서도 대단한 관심을 가지고 계십니다."

"그렇습니까?"

서류를 챙겨든 김상철이 자리에서 일어서자 장인규가 따라 일어섰다.

"저도 시내에 나갈 일이 있으니 태워주세요."

밖은 이미 어두워져 있었으므로 김상철은 라이트를 켰다. 열어 놓은 차창으로 진한 땅 냄새와 함께 비린 듯한 풀냄새가 났다. 얼어 있던 땅이 녹아 어느 사이에 풀과 나무가 푸른색으로 바뀌어져 가고 있는 것이다. 옆자리에 앉은 장인규는 앞쪽을 바라본 채 입을 열지 않았다.

어두운 차 안이어서 그녀의 옆모습 윤곽만 보일 뿐이었지만 그녀가 무언가 생각에 골몰하고 있는 것처럼 느껴졌다.

차가 굴곡이 심한 길에서 덜컹이며 흔들리자 손잡이를 움켜쥔 장인규가 그를 바라보았다.

"김 선생은 서울에 여동생이 한 분 있지요?"

"예, 대학생 입니다."

김상철이 얼굴에 웃음을 띠었다.

"잘 알면서 왜 묻습니까?"

"아무래도 심재택이 마음에 걸려서요."

"……"

"그자가 김 선생한테 아무 연락도 없이 떠났다는 것이 불안해지는군요."

"할 수 없는 일입니다."

"서울에 있는 여동생과 그리고 아버지한테 해가 되지 않을까요?"

핸들을 쥔 김상철은 어두운 앞쪽을 바라보았다. 구릉지를 달리고 있어서 시내의 불빛은 아직 보이지 않았다.

"그렇다면 심재택이 내가 고태성의 살해에 가담했다는 것을 알고 있다는 말입니까?"

"그럴 가능성이 많지요. 심재택이 제일 먼저 용의자로 떠올릴 사람은 아마 김 선생이 될 겁니다."

"……."

"작전 직전에 고태성은 심재택을 만났어요. 그날 밤 무슨 일이 일어난다는 것까지는 말해주었을 수도 있습니다."

김상철은 핸들을 쥔 채 아무 말 없이 한동안 앞쪽을 바라보았다. 그는 파리야킨을 치는 것까지도 짐작했을 것이다.

장인규가 말을 이었다.

"고태성의 정체를 알게 된 김 선생이 비밀을 지키려고 그를 살해했다고 생각할 가능성이 제일 크지요. 정황을 보아서도 그렇습니다."

"……."

"중국인으로 가장해서 환전소를 쳤다는 것까지 심재택에게 말했다면 우리와 연대했을 것도 추측해낼 수 있을 겁니다."

그러자 김상철이 브레이크를 밟고는 길가에 차를 세웠다.

그는 장인규에게로 몸을 돌렸다.

"나한테 하고 싶은 이야기가 뭡니까?"

차 안은 어두웠지만 그의 시선을 받은 장인규가 부드럽게 웃는 것이 보였다.

"김 선생을 생각해서 말씀드리는 거예요. 한국으로 돌아가시면 위험할 것 같아서."

"김 선생은 우리한테도 중요한 분이거든요."

"난 당신들의 보호는 받고 싶지 않습니다."

김상철의 목소리가 차 안을 울렸다.

"그리고 참고삼아 말씀 드리는데 난 아버지의 형편 같은 것에 구애받지 않아요. 불만도 없고, 돈을 횡령했으니 당연히 감옥살이를 해야 하는 거요."

"……."

"그리고 당신들과의 관계는 사업적인 것뿐이오. 우린 서로 주고받았습니다. 우린 당신들 덕분에 마피아와의 관계가 호전되었고 당신들은 조선족의 추천을 맡으면서 위상이 높아졌어요. 이것은 당신들이 지난 몇십 년 동안 러시아 내의 조선족들에게 기반을 굳히려고 노력했던 것보다도 더 큰 성과였을 겁니다."

어둠에 익숙해지자 장인규의 검은 눈동자와 입술의 선이 똑똑히 보였다. 그녀가 천천히 머리를 끄덕였다.

"무슨 말인지 알겠어요, 김 선생. 난 김 선생께 어떤 제의도, 압력도 넣을 생각이 없습니다. 다만 한국으로 가시면 위험할지도 모른다는 충고를 드리려는 겁니다."

"그건 고맙습니다. 하지만 내가 해결할 거요."

브레이크를 푼 김상철이 핸들을 꺾자 차는 차도로 들어섰다.

다시 차창을 통해 바람이 몰려 들어왔으므로 그는 창문을 닫았다. 바람이 차갑게 느껴졌기 때문이다.

숙소에서 나온 김상철이 인투리스트 호텔에 도착했을 때는 밤 10시가 되어 있었다. 이제 마피아들의 중국인 색출작업도 시들해졌고 경찰의 검색은 그보다 먼저 그쳐진 상태여서 시내는 평온했다. 그는 사람으로 들끓는 로비를 가로질러 곧장 안쪽에 설치된 공중전화 박스로 다가갔다. 미리 준비해온 동전을 전화기에 넣은 김상철이 다이얼을 눌렀다.

한국에 전화를 하려는 것이다. 신호가 다섯 번쯤 울린 후에 곧 응답소리가 났다.

"여보세요."

나이 든 부인의 목소리였다.

"저는 김상철이라고 합니다, 박미정 씨 있으면."

"잠깐 기다려요."

그리고는 곧 박미정이 나왔다.

"여보세요."

"나야."

"왜 이제야 전화해요?"

박미정의 화난 듯한 목소리에 김상철은 얼굴에 웃음을 띠었다.

"바빴어."

"아무리 바쁘더라도."

박미정의 목소리는 부드러웠다. 화난 목소리를 내야 했지만 감정의 통제가 잘 안 되는 것이다.

"진급 축하해요, 상철 씨. 내가 얼마나 통화하고 싶었는지 아세요?"

"나도 뜻밖이야, 또 진급시킬 줄은. 내가 알았다면 사양하는 건데."

그러자 박미정의 맑은 웃음소리가 들렸다.

"그게 사양한다고 되는 일이에요?"

"인석이는 잘 있지?"

"잘해 나가는 모양이에요, 이젠. 어제 민희하고 영화 보고 쇼핑 했어요."

"그랬어?"

"민희 남자친구 있는 것 알고 있지요?"

"만나지는 못했어."

"나하고 만나면서도 두 번이나 전화를 하더군요. 부러웠어요. 마음대로 전화할 상대가 옆에 있다는 것이."

"나도 보고 싶어."

그러자 저쪽은 잠시 말을 멈추었다가 가라앉은 목소리가 되었다.

"거기 어디에요?"

"숙소 전화를 쓰기가 뭣해서 호텔 전화를 쓰는 거야."

"언제 오세요?"

"두어 달쯤 지나면 기회가 생길지도 모르지."

"몸조심 하세요, 상철 씨."

"미정이 사진은 항상 넣고 다녀. 내 부적이야."

"언제 다시 전화할 거예요?"

"그건 잘 모르겠어. 난 내일 임차지로 떠나니까."

임차지에서 서울로 전화를 하려면 본부에 임시 가설된 공용 전화를 써야만 한다. 사적인 전화는 할 수가 없는 것이다.

"하바롭스크로 돌아오면 다시 전화할게."

"여기 걱정은 말아요."

그러자 김상철이 짧게 웃었다.

"내 걱정도 말아. 이곳엔 여자도 없으니까."

수화기를 내려놓은 김상철은 길게 숨을 내려쉬었다.

마치 링거액을 한 병 흡수한 것처럼 온몸에 새로운 기운이 돋아나고 있었으므로 갑자기 술 생각이 났다.

그는 큰 걸음으로 로비를 지나 밖으로 나왔다. 숙소에서 기다리고 있는 장국진과 함께 오늘은 취하도록 마셔야겠다고 마음먹었다 이제까지

술은 입에도 대지 않았던 것이다.

본부기지의 정면으로는 끝없는 대평원이 펼쳐져 있었다. 아직 덜 녹은 눈이 군데군데 흰 반점처럼 번져 있었지만 속살을 드러낸 암갈색 대지는 텁텁한 땅 냄새를 뿜어내는 중이었다.

회색 하늘과 맞닿은 지평선도 이제는 하늘과 짙게 구분되었다. 옆쪽으로는 유전지대가 펼쳐져 있었다. 철탑과 굴뚝, 그리고 철근 빔을 세우는 중이라 수십 대의 차량들이 새까맣게 모여서 움직였다. 오후의 햇살을 받은 차량의 유리가 가끔씩 이쪽으로 반사광을 내었다. 지금 유전에서는 1000명이 넘는 인원이 작업을 하고 있는 것이다. 20여 동의 건물이 이미 세워져 있었으므로 이쪽에서 바라보아도 회색빛 건물군이 대자연의 한 자락을 차지하고 있었다.

한동안 유전을 바라보던 김상철은 담배를 던지고는 몸을 돌렸다. 점심시간이어서 햇볕을 즐기려는 한가로운 모습의 직원들이 그의 옆을 지났다. 그가 아래쪽 주차장에 세워둔 지프로 다가갔을 때 뒤에서 부르는 소리가 들렸다.

"김 과장님, 유 전무께서 부르십니다."

사무실에서 일하는 직원이다.

그가 방으로 들어서자 창밖을 바라보고 있던 유장석이 몸을 돌렸다.

"유전에 가려던 참인가?"

"예, 한 시간쯤 후에 조선족 50명이 헬기로 도착합니다."

김상철은 단장의 직속으로 주로 인력관리 업무를 맡고 있었다.

소파에 마주보며 앉은 유장석은 찌푸린 얼굴을 한 채 입을 열지 않았다. 김상철이 임차지에 온 지 열흘째 되는 날이다. 이남호도 서울로 돌아가 있어서 하바롭스크에는 한일만 이사가 책임자로 남아 있다.

이윽고 유장석이 입을 열었다.

"이 실장한테서 연락이 왔어. 자넬 귀국시키라는 정식 공문이 왔다는군."

"……."

"검찰에서 연락이 왔다는 거야. 고태성을 살해한 혐의가 있다는데."

그는 담배를 꺼내 입에 물었으나 불을 붙이지는 않았다.

"난 여기에만 있어서 내 막을 잘 모르고 있어. 자네가 고태성이를 죽였나?"

그러자 김상철이 얼굴에 웃음을 띠었다.

"말씀드리지 않겠습니다. 모르고 계신 것이 차라리 나을 것 같습니다."

그러자 유장석이 눈을 부릅떴다.

"인마, 네가 이윤제를 없애도록 사주한 것도 나야. 까불지 말고 말해, 어서."

"고태성이는 국정원 정보원이었습니다. 북한 쪽과 같이 파리야킨 제거 작업을 했는데 그 일이 국정원으로 보고되면 문제가 될 것 같았습니다."

"……."

"저는 몰랐는데 북한 쪽에서 고태성을 미행했던 모양입니다. 고태성은 심재택과 같이 제 부하직원인 신해복을 죽였습니다."

김상철이 상황을 설명하자 그가 머리를 끄덕였다.

"심재택이가 널 의심 할 만하군. 이 실장 이야기로는 검찰은 확실한 증거를 갖고 있는 것 같다는 거야."

"아마 북한 쪽에서 정보를 주었을지도 모릅니다."

"그게 무슨 소리야?"

유장석이 찌푸린 얼굴로 그를 바라보았다.

"북한이 정보를 주다니, 그건 왜?"

"저를 회유하더군요. 제 가족관계도 모두 알고 있었습니다."

"……."

"한국 검찰에 쫓기면 자신들 품안으로 들어오리라고 생각했던 모양입니다."

"넌 인기가 좋구나. 오라는 데가 많은 걸 보면."

"절 보내시렵니까?"

"그럴 것 같으냐?"

유장석이 라이터를 켜 담배에 불을 붙였다.

"실장님이 정식으로 널 보내라는 공문은 보냈다. 어쩔 수 없지."

"……."

"하지만 암호전화로 널 숨기라는 연락이 왔다. 널 보낼 수는 없어."

"실장님이나 나 마찬가지로 회사 일을 하다가 이렇게 된 널 사지로 못 보낸다. 내 목이 떨어지는 한이 있어도."

"……."

"서울의 동생 걱정은 말아, 그리고 부친도. 우리가 책임을 질 테니까."

담배연기를 길게 내뿜은 유장석이 김상철을 똑바로 바라보았다.

"그렇다고 검찰이 오라는데 네가 이곳에서 빈둥거리는 걸 알면 회사도 문제가 커져. 더욱이 고태성이 국정원 직원이었다면 말이다."

"……."

"그래서 우리는 널 실종으로 처리하기로 했다. 넌 실종자야, 알았어?"

태풍전야

　박미정이 김상철의 실종소식을 안 것은 여름으로 접어드는 7월 초순의 어느 날 아침이었다. 검찰의 소환요구서가 접수된 지 10여 일 후여서 그동안 가슴을 졸이고 있던 그녀는 시베리아에서 보내온 팩스를 읽다가 금방 얼굴이 하얗게 되었다. 팩스는 유장석이 보내 온 공문이었다.
　임차지에서 근무 중이던 김상철 과장이 차량과 함께 실종되었는데 아무래도 늪지에 빠진 것 같다는 짧은 내용이다.
　자리에서 일어선 박미정은 한 과장의 책상 위에 공문을 내려놓고는 사무실을 나왔다. 황망한 얼굴로 복도에 서 있자 지나던 직원들이 힐끗거렸기 때문에 박미정은 화장실로 들어섰다. 그러자 눈물이 흘러내리기 시작했다. 박미정은 다시 비어 있는 화장실 안으로 들어가 문을 잠갔다. 벽에 이마를 붙인 박미정은 흐느껴 울기 시작했다. 어깨를 떨며 잔뜩 소리를 죽였으나 입에서는 신음 같은 울음소리가 터져 나오고 있었다.
　그동안 비서실의 한 과장은 박미정이 놓고 간 공문을 읽다가 자리에서 솟구쳐 일어섰다. 허둥거리며 이남호에게로 다가간 그의 표정은 상기

되어 있었다.

"실장님, 시베리아에서 공문이……."

그는 공문을 읽는 이남호의 표정을 눈 한번 깜박이지 않고 바라보았다. 이윽고 이남호가 머리를 들었다.

"안 됐군, 이 사람."

이남호가 길게 한숨을 내려쉬었다.

"이리떼가 많은 곳인데, 그곳은."

그날 오후부터 실종된 김상철이 이리에 잡혀 먹혔다는 소문이 난 것은 당연한 일이었다. 그리고 박미정은 그 이튿날부터 일주일간 휴가원을 내고는 행방을 감추었다. 갑작스러운 휴가여서 한 과장이 여러 번 집에 연락을 했지만 시골에 갔다는 것이다. 그러나 가끔 스트레스 때문에 그런 행태를 부리는 직원이 있었으므로 한 과장은 크게 걱정하지는 않았다.

박미정의 모친 이연희 여사는 50대 중반이었지만 나이보다 젊어 보이는 깔끔한 용모였다. 아파트 근처의 커피숍에서 기다리고 있던 이 여사는 안인석이 주춤거리며 다가오자 자리에서 일어섰다.

"조금 전에 전화했던 안인석 씨 맞지요?"

"예, 어머님, 접니다."

그들은 초면이었지만 안인석이 여러 번 전화를 했던 때문에 목소리는 귀에 익었다. 마주앉아 차를 시키고 나자 이 여사가 입을 열었다.

"회사 사람들한테는 말하지 말라고 해서 그렇게 했는데 안인석 씨는 친구 되니까 내가 보자고 했어요."

"예, 저도 궁금했습니다. 갑자기 휴가를 낸 것도 그렇고 연락도 안 되고 해서."

"글쎄, 나도 속이상해서 어떻게 해야 될지 모르겠는데…… 방문을 걸어 잠그고 안에서 울기만 해서."

"지금 집에 있습니까?"

이 여사가 머리를 저었다.

"점심때 지나서 내가 시장간 사이에 나갔어요. 부산 외삼촌한테 바람 쐬러 간다고 쪽지를 남겨두고. 다행히 조금 전에 부산에서 연락이 왔더군요. 외삼촌 집에 왔다고."

"……"

"혹시 무슨 일이 있나 안인석 씨는 모르세요?"

"저는 잘……"

"김상철 씨라는 사람, 그 사람이 친구 되지요?"

"예, 제 친굽니다."

"그 사람하고 가까워진 것 같던데…… 매일 그 사람 이야기를 들었거든요."

"예, 그런데 그 친구는 시베리아에 있는데."

"연락이 안 되나요?"

"안 됩니다, 저는."

"걱정이 돼요. 이런 일은 처음이라. 도무지 묻는 말에 대답도 하지 않고."

이 여사가 길게 숨을 내려쉬었다.

"회사 직원한테 넌지시 물어봤더니 몸이 아프다고만 하면서 휴가를 냈다는군요. 도무지 무슨 영문인지 걱정이 돼서 집안이 어수선해요."

박미정의 가족은 대학에 다니는 남동생 하나에 보험회사 중역으로 근무하는 아버지로 네 식구라고 했다. 이 여사는 몇 가지를 더 물어보았으나 신통한 답을 못 얻자 오히려 더 답답해진 얼굴을 하고 먼저 일어서서 나갔다. 한동안 우두커니 앉아 있던 안인석은 시계를 내려다보았다. 저녁 8시가 되어가고 있었다.

그룹 비서실의 재무팀 소속인 김영광은 자판을 두드리면서 수화기를 귀에 붙였다.
"예, 재무팀 김영광입니다."
"김 선배, 접니다. 백해근이요."
"어, 너냐? 아침부터 웬일이야?"
백해근은 고등학교 후배이다. 그가 지난 겨울 입사했을 때 동창모임에서 만난 적이 있다.
"선배님, 바쁘시겠지만 뭘 좀 물어봐도 되겠지요?"
"그래, 물어라, 물어."
자판에서 손을 뗀 그가 의자에 등을 기댔다. 가끔 후배들로부터 받는 이런 전화는 귀찮기도 했지만 우습기도 했다. 그들은 그룹 비서실을 청와대 비서실쯤으로 생각하는 경향이 있었는데 특히 증세가 심한 것은 신입들이다.
"선배님, 김상철이 아시죠? 김상철 과장."
백해근의 말에 김영광이 얼굴을 굳혔다.
"그래, 왜?"
"그 친구, 지금 어디에 있습니까?"
"시베리아지, 어딘 어디야? 그런데 너, 김 과장 잘 알아?"
"아니, 잘 모릅니다. 제 친구의 친구가 되는데…… 선배님, 제 친구가 김 과장한테 꼭 좀 연락을 해야겠다고 해서요."
"누군데? 그 친구라는 자가?"
"안인석이라고 제 대학동창인데요."

"……."

"선배님, 김 과장 전화번호나 아니면 팩스번호라도 알려주실 수 없습니까?"

"그건 곤란해."

"아니 왜요?"

이맛살을 찌푸린 김영광이 잠시 앞쪽을 바라보았다. 이 일은 회사기밀이 아니다. 이미 비서실은 물론 관련부서 사람들에게 알려진 일이었고 검찰에도 통보가 간 것이다.

"김 과장은 실종되었어. 며칠 전에."

"예? 실종요?"

"그래. 시베리아 늪지에서 말이야."

"죽었어요?"

"그건 몰라. 그러니 네 친구한테 그렇게만 알고 있으라고 해."

"아아, 예."

"그리고 괜히 김 과장 가족에게 이런 이야기할 필요는 없다고 전해. 회사에서 연락이 갈 때까지는 말이야. 알겠지?"

"알겠습니다, 선배님."

"내 입장 난처하게 만들지 말란 말이다. 그랬다간 너하곤 끝장이야. 알았어?"

그날 오후 비행기로 부산에 내려간 안인석이 해운대의 조그만 호텔에 묵고 있는 박미정을 만났을 때는 밤 9시가 넘어 있었다. 그녀는 안인석을 보자 조금 놀란 것 같았지만 곧 무표정한 얼굴이 되었다. 그러나 호텔 앞의 찻집으로 가자는 안인석의 제의를 뿌리치지는 않았다. 그들은 창가의 테이블에 마주앉아 한동안 입을 열지 않았다.

종업원이 다가와 주문을 받고 한참 후에야 커피를 가져다 놓았는데도 그들은 한동안 제각기 딴전을 피우며 앉아 있었다. 이윽고 박미정이 점퍼 주머니에서 담배를 꺼내더니 입에 물었다.

"이야기 듣고 왔어?"

안인석이 머리를 끄덕였다.

"하지만 살아 있을 거야. 난 그놈을 믿어. 죽을 놈이 아냐."

"……."

"아아, 왜 내 주변에서는 이런 일만 일어나지?"

그 순간 안인석의 부릅뜬 눈에서 눈물이 흘러내렸다. 종업원이 지나면서 힐끗거렸지만 그는 흐르는 눈물을 가리지 않았다.

"네가 비서실에 있으니 더 잘 알 것 아냐? 늪지에서 실종되다니? 그럴 수도 있는 거야?"

"……."

"왜 나한테 진즉 이야기해 주지 않았어? 너만 알면 되는 거냐?"

눈에 가득 눈물이 고였지만 외면한 채 담배연기를 내뿜고 있던 박미정이 그를 바라보았다.

"살아 있을 거야. 난 며칠간 아무 생각도 없었는데 이제 조금 정리가 돼. 아마 상철 씨는 소환을 피해서 행방을 감추었을지도 몰라."

"소환을 피하다니?"

손바닥으로 눈물을 훔친 안인석이 바짝 상체를 기울였다.

"그게 무슨 말이야?"

"그럴 일이 있어. 검찰에서 소환시키라고 했거든."

"어떻게 된 일인데?"

"나, 피곤해."

박미정이 손바닥으로 이마를 짚으면서 상체를 의자에 기대었다.

"며칠 동안 별로 먹은 것이 없어."

"……."

"난 내일 서울로 올라갈 거야. 다시 회사에 나가서 기다릴 거야."

"검찰에서 무엇 때문에 상철이를 소환하려는 거야? 자세히 말해."

그러자 잠시 안인석을 바라보던 그녀가 입을 열었다. 검찰에서 살인혐의로 소환장이 왔던 이야기를 하자 그의 눈이 크게 떠졌다.

"살인혐의라고? 누구를? 왜?"

"직원이야. 그 이상은 나도 몰라."

"……."

"만일 그것이 사실이래도 난 기다릴 거야. 기다렸다가 이야기를 들을 거야."

이제 박미정은 김상철이 실종되지 않고 모습을 감추었다고 믿기로 한 모양이었다. 그러나 안인석은 아직도 혼란스럽기만 했다. 그는 연속적인 충격으로 박미정과는 달리 감정을 통제하지 못하고 있었다.

"회사 조퇴하고 내려 왔어?"

박미정이 묻자 안인석의 눈에 초점이 잡혔다. 당연한 일을 왜 묻느냐는 표정이다.

"그럼 내일 아침 나하고 서울로 올라가. 첫 비행기로."

주머니에서 수건을 꺼낸 박미정이 그에게 내밀었다.

"얼굴 닦아. 지저분해."

찻잔을 내려놓은 강 회장의 표정은 밝았다.

"유장석이가 여러 지역을 조사했는데 거주환경이 좋은 곳 몇 군데를 사진으로 보내왔어. 하지만 내가 눈으로 직접 봐서 결정할 작정이다."

그가 말을 이었다.

"연내에 거주지를 기공하면서 조선족들을 선별해서 받아들일 작정이야. 내년쯤이면 직원의 가족은 일부분 받아들일 수 있겠지."

저녁을 마치고 서재에 마주앉은 그들의 화제는 여느 날과 다름없이 임차지에 관한 것이다. 임차지 이야기를 할 때의 강 회장 분위기가 언제나 밝았으므로 강용식이 먼저 이야기를 꺼낼 때도 있다. 방문이 열리더니 약그릇을 든 강미현이 들어섰다.

"김진모 교수가 연락해 왔다는 보고는 들으셨습니까?"

강용식이 묻자 강 회장이 머리를 끄덕였다.

"들었어. 우린 그런 사람이 필요해. 학자라도 개척정신이 강한 사람이야."

"직급은 상무급으로 하고 연구소장 직책을 주는 것이 어떻겠습니까?"

"그래야지. 그럴 만한 자격이 있어."

유전을 발견했던 김진모 교수는 교직을 떠나기로 결정을 한 것이다. 그는 이제 임차지의 연구소장이 되어 자원을 발굴하는 임무를 맡게 되었다.

강용식이 소파의 한쪽에 앉아 있는 강미현을 힐끗 바라보았다. 할아버지의 약그릇이 비워지기를 기다리는 자세였지만 그들의 말에 귀를 기울이고 있다.

"아버님, 그럼 언제 떠나실 겁니까?"

"다음 주에 가겠다. 이젠 지난번하고는 상황이 다르니까 걱정할 필요는 없다."

"국정원에서 실종 확인을 하려는 모양입니다. 임차지로 직원을 보내겠다고 해서 이 실장이 거절했다는군요."

"그런 망할 놈들 같으니."

강 회장의 얼굴이 찌푸려졌다.

"저희들이 뭔데 남의 땅에 들어와? 유장석이한테 단단히 말해둬야겠군."

"이 실장이 이미 조처했을 겁니다."

약그릇이 비워지자 강미현은 자리에서 일어서서 강 회장을 바라보았다.

"할아버지, 이번에 가실 적에 제가 따라가면 안 돼요? 지난번 말씀드린 대로 그쪽 자연을 필름에 담아오고 싶어요. 회사 홍보 효과도 있고, 또……."

"얘가 무슨……."

강용식이 이맛살을 찌푸렸으나 강 회장은 눈을 껌벅이며 잠자코 앉아 있었다.

"이젠 고려직원들뿐만 아니라 국민들에게도 말로만 들은 광대한 땅에 대해서 알려줘야 한다고 생각해요, 그보다 더한 선전효과도 없을 것 같아요."

강미현의 상기된 얼굴을 바라보던 강 회장이 천천히 입술 끝을 올리며 웃었다.

"그럴 때도 되었다, 이젠. 그럼 준비해라."

"꼭 마음에 드시는 작품을 만들겠어요, 할아버지."

서재를 나온 강미현은 약그릇을 가져다 놓고는 응접실에 앉아 TV를 보았다. 건성으로 화면만 보던 그녀는 한참 만에 아버지가 밖으로 나오자 이제는 과일을 깎아들고 서재로 들어섰다. 강 회장은 신문을 읽고 있었다.

그의 앞에 과일 접시를 내려놓은 강미현은 소파의 한쪽에 앉았다. 어렵기로 하면 아버지보다 열 배는 더한 할아버지였지만 이해의 폭이 그만큼 더 컸으므로 어려운 이야기는 그가 더 낫다.

이윽고 강 회장이 머리를 들었다

"응, 나한테 할 이야기가 있느냐?"

"알고 싶은 것이 있어서요, 할아버지."

"말해라."

"저, 김상철이라는 사람, 정말 실종되었어요?"

그러자 강 회장이 눈썹 사이를 좁히면서 그녀를 바라보았다.

"그렇지. 네가 그놈에 대해서 잘 알겠구먼."

강미현의 해독으로 여러 번 암호전화를 주고받은 것을 떠올린 모양이다. 그러나 요즘은 큰 문제가 해결이 되어서인지 강 회장은 집에서 전화를 하지 않는다. 그래서 강미현은 김상철이 실종되었다는 것밖에 모른다.

"그래, 그놈은 실종되었다. 이 실장은 그놈이 늑대한테 잡혀 먹혔다고 믿는 모양이다."

"어쩌다가 그렇게 되었어요?"

"그건 나도 모른다."

강 회장이 물끄러미 그녀를 바라보았다.

"운이 없었던 거지, 그놈은."

"……."

"재주도 좋고, 기회도 잡았던 놈이었는데 운이 따라주지 않은 모양이야."

"……."

"너도 이제 스물다섯이지?"

"네, 할아버지."

강 회장이 나이를 집어 말한 것은 처음이었으므로 놀란 그녀가 머리를 들었으나 더 이상의 말은 없었다.

이남호 실장은 회의실로 내려와 두 사내와 마주보고 앉아 있었다. 그가 회의실에서 손님을 맞는 것은 이례적인 일이어서 직원들은 의아하게 생각하는 중이었다. 그는 장관이 방문을 해도 사무실의 소파에서 맞아들이는 성격이었다.

"그 일에 대해서는 내가 지난번에 말씀을 드린 것 같은데."

이남호가 부드러운 표정으로 말했다.

"그곳은 우리가 개발을 하고 있지만 러시아 영토지요. 그곳에서 일어나는 범죄행위는 러시아 사법당국의 권한입니다. 우리가 이래라 저래라 할 입장이 못 된단 말입니다."

"그렇습니까?"

그렇게 물은 것은 검찰 수사관이었고 그의 옆에 앉아 있는 것은 심재택이다. 수사관이 자리를 고쳐 앉았다. 40대 후반으로 눈매나 분위기가 보통이 아닌 사내였다.

"우리가 조사한 바로는 임차지에는 러시아 경찰이 없습니다. 따라서 사법권을 행사할 러시아 기관도 없고, 고려에서 조직한 자위대가 경비를 하고 나름대로 치안을 유지하는 것으로 알고 있습니다만."

이남호가 힐끗 심재택을 바라보았다. 그는 심재택이 하바롭스크에 있었고 고태성이 그의 부하로 활동했다는 것도 안다. 김상철의 말에 의하면 심재택은 고태성과 함께 신해복을 죽인 인물이다.

"잘 아시는데, 우리 그러면 원칙대로 하십시다."

이남호가 다시 검찰 수사관을 향해 말했다.

"한국은 아직 러시아와 범인 인도 협정을 체결하지 않았지만 당국에 수사협조는 의뢰할 수 있을 거요. 러시아 당국에 의뢰하세요. 그러면 일이 수월해질 테니까."

"협조하지 못하신단 말입니까?"

그러자 이남호가 이를 드러내며 웃었다.

"예. 협조하지 못하겠습니다."

"……."

"한국 수사관이 러시아 영토를 돌아다니면서 범인을 잡아갈 수는 없지요. 아마 러시아 정부가 그것을 알면 그 수사관은 러시아 경찰에게 잡혀갈 것이고 그것은 곧 국제 문제가 되겠지요."

"……."

"더구나 김상철이는 실종이 되었습니다. 직원을 살해했다는 어떤 확실한 증거가 있는지는 몰라도 실종된 사람을 어떻게 찾습니까? 그 넓은 땅에서 말이오."

"실장님."

심재택이 입을 열자 이남호가 눈을 크게 떴다.

"아이고, 이제 말씀을 하시는군. 그래, 듣겠습니다."

"증인은 바로 접니다. 김상철이 고태성을 살해했다는 증거를 내놓은 사람이 바로 나란 말씀입니다."

"그래요."

"고태성은 살해되기 직전에 저한테 전화를 했습니다. 김상철에게 쫓기고 있다고 했어요. 살해될지도 모른다고…… 그리고 그 직후에 트럭에 치여 죽었습니다."

"……."

"난 직업상 통화는 녹음을 하지요. 특히 외국에서 작업을 할 때는 더욱."

이남호가 이맛살을 찌푸리며 머리를 한쪽으로 기울였다.

"저는 김상철이가 왜 자기 부하직원을 죽이려고 했는지 모르겠는데, 혹시 심 과장께서는 그 이유를 아시오?"

"그건 모릅니다."

"그리고 고려 직원인 고태성이가 왜 국정원 간부인 심 과장께 전화를 했을까요? 고려의 다른 사람들도 많았을 텐데 말이오."

"믿을 수 없었는지도 모르지요."

그러자 이남호가 허리를 세우더니 일어 날 채비를 했다.

"유감이지만 나로서는 더 이상 드릴 말씀이 없습니다."

그리고는 얼굴에 웃음을 띠우더니 두 사내를 번갈아 바라보았다.

"아무래도 정치적으로 해결해야 할 문제인 것 같군요. 그렇지 않습니까?"

그 시간에 비서실의 한성문 과장은 회사 근처의 커피숍에 앉아 있었는데 마주보고 앉은 것은 강미현이다.

"이것 참, 기획에서까지 알고 있을 줄은 몰랐는데."

자리에 앉자마자 투덜대던 한성문이 강미현을 빤히 바라보았다.

"기획의 홍보부장이 고 부장 맞지요?"

"네, 고세훈 부장님이세요."

"그렇다면 강 과장께선 고 부장 밑에 계시겠구만."

"네, 제가 모시고 있어요."

"입사한 지는 얼마나 되십니까?"

"미국에 있다가 온 지 일 년 조금 못됐어요."

그러자 한성문이 머리를 끄덕였다. 유학파로 특채된 직원쯤으로 아는 모양인지 그의 태도가 다소 느슨해졌는데 강미현도 긴장이 조금 풀렸다.

고려기획 내에서 자신이 회장의 손녀인 것을 아는 사람은 극소수였지만 머지않아 노출이 될 것은 뻔한 일이었다.

회장의 손녀라는 선입견을 가지고 사람들이 대하는 것이 싫은데다가 자신의 능력을 공정하게 평가받고 싶다는 자신감으로 기획의 사장과 몇 명의 핵심 간부에게 부탁을 한 것인데 내년쯤이면 전 그룹에 소문이 퍼질 것을 그녀도 예상하고는 있다. 한성문이 물었다.

"그런데 그 실종사건의 무엇을 알고 싶다는 겁니까? 그리고 언론은 어디까지 알고 있습디까?"

"저한테는 있는 그대로 말씀해 주셔야겠어요. 그래야 언론에 관한 대책을 세울 수 있으니까요."

그러자 한성문이 머리를 끄덕였다.

"그야 대외비도 아닙니다. 조금 골치 아픈 일이기는 하지만."

"어떻게 된 일이죠? 그, 김상철 과장이란 사람."

"살인혐의를 받고 있어요. 하바롭스크에서 동료를 살해했다는⋯⋯ 그래서 검찰의 소환장이 와 있습니다."

"⋯⋯."

"그런데 갑자기 실종이 된 겁니다. 임차지에서 공문이 온 걸 보면 늪에 빠져 실종이 되었다고 했어요, 그 근방은 이리떼가 많다고도⋯⋯."

"살인한 동기는요?"

"그건 모릅니다. 그저 용의자라고만."

"회사에서는 어떻게 대처를 하고 있지요?"

"실종처리를 하고 있어요. 임차지에선 실종통보가 온 후로 연락이 없습니다. 그래서⋯⋯."

"⋯⋯."

"언론에서 살인혐의나 검찰소환 같은 이야기가 나가지 않도록 해야 합니다."

"그건 알고 있어요."

"나도 고 부장한테 따로 당부를 할 테니까."

"그건 알아서 하세요. 그런데 살해되었다는 직원은 누구죠?"

"고태성이라고 김상철 씨 소속 직원이죠."
"……."
"트럭에 친 교통사고인 줄 알았는데 그것이……."
한성문의 시선이 자신의 얼굴을 힐끗거리고 있었으므로 강미현은 이맛살을 찌푸렸다. 이 사람은 실종이나 살인 같은 일에는 관심이 없는 것이다.

눈물을 닦은 김민희는 수건을 접는 것에 온 신경을 쓰는 것 같았다. 귀퉁이를 맞추고 반으로 꺾고는 다시 사각형으로 정성들여 접었다. 학교 근처의 카페 안이다. 밤 10시가 되어 있었지만 카페 안은 음악과 손님들의 소음으로 떠들썩했다. 이정훈이 조심스럽게 입을 열었다
"민희야, 실종되었다는 건 가능성이 있다는 이야기야. 그렇게 비관적으로 생각할 것 없어."
"그래. 회사 직원도 그렇게 말했어."
코가 막힌 김민희가 조금 높은 목소리로 말했다.
"난 비관 안 해."
"그럼 술이나 먹자."
이정훈이 그녀의 잔에 술을 따랐다. 그는 복학생으로 김민희의 애인이다. 그녀가 김상철의 실종소식을 들은 것은 오후 3시 경으로 혼자 집을 지키고 있을 때였다. 보호자로 되어 있는 이모를 찾던 고려직원은 이모가 외출했다고 하자 그녀에게 이야기를 해주었던 것이다. 임차지에서 실종되었는데 아직 찾지 못하고 있다는 짧은 내용이었고 자세한 것은 모른다면서 말해주지 않았다. 그리고 이달 말쯤 회사에서 보상금이 나갈 것이라는 이야기도 했다.
한동안 넋을 잃고 앉아 있던 김민희는 겨우 다이얼을 눌러 이정훈을

불러냈다. 지금 의지할 수 있는 사람은 오직 그였기 때문이다.

이모는 그 소식을 들으면 떠들썩하게 울기부터 할 것이 뻔했고 그걸 생각하자 가슴이 터질 것 같았던 것이다.

술잔을 들어 단숨에 삼킨 김민희가 흐린 시선으로 그를 바라보았다.

"오빠는 그렇게 사라질 사람이 아냐."

벌써 몇 번째인가 되풀이하는 소리였으나 이정훈은 머리를 끄덕였다.

"나도 그렇게 믿어, 민희야."

"하지만 아버지한테는 어떻게 말하지?"

"말씀 드리지 말아, 당분간."

"만일 오빠가 정말로 그렇게……."

"재수 없는 소리 말라니까."

빈 잔에 술을 채워준 그가 술잔을 들어 입 안에 털어 넣었다.

"기다려, 마음을 가라앉히고. 네가 기운을 차려야 한단 말이야. 아버지를 생각해서라도."

그는 아버지가 대전 교도소에 있다는 것도 안다. 그가 접근해 왔을 때 김민희는 그 사실을 털어놓았는데 그것이 그들 사이를 더욱 가깝게 만드는 동기가 되었던 것이다. 그는 김민희에게 같이 면회를 가자고 조르고 있었지만 아직 같이 간 적은 없다.

"오늘은 널 혼자 두지 않을 거야."

술잔을 든 이정훈이 다짐하듯 말했다.

"내일도, 모레도 마찬가지야. 네 오빠가 돌아올 때까지 만이라도 내가 데리고 있을 테니까."

그러자 김민희가 다시 눈물을 쏟았다. 술기운이 겹쳐서인지 흐느껴 울었으므로 옆자리의 손님들이 그들을 돌아보았다.

그들이 카페를 나온 것은 11시가 넘어서였다. 김민희는 부축하려는 이정훈의 손을 뿌리치고는 꼿꼿한 자세로 택시 정류장으로 다가갔다.

"너, 괜찮아? 토할래?"

따라 걷던 이정훈이 묻자 그녀는 하얗게 된 얼굴로 머리를 저었다. 그들은 택시 정류장에 섰지만 빈 택시는 오지 않았다. 차량들은 속력을 내며 그들 앞을 지나갔다.

"빌어먹을."

주위를 둘러본 이정훈은 꼼짝 않고 서 있는 김민희의 어깨를 잡았다.

"민희야, 길 건너서 타자."

건너편에는 빈 택시가 여러 대 지나고 있었다. 앞쪽을 바라본 채 조그맣게 머리를 끄덕이는 김민희를 보고 그는 몸을 돌렸다.

건널목은 50미터쯤 아래쪽이었다. 대여섯 걸음 아래쪽으로 걷던 이정훈은 무심코 머리를 돌려 옆을 보았다. 따라오고 있는 줄 알았던 김민희가 없다. 다시 뒤쪽으로 머리를 돌린 그는 순간 입을 딱 벌렸다.

"민희야!"

정신이 반쯤 나간 이정훈이 악을 쓰듯 소리쳤다. 김민희가 차도를 횡단하고 있는 것이다.

"민희야!"

온몸을 굳힌 그가 다시 소리쳤을 때 두 개의 불빛 가운데 그녀가 똑바로 서 있는 것을 보았다. 그리고는 거리가 찢어지는 듯한 소음에 이어서 충돌음이 났고 김민희의 몸이 공중으로 떠올랐다가 떨어져 내렸다. 이정훈은 알 수 없는 소리를 지르며 차도로 뛰어들었다. 차들이 멈춰서는 브레이크 음이 연속해서 들려왔다.

하바롭스크 북쪽 20킬로미터 거리에 있는 김스크 마을은 조선족 20여 호가 모여 사는 곳으로 그들 사이에는 김일성 마을로 불리고 있었다. 그것은 일제 강점기에 독립운동을 하던 김일성 장군이 며칠간 묵고 갔다는 이유 때문인데 어느 집에서 묵었냐고 물어보면 모두 모른다고 한다. 어쨌든 그런 이름이 남아 있는 것만 보아도 김스크 마을은 북한과 관계가 깊었고 북한 공작원이 마음 놓고 묵을 수 있는 아지트중의 하나였다.

김상철이 이곳에 자리 잡은 것은 이금철의 권고 때문이었지만 그렇다고 시내의 호텔이나 여관에 묵을 형편도 아니었다. 아무르 호텔에는 국정원 요원들이 진을 치고 있는데다가 인투리스트에는 대영그룹 직원들이 공공연하게 정보활동을 하고 있는 것이다. 실종자가 된 상황에서 그들에게 발견된다면 당장에 회사가 불편해지리라는 것은 뻔한 일이었다.

김스크 마을에 묵은 지 열흘째 되는 날 아침. 장국진이 지프를 몰고 그가 묵고 있는 집의 마당으로 들어섰다. 국도에서 낮은 산맥이 흐르는 골짜기를 따라 2킬로미터쯤 들어간 곳에 세워진 마을이다. 비포장도로여서 지프의 바퀴는 흙물에 젖어 있었다. 지프에서 내린 그가 김상철에게로 다가왔다.

"김 과장님, 이번에 다시 조선족 500명을 모집합니다. 그래서 각 기능별 모집 인원을 장인규에게 넘겨주었습니다."

이제 그가 북한 쪽과의 연락을 맡고 있는 것이다. 그들은 마당가에 있는 나무벤치에 앉았다. 골짜기가 내려다보이는 위치에 세워진 집이어서 산 밑을 흐르는 개울물이 바라보였다. 장국진이 발밑에서 돌멩이를 집어 들더니 앞쪽에 모여 있는 서너 마리의 닭을 겨누고 던졌지만 빗나갔다.

"어떻게 하시렵니까?"

문득 그가 물었으므로 김상철이 머리를 돌려 그를 바라보았다.

그는 언제부터인가 김상철에게 깍듯한 경어를 쓴다.

"어떻게 하다니?"

"이렇게 골짜기에 처박혀 있기만 할 거냐 말이오."

"매일 저녁 주인 영감님의 옛날 이야기를 듣는 것도 재미있어. 밀주 맛도 괜찮고."

돌멩이를 집은 장국진이 닭 떼를 향해 던졌지만 또 빗나갔다. 하바롭스크에서 그가 이곳에 있다는 것을 아는 사람은 한일만 이사와 장국진밖에 없다.

"직원들은 모두 과장님이 늪에 빠져 죽은 것으로 압니다. 철저하게 비밀로 한 것은 좋은데 시간이 지나니까 이건 나도 숨이 막히누먼."

장국진이 입맛을 다셨다.

"여기 올 때에도 몰래 와야 합니다. 한 이사한테도 비밀로 하고 온단 말이오. 과장님과의 접촉을 될 수 있는 한 피하라는 지시를 받았단 말입니다."

"당연하지, 사람들 눈이 있으니까."

"유 전무님하고는 어떻게 이야기가 된 겁니까? 이렇게 숨어 있기만 하라는 거요?"

"당분간은. 그동안 회사에서 해결해 보겠다고 했어."

"해결은 커녕, 모두 잊고 있는 것 같은데."

장국진이 다시 집어던진 돌멩이에 이번에는 닭 한 마리가 맞아 요란한 울음소리를 내며 도망쳤다.

"이번에 새로 온 과장은 마음에 안 들어. 그놈은 매일 한 이사와 무슨 쑥덕공론을 하는지 나하고는 얼굴 맞대기도 힘듭니다. 그놈도 아마 나에 대한 감정이 마찬가지겠지만."

"너밖에 없어. 지금 북한 쪽 사람들과 연결할 수 있는 사람은."

"글쎄, 날 믿지 않는 것 같은데…… 과장이나 한 이사도 말이오."

말을 멈춘 그들은 한동안 앞쪽의 골짜기와 개울물을 바라보았다.

장인규가 찾아온 것은 오후 2시경으로 점심을 마친 김상철이 개울가에 나와 앉아 있을 때였다. 산을 등진 위치여서 마을 쪽으로 나 있는 좁은 길을 걸어오는 그녀의 모습이 보였지만 그쪽은 두리번거리며 오는 것이 그를 찾는 모양이었다. 이젠 여름이어서 밝은 색 바지에 단화를 신고 긴팔 셔츠를 입은 간편한 차림이다.

언제나처럼 머리를 뒤로 묶어 올렸으므로 긴목과 둥근 얼굴형이 그대로 드러나 있다. 개울가에 와서야 그녀는 건너편에 앉은 김상철을 발견하고는 얼굴에 웃음을 띠었다.

"낚시하러 가셨다고 해서."

골짜기 안에 그녀의 목소리가 맑게 울렸다. 장인규는 개울에 박힌 바위들을 가볍게 뛰어 건너 그의 옆으로 다가왔다. 낚싯대만 가져왔을 뿐으로 낚시를 한 것은 아니다.

"무슨 일이 있습니까?"

그가 묻자 장인규는 머리를 저으며 그의 옆에 앉았다.

"일이 있어서가 아니라 이야기나 하려고."

"하긴 이러고 있는 나한테 일이 있을 리가 없지."

"아침에 장국진 씨가 다녀갔다면서요?"

"누가 또 재빠르게 보고를 했군."

"모두 김 선생을 보호해드리려는 거예요."

장인규가 숨을 돌리려는 듯 주위를 둘러보았다.

"답답하군요, 이곳은. 앞뒤가 막혀 있어서."

"……"

"고려 쪽에서는 무슨 대안이 있다던 가요?"

"실종자한테 무슨 대안이. 사후 정리만 남았을 뿐이지."

잠시 침묵이 흘렀고 개울물 소리와 뒤쪽에서 이름 모를 산새의 울음

소리만 들려왔다. 바람이 침엽수의 윗가지를 흔들고 지났으나 그들한테는 닿지 않았다. 장인규가 낚싯대를 들더니 낚싯대 끝으로 개울물을 건드렸다.

"솔직히 말하지요. 우린 당신이 필요해요. 당신은 이제 상황을 파악했으리라 믿고 말하는 겁니다."

"……."

"지금 고려에서 당신은 처치 곤란한 짐이에요. 아마 그들 입장에서는 김상철 씨가 영영 사라져 주기를 바랄지도 모릅니다."

낚싯대를 내려놓은 그녀가 김상철을 똑바로 바라보았다.

"당신은 자신이 소모품이었다는 것을 모르고 있을 리는 없겠지요. 이제 고려에서의 당신 역할은 끝났습니다."

"그럼 당신이 새 역할을 준다는 거요?"

메마른 소리로 김상철이 묻자 그녀가 천천히 머리를 끄덕였다.

"절실하게 당신을 필요로 하니까, 큰 역할이 되겠지요."

"고려를 배신하고 말이요?"

"그쪽이 먼저 배신한 것 아녜요? 실종자 처리를 하고는 이미 완벽하게 당신의 기록을 지운 것으로 알고 있는데…… 이제 장국진도 당신을 몰래 만나러 오지도 못할 겁니다."

"……."

"아까 내가 당신을 보호한다고 했지요? 누구로부터 보호한다고 생각해요?"

"말도 안 되는 소리."

김상철이 얼굴을 펴고는 웃었다.

"머지않아 북한 쪽이 마스크를 쓰고 고려직원인 체하면서 날 치러 올 것 같군."

"아마 고려 쪽은 웃는 얼굴로 다가와서 당신을 쏠 것 같은데."
"내 역할이 뭐요?"
"우리 쪽의 고려 창구…… 아마 당신도 마음에 들 겁니다."
"……."
"당신은 그들의 약점을 쥐고 있으니까, 그렇지 않아요? 그들이 당신을 이용한 만큼 당신도 그들의 약점을 이용할 수 있어요. 사실 당신은 지금 선택의 여지가 없지 않나요?"

김상철이 불쑥 손을 뻗어 장인규의 어깨를 움켜쥐었다. 놀란 듯 눈을 치켜뜬 그녀를 향해 그가 말했다.

"날 위해서 옷을 벗을 수가 있소?"

장인규가 그의 손을 떼어내려는 듯 어깨를 흔들었다. 이맛살이 찌푸려져 있었다.

"이 손, 치워요."
"이런 경우는 예상 안했나?"

이제 김상철의 두 손은 그녀의 양쪽 어깨를 쥐었다.

"당신을 지금 강간하겠어. 선택의 여지는 당신도 없단 말이야."
"뭐!"

그러나 김상철의 힘에 눌린 장인규의 몸이 뒤로 쓰러졌다. 구두가 벗겨져 떨어졌고 어느 사이에 벨트가 풀려진 바지가 내려갔다. 그러자 겨우 한 손이 풀린 장인규가 손을 휘둘러 김상철의 뺨을 쳤다. 그 순간 김상철의 주먹이 날아왔고 관자놀이를 얻어맞은 그녀는 사지를 늘어뜨렸다.

잠시 후에 정신을 차린 장인규는 아랫도리가 허전한 것을 느끼고는 서둘러 상체를 일으켰다. 팬티까지 벗겨진 하체는 알몸이었으므로 금방 얼굴이 새빨갛게 달아올랐다. 김상철의 모습은 보이지 않았다. 옷을 찾아 입으면서 그녀는 자신의 몸에 침입당한 흔적이 없다는 것을 알아차렸다.

이를 악문 장인규는 구두를 찾아 신고는 개울에 발을 적시면서 그곳을 빠져 나왔다.

한일만 이사가 김상철의 실종소식을 들은 것은 점심을 마친 후였다. 사흘 만에 다시 찾아간 장국진에게서 보고를 받은 것으로 실종자가 실종된 사건이라 당황했다.
"이거 야단났는데."
한일만이 찌푸린 얼굴로 장국진을 바라보았다. 사무실에는 그들 둘밖에 없었으나 그는 목소리를 낮추었다.
"북한 애들도 정말 모른다는 거야?"
"그들도 당황하고 있었습니다. 오히려 나한테 물어보던데요."
"숨겨두고 그런 것은 아닐까?"
"글쎄요. 그것은……."
장국진이 난감한 표정을 짓자 한일만이 길게 한숨을 쉬었다.
"유 전무가 알면 난리를 치겠는데…… 이거 어디 가서 찾아야 하나?"
혼잣말처럼 중얼거린 그가 장국진을 바라보았다.
"자네가 나서서 찾아봐야겠어. 잘 알겠지만 소문나지 않게 말이야. 김상철이는 이미 실종된 사람이니까."
"알고 있습니다."
"그럴 리는 없겠지만 혹시 김상철이가 회사에 불만 같은 것을 갖고 있지 않았을까?"
"그런 건 없었습니다."
"조금만 더 기다리면 회사에서 처리해줄 텐데 말이야."
"……."
"이거 곧 회장님도 오실 텐데 신경이 쓰이는구먼 그래."

한일만의 방을 나온 장국진이 아래층 사무실로 들어서자 조병기 과장이 손짓을 했다.

"장 형, 나 좀 봐."

그는 김상철 대신으로 서울에서 파견된 고려 경력 10년차의 고참이다.

"한 이사하고는 무슨 얘기야?"

편치 않은 얼굴로 그가 묻자 장국진이 머리를 저었다.

"별것 아니오. 이번에 보내질 인력관계 때문에."

"인력 관계가 어쨌다구?"

"혹시 북한에서 보내진 빨갱이가 섞여 있지 않느냐고 물었소."

그러자 주위에 있던 사원 두어 명이 얼굴에 웃음을 띠었다. 장국진이 제 입으로 빨갱이 소리를 하는 것이 우스웠기 때문이다. 그러나 조병기는 가는 눈을 찌푸리며 웃지 않았다. 그는 장국진이 한 이사와 접촉을 하면 언제나 심기가 불편했는데 소외감을 느끼는 모양이었다.

"내일 그자들한테 가서 서둘러 달라고 말해, 다음 주 중에는 보내야 할 테니까."

"알았습니다."

"그리고 한 이사를 만나고 오면 나한테 보고를 해줘. 당신은 직장생활 경험이 없어서 그러는데 그렇게 해야 되는 거야."

"그렇게 하지요."

주위의 사원들은 제각기 분주한 척 일하며 딴전을 피웠지만 모두 듣고 있을 것이다. 장국진은 자리에 앉아 시계를 올려다보았다. 오후 2시가 되어가고 있었다.

블라디보스토크 교외에 있는 파벨의 저택은 2층 시멘트 건물로 도로에서 1킬로미터쯤 들어간 숲 속에 세워져 있었다. 물론 파리야킨의 대저택에 비교하면 움막이나 다름없는 집이었지만 이제 이곳은 권력의 중심이다. 집 앞에 늘어선 수십 대의 차량과 들락거리는 사내들이 그것을 나타내고 있었다. 파리야킨은 이미 잊힌 인물이 되어서 그의 유가족을 찾는 사람은 없다. 대기실에서 기다리던 김상철이 파벨의 방으로 들어서자 소파에 앉아 있던 그가 일어섰다.

"김, 이야기는 대충 들었어. 잘 왔어."

그는 얼굴에 웃음을 띠우고 있었다. 그들은 소파에 마주앉았다.

"북한 쪽 사람들이 당신을 찾고 있어."

"알고 있습니다."

"나한테 온 것을 고려 쪽에서는 아나?"

"그들도 모릅니다."

"하긴 그쪽에 보고할 상황도 아니지."

탁자 위에 놓인 보드카 병을 든 그가 김상철을 바라보았다.

"한 잔 하겠나?"

"주십시오."

잔에 술을 따르고 제각기 한 모금에 삼킨 그들은 잔을 내려놓았다.

"살인혐의를 받고 있다던데, 고려에서 손을 쓰고는 있겠지?"

낮은 목소리로 그가 묻자 김상철이 머리를 끄덕였다.

"그럴 겁니다. 하지만 당분간은……."

"동료 직원이었다고 들었는데."

"국정원 정보원이었지요. 그자는 그날 밤에 저와 행동을 같이 했기 때문에 어쩔 수 없었습니다."

파벨이 천천히 머리를 끄덕였다.

"북한 쪽 아지트에 숨어 있다가 나온 걸 보면 그쪽도 불안했던 모양이군. 잘 왔어. 이곳이 자네한테는 제일 적당한 은신처야."

"……."

"내가 숙소를 마련해주지. 이곳은 안전해. 마음 놓고 지내도 돼."

"고맙습니다, 파벨 씨."

"고려 쪽에 나하고 같이 있다고 이야기해도 상관없어. 한국 정부가 알아도 문제 될 것이 없고. 그렇지, 참……."

생각났다는 듯이 파벨이 김상철을 바라보았다.

"가족이 서울에 있으니 그건 곤란하겠군. 불이익을 당할지 모르니까 말이야."

"……."

"자네 생각대로 하게, 그것은."

"이제 서울에 내 가족은 없습니다."

잠자코 바라보는 그를 향해 김상철이 말을 이었다.

"제 여동생이 하나 있었는데 어제 장례를 치렀다는군요. 며칠 전에 교통사고를 당했답니다."

"저런, 정말 안 됐네, 김."

파벨이 찌푸린 얼굴로 길게 숨을 내려 쉬었다.

"기운을 내게나, 김."

"그래서 이렇게 찾아온 것 아닙니까? 보드카 몇 병만 더 마시면 더 기운이 날 겁니다, 파벨 씨."

어제 김상철의 전화를 받은 것은 이모의 집을 지키던 이웃집 아주머니였다. 그녀는 학교 선배라면서 김민희를 찾는 그에게 장황하게 사건을 설명해주다가 감정에 벅차 울먹이기까지 했다. 장례를 치르는 마당에 난데없는 남자 선배가 나타나 민희를 바꿔달라니 기도 막혔을 것이다. 김상철 이모를 통해 김상철 가문의 내역도 알고 있는 터여서 외국에 나가 있다는 김상철의 걱정도 해주었다. 이 소식을 들으면 어떻게 되겠느냐는 것이다.

　김상철은 파벨이 따라주는 보드카를 입안에 털어 넣고는 자리에서 일어섰다. 사우나를 하고 한숨 잘 생각이었다.

　"아직 아무 소식 없어?"
　자리에 앉자마자 안인석이 물었다. 회사 근처의 경양식집 안이다. 박미정이 머리를 저었다.
　"아직, 그대로야."
　"그대로라니?"
　"아무것도 달라진 것이 없어."
　그러자 안인석이 혀를 찼다. 이틀 동안 회사에 휴가를 내고 김민희의 장례를 도맡다시피 해서 끝낸 그였다. 놀란 이모네는 김상철에게서 들은 대로 안인석에게 연락을 했던 것이다. 며칠 동안 식사도 제대로 못한 탓인지 그의 얼굴은 수척해져 있었다.
　"그래도 이 실장이 빈소에 찾아와 주기까지 한 걸 보면 많이 생각한 거야."
　박미정의 말에 안인석이 코웃음을 쳤다.
　"그런 일이야 나도 하겠다."
　"회사는 최선을 다한 셈이야."
　"그렇다고 그렇게 대책도 없이 실종 되었다는 사실을 통보하면 되느냐 말이야. 민희는 고려가 죽였어."
　안인석이 양주병의 마개를 거칠게 뜯고는 잔에 따랐다. 그는 반쯤은 넋을 잃고 있는 이정훈에게서 김민희가 무엇 때문에 폭음을 했고 어떤 상태에서 차도로 들어갔는지를 모두 들었던 것이다
　"죽은 사람들만 불쌍하지."

술을 삼킨 안인석이 박미정을 바라보았다.

"상철이 수색작업은 하고 있는 거야?"

"아마 그럴 거야."

"그 자식이 살아 있다고 해도 이 일을 알면……."

박미정은 앞에 놓인 술잔을 바라보다가 집어 들고는 한 모금을 마셨다. 이 실장에게 김민희의 사고 사실을 알린 것은 그녀였다. 놀란 이 실장이 그날 저녁에 빈소를 찾았고 그곳에서 다시 박미정을 만나자 조금 놀란 듯한 얼굴을 했던 것이 떠올랐다. 그는 아마도 자신과 김상철과의 관계를 짐작하게 되었을지도 모른다. 머리를 든 박미정은 안인석의 얼굴을 보고는 숨을 멈추었다.

그의 볼을 타고 흐르는 눈물을 본 것이다. 빈소에서 손님을 맞으면서, 묘지에 김민희를 묻으면서 수없이 눈물을 흘리는 그의 모습을 보아온 터였으나 박미정은 가슴이 메었다. 가방에서 손수건을 꺼낸 그녀는 그에게로 내어 밀었다.

"그만해, 인석 씨."

그녀는 자신의 목소리도 젖어 있는 것을 알았다.

"그만 울어. 그리고 그만 마시고."

"상철이가 불쌍해."

수건을 가로채듯 받아 쥔 그가 얼굴을 닦았다.

"그 새끼, 차라리 이 사실은 모르는 것이 나을지도 모르겠어."

다음날 아침, 회장실로 들어선 이남호는 강 회장 앞으로 다가가 섰다.

"회장님, 아직 김상철의 행방은 찾아내지 못하고 있습니다. 장국진을 시켜 가볼 만한 곳은 모두 찾아보게 했습니다만."

서류에서 시선을 든 강 회장은 턱으로 앞자리를 가리키며 말했다.

"북한 놈들도 찾고 있다고는 하지만 혹시 그쪽으로 넘어간 것 아닐까? 내 생각엔 그럴 가능성이 많은 것 같은데."

"우리 쪽에서는 김상철이 연락해 오기만을 기다리는 수밖에 없습니다. 공개적으로 찾을 수도 없는 형편이라."

"제 동생이 죽었다는 것을 알까?"

"전화를 했다면 알겠지요. 하지만 전화가 왔다는 이야기는 듣지 못했습니다."

강 회장이 찌푸린 얼굴로 앞자리에 앉은 이남호를 바라보았다.

"그, 애인이라는 놈의 입을 막아. 회사에서 실종통보를 해서 그 애가 비관했다는 얘기가 더 이상 흘러나오지 않도록 하란 말이야."

"조처했습니다."

"어쨌든 안 되었어, 김상철이."

"유 전무가 매일 연락을 해옵니다. 김상철이한테 각별한 관심을 갖고 있는 사람이라 걱정이 되는 모양입니다."

그러자 강 회장이 입맛을 다셨다

"어쩔 수 없는 일이야. 우리로선 그만하면 최선을 다한 거야."

"김상철이 회사에 반감을 품게 된다면 문제가 커집니다. 더구나 동생 사건까지 알게 된다면……."

그러자 한동안 방 안에 정적이 감돌았다.

이윽고 입을 연 것은 강 회장이다.

"그놈, 어쩌다가 국정원한테 꼬투리를 잡혀 가지고서…… 운이 좋은 놈인 줄 알았는데 이제는……."

회장실을 나온 이남호가 자리에 앉자 주춤거리며 테이블 앞에 선 것은 박미정이다. 그녀가 굳어진 얼굴로 말했다.

"실장님, 이번 시베리아 출장에 제가 빠졌는데요."

"음, 그런가?"

이남호가 그녀를 똑바로 바라보았다.

"출장 인원이 많아서 내가 조정을 시켰어. 그래서 거기도 빠진 모양이지?"

"네, 그렇게 들었습니다. 하지만……."

"하지만 뭔가?"

"하바롭스크 지사와 이번에 통신관계로 회의를 하기로 했었습니다. 그래서 자료도 모두 준비해 놓고 있었는데."

"통신관계는 별로 중요하지 않아. 곧 위성통신으로 대체될 것 이니까."

얼굴에 웃음을 띤 이남호가 박미정을 바라보았다.

"가서 고생만 할 테니 한 과장만 따라가도 될 거야. 맡은 일에 책임을 갖는 것은 칭찬할 만한 일이기는 하지만."

"……."

"염려하지 말고 한 과장한테 맡겨."

이남호가 시선을 내렸으므로 박미정은 머리를 숙여 보이고 몸을 돌렸다. 서류를 뒤적이던 이남호가 힐끗 시선을 들어 박미정의 뒷모습을 바라보고는 가늘게 숨을 내려쉬었다.

사흘 후, 전세비행기 한 대가 100여 명의 승객을 싣고 하바롭스크 공항에 착륙했다. 강 회장이 계열사 사장단과 기자들, 거기에다 이남호가 인솔한 수행원들을 대동하고 도착한 것이다. 강 회장과 이남호 등은 숙소로 들어갔지만 나머지 인원들은 인투리스트 호텔의 3개 층을 차지하고 여장을 풀었다. 이제 이곳도 여름이어서 아무르 강가에는 수영과 일광욕을 즐기는 사람들이 들끓고 있었다.

시내구경을 하고 온 강미현이 콤소몰 광장 근처의 숙소에 들어섰을 때는 오후 4시였다. 이제 그녀는 회장의 손녀로서 사람들 앞에 나서고 있었으므로 거침없이 2층에 있는 회장실로 들어섰다.

차를 마시고 있던 강 회장이 머리를 들었다.

"사람들에게 광대한 땅과 천연자원만을 보여줘서는 안 돼. 그것을 개척하는 고려 일꾼들을 부각시키고 그곳에 우리의 미래가 있다는 것을 심어주도록 해야 한단 말이다."

앞자리에 앉은 그녀를 향해 그가 말을 이었다.

"기자들이야 있는 그대로 찍고 취재하더라도 넌 그런 자세로 사진을 만들어야 한다."

"알고 있습니다, 할아버지."

"고려시는 아마 세계에서 제일 깨끗하고 현대적이며 넓은 도시가 될 것이다."

그는 임차지 중심부에 건설될 도시의 이름을 고려시로 결정해 놓았다. 동부 시베리아에 인구 200만이 상주할 도시가 건설되는 것이다.

"조선족 노동자들이 벌써 1만 명 가깝게 임차지로 보내졌다. 아마 올해 안에 노동자들만 3만 명이 될 거야. 그 거대한 역사의 장면을 찍으면 국민들이 감격을 할 것이다."

강 회장의 표정은 밝았고 목소리에는 힘이 실려 있었다.

"그 조그만 반도에서 정권 다툼으로 밤낮을 보내는 정치인들에게 신물이 난 국민들에게 보여줄 선물이다. 우리가 이만큼 할 수 있게 된 것이 과연 누구 덕분인지를 국민들도 알게 될 거야. 국민들 자신의 노력과 경제인들의 공로지. 정치인들이 도와준 건 아무것도 없다."

그러자 문에서 노크 소리가 들리더니 곧 이남호가 들어섰다. 그의 뒤를 따르는 것은 한일만이다.

"회장님, 말씀 드릴 일이……."

이남호의 시선이 강미현을 스치고 지나갔다.

"괜찮아. 말해 봐."

강 회장이 말하자 그들은 나란히 섰다.

"장국진이 없어졌습니다. 담당 과장한테는 어젯밤 시내에 다녀오겠다고 했다는데 아직까지 연락이 없습니다."

이남호의 말을 한일만이 이었다.

"김상철이 실종된 후로 근무태도가 불성실했다고 담당과장이 말합니다만 제 생각엔……."

그가 말을 멈추자 강 회장이 이맛살을 찌푸렸다

"자네 생각에는 어쨌단 말이야?"

"김상철과 관계가 있지 않나 해서요."

"김상철이와?"

"예, 그자는 김상철이의 심복입니다. 그래서……."

강 회장이 입맛을 다셨다.

"혹시 북한 쪽으로 돌아간 것 아니야?"

"그럴 리는 없습니다. 그자는 돌아가면 중형을 받는다고 제 입으로도 말했습니다."

"그럼 잡혀간 것 아니냔 말이야."

"그자는 우리 쪽의 중요한 연락원이고 그들로써도 필요한 자였습니다. 그들이 갑자기 그런 짓을 할 만한 이유가 없습니다, 회장님."

머리를 든 강 회장이 강미현을 바라보았다.

"넌 나가 있거라. 그리고 자네들은 자리에 앉아."

이제 그의 얼굴은 찌푸려져 있어서 조금 전의 활기는 보이지 않았다.

블라디보스토크 시내의 단층 시멘트 주택 안이다. 값싼 재료로 만들었지만 단단하고 단순한 구조의 서민용 주택이었으므로 김상철과 장국진이 생활하기에는 적당했다. 특히 어제 아침에 이곳에 도착한 장국진은 대만족이었다. 달러를 들고나가 베료스카에 가서 잔뜩 쇼핑을 하고 들어온 그가 물건을 꺼내면서 김상철에게 말했다.

"이제 여자만 있으면 되겠시다. 아예 조선족 여자 하나씩 잡아서 우리 둘이 이곳에 눌러앉아 삽시다."

점심때가 되어 가고 있었다.

"강 회장은 아침에 시베리아로 떠났겠군."

김상철이 말하자 그가 머리를 끄덕였다.

"군에서 헬기를 여러 대 빌리는 모양이었는데 아마 고려의 헬기까지 합해 행차가 장관일 거요."

"……."

"조선족 친구에게 물어보았더니 강 회장은 사장단에다 기자들까지 합해 100명도 넘는 수행원을 데리고 왔습디다. 거기에다 이번엔 손녀까지 데리고 온 모양이오."

"……."

"우리야 이젠 그자들한테서 잊힌 사람들이지만. 나는 더 이상 미련이 없시다."

파벨은 김상철에게 자신의 보좌역을 맡아달라고 했는데 좋게 표현하면 비서였다. 그는 고려와의 관계에서 김상철이 필요했는지도 모른다. 김상철이 머리를 들고 장국진을 바라보았다.

"이 실장을 만나야겠어."

프라이팬에 고깃덩이를 넣고 기름에 굽던 장국진이 움직임을 멈추었다.

"이 실장을 왜요?"

"내가 북한 쪽의 모함에 걸려 있다는 것을 말해야겠어."

"그거야 그렇지만……."

장국진은 프라이팬을 주방 위에 내려놓고는 그에게로 다가왔다.

"과장님이 고태성을 처치하라고 그들에게 맡긴 것은 사실 아니요?"

"그렇지만 이대로 있을 수만은 없어."

김상철이 부릅뜬 눈으로 그를 바라보았다.

"회사에서 어떻게 할 작정인가를 내 귀로 들어야겠어, 이 실장이나 회장한테서."

"방법이 없습니다, 그들도."

입맛을 다신 장국진이 그의 앞자리에 앉았다.

"있었다면 진즉 조처를 했을 거요. 이렇게 내버려두지는 않았을 거란 말입니다."

"만나고 돌아오겠다."

김상철의 고집을 꺾을 수 없겠다고 생각한 모양으로 장국진이 길게 숨을 내려 쉬었다.

"좋시다, 같이 갑시다. 하지만 조심해야 할 거요. 심재택이도 와 있다고 하니까."

아무르 호텔의 커피숍에 앉아 있던 심재택은 다가오는 고정문을 보자 얼굴에 웃음을 띠었다. 이제 그들은 제법 가까운 사이가 되어 있는 것이다.

"전세 비행기 편으로 오신 거요?"

그럴 리가 없다는 것을 알면서도 고정문이 묻자 심재택이 코웃음을 쳤다.

"자리가 있어도 내주지 않았을걸? 고려 놈들은."

"아직도 실종된 김상철이는 못 찾았다고 하던데. 그 일은 어떻게 되어 갑니까?"

"어떻게 되기는? 그래서 내가 다시 이곳에 온 것 아니요?"

주위를 둘러본 고정문이 목소리를 낮추었다.

"고려의 일꾼으로 뽑혀서 돈을 벌려면 북한 공작원들한테 잘 보여야 한다는 소문이 나돌고 있는 걸 알고 있습니까?"

"글쎄, 나도 그런 소문을 듣긴 했는데."

심재택의 말에 고정문이 쓴웃음을 지었다. 그는 이곳에 상주하다시피 머물고 있으면서 정보원들을 고용하고 있는 것이다. 국정원 요원보다 정보가 빠르면 빨랐지 늦지는 않다. 고정문은 심재택이 정보요원으로서의 자존심으로 아는 척한다고 생각했다. 그가 말을 이었다.

"고려에서 노동자 모집을 할 때 북한에서 온 공작 요원들에게 취업 신청서를 내면 된다는 거요. 그리고 그곳에서는 북한에 충성한다는 서약서를 받는답니다. 그러기만 하면 100% 취업이 된다는 거요."

"……"

"이제까지 1만 명 가깝게 임차지로 보내졌는데 아마 서약서를 쓰고 떠난 사람들이 반도 넘을 것이라고 합디다."

고정문이 만나자고 한 것은 이 사실을 말해주려고 했기 때문이다. 마른침을 삼킨 심재택이 자리를 고쳐 앉았다. 만약 그것이 사실이라면 이것은 엄청난 사건이다. 자존심을 내세워 빙빙 돌려 물을 여유도 달아났다.

"그렇다면 고려와 북한 쪽 놈들이 서로 비밀 협상을 맺었단 말인가?"

그가 묻자 고정문이 말소리를 더욱 낮추었다.

"그것이 사실이라면 당연한 일 아닙니까? 고려에 취업 신청서를 내면 경쟁률이 10대 1이 넘는데 서약서를 쓰고 나면 100% 취업이 된다니 말이오. 고려와 무슨 묵계가 있지 않고서야……."

"그 신청서를 받는다는 놈들은 일정한 거처가 있다고 합디까?"
그러자 고정문이 머리를 저었다.
"그자들은 조선족 몇 명을 내세워 사람들을 모집한다는 겁니다. 일정한 거처는 없고 어떤 때는 공회당에서 접수를 했다가 때로는 북한과 가까운 조선족 마을 한 집에서 일을 한다는데……"
"이것, 큰일이군."
심재택이 넥타이의 매듭을 잡아당겨 내렸다.
"그것이 사실이라면 고려는 끝장이야."
"신중하게 조사하셔야 할 겁니다. 나도 최근에야 그 사실을 듣고서 정신이 번쩍 났습니다. 그래서 심 과장을 만나기만을 기다렸던 겁니다."
"김상철이가 내 부하를 죽인 이유도 그것 때문이야."
탁자의 한끝을 노려보며 심재택이 말했다.
"북한 놈들과의 관계를 노출시키지 않으려고 했던 거야."
"김상철이의 실종을 믿지 않으시는군요."
"실종이 아냐. 이제는 나도 확신이 섰어. 고려놈들은 김상철이를 숨겨두고 있는 거야."

다음날 아침, 강 회장 일행이 헬기 14대에 나누어 타고 임차지로 떠난 후이다. 헬기 착륙장에서 돌아온 한일만은 긴장이 풀린 나른한 몸으로 사무실에 들어섰다. 회장이 옆에 있는 동안은 음식도 제대로 넘어가는 것 같지 않는 긴장의 연속이었던 것이다.
자리에 앉는 그에게 직원이 다가왔다.
"이사님, 대기실에서 장인규란 여자 분이 기다리고 계십니다."
"장인규."
저도 모르게 자리에서 일어선 한일만이 눈을 치켜떴다. 그가 장인규를 모를 리가 없다. 그러나 이제까지 김상철과 장국진, 또는 조 과장을 통해서 접촉했을 뿐으로 그가 만난 적은 없었던 것이다. 대기실로 들어서자 밝은 색 정장차림의 장인규가 혼자 앉아 있다가 자리에서 일어섰다. 가무스름한 피부에 윤기가 흐르는 20대 후반의 미인이다.

"갑자기 찾아와 놀라셨군요."

얼굴에 웃음을 띠운 장인규가 말하자 한일만이 머리를 저었다.

"아니, 잘 오셨습니다. 나도 언젠가는 뵙고 인사를 드리려고 했는데."

"중요한 일이라 제가 직접 찾아왔어요. 시내에서 뵐까 했는데 오히려 그것이 정보원들 눈에 더 띌 것 같아서."

"하긴 그렇지요. 이곳은 한국인들로 들끓고 있으니까."

그렇게 말하면서도 한일만은 그녀가 말한 중요한 일이라는 것에 신경이 쓰였다.

"그런데 말씀하신 중요한 일이라는 것이."

"제가 말씀을 드리는 것보다 이것을 들으시는 것이 나을 것 같군요."

그러면서 장인규가 가방에서 꺼낸 것은 소형 녹음기였다. 테이블 위에 녹음기를 올려놓은 그녀는 스위치를 켰다. 그러자 심재택과 고정문의 대화가 그대로 흘러나왔다.

"어제 아무르 호텔 커피숍에서 국정원의 심재택과 대영그룹의 고정문 부장이 나누는 이야기지요."

그들의 대화 도중에 장인규가 설명을 했다.

"대영그룹은 정보수집 능력이 대단합니다. 그렇지 않습니까?"

점점 굳어져 가는 한일만의 얼굴을 바라보며 장인규가 물었다. 그들의 이야기가 끝나자 그녀는 녹음기의 스위치를 껐다.

"하지만 국정원은 어떤 증거도 증인도 찾지 못할 거예요. 우리한테 서약서를 쓴 조선족들이 국정원 요원한테 사실을 말할 리도 없고, 왜냐하면 그들보다 우리가 가깝게 있거든요."

"……."

"하지만 이걸 듣고 나서 느끼셨겠지만 문제는 김상철입니다. 그자가 실토하면 고려는 치명상을 입게 될 거예요."

"……."

"살인을 한 것도 북한과의 관계 때문인 것 같다고 심재택이가 당장에 추정하는 것 보세요. 만일 김상철이가 고려를 걸고 넘어지면 어떻게 되겠어요?"

한일만이 길게 숨을 내려쉬었다.

"김상철이 어디에 있는지 아직 그쪽도 모르십니까?"

"찾고는 있어요. 하지만……."

머리를 든 장인규가 그를 똑바로 바라보았다.

"참고 삼아 말씀드리는데 그는 고려 쪽에 대단한 불만을 품고 있었어요. 그런 상황이 되면 당연한 일이지요. 그는 이렇게 있을 바에는 정부쪽에 모든 사실을 털어놓고 떳떳하게 살겠다고 제 부하한테 말하기도 했습니다."

"……."

"그가 우리한테도 몸을 숨긴 것은 당연합니다. 아마도 고려나 우리가 자신을 제거해서 입을 막을지도 모른다고 생각했을 겁니다."

"그, 그럴 리가."

"조처를 취해야 됩니다. 우리 쪽도 알아서 손을 쓰겠지만 고려에서도……."

가방에 녹음기를 챙겨든 장인규가 자리에서 일어섰다.

"큰 사업을 위해선 희생을 각오해야 됩니다. 우리는 그렇게 믿고 있습니다."

헬기가 삼림지대인 타이가 지역을 지나자 이제 툰드라 지역이었다. 동토에도 여름이 찾아와 늪지는 초원이 되어서 푸른 풀이 자라나고 있다.

헬기 위에서 필름을 돌리던 유 기사가 연신 탄성을 뱉어내더니 유전지대가 보이자 입을 딱 벌렸다. 이제 유전지대 옆쪽에는 거대한 주거지역이 건설되고 있는 중이었다.

"장관입니다, 강 과장님. 이곳에서 영화 한 편 찍으면 좋겠는데, 대작으로."

그는 영화감독이 꿈인 사내였으니 웅대한 자연의 경관을 보자 그런 말이 나올 법도 했다. 헬기가 개척단 본부 옆의 착륙장에 내리자 경비 완장을 찬 두 명의 사내가 다가왔다. 각각 권총과 소총으로 무장한 차림이었고 가슴에는 고려의 마크가 새겨져 있다.

"강 과장이십니까?"

앞장선 사내가 물었으므로 강미현이 걸음을 멈추었다.

"네, 무슨 일이시죠?"

"저는 경비단의 박 대리입니다. 여기 계실 동안은 제가 모시게 되었습니다."

그들은 본부 건물 쪽으로 다가갔다.

"오후에 회장님께서 기자단에게 유전을 공개하실 계획입니다. 그때 동행하라는 회장님의 지시가 내려 왔습니다."

박 대리는 30대 초반쯤으로 보였는데 그녀가 회장의 손녀인 줄 알고 있는 눈치였다.

"이거 경호원까지 붙여주다니."

유 기사가 그녀에게로 바짝 다가서며 말했다.

"강 과장님 따라다니면서 이제야 제대로 대접을 받습니다."

그 시간에 유장석은 본부의 단장실에서 강 회장과 이 실장을 마주보며 앉아 있었다. 방 안의 분위기가 밝은 것은 강 회장의 기분이 최상이었기 때문이다. 그는 사장단과 기자단들이 자연의 웅대함에 압도당하는 것을 보자 대단한 자부심을 느끼고 있는 것이다.

"내일 북단기지까지 다녀오면 이 땅이 얼마나 광활한지 실감하게 될 것이야. 대한민국 5000만을 모두 이주시켜도 남을 땅이니까."

소파에 등을 기댄 강 회장이 유장석을 바라보았다. 북단기지는 본부에서 500여 킬로미터 북쪽에 위치한 툰드라 지대였다. 헬기로 날아가도 도중에 한 번 연료를 공급받아야 한다.

"준비하고 있습니다, 회장님."

유장석이 말하자 강 회장이 얼굴에 웃음을 띠었다.

"이제 누가 뭐라고 해도 고려시와 고려 임차지는 세계지도에 남게 되었다. 모두 자네들의 공이야."

"아닙니다. 모두 회장님의 선견지명과 과감한 개척정신 덕분이지요. 저희들이야 잔심부름만 했을 뿐입니다."

그렇게 말한 것은 이남호였고 머리를 끄덕인 유장석이 입을 열었다.

"그런데 회장님께 말씀드릴 일이 있습니다."

"뭔가?"

"김상철이 문제입니다."

이남호가 얼굴을 굳혔고 강 회장도 똑바로 유장석을 바라보았다.

"무슨 문제인데?"

"그 사람을 구제해 주십시오. 제가 듣기에는 행방을 감추었다고 하는데 회사에 큰 공로를 세운 사람입니다."

"그렇지. 나도 알아."

"앞으로 회사의 발전을 위해서도 꼭 필요한 사람으로…."

"알고 있어요, 유 전무."

이남호가 그의 말을 부드럽게 자르고는 강 회장을 힐끗 바라보았다.

"회장님께서도 신경을 쓰고 계시니까 그 일은 우리한테 맡겨요."

"알겠습니다."

시계를 내려다본 강 회장이 자리에서 일어섰다.

"자아, 유전으로 가볼까? 사람들이 기다리고 있겠군."

유장석과 이남호가 따라 일어서자 그는 다시 얼굴에 웃음을 띠었다.

"내가 국정원장을 구워 삶아서라도 그놈 혐의는 벗길 테니 유 전무는 걱정하지 말아. 알았나?"

"예, 회장님."

"회사 일을 하다가 그렇게 된 것이니, 회사가 책임을 져줘야 직원들이 따를 것 아닌가?"

배신

　식당 안으로 들어 선 심재택과 최성문은 잠시 주위를 두리번거렸다. 조선 음식 전문식당으로 식당 안에는 조선족들이 가득 차 있었고 소란스러웠다. 저녁 7시가 조금 못 되어 있었지만 벌써 취해서는 몸을 가누지 못하는 사람도 여럿이었다.
　"과장님, 저기."
　최성문이 그의 팔을 잡고는 턱으로 안쪽을 가리켰다. 구석에 앉은 사내 한 명이 그들을 향해 손을 들어 보인 것이다. 사내는 40대 후반쯤의 나이로 보였으나 어쩌면 그보다 젊은지도 모른다.
　햇볕에 탄 피부와 깊은 주름, 그리고 굵고 억세게 보이는 손가락을 보면 그가 거친 일에 시달려 왔다는 것을 알 수 있었다. 그의 앞쪽에 앉은 심재택이 사내에게 물었다.
　"전호근 씨, 맞습니까?"
　"예, 제가 전호근이오."
　사내 앞에는 장국밥과 싸구려 보드카 한 병이 놓여 있었다.

"이곳은 너무 시끄럽군요, 전 선생."

심재택이 말하자 그는 빙그레 웃었다

"그렇습니까? 우선 술이나 한잔 하고 자리를 옮깁시다."

심재택의 앞에 자신의 빈 잔을 놓은 그가 술을 따랐다. 그는 대영그룹 고정문의 정보원으로 구소련군의 상사 출신이라고 했다. 심재택이 술을 한 모금에 삼키고 잔을 내려놓자 그가 다시 은을 박은 치아를 내보이며 웃었다.

"고 선생한테 이야긴 들었는데 그것 입수하기가 쉽지 않았어요. 한 장씩만 나눠주는 것이라."

탁자 위로 상반신을 숙인 그에게서 역한 술 냄새가 풍겨왔지만 심재택은 피하지 않았다.

"그리고 위험한 일이오. 그 자리에서 쓰게 하고는 걷어가 버린단 말입니다."

"보상은 하겠소. 약속대로 500달러를 낼 테니까."

"그 사람은 1000달러를 내라고 합니다. 어차피 고려에 가서 돈을 못 벌게 되었으니 그 보상에다 위험수당까지 합해서."

옆자리의 최성문과 잠시 시선을 마주치던 심재택이 머리를 끄덕였다.

"좋소. 드리지. 그럼 오늘 받을 수 있겠소?"

"물론이오. 이놈만 마시고 나갑시다. 기다리고 있을 테니."

잔에 술을 채운 전호근이 한 모금으로 입 안에 털어 넣고는 자리에서 일어섰다. 변두리에 위치한 식당이어서 거리에는 인적이 드물었고 라이트를 켠 차량들만 속력을 내어 달리고 있었다. 지나가는 택시를 잡아탄 그들이 도착한 곳은 그곳에서 두 블록 정도 떨어진 카페 앞이다.

"저기서 10분 정도만 기다리시오."

전호근이 턱으로 카페를 가리켰다.

"내가 그 사람을 데려오겠시다."

그가 서두르듯 어둠 속으로 사라지자 심재택은 주위를 둘러보았다. 그곳은 식당 앞쪽보다는 번화한 곳이어서 길가의 상점 앞에는 한가한 모습의 남녀들이 모여 서 있었다. 차도에도 서너 대의 승용차가 세워져 있었는데 끝 쪽에 있는 검정색 볼가에는 그의 부하 세 명이 차 안에 앉아 있었다. 식당 앞에서부터 따라온 것인데 전호근은 모른다. 카페 안으로 들어갔다 나온 최성문이 길가에 서 있는 그에게로 다가왔다.

"카페 안은 손님이 남녀 한 쌍밖에 없습니다. 안전한 것 같습니다."

머리를 끄덕인 그는 최성문과 함께 카페 안으로 들어섰다. 그는 매사에 철저한 성격 인데다가 더구나 이곳은 적지나 다름없다. 그는 조선족으로부터 고려에 입사하는 조건으로 북한 측에 내는 서약서 원본을 받으면 곧장 서울로 돌아갈 생각이었다. 서약서는 북한 측이 불러준 내용을 모두 받아 적는 것으로 내용이 모두 똑같다고 했다. 그것은 곧 고려와 북한과의 밀약의 증거이자 고려가 파멸하는 계기가 될 것이었다.

10분이 조금 넘었을 때 전호근이 20대 후반의 청년 한 명을 데리고 들어섰다. 그는 얼굴에 웃음을 가득 띠고 있었다.

"이 사람이 겁이 많아서 끌고 오느라고 혼났시다. 그렇다고 내가 달랑 서약서만 들고 올 수도 없고."

카페의 구석자리에 앉자 사내는 전호근의 독촉에 저고리의 안주머니에서 접혀진 종이를 꺼냈다. 심재택이 종이를 받아들고는 펴서 읽는 동안 테이블 주위에는 한동안 정적이 흘렀다. 이윽고 심재택이 머리를 들었다.

"됐습니다."

그는 최성문을 바라보았다.

"돈을 드려."

최성문이 건네준 100달러짜리 지폐 열 장을 받아 쥔 사내가 튕기듯이 자리에서 일어섰다.

"나도 가야겠시다."

전호근이 일어서며 그들을 향해 웃었다.

"내 친척 조카요, 이 사람은. 믿을 만한 사람은 친척밖에 없지요, 그렇지 않습니까?"

그들이 카페를 나가자 심재택도 자리에서 일어섰다.

"이제 됐다."

그는 만족한 얼굴로 서류가 든 가슴께를 손바닥으로 쳤다.

"이 안에 든 것은 고려그룹에 대한 사형선고장이야."

주문한 보드카를 마시지도 않고 계산을 하자 주인이 놀란 얼굴을 했다. 그들은 밖으로 나와 길가에 세워진 볼가로 다가갔다. 밤바람이 시원하게 피부에 닿는 기분 좋은 밤이었다. 그들이 다가가자 볼가의 뒷좌석 문이 열리면서 부하들이 나왔다.

그러자 주춤 걸음을 멈춘 심재택이 눈을 치켜떴다.

"아니."

밖으로 나온 것은 그의 부하들이 아니다. 그의 옆을 따르던 최성문이 재빠르게 몸을 돌렸다가 휘청거리더니 땅바닥에 한쪽 무릎을 꿇었다. 어느 사이에 그들의 뒤쪽에도 서너 명의 사내들이 에워싸고 있었던 것이다.

"반항하면 죽여서 데려 갈 수도 있으니까."

앞에서 권총을 겨눈 사내가 이렇게 말했고 뒤쪽에서 누군가가 그의 등을 와락 밀었다.

"빨랑 움직이라우, 심 선생."

그가 쑤셔 박히듯이 볼가의 뒷좌석으로 밀려들어가자 사내들이 양쪽에 조여 앉았다. 최성문은 어디로 갔는지 보이지 않았다. 차가 요란한 엔진 소리를 내며 움직일 때에야 심재택은 자신이 이제 사지로 끌려가고 있다는 것을 느낄 수 있었다. 이들은 북한 공작원이 틀림없었고 사형선고를 받은 것은 자신이 되어 있는 것이다.

아무르 호텔 옆의 해산물 식당에서 게다리 요리를 먹고 있는 고정문에게 종업원이 다가왔다.
"고 선생, 전화가 왔습니다."
"나한테? 누구랍디까?"
수건으로 손을 닦으며 묻자 종업원이 머리를 저었다.
"그건 모릅니다."
입구 옆쪽에 있는 전화박스로 다가간 그는 수화기를 귀에 댔다.
"여보세요."
버릇이 된 러시아어로 말하자 저쪽에서는 한국어가 나왔다.
"고 선생, 거기 계셨구먼."
나직한 목소리의 주인은 그의 정보원중 하나인 이 씨였다.
"고 선생, 조금 전에 시내에서 한국인 납치사건이 일어났소. 나도 들었는데 오케안 아래쪽의 카페 앞이라고 하던데."
"한국인이라면 누구 말이오?"
긴장한 고정문이 수화기를 고쳐 쥐었다.
"납치한 건 누구고?"
"글쎄, 그것은 잘 모르겠지만 여럿에서 두 명을 끌고 가는 것을 보았다는 거요."
"두 명?"
"검정색 볼가에 태우고 갔답니다."

"오케안 아래쪽이라면 평양식당 근처인가?"

"두 정류장쯤 떨어져 있지요."

이미 먹다만 캄차카 타라바 생각이 멀리 달아난 고정문이 수화기를 내려놓고는 곧장 계산대로 다가갔다. 하바롭스크에는 고려 직원만 해도 50명이 넘었고 상사원들, 거기에다 찾아오는 관광객들까지 합하면 수백 명의 한국인이 있다. 한국인이 당하는 강도사건만 해도 하루에 한두 건씩 발생하고 있었지만 예감이 좋지 않았다.

식당을 나온 그는 빠른 걸음으로 옆쪽의 호텔을 향해 걸었다. 호텔에는 동료직원이 세 명 있었고 조선족 경호원도 두 명이 있는 것이다. 호텔의 현관 앞으로 다가가자 제복을 입은 낯익은 수위의 모습이 보였다 사람의 왕래가 많은 시간이어서 현관에는 10여 명의 남녀가 몰려서 있다. 그제야 발걸음을 늦춘 고정문이 머리를 돌려 뒤쪽을 바라보았다. 그러자 바로 뒤를 따르고 있는 사내와 시선이 마주쳤다. 노타이셔츠 차림의 동양인이었다.

그에게서 머리를 돌리려는 순간 고정문은 옆쪽에서 누군가 부딪혀 온다고 느꼈고 곧 뒷머리에 거센 충격을 받았다.

그가 서너 명의 사내에게 끌려 길가에 세워진 승용차에 실려지는 동안 지나가던 행인들은 아무도 걸음을 멈추지 않았다. 현관 앞에 서 있던 남녀들이 잠시 조용해졌으나 차가 떠나자 다시 이야기를 계속했고 수위도 똑같은 모습으로 이쪽을 바라보고 있었다.

카페 밖에서 기다리다가 불시에 습격을 받은 심재택의 부하 세 명이 차에 실려 쓰레기처럼 버려진 곳은 아무르 강변이었다. 세 명 모두 심한 상처는 입지 않아서 겨우 숙소로 돌아왔을 때는 밤 11시가 되어 있었다. 그러나 심재택과 최성문의 행방을 알 수 없었으므로 그들의 실종사실은 곧 서울로 보고되었다.

　상황으로 보아 납치당한 것 같다는 긴급 보고였다. 그들은 아무르 호텔로 연락을 해서 고정문을 찾았다. 심재택이 그의 정보원을 만난 것을 알고 있었기 때문이다. 그러나 그들은 곧 고정문도 종적을 감춘 것을 알게 되었다. 호텔 옆의 해산물 식당에서 유명한 게다리 요리인 캄차카 타라바를 먹다가 전화를 받고 나간 것을 마지막으로 그를 보았다는 사람은 아무도 없다는 것이다.

　국정원 요원들과 대영그룹 직원들의 분주한 움직임이 차츰 안정을 찾아가는 깊은 밤, 새벽 1시경이다.

　하바롭스크에서 아무르 강을 따라 10여 킬로미터 위쪽으로 올라간 강가의 단층 통나무집 안에는 아직도 환하게 불이 켜져 있었다. 정사각형 구조의 넓은 집 안은 식탁으로 쓰이는 넓은 탁자와 벽에 붙여진 두 개의 침대와 찬장, 그리고 서너 개의 목제 의자가 가구의 전부였는데 세 사내가 둘러 앉아 술을 마시는 중이었다.

　"마피아는 개입하지 않을 겁니다. 그들과는 상관없는 일이니까."

　입을 연 것은 장국진이다.

　"그리고 우리와도 관계가 없는 일이오. 북한과 한국과의 싸움에 대영그룹이 끼어든 모양이오."

　그러자 김상철이 옆에 앉은 사내에게로 시선을 돌렸다.

　"북한 쪽 공작원이 그랬다는 건 틀림없습니까?"

　"틀림없습니다. 그건 대영그룹의 정보원인 이 씨가 떠들고 다녀서 시내에 소문이 좌악 퍼져 있습니다."

　사내는 조선족의 택시 운전사이며 마피아 요원인 배석규이다. 김상철을 도우라는 파벨의 지시를 받은 터라 그는 어젯밤 시내에서 일어난 사건을 알려준 것이다.

"대영 쪽이 정보원 노릇을 하던 전 아무개란 자를 찾고 있어요. 이 씨가 수소문을 하고 다니는데 아마 그자하고 관계가 있는 것 같습니다."

배석규가 술잔을 내려놓고는 김상철을 바라보았다.

"오늘밤 제일 조용한 곳은 고려요. 하지만 아마 이 사건을 알고는 있겠지요."

알고 있는 정도가 아니라 한일만은 장인규로부터 사건이 일어난 직후에 직접 연락을 받은 터였다. 그녀는 도청을 염려한 듯 한일만이 전화를 받자 지난번 말씀 드린 것 잘 되었다고만 하고 전화를 끊었다. 그러고 나서 정보원들이 가져온 정보를 들은 한일만은 한동안 멍 한 얼굴로 앉아 있었다. 이것은 고려 쪽에 대한 일종의 시위의 성격도 띄고 있는 것이다. 다른 말로 표현한다면 위력을 보여주었다고도 볼 수 있었다. 고려는 이제 어쩔 수 없이 북한과 공모하여 한국기관원과 한국인들을 납치 제거한 셈이 되었다.

다음날 아침, 한일만은 사무실에 들어 선 조병기에게 물었다.

"아침에 들어온 정보는 없나?"

"없습니다. 대영과 국정원 양쪽이 경찰에 신고를 한 것 외에는 진행 사항이 없습니다, 이사님."

"국정원에서 요원들이 몰려올 텐데. 그 사람들, 그냥 넘어가지는 않을 거야."

"그렇지만 곧 진이 빠질 겁니다. 찾지 못할 테니까요."

조병기는 어젯밤 장인규로부터 전화가 왔다는 사실을 모른다. 물론 그 며칠 전에 찾아와 이야기한 내용도 한일만은 말해주지 않았다. 근성이 있는데다 눈치가 빠른 사내였지만 한일만과 이남호는 더 이상 김상철의 전철을 밟지 않기로 한 것이다. 밑의 직원은 시킨 일만 하는 것이 낫다. 그래야 그 자신을 위해서도 이득일 것이었다. 그러나 그들이 북한 측에게 끌려갔다는 것은 이미 소문이 퍼진 상태였다.

"그것이 북한 짓이라면… 왜 그랬는지 알 수가 없군. 자네 혹시 정보원들한테서 무슨 이야기 들은 것 없나?"

"그런 이야기는 없습니다, 이사님."

"……."

"하지만 김상철이가 떠돌아다닌다는 소문이 있습니다."

"그거야 오래된 소문 아닌가? 김 과장이 실종 되고나서부터 나왔던 말이야. 그래서 국정원에서도 우릴 귀찮게 구는 것이 아닌가?"

그에게 김상철 문제도 비밀로 했던 것은 물론이다. 회사 내에서 알고 있는 사람은 몇 사람뿐이고 사원 급으로는 장국진 한 명이었다. 이맛살을 찌푸린 한일만이 그를 바라보았다.

"어쨌든 그 소문도 철저히 알아보도록 해. 근거가 있는 소문인지 모르니까. 시체를 찾지 못하는 바람에 꽤 오래 시달리는구먼, 그래."

상담을 끝낸 안인석이 사무실로 돌아오자 강형문 대리가 손을 들어 그를 불렀다.

"서류는 잘 되었어?"

"이상 없습니다. 돌아가서 본사에 연락한 다음 내일 사인해 가지고 오겠답니다."

"잘 됐군."

그는 옆의 빈 의자를 손으로 두드려 앉으라는 시늉을 했다.

"그런데 이번에 일주일간 휴가를 낸 건 무엇 때문이야? 정말 몸이 아파서 그래?"

"그런 건 아닙니다."

"집안일 때문인가, 그럼?"

그의 얼굴을 빤히 바라보던 강형문이 얼굴에 웃음을 띠었다.

"내가 알아서는 안 되는 일인가?"

"아닙니다."

안인석이 소리 죽여 긴 숨을 내려쉬었다. 일주일 후부터 3일간의 여름 휴가가 시작되는데 전체가 한꺼번에 가는 것이 아니라 겹치지 않도록 휴가계획을 내 조정을 받아야 한다. 안인석은 3일간의 정기휴가에 4일의 병가를 보태어 일주일의 휴가원을 냈던 것이다.

"실은 러시아에 가려고 그럽니다. 이번에 시베리아에서 실종된 제 친구가 있는데요. 개척단 소속의."

"안인석 씨 친구가 실종되었어?"

"예, 그래서 제가 찾아보려고…… 물론 힘들겠지만 노력은 해보려고 합니다."

"무슨 일을 하던 사람이야?"

"비서실 소속이었습니다."

"어디서 실종되었는데?"

"임차지의 늪에 빠졌다는데, 하바롭스크의 지사에 들려서 임차지로 보내달라고 해볼 생각입니다."

"그래서 일주일간 그 넓은 임차지를 돌아다니겠다고? 안인석 씨 혼자서."

"같이 갈 사람이 있습니다. 그 친구 애인인데, 비서실에 근무하는."

"그것 참."

입맛을 다신 강형문이 안인석을 똑바로 바라보았다.

"회사에서 어련히 알아서 처리하지 않겠어? 그런데 둘이 나서서 될까?"

안인석이 머리를 저었다.

"그렇게라도 해야 됩니다, 대리님. 설령 아무런 도움이 안 되더라도 제가 이러고 앉아 있을 수만은 없습니다."

"알았어. 위에 보고를 하지."

머리를 끄덕인 강형문이 손으로 그의 어깨를 쳤다.

"안인석 씨한테 그런 친구가 있는지 몰랐어. 내가 어떻게든 휴가를 받아내겠네."

수화기를 든 안인석은 머리를 들어 벽시계를 바라보았다. 퇴근시간이 다 되어 가는 6시 50분이다.

"안인석 입니다."

"인석 씨, 나야."

오랜만에 듣는 이유미의 목소리였다. 저도 모르게 굳어진 얼굴로 안인석은 수화기를 고쳐 쥐었다.

"웬일이야?"

"오랜만이야, 인석 씨."

그녀는 담담하게 말을 이었다.

"LA에서 돌아온 지 일주일쯤 되었어, 오늘 저녁에 시간 있어? 만나서 이야기 했으면 해서."

"홍만규 씨 하고 이야기 할 건 다했는데."

"나도 알아 하지만……."

잠시 말을 멈추었던 그녀의 목소리가 낮아졌다.

"7시 30분에 영동의 비엔나에서 기다릴게."

안인석은 끊긴 전화기를 든 채로 한동안 우두커니 앉아 있었다. 그는 자신이 7시 30분에 그녀와 자주 만나던 비엔나 카페로 가게 될 것을 알고 있었다. 그리고 이유미 또한 그것을 믿고 있을 것이다.

안인석이 카페에 들어선 때는 7시 40분이었다. 그가 다가와 앞자리에 앉는 동안 이유미는 시선을 떼지 않았지만 안인석은 외면했다.

"그동안 여윈 것 같아."

이유미가 부드럽게 말했다.

"회사 일은 잘 돼가?"

머리를 건성으로 끄덕여 보인 안인석이 그때서야 이유미를 바라보았다.

"용건이 뭐야?"

"난 올 가을에 약혼하기로 했어."

"들었어. 그 말 하려고 나온 거냐?"

"미안해."

그러자 테이블에 잠시 말이 끊겼고 종업원이 다가와 주문을 받고 갔다.

"어쨌든 내가 인석 씨를 배신한 건 사실이니까, 뭐라고 해도 할 말이 없어."

낮은 목소리로 그녀가 말을 이었다.

"나한테는 이런 일이 안 일어날 줄 알았는데…… 정말이야."

"넌 앞으로도 끝없이 그런 일이 일어날 거다. 결혼으로 그것이 끝난다고 생각하면 잘못이야."

굳은 얼굴로 안인석이 말했으나 이유미는 입술 끝으로 웃었다.

"그렇게 생각해서 위로가 된다면 마음대로 생각해."

"넌 상대방의 약점을 교묘히 이용해 왔어. 지금 나한테도 그래."

"그럴 의도는 없었어. 그냥 만나서 이야기 하고 싶었을 뿐이야."

"내 감정은 생각이나 해봤어?"

종업원이 다가와 커피 잔을 내려놓고 돌아가는 동안 그들은 잠시 말을 멈추었다. 커피 잔에 설탕을 넣으면서 이유미가 입을 열었다.

"난 내년 봄쯤 결혼하면 여행사를 경영하게 될 거야. 그 사람과 약속이 되어 있어."

"……."

"한 남편의 아내로 집안에서 아이들 키우고 살림만 하는 여자는 안 될 거야. 나도 사업을 해서 성취감도 가져보고 나름대로 사회에 기여도 하고 싶어."

"……."

"인석 씨 말대로 끝없이 변신해 갈지 몰라. 변화를 바라면서 그것을 채워줄 수 있는 남자가 그 사람이라고 생각했어."

"알았어, 이제 그만해. 그리고 지난번 같은 불상사도 일어나지 않을 테니까 안심을 하고."

안인석이 그녀를 똑바로 바라보았다.

"솔직히 난 네 일을 생각할 겨를이 없었거든. 너한테는 다행한 일이겠지만, 너한테 그 이유를 말해줘야겠다."

물 잔을 들어 한 모금 마신 그가 말을 이었다.

"시베리아에서 상철이가 실종되었어. 이젠 너나 네 남자한테 행패를 부릴 사람도 없다. 그리고 상철이 동생도 교통사고로 죽었어. 난 그 일 때문에 가슴이 터질 것 같아서 너 따위한테 신경을 쓸 시간이 없었다."

"……."

"너하고 상철이 둘 다 나한테 소중한 사람이었지만 난 그놈이 그렇게 된 것이 억울해서 견딜 수가 없어. 그래서 널 잊을 수가 있었어."

자리에서 일어선 안인석이 그녀를 내려다보았다.

"그놈한테 나는 또 신세를 진 기분이다. 잘 살아라, 이유미."

"커피 한잔 해."
종이컵에 담긴 커피 잔을 박미정에게 건넨 한 과장이 의자를 당겨 옆에 앉았다. 점심을 마치고 마악 자리에 앉은 참이어서 사무실은 아직 빈 자리가 많다.
"고맙습니다, 과장님."
자리를 고쳐 앉은 박미정이 그를 바라보았다.
"과장님은 휴가 어디로 가세요?"
"글쎄, 이번에도 동해안이나 갈까?"
휴가가 시작되는 7월 하순이 이제 닷새 후로 다가와 있었다. 한 과장이 먹다 남긴 커피 잔을 그대로 휴지통에 넣었다.
"그런데 박미정 씨 휴가건 때문에 말할 것이 있어."
"……."
"정식휴가 사흘에다 병가 나흘을 합해서 일주일을 신청했는데, 그건 문제될 것 없어, 결재가 났으니까."
그는 피로한 듯 목을 좌우로 흔들었다.
"하지만 우리 팀은 이번 여름휴가를 반납하고 가을이나 겨울에 대신 가기로 결정 했어, 잘 알겠지만 개척단 일 때문에."
"……."
"다른 팀들도 대부분 그런 모양이야."
"과장님, 저는……."
"설마 혼자 빠지겠다고 하진 않겠지? 그리고 실제로 아픈 것도 아니지 않아?"
자리에서 일어선 한 과장이 그녀를 내려다보며 웃었다.

"내 경험인데 휴가철이 아닐 때 휴가 가는 것이 얼마나 편리하고 좋은지 알게 될 거야. 이번 여름에 개척단 일을 마치기만 하면 곧 떠나게 될 테니까."

한 과장이 자리로 돌아간 후 우두커니 앉아 있던 박미정이 수화기를 들었다. 안인석은 자리에 있었다.

"나, 이번 휴가계획 연기되었어. 팀 전체가 일 때문에."

그러자 안인석의 입맛 다시는 소리가 났다.

"나도 그래. 갑자기 조장하고 일본 출장 계획이 잡혔고 돌아와서는 연달아서 바이어 상담이야. 올 가을이나 시간이 날 것 같아."

수화기를 귀에 댄 박미정이 주위를 둘러보았다.

"인석 씨, 혹시 그 얘기 누구한테 했어? 상철 씨 찾으러 간다는."

"그건 왜 물어?"

"무언가 이상해서. 날 시베리아 출장에서 빼고 또 이번 휴가도 다 못 가게 된 것이."

"담당 조장한테 상철이 이야기를 했어. 적당한 이유가 생각나지 않아서. 그리고 그걸 숨길 필요도 없고, 안 그래?"

"……."

"미정 씨가 너무 신경이 예민해진 것 아냐?"

"글쎄, 나는……."

"저녁에 만나. 내가 술 한 잔 살게."

안인석의 목소리가 나직하게 울렸다.

"그때 다시 상의를 해."

포장마차의 나무판자로 만든 의자에 겨우 엉덩이를 걸친 안인석은 취해 있었다. 술잔을 쥔 그는 흐린 눈으로 박미정을 바라보았다.

"되는 일이 하나도 없어, 내가 하는 일은."

그는 한 모금에 소주를 삼켰다.

"난 조장한테 출장 이야기를 듣고 한참을 생각했어. 회사를 그만두고 시베리아로 갈 것인가 아니면 조장을 따라 출장을 갈 것인가를."

"……."

"결국은 출장을 가기로 했지. 내가 간다고 해도 찾을 가능성은 희박하다는 생각이 들었고 그리고……."

"자학할 필요 없어, 인석 씨. 그리고 합리화 시키지 않아도 돼."

낮은 목소리로 박미정이 말했다.

"회사에서도 최선을 다하고 있을 테니까. 그저 우리는 최선을 다하려는 생각뿐이었으니까."

"내가 지금 최선을 다하고 있는 걸까?"

그의 시선을 받은 박미정이 잠자코 술잔을 들었다. 그것은 자신에게 되묻고 싶은 말이었던 것이다. 좌절감의 정도를 따지자면 자신이 그보다 더할 것이다. 그러나 박미정은 이제 자신이 회사로부터 견제를 받고 있다는 것을 느꼈다. 팀이 휴가도 반납하고 해야 할 개척단 일은 이쪽만 끝낸다고 되는 일이 아니다. 그리고 며칠 전까지 아무 말이 없던 한 과장이 돌연 팀의 휴가를 보류시킨 것도 의심스러웠다. 회사는 자신의 시베리아 행을 가로막는 것이다. 소주를 한 모금 삼킨 박미정이 안인석을 바라보았다. 그녀의 대화 상대는 그밖에 없었다. 머리를 떨어뜨리고 앉아 있는 그를 보자 가슴이 메어 왔다.

"그래, 회사 입장에서 보면 우리가 하려는 짓이 엉뚱할 거야. 회사도 나름대로 최선을 다해서 찾고 있는데 우리가 나서서 찾고 돌아다니겠다면 말이야."

준비하지도 않았던 말이었으나 그녀는 말을 이었다.

"회사를 불신하는 것 같이 보일지도 몰라, 그것도 비밀리에 시베리아로 간 걸 알면 말이야. 우리를 불러서 경고를 해도 할 말이 없어."

"그놈이 빠졌다는 늪이라도 보고 오려고 했는데."

안인석이 몸을 기울이다가 술잔이 엎어져 술이 흘렀다.

"이런 빌어먹을."

혼자서 소주를 거의 네 병쯤 마신 참이라 그는 술잔을 집다가 이제는 술병을 자빠뜨렸다. 그들이 포장마차를 나온 것은 밤 12시가 넘어 있을 때였다. 박미정은 안인석의 한쪽 팔을 어깨에 걸쳐 몸을 받치고는 택시 정류장으로 다가갔다. 서늘한 밤바람에 정신이 조금 돌아오는지 안인석이 몸을 곧게 세웠다.

"나도 다 잃었어. 나한테 소중한 것들을 모두…… 하지만 난 살아서 이렇게……."

그가 헛구역질을 했으므로 놀란 박미정이 그를 끌고 길가의 좁은 골목길로 들어섰다. 벽에 두 손을 짚은 안인석이 먹은 것을 몽땅 토해 놓는 동안 그녀는 골목 어귀에 조바심을 내며 서 있었다. 거리에는 인적이 드물었고 간혹 지나치는 행인도 이쪽에는 신경을 쓰지 않았다. 그러자 뒤쪽에서 신음소리가 났다. 벽에 이마를 대고 선 안인석이 내는 소리였다.

"내가 이러면 안 되는데."

다가선 박미정은 그가 그렇게 신음처럼 웅얼거리는 소리를 들었다.

"기운을 내야지, 응. 기운을."

박미정이 그의 어깨에 손을 얹었다.

"기운을 내, 인석 씨. 견뎌내야 돼."

그러자 가슴이 터져나갈 듯 아파왔으므로 박미정은 그의 등에 얼굴을 묻었다.

"우리 같이 견뎌 내. 우리 같이."

강 회장 일행이 임차지에서 돌아오자 숙소는 다시 분주해졌다. 일주일 동안 임차지를 돌아보고 난 후여서 하루쯤 쉴 만도 한데 회장은 도착한 다음날 아침에 사장단과의 회의를 주재하는 정력을 보였다. 회의가 거의 끝나갈 무렵인 오후 3시경 회의장에 들어선 한일만이 발끝걸음으로 걸어 이남호에게로 다가갔다. 다가선 그가 귀에 대고 무엇인가를 짧게 말하자 이남호가 자리에서 일어섰다. 강 회장에게 머리를 숙여 보인 그는 한일만과 함께 회의장을 나왔다.

"제 사무실입니다, 실장님."

복도에 나서자 한일만이 말했다. 긴장으로 굳어진 얼굴이다. 그들은 서둘러 옆쪽의 사무실로 들어섰다. 책상 위에 내려놓은 수화기가 보였다. 다가간 이남호는 선 채로 수화기를 귀에 댔다.

"나, 이 실장이야."

"실장님, 안녕하셨습니까."

김상철의 목소리였다. 딱딱하게 얼굴을 굳힌 이남호가 테이블에 몸을 기대고 섰다.

"그래, 자네 지금 어디 있는 거야?"

"떠돌아다니다가 하바롭스크로 돌아왔습니다."

"그게 얼마나 위험한 행동인지 알지?"

"알고 있습니다, 실장님."

"저쪽에서도 자넬 찾던데, 그쪽에 연락은 했나?"

북한 쪽을 말하는 것이다.

"아닙니다. 그쪽에서 빠져나왔는데 연락을 할 리가 있습니까?"

"지금 정국이 혼란해. 그것도 알고 있어?"

"알고 있습니다."

"어쨌든 만나자. 만나서 얘기해. 그러고 다니면 안 되니까."

그는 머리를 돌려 한일만을 바라보았다.

"장소는 어디로 정하면 좋겠나?"

송화구를 막은 채 재촉하듯 묻자 눈을 깜박이던 한일만이 말했다.

"디나모 스타디움 앞이 좋습니다. 시간은 저녁 여덟 시쯤. 그곳엔 요즘 경기가 없어서……."

이남호가 송화구에서 손을 뗐다.

"디나모 스타디움 앞에서 저녁 여덟 시에. 내가 직접 갈 테니 그곳에서 기다려."

"알았습니다, 실장님."

수화기를 내려놓은 이남호가 찌푸린 얼굴로 한일만을 바라보았다.

"괜찮을까?"

"만나시는 것 말씀입니까? 그렇다면 제가……."

"아니, 이 전화 말이야."

이남호가 턱으로 전화기를 가리키자 한일만이 입맛을 다셨다.

"할 수 없지 않습니까? 미리 말을 맞출 상황도 아니었으니까요."

이제까지 중요한 일은 암호를 사용하거나 간단하게 요약한 말만으로 통화를 했던 것이다. 도청이 발달된 곳이어서 마피아 쪽의 충고를 받고 나서는 내국의 통화도 조심을 해온 터였으나 한일만의 말마따나 지금은 그럴 상황이 아니었다.

"디나모 스타디움 앞이라면 인적이 드물 겁니다. 요즘 경기도 없는데다 인도의 보수공사를 하고 있거든."

장국진이 손가락 끝으로 테이블을 두드리며 말했다. 어두운 바의 구석 자리를 차지하고 앉은 그들의 앞에는 보드카 병이 놓여 있었다.

"그런데 이 실장이 해결책을 내놓을 수 있을 것 같소?"

내내 못마땅해 있었던지라 장국진의 말투에는 짜증기가 배어나 있었다. 그는 김상철과 함께 파벨 밑에서 일하기를 바라고 있었던 것이다.

"지금 당장 해결책이 없다고 하더라도 나에게 약속은 해줄 수가 있을 거야."

"무슨 약속 말이요? 지난번에도 기다리라고만 하고는 연락도 없었지 않소? 기다리면 해결될 것이라고 약속도 했을 것이고."

"그곳에서는 장인규의 압박을 피해 나온 거야. 더 머물러 있기가 힘들었어."

김상철의 시선이 팽팽해졌다.

"아마 그 여자는 개인적으로도 나에게 이를 갈고 있을 거다. 물론 나도 뛰쳐나와 서울에 전화를 건 덕분에 서울 일을 알게 되었지만."

"지금 나만큼 너를 생각해주는 사람은 없어. 그러니 내 말을 들어."

장국진이 다시 전처럼 말을 놓았다.

"그 이유는 너와 내가 똑같은 상황이기 때문이야, 나는 이미 북한을 배신한 놈인데다가 네가 없는 고려생활은 그야말로 언제 북한 쪽에 잡혀갈지 모르는 형편이었어. 그리고 너도 이제 한국과 북한 양쪽에 쫓기는 몸이 되었고."

"……."

"더 이상 기대하지 마. 그들은 방법이 없어. 너만 비참하게 될 뿐이야."

"어쨌든 오늘 만나서 결정을 한다."

김상철이 보드카 잔을 들고는 입 안에 털어 넣었다.

"내가 실종된 데다가 동생까지 사고로 죽었다는 것을 감옥에 있는 아버지가 들었다면 아마 살아갈 의욕을 잃게 되었을 거야. 내가 더 이상 기다릴 수 없는 이유도 그것 때문이다. 고려에서 기대할 것이 없다면 난 서울에 연락을 해서 내가 살아 있다는 것을 알려야 한다. 그리고는 파벨의 심부름꾼이 되든지 장사를 하든지 하면서 이곳에서 살아야지. 그래야 아버지도 산다."

"동생이 사고로 죽었다고?"

놀란 장국진이 눈을 크게 떴으나 김상철이 말을 이었다.

"내가 모든 것을 뒤집어쓰는 조건으로 고려에 아버지를 부탁할 생각이야. 제대로 형을 받고 나온 후의 생활보장을. 나에 대한 가망이 없더라도 나는 그 약속만 받으면 된다."

8시 5분 전. 디나모 스타디움 앞쪽 길로 검정색 볼가 한 대가 다가오더니 길가에 바짝 붙으며 멈춰 섰다. 속력을 내어 차도를 달리는 차량들은 꽤 많았지만 인도의 행인은 드문 곳이었다.

디나모 공원 안에 위치한 스타디움이어서 뒤쪽의 공원에는 여름밤의 산책객이 많았고 드라마 극장의 불빛이 빛나고 있었다. 뒷좌석에 앉은 이남호는 피우던 담배를 재떨이에 비벼 끄고는 손목시계를 내려다보았다.

"이봐, 이 길이 맞나?"

스타디움이 옆쪽이었으므로 이남호가 묻자 운전석에 앉은 한일만이 머리를 끄덕였다.

"안쪽에는 차가 들어 갈 수가 없습니다."

러시아인 한두 명이 티셔츠에 운동화 차림으로 앞쪽에서 걸어 왔다. 공원으로 가는 모양인지 가벼운 걸음으로 그들의 옆을 지나갔다.

이남호가 다시 시계를 내려다보았을 때 옆쪽 창문에 인기척이 났다. 놀라 머리를 든 그는 조금 전에 지나갔던 러시아인의 얼굴을 보았다.

"차에서 내려서 스타디움 정문 앞으로."

러시아인이 또박또박 끊어서 말했는데 러시아어를 이해하지 못하는 줄 아는 모양이었다. 그가 이번에는 서툰 영어로 말했다.

"스타디움 정문 앞, 그곳에 미스터 김이 있소."

그리고는 이쪽에서 무어라고 말할 틈도 주지 않고 몸을 돌렸다. 이남호가 문을 열고 내리자 차의 시동을 끈 한일만도 따라 나왔다.

"실장님, 저도 같이 가겠습니다."

그들은 곧장 공원 안으로 들어섰다.

어둠에 싸여 있는 스타디움의 정문은 옆쪽으로 50미터쯤의 거리였다.

"김 과장이 꽤 조심을 하는군."

이남호가 혼잣말처럼 말하자 한일만이 주위를 둘러보았다.

"당연하지요. 요즘 시내 상황도 좋지 않으니까요."

굳게 닫힌 정문이 보였고 어둠 속에 스타디움의 윤곽이 드러났지만 주위에는 인적이 없다. 그들은 정문 앞에 멈춰 서서 주위를 둘러보았다. 그러자 이남호는 옆쪽 잔디밭가의 나무등치가 흔들리는 것을 보았다. 그리고 그 옆에서 누군가가 다가왔다.

"김 과장인가?"

이남호가 묻자 다가오던 사내가 대답했다.

"예, 접니다."

어둠 속에서 곧 김상철의 모습이 드러났다.

"이 사람아, 걱정 했어."

이남호가 다가온 그의 손을 잡았다.

"그동안 고생 많았지?"

"걱정 끼쳐 드렸습니다."

"우리 어디 가서 앉지."

한일만과도 인사를 나눈 김상철이 조금 전에 나온 나무 그늘 밑으로 그들을 안내했다.

"죄송합니다, 피해 다니는 몸이어서."

정문 앞에서는 보이지 않았으나 나무둥치 옆에는 낮은 돌 의자가 길게 놓여 있었다. 그들은 스타디움을 바라보며 나란히 앉았다.

"그 일은 정치적으로 해결하는 수밖에 없어."

이남호가 입을 열었다.

"그런데 일이 꼬이느라고 며칠 전에 국정원원 두 명과 대영그룹 부장 한 명이 납치당한 사건이 일어났어."

"저도 알고 있습니다. 그건 북한 공작원들 짓입니다."

"이런 상황에서 자네가 국정원 요원의 눈에 띈다면 자네뿐만 아니라 우리도 입장이 곤란해져."

"압니다, 실장님. 그래서 말씀대로 기다리느라 동생이 죽었는데도 가보지도, 연락하지도 못하고 있지 않습니까?"

그러자 이남호가 퍼뜩 머리를 들었다.

"알고 있었나?"

"말씀해주시지 않을 생각이셨습니까?"

"솔직히 그럴 생각이었네, 자네 가슴만 아프게 할 것 같았으니까."

"……"

"정말 안 됐네. 나도 빈소에 갔었어. 장례는 잘 치렀네."

김상철이 번들거리는 시선으로 그를 바라보았다.

"아버지께 연락을 해주십시오, 제가 살아 있다고. 아마 지금쯤 제가 실종되고 동생이 죽었다는 것을 알고 계실지도 모릅니다. 그때는 아버지도 위험합니다."

"그렇게 하지. 그래, 내가 책임지고 부친께 꼭 전하겠네."

그 순간이다. 스타디움 위쪽의 창에서 흰 섬광과 함께 요란한 총성이 울려나왔다. 그리고는 사내의 외침소리가 났는데 놀라 벌떡 일어난 이남호는 어느 사이에 김상철의 몸이 나무둥치 옆으로 굴러가 있는 것을 보았다. 그리고 그 다음 순간 조금 전의 스타디움 위쪽에서 흰 섬광이 여러 번 번쩍였다. 이남호는 한일만에게 끌려 잔디밭 위로 넘어지면서도 머리를 돌려 김상철을 바라보았다.

나무둥치에 무엇인가가 둔탁한 소리를 내며 여러 번 부딪혔다.

"김 과장!"

엎드린 채 이남호가 소리쳤다.

"이봐! 김 과장!"

그러나 이미 김상철의 모습은 사라져 보이지 않았으므로 그는 이를 악물었다.

"이런 빌어먹을."

눈을 부릅뜬 이남호가 스타디움 쪽으로 머리를 돌렸다. 이제 그쪽의 총격은 멈춰져 있었으므로 그는 거칠게 몸을 일으켰다.

"실장님, 괜찮으십니까?"

따라 일어선 한일만이 물었으나 그는 대답하지 않았다. 그리고 두 번 다시 스타디움 쪽은 바라보지 않았다.

차도를 달리는 차량의 소음이 희미하게 들려왔지만 어둠에 덮인 스타디움 안은 깊은 적막감이 감돌고 있다.

유리창 너머로 드라마 극장의 불빛이 보였다. 그 불빛 밑으로 삼삼오오 오가는 사람들의 모습도 드러났다. 이윽고 스타디움의 2층 구석에 쪼그리고 앉아 있던 김상철이 머리를 돌렸다.

그의 무릎을 베고 누워 있는 장국진은 이미 숨이 끊어져 있었다. 그는 김상철이 이남호를 만나는 동안 스타디움에 올라가 감시를 하고 있었던 것이다. 총격을 피한 그가 한참 만에 이곳에 돌아왔을 때 장국진은 마악 숨을 거두는 중이었다. 덮치듯 다가간 김상철이 장국진의 멱살을 잡아 일으켰다. 두 사람의 시선이 마주쳤다.

"왔군."

꺼져가는 목소리로 그가 말했다.

"놈들은 모두 돌아갔다. 그래서 이곳에 누워 널 기다리고 있었어."

"이봐, 어디 맞았어?"

그가 다급하게 묻자 장국진이 허덕이며 말했다.

"가슴에 두 발, 아니 세 발인가?"

그의 가슴은 온통 젖어서 번들거리고 있었다.

"병원에 가자."

그의 어깨 한쪽에 팔을 넣자 그가 약한 신음소리를 내며 온몸을 늘어뜨렸다.

"놔둬. 소용없다."

"쓸데없는 소리 말고."

"기다려, 내 말을 들어. 시간이 없다."

그의 말이 절박했으므로 김상철이 움직임을 멈추었다.

"날 쏜 놈들은 북한 공작원들이다."

그의 목 안에서 가래가 끓어오르고 있었다. 김상철이 장국진의 머리를 자신의 무릎 위에 올려놓았다. 장국진이 서두르듯 말했다.

"내 보상금, 그것을……"

"나올 거야. 내가 어떻게 하든지……"

"주소는 아나?"

"갖고 있어. 평양 보통강구 봉화산 공원 옆의 국민아파트 12열 125호다."

"12열 125호."

"그래, 12열 125호."

"이곳으로 데리고 와야 하는데……."

"파벨한테 부탁을 할 테니까."

"잘될까?"

"보상금은 틀림없어. 그리고 파벨이 힘을 쓰면 어려운 일이 아니야."

"……."

"이봐, 정신 차려!"

그는 장국진의 어깨를 흔들었으나 이미 숨이 끊어진 후였다. 김상철은 장국진의 얼굴에서 눈을 떼지 않은 채 한참 동안 그대로 앉아 있었다. 어느덧 극장의 불빛 밑으로 사람들의 왕래는 끊겨져 있었다. 차도를 달리는 차량의 소음도 이제 드물게 들리고 있다. 이윽고 장국진의 머리를 시멘트 바닥 위에 내려놓은 김상철이 몸을 일으켰다.

장국진은 저격하려는 자들을 발견하고 서둘러 그들을 향해 총을 쏘았는데 그것은 김상철에게 경고를 보내기 위해서였다. 그 대신 자신의 목숨을 버린 것이다.

강 회장의 아침 기상 시간은 보통 6시여서 강미현은 5시 30분이면 일어나 할아버지의 아침 식사를 준비하는 것이 이번 출장의 중요한 일과였다. 임차지에서 돌아와 며칠간 극동군 사령관등 러시아 정부의 고위층을 만나며 휴식을 취한 강 회장은 오늘 오후에 남은 인원들을 인솔하여 귀국길에 오르게 되었다. 물론 그녀도 강 회장을 따라 떠나게 되었으니 고생도 오늘로 끝이었다. 깨죽 준비가 되었을 때는 6시 10분이었으므로 강미현은 죽 그릇을 받쳐 들고 서둘러 2층의 숙소로 들어섰다.

숙소는 20평 규모로 서재를 개조하여 한쪽은 침실로 쓰고 나머지는 응접실로 사용했는데 강 회장은 보통 혼자서 응접실에서 아침 식사를 했다. 응접실로 들어섰으나 강 회장은 응접실로 나와 있지 않았다. 아마 어젯밤 일로스토프와 과음을 한 때문인지 아직도 침대에 있는 모양이었다. 죽 그릇을 탁자에 내려놓고 할아버지를 깨울까 생각하고 있는데 탁자 위의 전화벨이 울렸다. 회장실의 직통 전화였으므로 이남호나 유장석 중의 하나일 것이다. 그녀는 수화기를 들었다.

"여보세요, 회장실입니다."

"회장님 계신가요?"

젊고 낯선 목소리였으므로 강미현은 머리를 한쪽으로 기울였다.

"네, 그렇지만 아직 주무시는데요. 그런데 어디시죠?"

"난 김상철이오."

강미현이 숨을 들여 마시고는 온몸을 굳혔다.

"아아, 네."

"그쪽은 누구십니까?"

"전……."

순간 말을 멈추었던 강미현이 마음을 굳혔다.

"강미현이에요. 회장님의 손녀 됩니다."

"그렇다면 내 말을 전해요, 회장님께."

굳은 목소리로 그가 말을 이었다.

"실컷 이용하고 나서 쓸모없어지면 제거하는 것이 회장님의 경영철학인가를 묻고 싶었어."

"……."

"어젯밤 이 실장과 한 이사가 날 만나자고 해놓고는 북한 놈들을 시켜 날 저격했어. 난 겨우 살았지만 날 구하려던 친구가 죽었다."

"그건 오해일 거예요. 그럴 리가 없어요."

강미현이 다급하게 말하자 김상철이 목청을 높였다.

"닥쳐! 북한 놈들이 내 전화를 도청했다면 이 실장은 그것을 알고도 내 버려둔 것이다. 난 너희들을 믿었어. 난 배신당했다, 철저하게. 너희들을 위해서 난 실종자가 되었고, 그리고……."

잠시 말을 멈추었던 김상철의 목소리가 낮아졌다.

"나는 이제 모든 것을 잃었다. 이젠 내가 어떻게 행동할 것인지를 너희들도 짐작하고 있을 거야."

"김상철 씨, 저하고 만나요."

힐끗 침실 쪽을 바라본 강미현이 다급하게 말했다.

"오늘 오전에, 제가 혼자 나갈게요. 저하고 이야기해요."

"당신하고?"

"그래요, 저하고. 저를 믿으세요. 저를 만나시면 알 수 있을 거예요. 제 얼굴도."

"당신 얼굴을?"

"열한 시에 베료스카 앞에서, 제가 혼자 서 있을게요. 절 알아보실 수 있을 거예요. 제가 전에 만났던 고려기획의 여직원이니까요."

"고려기획의 여직원?"

"제 신분을 속였었어요."

그러자 침실에서 기침소리가 들렸으므로 강미현이 서둘러 말했다.

"열한시에, 베료스카."

그녀가 수화기를 내려놓자 침실 문이 열리며 강 회장이 나왔다.

"음, 일찍 일어났구나."

속이 거북한지 강 회장은 찌푸린 얼굴이었다.

죽은 그라노프의 후임으로 하바롭스크를 맡은 니콜라이 마르첸코는 지난번에 한일만과 만나 부임 인사를 한 적이 있었다. 그래서 서로 어색한 사이는 아니었지만 지금은 아침 10시, 마르크스 대로변에 있는 사무실에 한일만이 찾아오자 마르첸코는 다소 의외라는 듯 눈을 멀뚱거리고 있었다. 물론 아침 9시쯤 방문하겠다는 전화를 해온 터였으므로 갑작스런 방문은 아니다.

진하고 뜨거운 커피를 반쯤 마시고 났을 때 건성으로 세상 이야기를 하던 한일만이 정색을 했다

"마르첸코 씨, 혹시 김상철을 보호하고 계시지 않습니까?"

"김상철이라니……."

머리를 한쪽으로 기울였던 마르첸코가 생각났다는 듯 얼굴을 폈다.

"아, 그 젊은 녀석 말인가요? 난 모르겠는데, 보호하다니…… 그게 무슨 말이요?"

"혹시나 해서 묻는 겁니다."

이맛살을 찌푸린 한일만이 말을 이었다.

"오해가 있었습니다, 그 친구하고 우리 사이에."

"저런, 어떤 오해요?"

"북한과 관계되는 일이오."

그러자 마르첸코가 입맛을 다셨다.

"내가 도와드리고 싶지만 미스터 김의 행방을 모르는 터라."

"찾아주셨으면 좋겠는데, 마르첸코 씨. 모르신다면 말이오. 이건 우리한테 대단히 중요한 일입니다."

"공금을 횡령했나?"

"그건 아니오."

허리를 편 한일만이 사무실을 둘러보았다. 호화로운 집기를 가득 진열해 놓았지만 도무지 어울리지 않는 장식품들이어서 마치 산적 두목의 임시막사 풍경이었다.

"북한이 장난을 친 겁니다. 그에게 그 말을 꼭 전해줘야 합니다, 마르첸코 씨."

"북한이 장난을 쳤다고 말이요?"

"그렇습니다."

"자세히 설명해줄 수 있소?"

"그렇게만 전해도 알겁니다."

"글쎄, 찾아야 전하든 말든 할 것 아닌가?"

마르첸코가 투덜거리듯 말했다.

"알겠소, 어쨌든 찾아봅시다."

문 앞까지 한일만을 배웅하고 사무실로 들어온 마르첸코는 따라 들어선 부하에게 말했다.

"김상철에게 전해라. 고려의 미스터 한이 금방 다녀갔다고."

"그렇게만 전하면 됩니까?"

"우리더러 보호하고 있느냐고 물었어. 무슨 소리냐고 했더니 찾아달라는 거야."

그가 얼굴에 쓴웃음을 지었다.

"오해가 있었다는 거다."

"어젯밤 일 말입니까?"

"그래, 놈은 자세한 이야기도 해주지 않더구먼."

"말하기 거북했겠지요. 제 부하를 죽이려고 했으니."

"김상철의 동료가 죽었어. 그놈은 신원확인도 안 되었다고 하니 아마 화장되어서 강에 뿌려질 것이다."

"이제 남북한 양쪽이 김상철을 제거하려는 것 아닙니까?"

"고려 쪽이 북한 놈들한테 부탁한 짓이지. 이제 김상철이는 골칫거리가 되었으니까."

몸을 돌린 부하가 방을 나가자 마르첸코는 소파에 앉아 방 안의 장식품들을 하나씩 주의 깊게 둘러보기 시작했다.

강미현은 다시 시계를 내려다보았다. 11시 10분이다. 10시 10분부터 나와 서 있었으나 김상철의 모습은 보이지 않았으므로 그녀는 초조해졌다. 베료스카 앞은 쇼핑하는 사람들로 북적이고 있었으므로 그녀는 차도로 한 걸음 더 나왔다. 눈에 잘 띄기 위해서였다. 그러자 택시 한 대가 그녀 옆으로 다가와 섰다. 운전사는 동양인으로 상반신을 그녀에게로 굽히더니 소리치듯 말했다.

"타세요."

한국말이어서 조금 놀랐지만 강미현은 머리를 젓고는 한 걸음 물러났다. 그러자 사내가 다시 소리 쳤다.

"김상철 씨 부탁이오. 어서 타요!"

눈을 치켜뜬 강미현이 그를 바라보다가 마음을 굳힌 듯 차로 다가왔다. 그녀가 뒷좌석에 오르자 택시는 속력을 내었다.

"김상철 씨가 모시고 오라고 했습니다."

운전사가 백미러를 향해 말하자 강미현이 그의 뒤통수를 바라보며 물었다.

"날 어떻게 알아보았어요?"

"김상철 씨하고 조금 전에 베료스카 앞을 지나갔지요."

"……"

"미인이라 금방 눈에 띕디다, 히히."

"어디로 가는 거예요?"

"20분쯤 달리면 됩니다. 미행이 있으면 그보다 더 걸리겠지만."

다시 백미러를 올려다본 그는 핸들을 우측으로 꺾었다.

"미행이 없는 모양이오. 하바롭스크 시내에서 날 따라올 놈들은 없지."

정확히 25분 후에 택시가 멈춰 선 곳은 교외의 숲속에 가려진 목조 가옥 앞이다. 앞마당에 대여섯 마리의 닭들이 모이를 쪼고 있었지만 사람은 보이지 않았다.

"내려요. 난 저쪽에서 기다리고 있을 테니까."

운전사가 말하자 강미현이 불안한 얼굴로 주위를 둘러보았다.

"김상철 씨는 어디 있죠?"

"저기 있지 않습니까?"

그가 턱으로 가리키는 곳으로 시선을 돌린 강미현은 옆쪽의 벽에 기대 서 있는 김상철을 보았다. 차에서 내린 강미현이 그에게로 다가갔다.

"안녕하셨어요?"

밝게 들리도록 노력했지만 그녀의 목소리는 굳어 있었다.

"당신이 회장의 손녀라니."

김상철이 무표정한 얼굴로 말했다.

"점점 더 당신 일가를 믿을 수 없을 것 같군."

"날 만난 것은 아직 희망을 버리지 않았기 때문인 줄로 알아요."

잠시 그녀의 얼굴을 바라보던 김상철이 잠자코 몸을 돌렸다. 그들은 가옥을 등지고 앉아 병풍처럼 앞을 가로막은 숲을 바라보았다. 어디선가 이름 모를 산새가 울었는데 비명을 지르는 것처럼 들렸다.

"저는 자주 회의 내용을 들을 수 있어요. 할아버지의 시중을 드느라고."

강미현이 입을 열었다.

"그리고 할아버지가 말씀하신 것도 직접 들었어요. 김상철 씨를 그렇게 하라는 말씀은 맹세코 없었어요."

"……."

"고려는 직원들의 헌신적인 희생과 봉사로 이루어진 기업이지만 그것을 이용만 하고 배신할 회장님이 아닙니다."

그녀의 목소리엔 열기가 더해지고 있었다.

"어제 김상철 씨의 전화가 왔다는 보고를 받고 회장님은 조금만 더 기다리면 될 것이라고 전하라고 하셨어요."

"그렇다면 어젯밤 일은 북한 측의 독자적인 행동이었단 말이오?"

낮은 목소리로 그가 묻자 강미현이 머리를 끄덕였다.

"그래요. 어젯밤 늦게 이 실장이 회장님께 그렇게 보고했어요. 김상철 씨가 오해 할지도 모르겠다고."

"……."

"회장님은 화를 내셨구요. 경솔하게 행동했다고 이 실장을 꾸짖으셨어요."

"난 아직도 믿기지가 않아."

"믿어야 해요, 날 봐서라도."

무슨 소리냐는 듯 김상철이 시선을 들자 그녀가 말을 이었다.

"난 아무한테도 이야기하지 않고 혼자 왔어요. 왜 그런지 아세요?"

"……."

"당신을 좋아했기 때문에…… 서울에 있을 때부터 당신에게 끌렸어요."

"회장 딸답게 거침이 없군."

김상철이 그녀를 정면으로 바라보았다.

"난 사랑하는 여자가 있습니다. 난데없는 이야기로 말을 바꾸지 말아요."

"알고 있어요, 그것도."

"좋아하는 남자를 사지에 밀어 넣을 수 없다는 뜻으로 받아주세요."

"……."

"난 결혼한다면 상대는 당신이어야 한다고 생각했어요. 그것은 지금도 변하지 않았습니다."

"……."

"시베리아에 온 것도 당신을 만나고 싶었기 때문이었어요."

그러자 김상철이 자리에서 일어섰다.

"돌아가요. 택시가 기다리고 있을 테니까."

그가 턱으로 옆쪽을 가리켰다.

"그만하면 됐습니다. 하지만 이제부터 나는 아무도 믿지 않을 거요. 내 혼자 힘으로 해결해볼 테니까."

"기다리시면 회장님 말씀대로……."

따라 일어선 강미현이 그를 올려다보았다.

"위험한 일을 하시면 안 돼요."

"회사를 배신할 일은 없을 거라고 전해주시오."

"그것을 말한 것이 아녜요."

"내가 지금 얼마나 절박한지 알아?"

눈을 부릅뜬 김상철이 한걸음 다가서자 강미현이 갑자기 상반신을 부딪쳐 왔다. 그의 가슴에 얼굴을 묻은 그녀는 두 팔로 그의 허리를 안았다.

"알아요. 절박한 것, 당신 동생의 사고도."

"……."

"당신 아버지께는 이 실장이 꼭 전해드릴 거예요."

김상철이 강미현의 팔을 떼어내고는 한 걸음 물러섰다.

"이제 그만하면 되었다니까."

김상철이 손을 들어 옆쪽을 가리켰다. 가라는 표시다.

교외의 통나무집 안이다. 사방의 창문을 열어놓은 넓은 방 안에 이금철과 장인규 등 대여섯 명이 나무탁자 주위에 둘러앉아 있었다. 창문을 통해 들어온 저녁 바람이 방 안을 훑고 반대편 창문으로 빠져나갔다. 상석에 앉은 이금철이 입을 열었다.

"심재택과 부하를 찾으려고 한국에서 국정원 요원들이 몰려왔어. 러시아 당국에도 한국에서 압력을 넣고 있는 모양이야."

그는 찌푸린 얼굴로 입맛을 다셨다.

"대영그룹에서도 따로 손을 쓰는 모양인데……. 그자들은 막강한 자금력으로 이곳저곳에 로비를 해대고 있어."

그러자 장인규가 나섰다.

"지금 제일 급한 것이 김상철입니다. 그자부터 처치해야 후환이 없습니다. 심재택이나 대영그룹 납치 사건도 그자가 폭로할 수도 있어요."

"하긴 그렇소."

머리를 끄덕인 이금철이 그에게로 몸을 돌렸다.

"잘못하다가는 마피아와의 관계가 악화돼요. 만일 그자들이 보호하고 있다면 말이오."

"별문제는 없을 겁니다, 대좌동지."

장인규가 그를 똑바로 바라보았다.

"그건 내가 책임을 집니다."

"……."

"중요한 것은 우리와 고려와의 관계예요. 김상철이 그것을 폭로하면 우리들의 앞으로의 계획은 허사가 됩니다."

"……."

"그놈은 이제 궁지에 몰려 있으니 당연히 그럴 거예요. 더욱이 어젯밤 고려에서도 자신을 제거하려고 했던 것을 알게 된 이상 이젠 거칠 것이 없을 테니까."

"어젯밤 작전은 미숙했었소."

이금철의 말에 장인규의 눈가가 금방 달아올랐다. 그녀는 똑바로 이금철을 바라보았다.

"실패한 것을 시인합니다. 우리는 장국진이 숨어 있을 줄은 몰랐습니다."

그러자 사내 하나가 머리를 들었다.

이금철의 보좌역으로 소좌 계급을 가진 사내였다. 그가 장인규에게 물었다.

"오늘 아침에 고려의 한일만이 마르첸코를 찾아갔었소. 그 내용을 압니까?"

"아직 듣지 못했어요. 하지만 김상철을 내놓으라는 이야기를 했을 겁니다."

"만일 그들이 숨겨두었다면 내놓을 것 같습니까?"

그러자 장인규가 머리를 저었다.

"내놓지 않을 거예요. 마르첸코와 파벨은 우리 덕분에 그 자리를 차지한 놈들이니까 더욱."

"……"

"될 수 있는 한 우리 세력이 약화되어야 마음이 놓일 테니까. 우리가 김상철이를 노릴수록 그자들은 더 내놓지 않을 겁니다."

이금철이 입맛을 다셨다. 파벨은 고려와는 근본적으로 다른 집단이다. 그리고 파리야킨을 쳐서 파벨을 밀어주었을 때 서로 제휴하자는 식의 언약만 했을 뿐으로 약점을 잡을 조처를 취할 수 없었고 할 수도 없었던 것이다. 물론 파벨은 고려와 파격적인 계약을 해주어서 북한 측의 체면을 살려주었고 그 덕분에 북한은 임차지에 북한에 충성한다는 서약서를 받은 조선족들을 대거 투입시킬 수 있었다. 따라서 파벨과 그들과의 관계는 서로 한 번씩 주고받아 빚진 것도 없는 입장이다. 이금철이 시계를 내려다보았다. 저녁 7시가 넘어 있었다.

"좋소, 찾읍시다. 그 방법 밖에 없소."

그는 탁자 주위의 사람들을 둘러보았다.

"장동지가 말한 대로 김상철이 고려와 우리의 관계를 한국 정부에 폭로해서 저 살겠다고 나서면 큰일이오. 이제 전요원이 나서서 찾읍시다."

자리에서 일어선 그가 말을 이었다.

"국정원 요원까지 서약서를 찾아갈 뻔했다는 것은 그만큼 상황이 심각하다는 것이오. 난 이제 모든 것을 장 동지에게 맡기겠소."

따라 일어선 장인규가 얼굴에 웃음을 띠었다.

"앞으로는 서약서 걱정을 하실 필요가 없습니다. 어제부터 녹음으로 하니까요. 그것이 더 정확하고 확실합니다."

레닌 대로의 끝 쪽에서 공항방면으로 꺾어지는 교차로 부근에 있는 러시아 무역상사는 3층 시멘트 건물이다.

현관의 바로 옆쪽에는 건물과 이어진 차고가 있고 차고 안에는 경비실까지 설치된 꽤 고려적인 시설이어서 인근 주민들도 정부기관이 입주해 있는 것으로 안다. 저녁 8시 30분이 되자 경비실로 백용길이 들어섰다. 건물 1층에 있는 식당에서 저녁을 먹고 나온 참이어서 입술 주위가 벌겠고 술 냄새가 났다. 반주로 보드카를 몇 잔 마신 모양이었다.

"어이, 박 선생, 한잔 할 거야?"

그가 바지주머니에서 납작하고 작은 보드카병을 꺼내며 물었다. 40대 중반으로 한쪽 볼에 심한 상흔이 있는 그는 경비 책임자였다.

"난 됐습니다. 백 반장님이나 드시오."

박기수가 사양하자 그는 의자에 앉아 술병을 흔들어 보였다.

"이건 오 선생 한테 얻었어."

"블라디보스토크에서 온 사람 말인가요?"

"그래, 그 사람들은 달러도 많이 갖고 있더구먼."

35세로 이곳에서 일한 지 1년째인 박기수는 아직 러시아 무역상사가 무슨 일을 하는 곳인지 잘 모른다.

술병을 입에 대었던 백용길이 황급히 손을 내렸다. 차고 안에 들어와 있는 한 사내를 보았기 때문이다.

"아니, 저건 웬 놈이야?"

일어선 그는 부랴부랴 술병의 뚜껑을 닫았다. 그러자 박기수도 이쪽으로 다가오는 장신의 사내를 보았다. 어두운 차고 안인데다 잡담을 하는 사이에 사내가 창고 안으로 들어선 것을 보지 못한 것이다. 백용길이 서둘러 경비실 밖으로 나갔을 때 사내는 이미 한두 걸음 앞으로 다가와 있었다.

"당신 누구야? 여기가 어딘데 함부로……."

쏘아대듯 말하던 백용길의 말이 그것으로 뚝 그치고는 곧 무언가 둔하게 부딪치는 소리와 함께 그의 몸이 뒤로 훌떡 넘어갔다. 백용길의 뒤쪽에 서 있던 박기수는 넘어지는 그의 몸을 받아 안다가 입을 딱 벌렸다. 백용길의 이마에 뚫린 구멍과 그리고 그의 코앞으로 바짝 다가와 겨누어진 총구가 거의 같은 순간에 보였기 때문이다.

"그놈을 끌고 경비실로 들어가라, 어서."

사내가 낮은 목소리로 말했다.

"서둘러, 이 자식아."

"알았시다."

박기수는 백용길의 시체를 끌고 뒷걸음질로 다시 경비실로 들어섰다.

"저쪽 구석에다 놓아."

총구로 구석 쪽을 가리키는 사내의 얼굴은 젊었다. 많이 친다고 해도 30대 초반이다. 박기수가 백용길의 시체를 구석에 박아 놓는데 어느 사이에 다가온 사내가 권총의 손잡이로 그의 뒷머리를 내려 쳤다.

"어."

한쪽 무릎을 꿇으면서 박기수는 눈앞이 하얗게 되는 것을 느꼈다. 다시 한 번 같은 장소에 충격이 오자 그는 백용길의 시체 위로 쓰러져 정신을 잃었다.

차가 현관 앞으로 다가갔을 때 뒷좌석에 앉은 장인규는 시계를 내려다보았다. 밤 9시가 조금 넘어 있었다.

"그럼, 난 들어갈 테니 무슨 일 있으면 연락을 해요."

"알았습니다, 조장 동지."

앞자리의 사내가 몸을 돌려 그녀를 바라보았다.

"국정원에서 풀어놓은 정보원들이 많습니다. 놈들이 돈을 아끼지 않고 있어서."

"쓸데없는 짓을 하는 게지."

장인규가 입술 한쪽을 올리면서 웃었다.

"돈만 떼이고."

차가 건물의 현관 앞에서 멈추자 장인규가 뒷좌석의 문을 열고 내렸다. 습기가 눅눅하게 배어 있는 공기가 피부에 닿았지만 기분 좋은 밤이었다. 차가 떠나자 장인규는 현관으로 향하는 계단을 올랐다. 그 순간 그녀는 인기척을 느끼고는 옆으로 머리를 돌렸다. 제복에 모자를 눌러쓴 경비원이 차고에서 나와 이쪽으로 다가오는 중이었다. 그와의 거리는 5, 6미터 정도, 어두워서 얼굴은 잘 보이지 않는다. 걸음을 멈추지 않았으므로 그녀가 현관문 앞에 섰을 때 경비원도 바짝 다가와 있었다. 그 순간 경비원의 얼굴을 본 장인규는 놀라 숨을 들이마셨다. 김상철이었던 것이다.
그녀는 벨을 눌렀다.
"움직인다면 당장에 쏘아 죽일 테니까."
다가선 김상철이 장인규의 한쪽 팔을 움켜쥐었다.
"날 따라와."
그 순간 현관문이 안쪽으로 열리면서 사내의 모습이 드러나자 김상철의 총구가 곧장 그쪽으로 겨누어졌다.
"퍽, 퍽."
두 발의 무딘 총성이 현관을 울리면서 사내는 안쪽으로 쓰러졌고 다시 문이 닫혔다.
"따라와."
김상철이 총구로 장인규의 허리를 찔렀다.
"뛰란 말이야."
그들은 계단을 나란히 뛰어 내려가 아래쪽의 인도로 달려갔다. 그러자 현관문이 와락 열리더니 서너 명의 사내들이 달려 나왔다. 계단을 구르듯 내려온 사내들은 좌우를 둘러보다가 아래쪽 인도를 달려 내려가는 그들을 보았다. 인도에는 행인들이 적었기 때문에 쉽게 눈에 띈 것이다
"저기다!"
뒤쪽의 고함소리를 들으면서 그들은 거리의 모퉁이를 돌았다. 길가에 세워진 검정색 승용차 한 대가 장인규의 눈에 띄었다. 김상철에게 한쪽 팔을 잡힌 장인규는 뛰면서 뒤를 돌아보았다. 이런 속도면 뒤쪽의 부하들이 곧 다가온다. 그 순간 승용차의 뒤쪽 문이 덜컥 열리는 것이 보였다. 차를 대기시켜 놓은 것이다. 차로 다가간 김상철은 주춤거리는 그녀를 와락 밀어 넣었다. 뒤따라 그가 올라타자마자 승용차는 날카로운 타이어의 마찰음을 내면서 차도로 튀어나갔다. 운전석에 앉은 것은 배석규

뿐이었다. 그때서야 사내들이 모퉁이를 돌아 나오는 것이 뒷 창문을 통해 보였다.

"이봐, 날 어떻게 하려는 거야!"

눈을 치켜뜬 장인규가 소리치자 배석규가 힐끗 백미러를 올려다보았다. 아직도 그녀의 한쪽 팔을 단단히 움켜쥐고 있던 김상철이 대답대신 주먹을 쥐더니 그녀의 관자놀이를 후려갈겼다.

장인규가 금방 머리를 꺾고는 비스듬히 쓰러지자 배석규가 빙그레 웃었다.

사면초가

그날 밤 10시 30분이 되었을 때 아무르 호텔 건너편에 있는 의류가게 앞에 승용차 두 대가 달려와 멈춰 섰다. 그리고는 차의 앞뒷문이 일제히 열리면서 내리는 것은 모두 동양인들이었다. 그들은 곧 사내 한 명을 옹위하고는 가게 안으로 몰려 들어갔는데 문 앞에 지켜 서 있던 두 사내는 그들을 제지하지 않았다. 가게에는 서너 명의 점원들뿐이었지만 안쪽의 벽에 나란히 서서 이쪽을 바라보는 사내들은 그렇다고 손님들도 아니었다.

동양인들이 그들에게 다가가자 사내 한 명이 한 걸음 앞으로 나섰다.

"이층에, 그리고 한분만 올라가시오."

사내가 턱으로 옆쪽의 계단을 가리키며 말하자 이금철이 부하들을 돌아보았다.

"너희들은 여기서 기다려."

이곳은 마르첸코가 관리하는 수입 의류 판매점 이다. 그는 마르첸코와 담판을 지으려고 달려온 것이었다.

계단을 오른 이금철이 사무실에 들어서자 마르첸코가 자리에서 일어섰다. 얼굴에 웃음을 띠우고 있었다.

"어서 오시오, 이 선생. 그동안 바빠서 뵙지를 못했소."

"나도 그렇습니다."

악수를 나눈 그들은 탁자를 사이에 두고 마주앉았다.

"내가 왜 찾아왔는지 아시지요?"

이금철이 대뜸 묻자 마르첸코가 머리를 끄덕였다.

"얘기는 들었소. 간부 한 명이 납치당하고 몇 명이 총에 맞았다던데."

"김상철이 짓이오."

"김상철이라면 고려그룹 사원 말이오?"

그러자 이금철이 눈썹을 찌푸렸다.

"마르첸코 씨, 그놈 때문에 우리의 유대관계가 깨지면 안 됩니다. 그놈이 의지할 곳은 당신밖에 없소."

"난 모르는 일이요, 이 선생."

이제 마르첸코도 딱딱하게 얼굴을 굳혔다.

"난 당신이 이렇게 찾아와 억지소리를 늘어놓는 것이 불쾌하단 말이오. 이것은 모욕이오, 도전이고."

"마르첸코 씨, 그놈이 납치해간 여자는 우리 정부의 요직에 있는 여자요. 이건 큰 문제가 될 거란 말이오."

이금철의 얼굴이 붉게 상기되었다. 장인규는 자신의 부하도 아닌 것이다.

"문제가 커지면 나도 감당을 못합니다. 그 여자는 32호실 소속이오."

"그렇다면 대단한 여자군."

마르첸코도 놀란 듯 눈을 크게 떴다.

"하지만 김상철이가 어디 있는지 모르는데 어떻게 하란 말이오? 당신이 왜 그런 오해를 하고 있는지 이해가 안 간다니까."

"이런 망할."

한국어로 투덜거리고 난 이금철이 그를 똑바로 바라보았다.

"그렇다면 그 여자를 찾는 데 협조해 주시오. 김상철이가 그 여자를 다치게 하면 안 됩니다, 마르첸코. 당신은 그렇게 말을 전해줄 수 있을 거요."

"어디, 정보원들을 풀어서 찾아봅시다."

소파에 등을 기댄 마르첸코도 심각한 얼굴이 되었다.

"당신을 위해서라도 그 말이 김상철이 귀에 들어가도록 해야겠는데."

밤 12시 30분이 되었으므로 이병택은 침대에 들었다. 하루 종일을 쏘다닌 후여서 온몸이 나른한데다 술까지 두어 잔 마신 참이다. 그런 탓에 베개에 머리를 묻는 순간에 전화벨이 울리자 이맛살을 찌푸리며 짜증을 냈다.

"여보세요."

수화기를 든 그는 짜증난 김에 거칠게 한국어를 내뱉었다.

"거기 국정원 요원이시지요?"

그쪽도 한국어 인데다가 대뜸 이쪽의 신원을 묻는 터라 이병택은 정신이 번쩍 들었다.

"댁은 누구시오?"

"심재택 씨 문제로 말할 것이 있습니다."

이제 상반신을 일으킨 그는 수화기를 고쳐 쥐었다.

"무슨 말씀이신데…… 그리고 댁은 누구십니까?"

"심재택 씨가 감금되어 있는 곳을 압니다. 그래서 그곳을 알려드리려고."

이병택은 베개를 집어 들고는 옆 침대에서 자고 있는 동료를 후려쳤다. 잠결에 베개로 얻어맞은 동료가 놀라 일어났다가 그의 손짓을 보고는 벌렸던 입을 닫았다.

"그건 고마운데 우선 댁이 누구신가를 말씀해주시오. 그래야 우리가……."

"알고 싶지 않다는 거요?"

"아니, 그건 아닙니다."

이병택은 우선 들어보기로 작정을 했다. 조선족 정보원들은 심재택이 오사카에 있다는 정보도 가져오는 판이다.

"우선 말씀해 보시지요."

"심재택 씨는 시내에서 아무르 강 하류 쪽으로 20킬로미터쯤에 위치한 우르바크라는 마을에 갇혀 있습니다. 20여 호가 사는 마을인데 마을 왼쪽 끝의 창고가 높은 집이니까 찾기가 쉬울 겁니다."

"우르바크 마을, 창고가 높은 집."

정신을 집중한 이병택이 그의 말을 반복해 보고나서 다그치듯 물었다.

"그런데 지금 말씀하시는 분이 누군지 밝혀 주시지 않겠습니까?"

"믿기지 않으실 것 같아서, 나중에 말씀드리려고 합니다."

"그렇다면 왜 그 사실을 우리에게 알려주시는가 그 이유라도."

"나를 위해서요."

"……."

"경비 인원이 7, 8명 있다니까 조심하셔야 합니다. 경찰에 신고를 하면 시간이 걸릴 테니까 서둘러야 할 거요. 곧 장소를 옮길지도 모르니까."

"알았습니다, 그럼."

저쪽에서 전화가 먼저 끊겼으므로 수화기를 내려놓은 이병택이 동료를 바라보았다. 눈을 부릅뜬 얼굴이었다.

"서둘러. 심 과장이 있는 곳을 알아냈다. 아무래도 사실인 것 같아."
"누구야? 전화를 해온 것은?"
동료가 묻자 그는 머리를 저었다.
"그건 아직 몰라. 하지만 느낌이 사실인 것 같아. 우선 경찰에 신고를 하고."
이병택이 다시 수화기를 쥐자 동료는 문을 열고 뛰쳐나갔다. 옆방의 동료들을 깨우려는 것이다.

그로부터 10여 분 후, 우르바크 마을의 왼쪽 끝에 자리 잡은 농가에서 세 대의 승용차가 출발했다. 달도 보이지 않는 짙은 어둠 속이어서 여섯 개의 헤드라이트는 국도로 향하는 좁은 길을 비치며 빠른 속력으로 달려 나갔다.

선두차에 타고 있는 것은 이금철의 보좌관이자 당에서 파견된 감시역인 유태영 소좌이다. 뒷좌석에 앉은 그는 초조한 듯 시계를 내려다보았다.

"시간 없다. 서둘러라."

차 한 대가 겨우 통행 할 수 있는 비포장도로인데다 패인 곳이 많으므로 승용차는 거칠게 요동치고 있었다. 핸들을 움켜쥔 운전사는 잔뜩 긴장한 얼굴이었다. 가속기와 브레이크를 번갈아 밟던 그는 산모퉁이를 돌자 가볍게 숨을 내려쉬었다. 그의 앞쪽으로 국도 위를 지나는 차량의 불빛이 보이는 것이다. 이제 직선거리로 200미터만 나가면 국도 위에 올라갈 수가 있다. 그 순간 그는 차체가 한쪽으로 기우는 것을 느끼고는 반사적으로 핸들을 반대쪽으로 틀었다. 그러나 가속을 받고 있던 차체여서 몸이 공중으로 훌떡 떠오른 느낌을 받고는 입을 쩍 벌렸다.

"이거 뭐야!"

뒤에서 유태영이 악을 쓰듯 소리쳤지만 자동차는 앞쪽 부분을 땅 속에 박고는 뒤쪽이 허공으로 휘익 들려 올라가면서 요란한 소리를 내며 길 위로 뒤집혀졌다. 뒤를 바짝 따르던 두 번째 차는 앞차가 왼쪽으로 기우뚱하는 순간에 누가 끌어당기는 것처럼 하체가 번쩍 들리더니 길가로 뒤집혀 버리는 것을 보았다. 운전사는 무의식중에 브레이크를 힘껏 밟았으나 뒤집힌 앞차의 뒤쪽 옆부분을 들이받고는 멈추었다. 그리고는 세 번째 차가 앞차의 뒷부분을 세차게 들이받자 두 번째 차는 길가의 도랑으로 굴러 떨어졌다.

"내려! 어서!"

두 번째 차의 뒷좌석에 타고 있던 심재택은 좌석의 등받이에 어깨를 세차게 부딪친 참이었다. 뛰어내린 사내 한 명이 악을 쓰듯 소리쳤으므로 그는 도랑으로 발을 내려놓았다. 지금이 기회다. 그렇게 생각한 그의 가슴은 벌써부터 뛰었다. 이제 도로는 아수라장이 되어 있었다. 짙은 어둠 속인데다가 뒤집힌 차 안에서는 사람들의 고함소리가 터져 나왔고 차에서 뛰어내린 사내들은 어지럽게 소리치는 중이었다.

도랑 위로 발을 내딛고 선 심재택은 이맛살을 찌푸리고 주위를 둘러보았다. 금방 소리쳤던 사내가 보이지 않는다. 주위를 둘러보던 그는 곧 첫 번째 차에서 사람을 끌어내던 한 사내가 뒤로 몸을 젖히면서 그 자리에 쓰러지는 것을 보았다. 그러자 누군가가 소리 쳤다.

"습격이다!"

그리고 그 순간에 라이트의 불빛 속에서 사내 한 명이 다시 두 손을 휘저으며 앞으로 넘어졌다. 심재택은 몸을 틀어 옆의 밀밭으로 뛰어올랐다. 도로는 순식간에 정적이 깔렸는데 세 번째 차의 터진 라디에이터에서 뿜어 올리는 증기소리가 밤공기를 울리고 있을 뿐이다.

밀밭은 무릎 높이 밖에 되지 않았지만 서너 걸음발을 떼다가 주저앉은 심재택은 가쁜 숨을 몰아쉬었다. 두 팔이 뒤로 묶여 행동이 자유스럽지 못한데다 정적 속이어서 움직이기가 겁이 났던 것이다. 사내들은 제각기 엄폐물에 숨어 총기를 빼들고 있었다.

훈련이 잘된 사내들이어서 모두의 방위각이 다르다.

"심재택을 찾아!"

누군가가 짧게 외치는 소리가 났다. 심재택이 주위에 없는 것이 확인된 모양이었다. 밀밭에 머리만을 내밀고 엎드린 심재택은 움직이는 사내들이 여섯 명 정도라는 것을 알았다. 첫 번째 차에서 두세 명, 그리고 총에 맞은 것도 두세 명이다.

사내 한 명이 갑자기 권총을 들어 첫 번째와 두 번째 차량의 라이트를 향해 여러 발의 총을 쏘았다. 그러자 라이트가 부서지며 주위는 순식간에 짙은 어둠 속에 묻혔다. 심재택이 탔던 두 번째 차량은 도랑에 머리를 박고 있어서 이미 빛을 잃은 지 오래다.

심재택은 사내 한 명이 이쪽으로 다가오는 것을 보았다. 그는 도로를 가로질러 오더니 차체의 기울어진 부근에서 차 안을 슬며시 들여다보았다. 그 순간이다. 심재택의 옆쪽에서 무딘 발사음이 들리더니 유리창이 깨지는 소리와 함께 사내의 비명소리가 났다. 그러자 곧 밤하늘을 울리는 요란한 총성이 이어졌다. 총구의 불빛을 본 사내들이 그쪽을 향해 집중사격을 하는 것이었다.

심재택은 머리를 앞으로 한 자세로 몸을 정신없이 뒤로 뺐다. 다행히 차량이 앞쪽에 가려져 있어서 엄폐물이 되었다. 얼마쯤 갔을까, 온몸이 땀으로 흠뻑 젖었을 때 심재택은 옆에서 밀대가 부딪치는 소리에 머리끝이 곤두섰다. 숨을 죽이며 움직임을 멈춘 그의 옆으로 곧 사내 한 명이 기어왔다. 그는 숨을 헐떡이고 있었다. 조금 전에 총을 쏜 사내일 것이다. 사내의 번들거리는 두 눈과 얼굴의 윤곽이 드러났을 때 심재택은 입을 쩍 벌렸다. 그는 김상철이었던 것이다. 그러자 이쪽 도랑 위로 나타난 사내들의 흐린 윤곽이 보였다. 횡대로 늘어선 그들은 이쪽을 향해 신중하게 움직이고 있었다. 김상철은 심재택의 묶인 손목의 끈을 칼로 잘라내었다.

"당신을 구해 낸 것만 해도 다행이오."

그러면서 그는 심재택의 팔을 잡아끌었다.

"저놈들은 아직 습격한 것이 나 혼자인 줄 모릅니다. 갑시다."

그들은 밀밭의 뒤로 뒷걸음질 쳐 빠져나왔고 곧 한 사람이 다닐 수 있는 길에 이르자 김상철이 앞장을 섰다.

"곧 경찰이 도착할 거요. 내가 신고를 했으니까."

앞장서 뛰면서 김상철이 말했다.

"저놈들은 경찰에 맡깁시다."

밀밭과 옥수수 밭 사이를 2킬로미터쯤 달려간 그들은 이윽고 국도에 다다랐다. 숨을 헐떡이는 심재택을 돌아본 김상철이 손을 들어 앞쪽을 가리켰다.

"저기요. 차가 기다리고 있으니, 기운 내요."

길가에 고장 난 표시를 해놓고 보닛을 열고 안을 들여다보고 있던 사내가 뛰어오는 그들을 보더니 곧 보닛을 내렸다. 그들이 뒷좌석으로 쓰러지듯 들어가 앉자 차는 곧장 앞으로 달려 나갔다.

"5분쯤 전에 경찰차 일곱 대가 지나갔습니다. 모두 특공대를 가득 태우고 있었어요."

백미러를 바라보며 배석규가 말했다.

"서둘러야 합니다. 곧 이 길도 통제가 될 테니까."

"김 형, 지금 어디로 가는 거요?"

심재택이 김상철에게 물었다.

"가보면 압니다."
그러자 한동안 그를 바라보던 심재택이 머리를 돌렸다.

30분쯤 달린 후에 차가 멈춰 선 곳은 시 외곽에 있는 2층 시멘트 건물 앞이다. 차를 세운 배석규가 머리를 돌려 김상철을 바라보았다.
"난 그럼, 돌아가겠습니다, 김 선생."
그들을 내려놓은 배석규는 곧장 차를 몰아 어둠 속으로 사라졌다. 길가에 선 심재택은 주위를 둘러보았다. 가로등도 없고 차량의 통행도, 인기척도 없는 스산한 분위기의 주택가였다. 깊은 밤이어서 불빛이 모두 꺼져 있는 건물들은 겨우 윤곽만 드러나 있을 뿐이다.
"오늘밤은 이곳에서 보내시는 게 나을 겁니다."
앞장을 서며 김상철이 말했다.
그가 다가선 건물은 직사각형 구조로 창고처럼 보였다. 철문을 열쇠로 열고 들어선 김상철이 전등의 스위치를 켜자 곧 안이 드러났다. 천장에 닿도록 박스와 각종 통들이 쌓여 있었는데 옆에서 인기척이 났다. 금방 자다 깬 얼굴의 러시아인이 구석에 놓인 간이침대에서 마악 일어나는 참이었다. 그에게 한 손을 들어 보인 김상철은 2층으로 오르는 계단으로 다가갔다.
"이곳은 파벨의 창고요. 난 한동안 이곳에서 신세를 졌습니다."
앞장서서 계단을 오르는 김상철의 뒷머리를 바라보면서 심재택은 그가 예전의 김상철과는 전혀 다른 사람으로 느껴졌다. 더 이상한 것은 순순히 그의 말을 따르는 자신이 하나도 이상하게 느껴지지가 않는다는 점이었다. 2층에 올라 복도 옆쪽의 방으로 들어선 그들은 소파에 마주앉았다.
방은 5평쯤으로 벽에는 침대가 붙여져 있는 것이 침실인 모양이었다.
"내가 왜 당신을 구했는지 압니까?"

탁자 위에 놓인 보드카 병을 들어 심재택의 잔에 술을 따르며 김상철이 물었다.

"내 실종을 믿지 않고 어떻게든 찾아내 살인죄로 잡아넣으려는 당신을 말이오."

"글쎄, 누명을 벗고 싶어서가 아니겠소?"

그가 건네준 술잔을 받는 심재택의 말투는 부드러워져 있었다. 이제 슬슬 살아났다는 실감이 나는지 제 입으로 누명이라는 단어를 쓴다. 그러자 김상철이 쓴웃음을 지었다.

"고태성이는 북한 공작원들이 죽였지만 아마 그들이 내손에 맡겼더라도 처치했을 겁니다."

그는 보드카를 한 모금에 마시고는 잔을 내려놓았다. 벽에 걸린 시계는 새벽 2시 30분을 가리키고 있었다.

"먼저 북한 측과 내가 어떻게 해서 제휴하게 되었는지를 말해야겠군요."

김상철이 말을 이어가는 동안 심재택은 그에게서 눈을 떼지 않았다. 가끔 손을 뻗어 보드카 병을 쥐고 잔을 채울 때에도 그의 시선은 떨어지지 않았다. 이윽고 말을 마친 김상철이 그를 바라보았다

"고려에서는 날 제거하려는 것이 아니었다고 하지만 믿을 수가 없었습니다. 그것은 지금도 마찬가지 심정이오."

"그렇다면 앞으로 어쩔 생각이오? 파벨 밑에서 일할 겁니까?"

심재택이 묻자 그가 머리를 저었다.

"난 다시 돌아가고 싶습니다."

"김 형은 검찰에 증거서류까지 넘어가 있어서 살인혐의를 벗기가 힘들 거요."

"옆방에 장인규가 있어요."

김상철이 턱으로 옆쪽을 가리켰다.

"그 여자가 자백한 이야기를 나도 녹음해 두었습니다. 물론 강제로 시킨 것이지만."

그가 가리킨 옆방 쪽의 벽을 바라보던 심재택이 입을 열었다.

"어떤 내용이오?"

"고태성은 북한 공작원들이 트럭에 밀어 사고로 위장했다는 내용이오."

"……."

"그리고 김상철이 한 짓이라는 것을 알리기 위해 손을 썼다는 것, 그 이유는 날 포섭하기 위해서였다는데."

"……."

"내가 당국에 쫓기게 되면 자연히 그들 품안에 들어와 일해줄 것으로 생각한 겁니다. 물론 처음 얼마 동안 나는 그들의 아지트에 숨어 있다가 탈출했지요."

심재택이 지친 듯 어깨를 늘어뜨렸다.

"난 조선족 노동자들이 북한에 서약서를 내고 보내진다는 증거를 잡았다가 이 꼴이 된 거요. 매일 고문을 당했지만 죽이지 않은 것은 나한테서 알아낼 것이 많았기 때문이지."

그는 김상철을 똑바로 바라보았다.

"내가 돌아간다면 그 서약서 문제를 보고하게 될 텐데, 그래도 괜찮소? 김 형과 상관이 있는 일일 텐데."

"북한의 손을 거치는 노동력은 일부분에 불과합니다. 그리고 고려는 북한 측 사람들을 쉽게 파악할 수가 있지요."

한동안 김상철을 바라보던 심재택이 몸을 소파에 기대었다.

"김 형은 사면초가의 상황이오."

"그렇다고 가만히 있을 수는 없지요. 그래서 과장님을 구해드린 것 아닙니까? 나한테 그 대가는 해주셔야 합니다."

그러자 시계가 새벽 3시를 쳤다.

방에 들어선 김상철은 문에 등을 기대고 섰다. 창고를 개조한 방이어서 창문도 없는데다 가구라고는 소파와 침대뿐이었는데 침대에 걸터앉아 있던 장인규가 머리를 들었다. 잠을 자지 않았는지 두 눈이 붉게 충혈된 데다가 한쪽 입술 가에는 피딱지가 붙어 있어서 다른 사람처럼 보인다.

두 눈을 치켜뜬 장인규가 그를 쏘아보았다. 김상철이 입을 열었다.

"우르바크 마을에서 심재택을 빼냈어, 그는 지금쯤 호텔로 돌아갔을 것이다."

장인규에게 다가간 김상철이 마주보고 앉았다.

"네 녹음테이프도 들고 갔어. 이제 그 사람이 유일한 내 희망이야."

"넌 순진하지만 행동력은 있어. 끝까지 희망을 잃지 않는 끈기도 있고."

장인규가 이마 위로 흘러내린 머리카락을 넘기며 눈을 가늘게 떴다.

"물론 파벨이 도와주었겠지? 우르바크 마을을 습격하는 걸 말이야."

"도움을 받은 셈이지."

"그럼, 약속대로 날 보내줘야 할 텐데."

그러자 김상철이 눈을 껌벅이며 그녀를 바라보았다.

"내 약속을 믿었다니, 너도 순진한 편이야."

"그럼, 없앨 테냐?"

"내 생각에는 그것이 나을 것 같은데. 내보내서 다시 후환을 만드느니."

"난 나가도 예전처럼 일을 못해. 아마 블라디보스토크에서 장사나 하게 될 거야."

장인규가 아랫입술을 물었다가 풀었다.

"평양에서 소환해 가려고 하거나 사람을 보내 추궁할 거야. 하지만 난 러시아 시민이야. 네 덕분에 그자들의 비판 대상이 되었지만 공공연히 날 어떻게 할 수는 없어."

"……."

"날 돌려보내줘. 난 살고 싶어."

말투는 그랬지만 그녀는 눈을 치켜뜨고 김상철을 노려보았다.

"내가 너한테 협조한 순간 북한과의 관계는 끊긴 셈이야. 내가 너한테 고문을 당했건 어쨌건 간에 난 그들을 배신한 셈이 되니까."

"너무 쉽게 뒤집히는 여자야, 너는. 그래서 도무지 믿을 수가 없어."

"상황에 적응하는 거야. 개죽음을 당할 수는 없으니까."

장인규가 눈을 크게 뜨고 그를 바라보았다.

"날 보내줘."

"……."

"블라디보스토크에 돌아가면 파벨을 만날 작정이야. 그에게 의지하는 수밖에 없어. 내 사업체도 있으니까. 자진해서 그의 보호를 받을 거야."

"……."

"난 네가 해달라는 대로 모두 협조해 주었어, 약속은 지키겠어."

이윽고 김상철이 의자에서 일어나 그녀를 내려다보았다.

"블라디보스토크행 열차를 타야겠군, 그럼."

창밖으로 소나무 숲에 쌓인 낮은 언덕들이 스치고 지나갔다. 차창을 열어놓아서 짙은 숲 냄새가 차 안으로 밀려들어 왔으므로 박미정은 깊게 숨을 들이마셨다. 잘 포장된 아스팔트 도로 위를 부드럽게 달리는 고급 승용차의 핸들을 쥔 것은 안인석이다. 그가 아버지의 차를 빌린 것은 오랜만이었다. 대학시절, 잘난 체하는 졸부 딸의 기를 죽이려고 빌린 적이 있었는데 지금은 박미정의 기를 살리려는 의도였다. 어쨌든 소음과 진동이 적은 고급차는 편안했다.

토요일 오후여서 그들처럼 바다로 향하는 차량의 긴 대열이 길을 메우고 있다. 그래서 제대로 속력을 낼 수가 없다. 안인석이 박미정을 돌아보았다.

"대학 1학년 때인가, 바다에 간 적이 있지. 그땐 동해바다였는데."

선글라스를 쓰고 있었지만 안인석의 표정은 부드러웠다.

"바닷가 횟집에서 우리 또래들과 싸움을 했어, 우리는 둘이었고 그쪽은 넷이었는데 난 그때 처음 경찰서 유치장에 들어가 보았어."

"……."

"일주일만에 아버지가 꺼내주셨는데 그해 여름의 추억은 그것으로 끝이야."

박미정이 잠자코 있었으므로 안인석의 시선이 힐끗 스치고 지나갔다.

"다른 이야기를 할까?"

"일부러 그럴 필요는 없어. 그때도 상철 씨하고 같이 갔던 거야?"

"그래, 싸움을 건 것은 그놈들이었지만 다친 것도 그놈들이었지. 그렇게 만든 건 상철이었고."

"……."

"우리는 도망쳤다가 얼마 못 가서 나만 잡혔는데 내가 뒤집어쓰기로 미리 말을 맞추었어. 왜냐하면 상철이가 부탁을 하더라고. 아버지가 공무원이라 골치 아프니까 네가 나서라는 거야."

앞을 바라본 채 안인석이 쓴웃음을 지었다.

"그 자식이나 나나 순진했어. 그 말을 한 놈이나 그 말을 믿은 놈이나."

차가 산모퉁이를 돌자 갑자기 시야가 확 트이면서 바다가 보였다. 흰 백사장 자락에는 수많은 인파가 들끓고 있다. 1박 2일로 가까운 서해안의 해수욕장에 다녀오자는 안인석의 제의에 박미정은 선선히 동의했다. 그와 함께 있으면 때로는 상처가 다시 후벼지듯 아파올 때도 있었지만 같이 나눈다는 의식이 있는데다 위로가 되었던 것이다. 그리고 안인석이 자신에게 의지하고 있다는 것이 살아가는데 힘이 되었다. 아마 안인석이 느끼는 감정도 그럴 것이었다. 그들은 해변에 있는 호텔에 여장을 풀었다. 둘이 나란히 들어서서 방 열쇠 두 개를 받아드는 것이 오히려 이상한 듯 프런트 직원이 그들에게 자주 시선을 주었다. 수평선에 붉은 태양이 걸려 있는 때였다.

 바닷가 식당에서 저녁을 먹고 그들은 어둠에 덮인 백사장으로 나왔다. 물결의 흰 끝이 소리 없이 미끄러져 왔다가 밀려가는 백사장에는 연인들의 쌍이 많았다. 그들은 백사장의 한쪽에 앉아 바다를 바라보았다.
 "참 우습지."
 안인석이 입을 열었다.
 "며칠 전에는 아버지가 회사를 경영할 생각이 없냐고 묻더군. 친구가 미국에서 사업을 하는데 한국 파트너를 찾는다는 거야."
 부드러운 목소리로 그가 말을 이었다.
 "의료기기를 수입해서 판매하는 회사로 장래성이 있어, 아버지가 도와줄 수도 있다고 했는데."
 젖은 모래를 손바닥으로 두드리고 있던 박미정이 그를 바라보았다.
 "그래서? 뭐가 우스웠어?"
 "얼마 전까지만 해도 내가 회사 그만두고 병원 사무장이나 하면 어떻겠느냐고 어머니를 통해 물었을 때는 일언지하에 거절했단 말이야."
 "……."

"집에서도 유미가 여행사 사장과 곧 결혼한다는 걸 알아. 그래서 그 일로 자극을 받으셨나 했더니 어머니 말씀은 아니라는 거야. 내 생활태도에 성실성이 보여서 그랬다나?"

"그래서 어떻게 했어?"

"어떻게 하기는, 그냥 회사에 다니겠다고 했지. 회사에서 승부를 걸겠다고."

"……"

"난 그 애는 이미 잊었어. 이상하게도 요즘은 생각도 나지 않고 그 애 얼굴도 떠오르지 않아."

"잘 되었네."

"꿈에서 깨어난 기분이야."

바닷바람이 불어와 그들의 머리카락을 날렸다. 습기를 머금은 끈끈한 바람이었다.

안인석이 머리를 돌려 박미정을 바라보았다.

"난 너하고 있으면 편안해져. 바쁘고 초조하다가도 네 얼굴을 보면 긴 숨이 나오고 그냥 네 옆에서 쉬고 싶어져."

그러자 박미정이 이를 드러내며 웃었다.

"내 분위기가 그렇게 처졌어?"

"넌 어때? 나에 대한 느낌이."

박미정이 손에 쥐고 있던 모래를 바다 쪽으로 뿌렸다.

"마찬가지야, 나도. 그리고 그만큼 가슴도 아프고."

"……"

"아직 희망은 버리지 않았지만 그것이 나한테 언제까지 남아있을지는 나도 모르겠어."

"얼마 전부터 널 생각하거나 만날 때마다 죄책감 같은 감정이 있었는데 이제는 아니야. 그것 때문에 널 멀리하지는 않을 거야, 절대로."

안인석이 손을 뻗어 그녀의 손을 쥐었다. 손에 쥐었던 모래가 빠져나가는 것을 느끼면서 박미정이 그를 바라보았다.

"이제 넌 내 희망이야."

메마른 목소리로 그가 말했다.

"그리고 나도 노력하겠어. 네가 날 그렇게 느낄 때까지."

강 회장이 시베리아에서 돌아온 지 10여 일이 지난 후이다. 출근한 지 얼마 되지 않은 강 회장이 서류를 읽고 있을 때 이남호가 집무실에 들어섰다.

"회장님, 어제 하바롭스크 교외에서 한국인 두 명의 시체가 발견되었다고 합니다. 지난번 납치되었던 사람들 같다는데요."

"그렇다면 국정원 요원하고 대영그룹 직원인가?"

이남호가 그의 앞자리에 앉았다.

"그렇습니다. 탈출해 나온 한 사람만 다행히 목숨을 건진 셈이지요."

이맛살을 찌푸린 강 회장이 목소리를 낮췄다.

"탈출했다는 과장인가. 그 사람은 운이 좋군."

"누군가 경찰에 신고를 했던 모양입니다. 경찰이 포위하는 혼란 통에 빠져나온 것 같습니다."

"그런데 별문제는 없겠지?"

이남호도 목소리를 낮추었다.

"어느 정도 증거를 확보했다가 저쪽에 다시 빼앗겼을 테지만 윤곽은 알고 있을지 모릅니다, 회장님."

"미련한 놈들, 아니 한심한 놈들이야. 그따위 50년 전 방법을 아직도 쓰고 있다니."

강 회장이 두어 번 혀를 찼다.

"이것, 국정원이나 대영그룹 모두가 상황을 시끄럽게 만들겠어."

"그래서 한 이사와 유 전무한테 보안에 각별히 신경을 쓰라고 연락을 했습니다."

"김상철이 소식은 있나?"

"아직 없습니다, 회장님."

"그놈이 납치 했다는 북한 공작원도?"

"예, 아직."

그러자 방 안에 한동안 침묵이 흘렀다. 그 분위기를 깬 것은 이남호였다.

"김상철은 이제 우리가 자신을 제거하려 했다고 믿는 것 같습니다."

"……."

"연락이 없는 걸 보면 그럴 가능성이 더 큽니다."

"폭약의 뇌관이야, 김상철이는. 어떻게든 그놈을 찾아야 돼."

혼잣말처럼 말한 강 회장이 이남호를 똑바로 바라보았다.

"한일만이한테 분명히 전해. 서툰 짓 하지 말고 김상철이를 내가 만나잔다고 하더라고. 그놈에게 이 말을 틀림없이 전하란 말이야."

"저, 회장님."

이남호의 얼굴이 굳어졌다.

"회장님께서 직접 나서실 필요까지는 없다고 생각합니다만."

"그렇다고 자네나 한일만이 다시 나서겠나? 그놈이 그런 꼴을 당하고서도 자네들의 말을 믿어줄 것 같나?"

"……."

"내가 나서겠어. 그러고 나서 내 말도 못 믿는다면 하는 수 없지."

점심때가 되어서 서류를 덮고 나갈 준비를 하던 이남호는 전화벨이 울리자 수화기를 들었다.

"여보세요."

"실장님, 저 강미현이에요."

"아니 웬일이야?"

조금 놀란 이남호가 눈을 크게 떴다. 엄격한 가정교육을 받은 때문인지 강미현은 사적인 이야기를 해온 적이 없다. 그리고 이런 전화도 처음인 것이다.

그룹 사장과의 점심 약속을 취소한 이남호가 그녀와 마주앉은 것은 그로부터 30분 후였다. 회사에서 꽤 떨어진 시청 앞 경양식 집으로 장소를 정한 것은 중요한 이야기가 있다는 그녀의 말을 들었기 때문이다. 가벼운 양식을 주문하고 수프가 나왔을 때 강미현이 마음을 정한 듯 입을 열었다.

"저, 지난번 제가 회장님하고 시베리아에 갔을 때 김상철 씨를 만났어요."

수프를 소리나게 삼킨 이남호가 스푼을 내려놓았다.

"김상철이를? 미현이가?"

머리를 끄덕인 강미현이 김상철의 전화를 받았을 때부터 차근차근 이야기해 나가는 동안 이남호는 숨을 죽이고 그녀를 바라보았다.

"김상철 씨는 회사에서 자신을 제거하려는 줄로 믿고 있었어요. 마지막으로 회장님의 약속을 받고 싶었던 거예요."

말을 마친 강미현이 식은 음식을 내려다보았다.

"전 회장님은 그런 의도가 없으셨다고 말해주었지만 이젠 자신의 힘으로 해결하겠다고 하더군요. 믿을 수 없다고."

"위험한 일을 했는데."

이남호가 입을 열었다

"그 이야기는 회장님에 말씀드린 건가?"

"아녜요, 실장님한테 처음 말씀드리는 겁니다."

"……."

"여쭤 보고 싶은 일도 있고 해서요."

강미현이 그를 똑바로 바라보았다.

"김상철 씨 부친은 찾아가 보셨어요?"

머리를 끄덕인 이남호가 물 잔을 쥐고는 한 모금을 마셨다.

"사람을 시켜 만나게 했어. 그분은 모두 알고 계시더구먼. 친구와 친척이 그동안 면회를 갔던 모양이야."

"……."

"우리가 보낸 사람의 이야기를 듣고는 안심하는 것 같았다는 거야. 지금은 식사도 잘하고 아무 문제가 없어."

"……."

"교도소에 들어가면 생에 대한 집착이 대부분 강해진다고 들었어. 쉽사리 무슨 일이 일어나지 않아."

이남호는 테이블에 상체를 기대고는 그녀를 바라보았다.

"나도 묻고 싶은 것이 있는데, 미현이가 그 친구한테 왜 그렇게 관심을 갖지? 그렇게 위험을 무릅쓰면서, 또 집안일까지 신경을 쓰는 이유가 뭐야?"

"제가 만난 남자 중에서 제일 마음이 끌리는 사람이었거든요."

"허어."

입을 벌리고 신음소리 같은 짧은 탄성을 뱉은 이남호가 곧 입맛을 다셨다.

"회장님이나 아버님이 아시면 어떻게 하려고 그런 무모한 일을."

"제일은 제가 알아서 해요. 그래서 언젠가는 모두에게 말씀드릴 생각이에요."

"그 친구는 여자가 있어. 비서실에 근무하는 직원인데."

"알고 있어요. 하지만 그 여자는 그가 실종된 것으로 알고 있을 테니까 곧 잊겠지요."

"……."

"그저 그런 감정으로 만났다가 무슨 상처나 유혹, 또는 계산으로 헤어지는 그런 평범한 관계일 테니까요. 아마 그 여자도 지금쯤은 상처를 달래려고 다른 사람을 만나고 있을지도 모르죠. 하지만 전 달라요."

"야단났군."

"실장님이 도와주셔야 돼요. 솔직히 제가 의지할 분은 실장님 밖에 없어요."

"정말 야단났어."

이남호가 찌푸린 얼굴로 그녀를 쏘아보았다.

"도대체 날더러 어떻게 해달라는 거야?"

"국정원에 적극적으로 손을 써 주세요."

"이제까지는 소극적이었단 말인가?"

"그랬어요."

다시 입맛을 다신 이남호가 입을 다물자 강미현이 말을 이었다.

"그리고 한 이사한테 지시를 해주세요. 절대로 다른 행동을 하면 안 된다고. 지난번의 실수 한 번이면 족해요. 제가 만났을 때 겨우 그 사람을 달래놓았는데 또 다시 그런 일이 일어나면 안 돼요, 실장님."

그러자 길게 숨을 내리쉰 이남호가 머리를 창밖으로 돌렸다. 햇살이 느슨하게 내려앉고 있는 오후였다.

대영그룹의 비서실장 조영규가 점심을 마치고 회사로 돌아오자 최선호 전무가 뒤를 따라 방으로 들어섰다.

"실장님, 고 부장 시신은 내일 도착합니다. 조금 전에 연락을 받았습니다."

테이블 앞에 선 그의 표정은 어두웠다.

"공항에서 곧장 장지로 옮기도록 조처를 했습니다."

"장지가 천안이던가?"

"예, 천안에서 30분쯤 거리에 있는……."

"기자들이 따라오지 못하도록 해. 매스컴에 발표되지 않도록 말이야."

"알고 있습니다, 실장님."

이 사건으로 조영규는 회장에게 단단히 기합을 받은 것이다. 부장급 간부가 외국에서 납치 살해되었다는 것은 대단한 사건이다. 더욱이 납치한 범인들이 북한 공작원으로 추정이 되는데다가 제일 신경이 쓰였던 것은 국정원 요원들과 같이 납치당했다는 사실이었다.

처음 사건이 발생했을 때 언론은 그저 세 명의 한국인 회사원들이 납치당했다고 크게 보도를 했었는데 시간이 지나자 곧 세 사람의 신분이 파악되었다.

다행히 국정원에서 협조를 해준 덕분에 고부장만 ㄷ그룹 직원이라고 발표가 되면서 사건이 흐지부지 되었던 것이다.

조영규는 그때서야 최선호에게 앞쪽 의자에 앉으라는 턱짓을 했다. 그의 심기가 아직도 편치 않다는 증거였다.

"그렇게 아우성치던 북한의 항의가 뚝 끊긴 걸 보면 고려와 북한과의 비밀협상이 분명 있었을 거야."

조영규가 안경알 속의 눈을 날카롭게 치켜떴다.

"내 생각도 당신과 같아. 고 부장은 그 서약서인가 뭔가를 찾다가 당한 거야."

"사건 직전에 국정원 요원과 접촉했다니 틀림없습니다. 직원들한테도 곧 증거물을 갖게 될 것이라고 했다니까요."

그러나 국정원 쪽에 확인할 길은 없다.

납치되었던 두 사람 중 한 명만 피살된 채 하바롭스크 교외에서 발견되었고 나머지 한 명은 아직도 실종 상태인 것이다. 최선호가 말을 이었다.

"고려는 북한뿐만이 아니라 마피아와도 밀착되어 있습니다. 마피아의 수뇌진이 폭사당한 후에 등장한 파벨은 고려에 협조적입니다."

"파이프라인 공사가 앞으로 몇 달 후면 끝난다는데, 연구소의 보고에는 내년 하반기부터 시장에 영향이 오게 돼."

"알고 있습니다."

"경쟁력을 잃은 우리의 석유화학 제품이 살아남기 힘들단 말이야."

조영규가 안경을 벗더니 손수건으로 얼굴을 꼼꼼하게 닦았다. 그의 맨얼굴이 전혀 다른 사람으로 보였으므로 최선호는 시선을 돌렸다. 고려처럼 종합 생산시설을 갖춘 기업이 원유까지 생산하여 자사 제품의 생산에 활용하면 원가가 엄청나게 절약되는 것은 뻔한 이치였다. 최대 경쟁기업인 대영에서 그것을 경계하는 것은 너무나도 당연한 일이다.

"그럼, 저는 오늘 저녁에 도쿄를 거쳐 하바롭스크로 들어가겠습니다."

자리에서 일어선 최선호가 인사를 하자 조영규가 머리를 끄덕였다.

"임차지에 벌써 3만 명이 넘는 노동력이 들어가 있어. 우리가 예상했던 것보다 속도가 빨라."

"수시로 보고를 드리지요."

방을 나온 최선호는 길게 숨을 내려쉬었다. 어쩐지 고립된 기분이 들고 있는 것은 정부에서 고려의 석유 생산을 자신들의 공인 것처럼 대대적으로 선전하면서 청사진을 늘어놓기 때문만은 아니었다. 요즘 들어 국정원과의 관계도 갑자기 소원해져서 하바롭스크에서는 연락도 하지 않는다는 것이다.

심재택이 국정원장실에 들어온 것은 작년 초에 차장이 외국에 나가 있을 때 이후로는 처음이다. 국정원장 권준규는 정치색이 엷은데다가 나름대로 외교와 경제에 대해서 일가견을 가진 인물이다. 그가 부임하고 나서 세계 각국, 특히 한국과 외교관계가 활발하지 못한 국가에 대한 정보를 경제계에 주기적으로 전달해주는 체제를 만든 것은 좋은 평가를 받고 있었다. 이윽고 권준규가 서류를 덮고 머리를 들었다.

"심 과장도 그렇지만 이 친구는 그야말로 파란만장한 인생을 보내고 있구만 그래."

그의 얼굴에 어느덧 웃음이 떠올라 있었으므로 심재택도 굳혔던 어깨를 늘어뜨렸다.

"예, 부장님. 그는 이제 저희들한테 매달리고 있습니다."

"고려에서는 지금도 찾고 있겠구먼?"

"예, 아직 증거는 잡지 못했지만 그들이 자신을 제거하려 한다고 김상철은 믿고 있습니다."

권준규가 손으로 턱을 받치고는 다시 책상 위의 서류표지를 내려다보았다.

심재택이 하바롭스크의 창고를 나온 것은 아침 7시경이었다. 호텔의 직원들에게 연락을 한 그는 곧장 공항으로 나가 일본행 첫 비행기를 타고 그곳을 떠난 것이다. 그리고 지금 권준규가 내려다보고 있는 서류를 만드는 데 3일이 걸렸고 그것이 부장실에서 닷새 동안이나 보류된 후에 그가 불려온 참이다.

"김상철이는 지금 어디에 있나?"

권준규가 다시 물었으므로 심재택이 허리를 폈다.

"블라디보스토크에 있습니다. 파벨의 보호를 받고 있는 것 같습니다."

"살인혐의가 벗겨지면 다시 고려로 돌아갈 수 있을까?"

"본인도 희망하고 있고 고려 쪽에서도 거부할 이유가 없습니다. 오히려 관리하기 쉬우니까 환영하리라고 생각합니다."

잠자코 머리를 끄덕이던 권준규의 얼굴이 차츰 어두워졌다.

"고려에서 북한과 그런 협상을 했다는 건 이유가 어떻든 간에 고려그룹에 치명적일 수가 있어. 북한에 충성한다는 서약서를 낸 노동자를 받아들이다니."

"……"

"나도 이걸 읽고 며칠간 생각을 해보았는데 쉽게 결론을 내릴 수가 없었어. 그렇다고 무책임하게 문제만 터뜨리고 발을 뺄 수는 없고."

"제가 보고 드렸다시피 이제 북한은 서약서 대신 녹음으로 대체한다고 합니다. 증거를 잡기는 이제 더 어렵게 되었습니다."

"이제 우리가 협상을 할 차례가 된 것 같아, 고려하고."

권준규가 씁쓸한 표정으로 심재택을 바라보았다.

"강 회장이 전처럼 완강하게 우릴 따돌리지는 않겠지."

"물론입니다, 부장님."

"그리고 김상철이 문제인데, 이 녹음테이프로 그의 결백이 입증될 수는 없을 것 같은데. 아무리 심 과장의 현장보고가 있다고 하더라도 말이야."

"예, 그것은……"

"사건의 전개를 보면 김상철이가 직접 살해하지는 않았어도 방조했다는 것은 누구나 알 수 있을 것 같고."

"예, 그렇습니다."

심재택이 손바닥으로 이마의 땀을 씻었다.

"하지만 그를 적절하게 활용한다면 성과를 기대 할 수 있을 것 같아서."

"고려와 중요한 협상을 해야 될 시점이야. 러시아 핑계를 대고 임차지에 우리를 접근시키지 않았던 강 회장을 단단히 걸고 넘어 가야 돼. 그러기 위해서도 김상철을 풀어 줄 수는 없어."

"……."

"북한에 충성하겠다는 서약서를 쓰고 노동자들이 임차지에 들어가는 상황이야. 그곳이 러시아 땅이라고 하더라도 고려는 한국 기업이고 한국의 재산이야. 강 회장은 이제 우리 제의를 받아들여야 돼."

"예, 그렇습니다."

"실종되었다던 김상철이 살아 있다는 사실부터 걸고 들어가야겠어. 국정원 요원을 살해하고, 마피아를 치기 위해서 북한과 제휴하고, 그들의 조건을 받아들인 것 모두가 김상철을 중심으로 일어난 일이었어. 그래서 고려는 그를 실종으로 보고했다가 나중엔 제거하려고 했지."

얼굴이 달아오른 심재택이 입을 열었다.

"부장님, 그렇게 되면 김상철은 도저히……."

"할 수 없는 일 아닌가? 안 됐지만 국가를 위해서나 고려그룹을 위해서나 그자는 희생되어야 할 것 같네."

굳어진 심재택의 표정을 본 권준규가 표정을 부드럽게 바꿨다.

"그가 내 중요한 간부의 생명을 구해준 것에 대해서는 표창을 해줄 일이기는 하지만 그것과 이 일과는 별개야."

소파에 앉은 유장석과 이대각은 모두 작업복 차림이었다. 겨울에는 눈에, 여름에는 햇볕으로 새까맣게 그을려진 두 사람의 피부는 검게 번들거리고 있었다.

"갑자기 웬일이십니까? 연락도 해주시지 않고?"

한일만이 앞자리에 앉으며 그들을 번갈아 바라보았다. 그들은 예고도 없이 헬기를 타고 하바롭스크에 온 것이다.

"직접 만나 이야기할 것이 있어서."

유장석이 입을 열었다.

"김상철이 문제야. 그 친구는 지금 어디에 있어?"

그러자 한일만의 이맛살이 찌푸려졌다. 그는 길게 한숨을 내려쉬었다.

"저도 지금 그 친구 때문에 머리가 아픕니다. 연락이 끊긴 지 꽤 되었어요."

"왜 끊겼는데?"

"한동안 은신하고 있던 조선족 마을을 빠져나간 후에 연락이 끊긴 겁니다."

"글쎄 그 이유가 뭐냔 말이야?"

유장석이 눈을 치켜떴다.

"그리고 장국진이는 어떻게 되었어? 그 친구도 실종되었다면서?"

"예, 김상철이와 같이 있는 모양입니다."

"……."

"걱정입니다. 이 실장께서도 찾으라고 하시는데 회장님께서 직접 만나시겠다고."

"회장님이 왜?"

"직접 만나서 이야기를 해주실 모양이지요. 아마 참고 기다리라고 하실 겁니다."

이대각이 헛기침을 하고 나섰다.

"이봐요, 한 이사. 김 과장이 이쪽에 연락도 하지 않는다는데, 나는 그 이유를 알고 싶소. 혹시 무슨 문제가 있는 것 아니요?"

"문제라니? 그게 무슨 말이요?"

한일만이 그를 정면으로 바라보았다.

"물론 김상철이 초조하고 불안하리라는 것은 짐작하고 있었지만 우리도 최선을 다해 왔어요. 문제는 없었소."

"그렇다면 왜 연락을 안해? 의지할 곳은 이곳뿐인데."

"낸들 압니까? 그래서 나도 속이 탄단 말이오."

"귀찮은 존재로 취급하지는 않았소?"

"말 삼가하시오. 이 이사."

"난 말 삼가 안 해도 이사까지 됐어. 당신과는 달라."

그러자 유장석이 입을 열었다.

"그만들 해. 우리가 한 이사를 추궁하려고 온 것은 아니니까."

그는 아직도 눈초리를 추켜올리고 있는 한일만을 향해 말을 이었다.

"김 과장이 은신해 있을 곳은 추측할 수 있을 것 아닌가?"

"마피아하고 사이가 좋습니다. 아마 그들의 보호를 받고 있을 것 같은데 그쪽은 부인하고 있습니다."

"혹시 북한 놈들이 어떻게 한 것은 아닐까? 그들의 은신처에서 나왔다는 증거도 없지 않아?"

"그럴 리는 없습니다, 전무님."

"그럴 리가 없다니? 어떻게 그렇게 자신하나?"

"우리와의 관계를 봐서도 그렇고…… 그들도 김 과장을 찾는데 협조적입니다."

다시 이대각이 상체를 반듯하게 세우더니 입을 열었다.

"난 까놓고 말하는 성질이라…… 혹시 말이오. 김 과장이 살인혐의로 검찰의 추적을 받고 있는데다 그가 잡히면 여러 가지 복잡한 상황이 생길지 모르니까 아예 없어지는 것이 낫다고 생각하는 것 아니요?"

"이것 봐요, 당신. 그렇게 말 함부로 해도 되는 거야?"

한일만의 얼굴이 벌겋게 달아올랐다

"당신은 회사 전체를 모독하고 있어. 이사쯤 되었으면 말을 가려서 하라고."

"왜 회사를 끌어들이는 거야? 나는 이곳 책임자인 당신한테 말하는 중이란 말이야."

이대각이 큰머리를 뒤로 젖히고 그를 쏘아보았다.

"연락이 끊긴 지 두 달이 되었는데도 찾지 못했다니, 나 같으면 마피아 보스를 만나 담판을 지어서라도 확인을 받았겠다."

"공과 사를 혼동하지 말아. 사방에 국정원 요원과 대영그룹의 정보원이 깔려 있는 상황이야. 임차지에서 실종되었다고 한 김상철이를 공개적으로 찾아다니란 말이야?"

"그만!"

유장석이 낮게 소리치자 그들의 말다툼이 그쳤다.

"회장님까지 찾으신다니 한 이사가 애를 써야겠는데."

그가 한일만을 향해 말했다.

"본사와 연락하다가 김 과장의 여동생 사고소식을 들었어. 그래서 답답한 김에 이렇게 날아온 거야."

"……."

"나도 나름대로 알아보았어. 김 과장은 지금까지 서울에 있는 친구한테도, 그리고 애인한테도 연락한 적이 없어. 그들은 김 과장이 임차지에서 실종된 줄로만 알고 있더구먼."

"……."

"김 과장은 동생이 죽은 것을 모르고 있을지도 모르지. 하지만 자신이 실종되었다는 것은 공식 발표된 일이니만치 아버지한테 전해졌으리라는 것은 예상하고 있을 거야."

유장석이 굳어진 얼굴로 말을 이었다.

"그런데도 그는 자신이 살아 있다는 연락을 해주지 않았어. 보통사람 같았으면 서울에다 연락을 해서 아버지한테 전해달라고 했겠지."

"……".

"그것은 무슨 뜻인지 아나? 김 과장이 아직도 회사를 위해 피눈물 나는 희생을 감수하고 있다는 뜻이야. 만일 그가 아직도 살아있다면 말이지만."

"그놈은 살아 있어요. 쉽사리 죽을 놈이 아닙니다."

이대각이 말을 받았다.

"그놈이 어떤 놈인데 그렇게 쉽사리……."

파리야킨이 죽은 후로 그의 장대한 저택은 빈집이 되었다. 그의 가족들이 도망치듯 러시아를 떠났기 때문인데 대부분의 가구도 남겨 놓은 채였다. 그러나 그들은 수백만 달러의 현금이 있었으므로 지금 미국에서 백만장자 행세를 하고 있을 것이다.

블라디보스토크에 온 김상철이 은신처를 부탁하자 파벨은 그를 선뜻 파리야킨의 저택으로 보내주었다. 그들은 묘한 인연이었다. 김상철은 파벨로 인해서 죽은 자의 빈집을 차지하게 된 셈이다.

그러나 주인만 없을 뿐이지 완전히 빈집은 아니었다. 가정부 두 명과 경비원겸 관리인 세 명이 저택을 지키고 있는 중이었다.

아침 7시, 아침 운동으로 호숫가를 달려온 김상철이 땀에 젖은 몸으로 아래층의 로비로 들어섰다. 샤워를 마치고 나면 그는 보통 2층의 응접실에서 커피를 마시거나 TV를 본다. 그가 넓은 로비를 지나는데 경비원 안

토노프가 다가왔다. 그는 50대 후반의 퇴역 선원으로 저택의 관리 책임자 역 할을 맡고 있는 사람이다.

"김, 10분쯤 전에 서울에서 전화가 왔었는데 다시 건다고 했소."

"누구한테서 왔습니까?"

김상철이 묻자 그는 머리를 저었다.

"밝히지 않았습니다."

서울에서 온 전화라면 심재택이다. 그가 전화번호를 알려준 유일한 서울 사람인 것이다.

응접실에 들어선 지 얼마 되지 않았을 때 전화벨이 울렸다. 그는 서둘러 수화기를 들었다.

"여보세요."

"있군, 나야."

심재택의 목소리가 선명하게 들렸다.

"나, 밖에서 전화하고 있는데 지금 상황이 좋지 않아."

그가 빠르게 말을 이었다.

"당신 서류는 기각되었어. 나로서는 최선을 다한다고 해봤지만."

"……"

"이렇게 알려주는 것이 내가 할 수 있는 최대한의 호의야. 정말 미안하네."

"아버지는 별고 없으시던가요."

"건강하셔. 내가 확인해 보았어."

"……"

"자세한 내막은 말해줄 수 없지만 상황이 묘하게 틀어졌어. 그래서……."

"알려줘서 고맙습니다."

"난 당신한테 빚을 졌어. 잊지는 않고 있네."

"아버지나 잘 부탁합시다."

"포기하지 말아. 기운을 내고."

수화기를 내려놓은 김상철은 응접실 안을 둘러보았다. 가끔 파벨이 생각날 때마다 전화를 해왔지만 찾아오는 사람도 없었고 연락할 곳도 없는 감옥 같은 생활이었다. 전화벨이 울리는 바람에 그는 생각에서 깨어났다.

"여보세요."

"김, 나야."

이번엔 파벨이다.

"어제 저녁에 고려의 한 이사가 마르첸코를 찾아왔다는 거야. 우리가 당신을 숨겨둔 줄로 믿고 있는 것같다는군."

그가 낮은 목소리로 말을 이었다.

"강 회장이 당신을 만나고 싶다는 거야. 직접 만나서 이야기를 하고 싶다고."

"……."

"연락을 해달라는데, 어때, 하겠나? 우리는 당신이 어디 있는지 모른다고 딱 잡아뗐지만 상관없어. 거짓말이 탄로가 나더라도."

"만나도 도움이 안 됩니다, 파벨 씨. 지금 상황으로는."

"그럴까?"

"조금 전에 한국에서 연락이 왔는데 내 혐의가 풀려날 가능성이 없다는 겁니다."

"그렇다면 할 수 없지. 고려에 대한 미련은 버려야겠군."

"……."

"한 이사가 고려와 우리와의 협력관계 등을 꽤 오랫동안 강조하고 돌아갔다고 했어. 무슨 말인지 알겠나?"

"압니다, 파벨 씨."

"내가 조만간 그쪽으로 가겠네. 그때 만나지."

파벨이 김상철에게 호의적인 것은 물론 파리야킨을 제거하는 데 그의 역할이 컸기 때문이다. 수화기를 내려놓은 김상철은 다시 방의 한쪽에 시선을 준 채 한동안 움직이지 않았다.

그러나 파벨은 고려와의 관계가 나빠지기를 바라지도 않을 것이었다.

아침 10시, 서울의 고려그룹 본사 총회장실에 들어선 국정원장 권준규와 제2차장 오성룡, 그리고 심재택은 강 회장과 이남호와 인사를 마치고 자리에 앉았다. 건설 중인 고려시와 유전에 관한 이야기가 잠깐 오고간 후에 여직원이 가져온 차를 제각기 두어 모금 마시고나자 방 안에 정적이 흘렀다. 이윽고 강 회장의 시선을 받은 권준규가 입을 열었다.

"임차지에 저희 요원을 상주시켜 주시도록 말씀을 드리려고 왔습니다. 물론 요원들은 고려직원이 되어야겠지요. 그래서 인력관리자라든가 보안, 또는 사상 문제까지 관리를 해야 될 것 같습니다."

강 회장이 잠자코 그를 바라보았으나 입을 열지는 않는다. 권준규가 말을 이었다.

"러시아 쪽이 거부반응을 나타낸다는 것은 이치에 맞지 않습니다. 계약서를 우리도 검토해봤지만 인력 관리 조항에는 그런 내용이 없더군요. 러시아의 국익에 반하는 행동을 하지 않는다는 조항이 있지만 그것은 문제가 안 될 것 같습니다."

힐끗 강 회장을 바라본 이남호가 나섰다.

"그건 지난번에 여러 차례 말씀드렸던 내용인데, 갑자기 또 이러시는 건 이해 할 수가 없군요, 부장님."

"글쎄, 저도 어쩔 수가 없습니다."

"러시아가 그것을 알아내지 못할 것 같습니까?"

그러자 제2차장 오성룡이 끼어들었다.

"러시아가 문제가 아니라고 생각하는데요. 우리는 정부의 영향력을 배제하려는 고려의 자세에 문제가 있다고 믿습니다."

"아니, 도대체."

이남호의 표정이 굳어졌다.

"우리의 어떤 자제가 그렇습니까? 말씀해 주셨으면 좋겠는데."

"이제까지 고려가 보인 행동이 그렇습니다. 정부가 비협조적이었다고 러시아 핑계를 대고 우리 요원들의 접근을 봉쇄시킨 것, 그리고는 우리 요원을 살해하기까지 했지요."

눈을 치켜뜬 이남호를 마주보며 그가 말을 이었다.

"임차지로 들어가는 조선족 노동자들은 북한에 충성하겠다는 서약서를 쓰고 들어갑니다. 여기 있는 심 과장이 그 서약서를 입수했다가 북한 공작원에게 납치되었었지요. 그러다가 구사일생으로 탈출해 나왔습니다."

"……."

"그 와중에 무슨 일이 있었던 줄 압니까? 고려에서 실종되었다고 발표한 김상철과 만났습니다. 그는 자신의 입을 막으려고 고려와 북한 공작원들이 자신을 살해하려 한다고 말했습니다. 저희 요원을 살해한 것도 자신과 북한 공작원의 소행이었다는 것도 자백했지요."

강 회장의 목에서 신음 같은 울림소리가 흘러나왔으나 표정은 변하지 않았다. 얼굴이 돌처럼 굳어진 이남호가 심재택을 바라보았다.

"심 과장, 증거가 있습니까?"

"그의 행적을 모두 들었습니다. 이 실장께서 한일만 이사와 함께 그를 스타디움 앞으로 유인해서 북한 공작원을 이용, 제거시키려고 했다는 것도 들었습니다. 그러나 실패하고 김상철의 동료가 대신 죽었지요. 장국진이라고 하더군요. 이만하면 제가 김상철을 만났다는 사실을 믿으시겠습니까?"

"……."

"증거가 또 있습니다. 김상철이 장인규라는 북한계 조선족 해외특수사업반 소속의 여자를 잡아 받아 놓은 녹음테이프를 저에게 주었습니다. 거기엔 고려와 북한과의 관계, 그리고 북한공작원들의 활동이 모두 녹음되어 있습니다."

그러자 강 회장이 헛기침을 했다. 모두의 시선이 그에게로 모아졌다.

"본의가 아니었어."

메마른 목소리였다. 그는 심재택과 권준규를 매서운 시선으로 훑어보았다.

"하지만 난 그따위 공산주의자들의 수단에 넘어갈 사람이 아니야. 우리 고려 그룹도 마찬가지고."

그는 이제 권준규를 향해 몸을 돌렸다.

"좋소, 권 부장. 나도 언젠가는 그럴 생각이었는데 지금이 적당한 시기 같소. 이왕 말이 나왔으니 권 부장이 말씀하신 대로 당장에 시행합시다."

권준규가 눈을 껌벅이며 그를 바라보았다.

"강 회장님, 우리는 회장님께 협조를 바라는 의도였으니 이해하셔야 합니다."

"알고 있습니다. 그리고 내가 약간 독선적이라서 남의 간섭을 싫어해요. 그런 이유 외에는 다른 의도는 없었습니다."

"그렇다면 곧 실무차원에서 계획을 세우겠습니다."

"적극 협조하지요. 그 서약서인가 뭔가…… 나는 소문만 들었는데, 설령 소문이라고 하더라도 경계해야 되니까."

그는 이남호에게로 허리를 돌렸다.

"이 실장, 알아듣겠나? 실무차원에서 적극 협조하도록."

"알겠습니다, 회장님."

머리를 숙여 보인 이남호가 심재택을 바라보았다.

"김상철이는 어떻게 되었습니까? 만나셨다는데."

"헤어졌습니다."

상체를 반듯이 세운 심재택이 긴장한 얼굴로 말을 이었다.

"아마 어딘가에 숨어 있겠지요."

"내가 그를 어떻게 하려고 했다는 말을 설마 믿으시는 건 아니지요?"

그러자 권준규가 얼굴에 웃음을 띠었다.

"궁지에 몰리면 사람은 어떤 짓이라도 하니까요. 심 과장은 그자의 말을 전했을 뿐입니다."

"믿기지가 않아서 그럽니다."

"그만해."

강 회장이 그의 말을 잘랐다.

"부장께서도 말씀하시지 않나? 그자의 말은 무시하라고 말이야. 어서 실무계획이나 준비하라고."

저녁 식사가 끝나고 숭늉을 한 모금씩 마시던 강 회장이 생각난 듯 강용식을 바라보았다.

"예상하고는 있었지만 김상철이가 배신을 했다. 놈은 국정원 요원을 만나 모든 것을 털어놓은 모양이야."

놀란 강용식이 눈을 껌벅이며 그를 바라보았다.

"국정원 요원한테 말입니까?"

"오늘 권 부장이 찾아왔어. 꼼짝없이 당하고 말았다."

그러면서 강 회장은 얼굴에 웃음을 띠었다.

"그렇지 않아도 은근히 인력관리에 신경이 쓰였던 참이야, 잘 됐어. 국정원에서 맡아주겠다니까."

"……."

"여기서 보낸 노조가 북한계 골수분자들과 손을 잡으면 머리가 아파져. 유장석이도 그것을 걱정 하고 있었거든."

강미현은 식탁에 시선을 준 채 그들의 말을 듣고 있었다. 온몸의 신경이 곤두서 있었으나 기력을 차릴 힘도 없다. 강 회장의 목소리가 다시 식탁 주위를 울렸다.

"그놈, 내가 직접 만나서 조금만 더 참으라고 말해줄 생각이었는데, 이젠 그럴 필요도 없게 되었다."

"그자는 지금 어디에 있습니까?"

"숨어있겠지. 러시아 땅은 넓다."

식사가 끝났으므로 식탁에 앉아 있는 것은 강미현을 포함해서 그들 셋이다.

잠시 부자간의 대화가 끊어졌으므로 그녀는 머리를 들었다. 그 순간 강미현은 숨을 멈추었다. 강 회장의 시선이 그녀에게로 향해져 있었던 것이다.

"그놈은 회사가 자신을 제거하려는 줄로 믿고 있는 모양이야."

강 회장은 그녀를 향해 말하는 것처럼 보였다.

"아마 지사의 한 이사가 그런 수단을 썼을지도 모른다. 이 실장은 그런 짓을 할 사람이 아니야. 했다면 나한테 이야기를 한다."

"제거하다니요? 우리가 언제……."

강용식은 내막을 잘 모른다. 강 회장의 시선이 다시 강미현에게로 향해졌다.

"이제 그놈에게 기회는 거의 없다. 무슨 말인지 알겠느냐?"

"……."

"이 실장한테서 다 들었다. 그렇다고 내가 너를 나무라는 것은 아니다."

강용식이 강 회장과 강미현을 번갈아 바라보았으나 입을 열지는 않았다.

강 회장이 말을 이었다.

"그놈의 마음도 고려를 이미 떠났을 것이다. 하긴 제가 살아야 회사도 있는 법이지."

"아버님, 이 실장이 무슨 이야기를 했단 말씀입니까?"

참지 못한 강용식이 묻자 강 회장이 얼굴에 웃음을 띠었다.

"끝난 일이다. 그놈과 우리 고려와의 인연이 끝났듯이 미현이의 감정도 끝났을 테니 넌 묻지 않는 게 낫겠다."

무법자 타운

 강 건너편의 강북 강변도로를 달리는 차량들의 불빛만 보일 뿐 한강은 짙은 어둠에 덮여 있다. 밤 11시 30분이 되면서 차츰 한산해진 고수부지에 습기를 띤 바람이 스치더니 휴지조각 몇 개가 강 쪽으로 날아갔다. 이제 가을도 중턱에 다다른 10월 중순이었다.
 피우던 담배를 재떨이에 비벼 끈 안인석이 머리를 돌려 박미정을 바라보았다.
 "무슨 생각하고 있어?"
 박미정이 생각에서 깨어난 듯 두 눈을 크게 떴다.
 "아니, 아무 생각도."
 "술 한 잔 더 할까? 맥주 더 사와?"
 "아니, 술은 이제 그만. 만날 만나면 술만 마신 것 같아, 우린."
 차 안에는 다시 정적이 덮였고 그들은 각기 상대방의 숨소리를 듣는다. 머리를 강 쪽으로 하고 주차한 차 안이라 발밑에서 시멘트 제방에 부딪치는 물결소리가 조그맣게 들려오고 있었다.

머리를 의자에 기댄 안인석이 앞쪽을 바라보며 입을 열었다.

"난 평범한 놈이야. 난 내 자신을 잘 알아, 경쟁사회에서의 내 위치를."

"……."

"변화를 두려워하는데다가 의지도 집념도 약해. 환경 탓이라고 말하기에도 부끄러워."

"이제 그만해."

박미정이 부드럽게 그의 말을 잘랐다.

"나는 그런 인석 씨가 편안하고 따뜻해서 좋아. 난데없이 왜 그런 소리를 해."

"널 사랑해."

핸들을 움켜쥔 안인석이 강을 노려보았다.

"그래서 자꾸만 비교가 돼. 자신이 없어지고."

다시 차 안에 정적이 깔렸고 차창을 통해 들어온 강바람이 그들의 피부를 스치고 지나갔다. 이윽고 박미정이 한 손을 뻗어 핸들 위에 놓인 그의 손 위에 올려놓았다.

"나도 인석 씨가 좋아."

안인석이 머리를 돌려 그녀를 바라보았다. 그리고는 그녀의 어깨를 잡아 와락 끌어안았다. 박미정은 거부하지 않았다. 품안에 안긴 채 눈을 감은 박미정을 향해 안인석의 입술이 돌진하듯 부딪쳐왔다. 안인석이 지금까지와는 전혀 다른 사람 같았다. 안인석은 서둘렀다. 거칠게 박미정의 입술을 열고 갈증 난 사람처럼 혀를 빨아들이면서 온몸을 더듬기 시작했다.

"이제 그만."

겨우 입술을 뗀 박미정이 두 손으로 안인석의 가슴을 밀었다.

"인석 씨, 이제 그만해."

박미정이 가슴을 힘껏 밀자 안인석이 아쉬운 듯 몸을 떼었다. 그러나 아직도 호흡이 거칠다.

"늦었어. 데려다 줘."

두 손을 뻗은 박미정은 안인석의 흐트러진 넥타이를 바로 잡아주었다.

"어서."

엔진의 시동을 걸고 후진 기어를 넣은 안인석이 아직도 초점이 없는 시선으로 박미정을 바라보았다. 그러자 박미정이 얼굴에 웃음을 띠었다.

"쓸데없는 생각은 하지 마. 비교도 하지 말고. 오늘은 너무 늦었을 뿐이니까."

다음날 아침, 출근한지 30분도 되지 않았을 때 방문객의 연락을 받은 안인석은 회사빌딩 지하실의 커피숍으로 내려갔다. 커피숍 안에는 손님이 두 사람밖에 없었는데 그들이 연락한 사람인 것 같았다. 안인석이 다가가자 둘은 동시에 자리에서 일어섰다.

"바쁘신데 미안합니다."

그중 나이가 젊은 30대 사내가 신분증을 내보였다.

"우린 국정원 수사관입니다. 이분은 저희 상관이신 김 계장님이시고."

자리에 앉아 주문을 마치고 나자 30대 사내가 대뜸 입을 열었다.

"우린 김상철 씨 문제 때문에 왔습니다."

안인석이 둘을 바라보았다.

"무슨 일입니까?"

"김상철 씨하고는 절친한 사이로 알고 있는데."

사내가 조금 뜸을 들이고 나서 물었다.

"혹시 김상철 씨 소식 듣지 못했습니까?"

"소식이라니요? 저는 실종되었다고만 들었는데요."

눈을 크게 뜬 안인석이 되묻자 김 계장이라는 사내가 나섰다.

"실종되었지요. 하지만 아직 시체를 찾지도 못한데다 그 사람은 살인 혐의자라서요."

"……."

"만일의 경우도 대비해야지요. 예를 들면 살아서 안 형한테 도움을 청한다든가 하는 경우 말이오."

"그럴 가능성은 있습니까?"

"만일의 경우라고 하지 않았습니까? 그럴 경우에 안 형이 어떻게 처신해야 되는지는 알고 계시지요?"

"……."

"우리한테 즉시 신고하지 않으면 곤란하게 되십니다. 우정 때문에 안 형도 인생을 망치게 된단 말이오."

"나한테 협박하시는 겁니까?"

안인석의 얼굴이 금방 벌겋게 달아올랐다.

"내가 친구를 팔아먹을 놈 같습니까? 사람 우습게보지 말아요."

사내들은 뜻밖이라는 듯 서로의 얼굴을 마주보았다. 눈을 부릅뜬 안인석이 다시 거친 목소리로 말했다.

"그놈이 살아만 있다면 난 무슨 일이라도 할 거요. 설령 내가 감옥에 가는 한이 있더라도 그놈을 살려낼 거요. 그러니 당신들 마음대로 해요."

"이것 보시오, 안 형. 진정 하시오."

김 계장이 찌푸린 얼굴로 말했다. 그는 상반신을 굽히고는 안인석을 똑바로 바라보았다.

"그 우정을 이해 못하는 건 아니요, 안 형. 우리는 만일의 경우라고 했소. 그러니까 너무 흥분하지 말아요."

"그 자식 동생도 충격을 받아 교통사고로 죽었어요. 교도소에 있는 아버지는 지금 어떻게 되어 있는지 모릅니다. 그 자식이 살아 있다는 것만 해도 축복이오."

안인석이 다그치듯 물었다.

"살아 있습니까? 살아 있으니까 이렇게 날 찾아와서 그런 이야기를 하는 것 아닙니까? 그렇죠?"

상체를 의자에 기댄 김 계장이 안인석을 찬찬히 바라보더니 마침내 입을 열었다.

"실종이요. 유감스럽게도."

"확실합니까."

"실종이 확실하냐구? 그렇소. 확실해요."

"……"

"하지만 그자는 살인범이란 말이야. 실종되었다고 수사를 끝낼 수가 없어서 그러는 게지. 더구나 국정원 요원을 살해한 자란 말이야."

"……"

"하긴 그자는 차라리 실종된 채로 있는 것이 나을 것 같군요. 다른 사람들을 위해서라도."

시베리아의 여름은 두 달이다. 트럭의 조수석에 앉은 김상철은 차체와 함께 흔들리면서 다시 눈에 덮인 겨울 평야를 바라보고 있었다. 낮은 구릉과 잡목림 지대를 지나는 수송단은 100여 대의 트럭으로 구성된 긴 대열이었다. 그러나 시속 20킬로미터의 속력이어서 길가의 바위 하나 나무 한 그루도 눈에 선명하게 비춰진다. 오후 3시밖에 되지 않았으나 짙은 회색하늘은 어두웠고 가끔씩 눈발이 흩날리는 것이 곧 눈이 쏟아질 기세였다.

운전석에 앉은 니콜라이가 입을 커다랗게 벌리고 하품을 했다. 그는

50대 중반의 사내로 이 수송선단의 책임자이자 블라디보스토크 운송회사 간부였다. 엄청난 양의 화물을 블라디보스토크에서 임차지까지 운반하는데 고려그룹 자체의 운송수단으로는 부족했으므로 러시아의 운송회사들은 지금 호황기를 누리고 있는 중이었다.

"저녁 늦게 고려시에 들어가겠군. 이번에는 전보다 하루 늦었어."

니콜라이가 앞쪽을 바라보며 말했다.

"유전이 나왔다고는 하지만 난 이런 곳에서는 못 살겠어. 당신도 돈 좀 모으면 도시로 나오라고."

차가 다시 심하게 흔들렸으므로 그는 말을 멈추었다. 파리야킨의 저택을 나온 그가 운송회사의 니콜라이를 만나 300달러에 임차지까지의 동승을 부탁한 것은 일주일 전이었다.

이제 임차지에는 고용된 노동자들만 생활하고 있는 것이 아니었다. 아직 정식으로 가족들을 받아들이지 않았지만 노동자의 가족들이 떼를 지어 임차지로 들어가는 상황이어서 유전 근처의 노동자 숙소 주변에는 이미 꽤 큰 마을이 형성되어 있었다. 그는 니콜라이에게 막일거리라도 찾기 위해 임차지로 들어간다고 말했으나 믿는 것 같지는 않았다. 그렇다고 이것저것 캐묻지도 않았으므로 그들이 일주일간 나눈 이야기는 몇 마디도 되지 않았다.

니콜라이가 다시 하품을 하더니 김상철을 바라보았다.

"한 달쯤 전에 200달러씩 받고 두 놈을 태워주었어, 그놈들은 이르쿠츠크에서 강도짓을 하다가 도망쳐 왔다더군, 임차지에 들어가서 한밑천 잡고 나온다고 떠들어 대더라니까."

"그런 사람들이 많이 들어갑니까?"

"그런 놈들뿐만이 아니야. 뒤쪽 차에는 보드카가 2000병이나 실려 있어. 지난주에 들어간 수송단에는 50명이 넘는 여자가 타고 있었다네."

"……."

"숙소 근처의 마을에는 없는 것이 없어. 고려에서도 어지간한 것은 눈감아 주는 모양이야. 사내 녀석들이 3만 명이 넘게 우글대는데 할 수 없는 일이지."

이야기하는 사이에 어느덧 하늘이 어두워지더니 눈이 쏟아져 내리기 시작했다.

"또 시작이다."

니콜라이가 투덜거리며 윈도우 브러시를 작동시켰다.

"마을에 가면 경비소를 조심하게. 그놈들은 신분증에 이상이 있으면 가차없이 잡아넣어 버리니까."

전조등을 켠 니콜라이가 김상철을 바라보며 얼굴에 웃음을 띠었다.

"하지만 크라우프 바에서는 잡혀 갈 염려가 없어. 그곳은 경비소가 봐주는 곳이야. 안나네 갈보집하고. 돈이 있으면 그곳에 죽치고 있는 것이 나아."

"경비대가 봐주다니요?"

"그놈들이 사람을 시켜 운영하는 곳이란 말이야. 저 뒤에 실린 술도 그곳으로 배달되는 거야. 고려 놈들은 월급 준 것을 그렇게 회수해 가는 거지."

트럭의 대열은 이제 앞이 탁 트인 평원으로 나오고 있었다. 주위 눈보라로 잘 보이지 않았지만 김상철에게는 낯익은 곳이었다.

크라우프 바는 마치 서부 개척시대의 술집을 옮겨다 놓은 분위기로 거칠고 난잡했지만 생의 활력을 느끼게 하는 곳이었다. 그러나 목제 의자와 가구들 대신으로 플라스틱 제품이 놓였고 스피커에서는 러시아 노래가 흘러나왔다. 100평쯤 되는 넓은 바에는 이미 손님들이 가득 차 있었으므로 김상철은 겨우 구석자리를 찾아 앉았다.

손님들은 러시아인과 조선족계가 반반이었는데 그중에는 고려의 마크를 붙인 작업복을 입은 사내들도 보였다. 간간이 웃음소리가 터져 나왔고 한쪽에서는 고함을 치며 말다툼을 벌이는 무리들도 있어서 바 안은 떠들썩했다.

조끼를 입은 종업원이 사람들을 헤치며 김상철에게로 다가왔다. 얼굴이 말쑥한 조선족 사내였다.

"뭘 드실 거요?"

"보드카 한 잔."

"한 잔에 1달러, 전표를 낼 경우 1달러 50."

블라디보스토크보다 두 배나 비싼 술값이었으나 그가 잠자코 5달러 지폐를 내주자 그는 돈을 낚아채 돌아갔다.

창고로 가는 도중에 니콜라이와 작별하고 길가에서 내린 그는 겨우 마을로 간다는 트럭을 얻어 탈 수 있었다. 마을은 생각했던 것보다 컸다. 도시계획 같은 것도 없고 고려측의 허가도 받지 않고 지은 건물들이어서 대부분 목조건물이었지만 십자형 거리는 4면의 길이가 각각 200미터쯤 되었고 도로의 폭은 50미터가량으로 넓었다. 거리 양쪽의 건물은 모두 술집과 오락장, 이발관, 극장, 여자들이 우글 대는 술집겸 호텔 등으로 니콜라이의 말마따나 없는 것이 없는 환락가였다.

종업원이 쟁반 위에 보드카를 받쳐 들고 다가왔다. 탁자 위에 잔을 내려놓은 그는 손에 쥐고 있던 돈을 내밀었다.

돈을 받아든 김상철이 선뜻 팔을 뻗어 종업원의 허리춤을 쥐었다.

"이봐, 이건 3달러야. 1달러 더 내라."

"1달러는 팁이야."

종업원이 눈을 부릅뜨고 그를 내려다보았다

"경비원을 불러 올까? 밀입국자 놈아."

김상철의 손을 뿌리친 종업원이 어깨를 펴고 몸을 돌리자 옆자리의 러시아인들이 소리 내어 웃었다 말은 알아듣지 못했지만 분위기로 상황을 짐작한 모양이었다. 술잔을 들어 한 모금을 마시고 내려놓는 김상철 앞으로 옆자리의 러시아인 한 명이 일어나 다가왔다. 파카를 걸친 수염투성이의 사내였다.

"이봐, 자네 여기 언제 왔나?"

"오늘."

그러자 사내가 커다랗게 입을 벌리고 웃었다.

"다음에는 큰돈을 주지 말아. 3달러 남겨준 것만 해도 다행이야."

"그렇다면 강도나 다름없구먼, 이놈들은."

"여기엔 모두 그런 놈들만 모였어. 조심하라는 이야기도 못 들었나?"

바의 한쪽에서 싸움이 일어났으므로 사내들의 시선이 모두 그쪽으로 옮겨졌다. 그러나 치고받던 싸움은 우습게 끝이 났다. 종업원 두어 명이 달려들어 싸우던 사내들을 사정없이 두들겨 팬 것이다.

그들이 사내들을 끌고나가자 바 안은 다시 소란스러워졌다.

"저놈들은 경비원의 개들이지. 저놈들한테 찍히면 이곳을 떠나야 돼."

앞에 앉은 사내가 턱으로 종업원들을 가리키며 말했다.

"하지만 주머니에 달러가 있으면 쫓겨날 염려는 없어. 어때? 오늘밤 잘 곳은 생각해 두었나?"

"아직."

"그렇다면 내가 좋은 곳을 소개해주지."

"안나네 집 말인가?"

"어디서 듣기는 했구먼 그래. 그곳에는 괜찮은 여자들이 많아. 조금 비싸기는 하지만."

사내가 손을 들어 지나가는 종업원을 불렀다.

"보드카 두 잔."

다가온 종업원에게 소리치고 난 그가 김상철의 눈치를 보았다. 김상철이 주머니에서 1달러 지폐 두 장을 꺼내 내밀자 사내가 누런 이를 드러내며 웃었다. 임차지의 밤은 그렇게 깊어갔다.

안나의 집은 북쪽변의 중간 부근에 있는 2층 목조건물이었다. 밤 10시가 넘어 있었지만 거리는 사람들로 가득 차 있었고 흥청거리는 분위기였다. 눈보라도 아랑곳하지 않고 그들은 무리를 지어 몰려다니고 있었다. 북쪽 20킬로미터 지점에 건설하고 있는 고려시가 밤에는 인적이 없는 유령의 도시가 되는 것과는 대조적이었다. 노동자 숙소가 1킬로미터 남쪽에 있는 이곳은 처음에는 회사의 눈치를 봐가면서 한 채씩 가게가 생기더니 회사가 다소 규제를 풀자 석 달 만에 이러한 환락촌이 형성되어 버린 것이다.

김상철이 안나의 집 입구로 마악 들어서는데 뒤에서 인기척이 났다. 머리를 돌리자 크라우프에서 친절한 척하던 러시아인이다. 그의 뒤에는 동료 두 명이 서 있었는데 시선이 마주치자 이를 드러내며 웃었다.

"이봐, 우리도 이집 단골이야. 그런데 그렇게 혼자 나가는 법이 어디 있어?"

김상철이 한쪽으로 비켜섰다.

"그럼, 당신 먼저가."

"입장료가 10달러씩이야. 우린 세 사람인데 30달러만 빌려주겠나?"

옆쪽 가게 앞에서 대여섯 명의 사내들이 떠들썩하게 다투는 중이었고 그들 옆으로 행인들이 지나갔지만 관심을 갖는 사람은 없다. 사내가 한 발자국 다가와 섰고 나머지 두 사내도 벌려 섰으므로 그들은 김상철을 둘러싼 모양이 되었다.

"강도들이로군."

김상철이 텁석부리 사내를 향해 말하면서 웃었다.

"그래서 하루에도 몇 명씩 시체가 되어 버려진다고 말했군."

그러자 텁석부리가 조금 놀란 듯 눈을 치켜떴다가 파카 주머니에 든 무엇인가를 앞쪽으로 불쑥 내밀었다.

"우리하고 잠깐 뒤쪽으로 가실까? 반항하면 여기서 쏘아죽일 수도 있어."

사내가 턱으로 가리킨 곳은 안나네 집 옆쪽의 좁은 골목이다. 일단의 조선족들이 그들의 옆을 지났으나 분위기를 알 만한데도 걸음을 멈추지 않았다.

김상철은 텁석부리에게 등을 떠밀려 어두운 골목으로 들어섰다. 골목이라지만 그곳은 앞부분이 탁 트여 있었다. 양쪽 가게의 담을 끼고 30미터쯤 나아가자 눈앞은 허허벌판이었다.

"자, 지갑을 내놔."

공터에 서자 텁석부리가 손을 내밀었다. 그 순간 그는 털썩 땅바닥에 엉덩이를 부딪치며 주저앉았는데 잠시 자신이 왜 넘어졌는지 깨닫지 못하는 것 같았다. 그러자 김상철이 주머니에서 소음기가 끼워진 베레타를 꺼내 남은 사내들을 향해 겨누었다. 사내 한 명이 짐승 같은 외침소리를 내며 두 팔을 들고 덮쳐오자 그를 겨누던 김상철이 마음을 바꾼 듯 베레타를 내렸다. 그리고는 발을 들어 사내의 사타구니를 힘껏 차올렸다. 사타구니를 정통으로 채인 사내는 숨이 끊어지는 듯한 신음소리를 뱉으며 땅바닥에 무릎을 꿇었다. 김상철의 발끝에 다시 턱을 찍힌 사내는 뒤로 벌렁 자빠진 채 움직이지 않았다. 나머지 사내 한 명은 이미 이쪽에 등을 보인 상태였다. 도망치려는 것이다.

그의 등을 향해 총을 겨누었던 김상철이 문득 눈을 크게 떴다. 골목 입구에 사내 한 명이 나타난 것이다. 그는 도망쳐 오는 사내를 향해 두어 걸음 다가가더니 다리를 휘둘러 사내의 옆구리를 찼다. 그리고는 연속 동작으로 사내의 머리를 주먹으로 치자 사내는 금방 땅바닥에 엎어졌다. 베레타를 주머니에 넣은 김상철이 사내에게로 다가갔다.

조선족 사내로 뼈대가 굵은 체격이었지만 마른데다가 낡고 엷은 방한복 차림이었다. 나이는 김상철 또래로 보였는데 다가선 김상철을 똑바로 바라본 채 시선을 피하지 않았다.

이윽고 사내가 턱으로 앞에 쓰러진 사내를 가리켰다.

"이놈은 급소를 맞아 죽었소."

그리고는 손을 들어 앞쪽 공터를 가리켰다.

"저 쪽도 숨을 끊어 놔야 뒤탈이 없소."

사내는 우선 앞에 쓰러진 사내의 목덜미를 만지더니 주머니를 뒤졌다. 그리고는 무엇인가를 제 주머니에 넣더니 일어서서 앞쪽으로 다가갔다. 그는 김상철을 의식하고 있는 것 같지 않았다.

곧 어둠 속에서 둔탁한 타격음이 들리더니 낮은 비명소리가 났다가 조용해졌다.

마을의 경비소장 고춘식은 고려건설의 창고과장 출신으로 본래 행정직 티오로 왔다가 자원해서 경비대로 옮긴 사람이었다. 건설에 있을 때에는 40대의 나이로 만년과장 노릇을 하며 창고에 박혀 있는 듯 없는 듯 생활하던 고춘식이 마을의 치안을 장악하는 경비 소장이 되었다는 것은 대단한 변신이었다.

경비소는 십자형 도로의 남쪽 끝에 세워진 유일한 시멘트 건물로 고려직원 5명과 10여 명의 조선족 보조원이 근무하고 있었는데 사건이 끊이지 않았으므로 언제나 소란스러웠다. 숙소 식당에서 아침 식사를 마친 고춘식이 사무실에 들어섰을 때에도 옆쪽 유치장에서 악을 쓰는 소리가 들려왔다. 이맛살을 찌푸린 그의 옆으로 어젯밤 당직 책임자였던 변홍근이 다가왔다.

"아침에 시체 세 구가 안나네 집 뒤쪽에서 발견되었습니다. 모두 러시아인으로 신원을 알아낼 서류가 아무것도 없습니다."

"물론 지갑도 털렸겠지?"

소장실로 들어서며 그가 묻자 변홍근도 머리를 끄덕였다

"예, 그런데 한 놈은 총에 맞았고 두 명은 맞아 죽었더군요."

"점점 끔찍해지는군."

입맛을 다신 고춘식이 자리에 앉아 그를 바라보았다.

"검시는 했나?"

"하는 중일 겁니다."

"검시 끝나면 인상착의만 기록하고 묻어버려. 그리고 사건발생 현장은 다른 곳으로 적고."

마을 인구는 3000명이 넘는데다 강도, 도박꾼에다 갖가지 범죄를 저지르고 도망쳐온 수배자들이 들끓고 있었으므로 하룻밤 사이에 살인이 다섯 번 일어난 적도 있었다. 그러나 대부분의 피살자는 신원을 알아낼 수 있는 증명서조차 소지하지 않았다. 피살자가 증명서를 아예 가지고 다니지를 않던가 살해하고 나서 살해자가 증명서를 없앤 것이든가 둘 중의 하나였다. 그러나 고춘식의 입장에서는 그것이 차라리 나았다. 시체의 신원이 확인되면 러시아 정부에 넘겨야 했고 곧 귀찮은 조사서를 보내주어야 하는 것이다.

"참, 어제 저녁에 보드카 2000병이 들어왔습니다. 크라우프 바의 창고에 넣어 두었는데 바칼레프가 병당 15달러씩 500병을 사겠다는데요."

변홍근이 말하자 고춘식이 코웃음을 쳤다.

"그놈, 간이 부었군. 500병이면 18달러를 내라고 해. 특별히 봐주는 것이니까."

"그 값이면 가져갈 겁니다, 소장님."

그들은 블라디보스토크에서 병당 3달러짜리 싸구려 보드카를 들여와 술집 주인들에게 20달러 가까운 가격으로 넘기고 있었다. 술뿐만이 아니다. 갖가지 일용품은 물론 마약까지 들여와 가게 주인들에게 엄청난 이윤을 받고 넘기는 것이다.

가게주인은 가끔 독자적으로 물품을 구입해오기도 했지만 만일 그것이 발각되면 경비원들의 검문으로 영업을 할 수가 없게 된다.

변홍근이 그의 앞자리에 앉았다. 그는 경비소의 부소장으로 고려건설의 현장에서 자재를 맡았던 경력이 있다. 그 경험이 이곳 고려마을에서 아주 적절하게 이용되고 개발되는 중이었다.

"어제 단장님 모신 회의 때 무슨 말씀이 없었습니까?"

"특별한 말씀은 없었어, 고려직원이 사고 치게 하지 말라고만."

"고려 근로자의 사고율은 거의 없습니다. 죽고 다치는 것은 쓰레기들이지요."

변홍근이 의자를 당겨 다가앉았다.

"최태호가 북쪽 끝에 갈보집을 짓고 있는 것은 어떻게 할까요?"

"내버려 둬."

고춘식이 고급 시가를 물면서 의자에 등을 기대었다.

"욕심이 많으면 사고가 나, 알겠나?"

"마을은 두 세력이 장악하고 있는 형편이오. 하나는 경비소장 세력, 또 하나는 북한쪽의 최태호 세력이지요."

의자에 엉덩이 끝만을 걸친 송길수가 김상철을 향해 말했다.

"하지만 경비소장은 최태호를 쉽게 건드리지 못합니다. 최태호는 수십 명의 부하들을 데리고 있는데다가 고려 근로자 상당수가 지원하고 있어서."

안나네 집의 2층 방 안이다. 그들은 어젯밤 100달러씩을 주고 여자와 함께 잠을 잤는데 물론 김상철이 계산을 했다.

어젯밤부터 토막으로 들은 송길수의 내력은 나이가 스물여섯에 유지노사할린스크 태생으로 그곳에 아직도 부모형제가 있다고 했다. 그도 트럭 뒤 칸에 실려 임차지로 들어온 밀입국자 신세였는데 그렇게 된 사연은 말하지 않았다. 크라우프에 앉아 있다가 김상철을 우연히 보았고 러시아 건달들이 그를 뒤쫓아 나가는 것을 보고 도와주러 따라왔다는 것이 그를 만난 인연이다.

"경비소장이 이렇게 해먹는 것을 개척단 본부에서 모를 리가 없을 텐데."

혼잣말처럼 김상철이 말하자 송길수가 마른 얼굴을 펴며 웃었다.

"짐작은 하는지 모르지만 개척단 쪽에서는 손해 볼 것이 없으니까요. 이런 유흥가가 있어야 일할 맛이 나는 거요. 시베리아의 마을들은 대개 이렇게 건설되었으니까."

"송 형, 도대체 당신의 정체는 뭐요? 난 우선 그것부터 알고 싶은데."

"우린 비슷한 처지 아닙니까? 당국에 쫓기는 신세 말이오."

그러면서 송길수가 김상철을 똑바로 바라보았다.

"나는 러시아 정부로부터, 당신은 한국 정부로부터."

"그렇게 보이는가?"

"금방 알아봤지요. 서울 말씨에 그 시계, 신발, 그리고 당신만큼 달러를 가진 북한 사람이나 조선족은 없지요."

"그런가?"

"북한 공작원은 당신처럼 어수룩하게 크라우프 가게에 갔다가 안나네 집으로 가지 않소. 그들은 최태호가 운영하는 코즈모프바에 모입니다. 그리고 북한 당국에 쫓기는 자라면 이런 곳에 올리가 없지. 당장에 잡혀갈 줄 알고 있으니까."

"예민하군, 당신은."

"난 유지노사할린스크의 경찰이었소. 그곳에서 상관을 죽이고 이곳으로 도망쳐 온 지 두 달이 되었습니다."

"……"

"그놈은 경찰 무기고에 있던 무기를 한 트럭이나 빼내서 마피아에 팔았소. 그때 내가 경비를 섰는데 나한테 500달러를 주더구먼. 그런데 시간이 지나자 불안했던 모양이오. 놈은 날 죽이려다 나한테 당했지."

송길수가 엉거주춤 자리에서 몸을 세웠다.

"덕분에 어젯밤 오랜만에 여자맛을 보았습니다. 김 형은 이곳에 계실 건가요?"

"숙소를 다른 곳으로 잡을 생각이오."

"하루에 100달러씩 내고 이곳에 있을 바에는 하바롭스크의 특급호텔에서 생활하는 것이 낫지."

"송 형은 어디로 가실 거요?"

"북쪽 거리에 가게 공사가 있어요. 일당 25달러니까 그것으로 하루 먹고 잘 수가 있습니다."

창가로 다가간 그는 커튼을 젖히고 뒤쪽 벌판을 바라보았다.

"아침에 경비소 직원들이 신고를 받고 나와 시체들을 치웁니다. 이곳이 그자들이 운영하는 곳이었으니 망정이지 그렇지 않았다면 투숙객 모두들 조사했을 거요."

그는 머리를 돌려 김상철을 바라보았다.

"같이 공사장에 갈랍니까? 내가 일자리를 소개시켜 드리겠소."

건물 위를 헬기 한 대가 지나가고 있었다.

"하루가 다르게 마을이 변해가는군."

헬기의 창으로 아래를 내려다보며 유장석이 말하자 조성욱 이사가 소리쳐 대답했다.

"마을 인구가 3000명이 넘었습니다, 단장님."

"살인 사건도 많이 일어난다니 큰일이야."

"고려직원은 건드리지 못합니다. 저희들끼리 죽고 죽이는 것이지."

조성욱은 관리담당 이사로 근로자들의 숙소와 그 주위의 시설물에다 인력까지 관리하고 있었다. 헬기는 마을을 지나 근로자의 숙소 쪽으로 날아갔다. 벌판 위로 2층 건물이 20여 동 늘어선 숙사는 장관이었다. 이곳의 근로자들은 고려시와 유전 작업장에 집중적으로 투입되고 있었으므로 북쪽의 벌목현장이나 동쪽의 파이프라인 공사를 위한 숙사는 각각 2, 300킬로미터씩 떨어져 있다.

"이봐, 조 이사. 숨어 들어온 북한 놈들이 마을에서 세력을 넓히 중이라고 들었는데."

유장석이 조성욱을 바라보았다. 헬기 엔진의 소음이 컸으므로 그들은 소리치듯 말하고 있다.

"술집 몇 개를 차렸지만 별것 아닙니다. 모두 경비소의 통제를 받고 있으니까요. 문제가 생기면 당장이라도 추방시킬 수 있습니다. 그리고 그 가게에 손님도 줄고 있답니다."

조성욱이 얼굴을 바짝 대고 말했다.

"저희들은 예상했던 일이지만 북한 쪽은 당황하는 것 같습니다. 노조

활동이 제대로 되지 않고 있으니까요."

머리를 끄덕인 유장석이 아래를 내려다보았다. 헬기는 이제 유전 현장 위를 날고 있었다. 이미 거대한 원유 저장 탱크가 세 개 세워진 옆으로 발전시설과 시추탑들이 건설된 현장이다. 고려는 근로자들을 받아들인 초기부터 서둘러 노조를 결성했던 것이다. 회사의 정책에 손발을 맞추는 노조가 북한 측의 기도를 사전에 저지하는 효과도 있었지만 조선족 노동자들은 원래 북한이 기대했던 사상 바탕이 없는데다가 좋은 보수와 환경에 만족하고 있기 때문이었다.

"그리고 마을의 북한 쪽 세력은 아직 크게 문제가 되지 않습니다. 경비소에 협조적이고 회사의 규칙에 잘 따르는 편이니까요."

"범죄자들이 모여들어서 걱정이야."

"검문을 강화하면 금방 소탕이 됩니다. 조만간 검문을 실시해서 다시 정화시키도록 하겠습니다."

고려는 허가 없이 임차지에 들어온 사람이라도 경비소나 고려 측 사무소에 신고를 하면 체류할 수 있도록 했고 사업장을 만드는 것도 특별한 경우가 아닐 때에는 신고만 하면 되었다. 그러나 범죄자들이 신고를 할 리는 없는 것이다.

한 달쯤 전에도 경비소에서 일제 검문을 실시해서 범죄자 20여 명을 잡아 러시아 당국에 넘겼는데 잡지 못한 인원은 그 열 배는 될 것이다.

헬기가 유전기지를 지나 옆쪽으로 기수를 틀더니 본부기지 쪽으로 날아갔다. 오늘은 아침 일찍부터 유장석이 고려시의 건설현장을 둘러보고 오는 길이었다. 기지에 내린 유장석이 단장실에 들어서자 이대각이 따라 들어 왔다.

"경공업 단지를 내년 초부터 가동시키라는 총회장님의 지시가 왔습니다."

유장석의 앞자리에 털썩 앉으며 이대각이 말했다.

"올 겨울에도 쉴 새 없이 작업을 해야 되겠습니다."

"공사를 완료하라는 건 아냐. 일부 공장을 가동시키면서 단지 공사를 하면 돼."

담배를 꺼내 문 유장석이 이대각을 바라보았다.

"그런데 어젯밤에 이 실장한테서 연락이 왔는데, 비밀통신으로……."

이대각이 몸을 굳히고는 그를 바라보았다. 비밀통신이라면 암호를 사용하는 통신이다. 담배연기를 내뿜은 유장석이 말을 이었다.

"김상철이가 국정원 요원을 만나 모든 것을 털어놓았다는 거야. 고태성이를 죽인 일부터 북한과의 제휴, 그리고 고려에서 이제 자신을 제거하려고 한다는 것까지. 그래서 회장님은 국정원의 제의를 받아들이셨다는군."

"관리직에 국정원 요원들이 정식으로 파견될 거야. 물론 고려 직원으로, 주로 경비본부에 보내져야 될 것 같아."

"……."

"회장님은 마침 잘 되었다고 하셨대. 하긴 우리도 나쁠 것이 없지. 그렇지 않나?"

"그거야……."

이대각이 자리를 고쳐 앉았다.

"김상철이가 그랬다니 믿기지가 않습니다. 그럴 놈이 아닌데요, 그놈은."

"글쎄, 막다른 길에 몰렸다고 생각했는지… 나도 조금 허무한데."

"국정원에서 장난치는 것 아닙니까?"

"이 실장은 그런 것 같지 않다고 하더군. 김상철이를 직접 만난 수사관의 말을 들었다는 거야."

"그 자식을 그렇게 만든 것이 우리 아닙니까? 우리가 이제까지 그놈한테 해준 것이 뭐가 있습니까?"

이대각이 눈을 부릅뜨고 유장석을 바라보았다.

"무엇을 위해서 그놈이 그랬는데요? 그리고는 내팽개쳐 두었다가 이제 와서 배신했다고 배신자라고 한단 말이지요?"

"이봐, 어쨌든 회사가 곤경에 빠질 뻔했어. 회장님이 잘 수습하셨지만."

"좆같네, 정말."

"너, 인마. 어디에 대고 욕해?"

"단장님한테 하는 소리 아닙니다."

"어쨌든 김상철이 이야기는 잊으라는 지시다. 기억해 두란 말이다."

"아무리 뭐라고 해도 나나 단장님은 잊을 수 없어요. 목숨을 빚졌는데."

심재택은 조금 당황한 듯 커피 잔을 들었다가 내려놓고는 커피숍 안을 둘러보았다. 그리고는 헛기침을 했다.

"이 실장이 그렇게 말씀하셨다니 나로서는 할 말이 없지만 어쨌든……."

"제가 심 과장님을 찾아온 것은 아무도 몰라요."

강미현이 다부지게 말했다.

"그러니까 과장님이 김상철 씨를 만났을 때의 상황을 말씀해 주세요."

"이것 참 난처하군."

입맛을 다신 심재택이 다시 커피 잔을 들었다가 내려놓았다. 강 회장의 손녀가 김상철에 대해서 관심을 가지고 있을 줄은 생각지도 못한 것이다. 난데없이 강미현에게서 만나자는 연락이 왔을 때 그녀에 대한 자료는 봐두었다. 고려그룹의 후계자중의 하나로 강 회장의 총애를 받고 있는 손녀였던 것이다.

"도대체 무얼 알고 싶다는 겁니까? 우린 잠깐 만나고는 헤어졌을 뿐이고."

"어디에서 헤어지셨어요?"

"하바롭스크."

"실장님 말씀으로는 그 사람이 과장님을 찾아갔다는데, 맞지요?"

"그런 셈이지."

"자신이 누명을 썼고, 모든 일은 고려에서 시켜서 한 일이라고 말했다면서요?"

"비슷한 내용이었소."

"그렇다면 과장님께 구명을 부탁하러 찾아간 셈이군요."

"……."

"그런데 과장님은 그 사람 말을 근거로 우리 고려에 압력을 넣으셨고, 그렇죠?"

"이봐요, 강미현 씨."

"과장님은 그 사람의 믿음을 저버리신 것 같은데요. 그 사람은 아직도 과장님을 믿고 있을까요?"

"이건 도무지."

심재택의 얼굴이 벌겋게 달아올랐다.

"난 무슨 말인지 못 알아듣겠는데."

"우리가 바보인 줄 아세요? 이 실장이나 할아버지도 직접 말씀은 하지 않으셨지만 심 과장께서 김상철을 만나 그 이야기를 들었을 때의 상황을 짐작하시고 계세요."

강미현이 심재택을 똑바로 바라보았다.

"심 과장님은 납치되셨다가 도망쳐 나오신 걸로 알고 있어요. 그 와중에 김상철 씨를 만나 직접 이야기를 들었고."

"……."

"심 과장님이 김상철 씨를 만났다면 체포해 왔어야 정상인데 그냥 헤어지셨던 모양이죠? 그건 어떻게 추측해야 될까요?"

"이 봐요, 강미현 씨."

심재택이 눈을 부릅뜨고 그녀를 노려보았다.

"쓸데없는 이야기로 시간을 보낼 수가 없소. 난 바쁜 사람이야."

"이제 국정원은 목적을 이루었어요. 김상철 씨를 제물로 고려 임차지의 관리체제를 파악하게 되었으니까."

그러자 심재택이 자리에서 일어섰다.

"솔직히 회장 손녀라 내가 예의를 차려주었지만 더 이상 못 듣겠어."

"그 사람을 도와주세요, 아니면 저라도."

강미현의 얼굴을 내려다본 심재택의 표정이 딱딱하게 굳어졌다. 그녀의 크게 뜬 눈과 조금 벌려진 입술은 조금 전까지만 해도 당당했던 표정과는 전혀 다른 모습이었던 것이다. 강미현이 말을 이었다.

"과장님은 그 사람이 어디에 있는지 아실 것 같다고 생각했어요. 그것만이라도 알려주시면."

심재택이 다시 자리에 앉았다. 그는 이제 조금 여유를 찾아가고 있었다.

"안 됐지만 찾아도 도울 방법이 없어요, 강미현 씨. 나도 솔직히……."

"살아는 있지요?"

"살아있지요, 물론. 쉽게 당할 사람은 아니니까."

"어디에 있어요?"

입맛을 다신 심재택이 한동안 강미현을 바라보더니 입을 열었다.

"파벨이 숨겨주고 있었는데 그곳에서도 떠났습니다."

"……."

"이제 아무도 그의 행적을 아는 사람이 없는 것 같소. 말하자면 완전한 실종 상태요."

점심을 마친 안인석이 마악 자리에 돌아와 앉았을 때 전화벨이 울렸다. 그는 의자에 등을 기대고는 수화기를 들었다.

"여보세요."

"나, 이유미야."

예전에는 '나야' 하면 되었으나 이제는 이름을 말한다. 안인석은 의자에서 등을 떼었으나 선뜻 입이 떼어지지는 않았다.

"안인석 씨 아녜요?"

그녀가 다시 물었다.

"나야."

"지금 바빠?"

"아니, 괜찮아. 그런데 무슨 일이야?"

LA에서 한 달 머물고 온다고 한 것이 석 달 전의 일이다. 그러니 석 달 만에 전화 통화를 하는 셈이었다.

"별일 없나 궁금했어. 그리고 나, 지난 토요일에 약혼했어."

조금 낮은 목소리로 그녀가 말을 이었다.

"그리고 연말쯤에 LA로 가게 될 거야. 그곳 지사를 맡게 되어서."

"……"

"내가 이렇게 전화하는 거 싫어?"

"아니, 그런 건 아니지만……."

안인석이 마른 입술을 혀로 축였다.

"나한테 그런 소식 꼭 알려줄 필요가 있는 거냐? 내 축하를 받아야 마음이 놓여?"

그러자 수화기를 통해 그녀의 낮은 웃음소리가 들려 왔다.

"숨기듯 하기는 싫었어. 그렇다고 축하를 받으리라는 기대도 하지 않았고."

"……."

"당신은 좋은 남자야, 인석 씨. 내가 나빠. 나도 알아. 내 변덕과 허영심."

"어쨌든 잘 살아라."

"그런데 상철 씨는 아직도 실종이야?"

"그래, 나 바쁘니까 이만."

"안 됐어, 그 사람. 그럼, 안녕."

수화기를 내려놓은 안인석은 한동안 앞쪽의 벽을 바라본 채 움직이지 않았다.

"이봐, 안인석 씨. 무슨 생각하고 있는 거야?"

옆으로 다가온 강형문의 목소리에 안인석은 머리를 들었다.

"아닙니다, 잠깐 다른 생각을."

강형문이 테이블에 두 손을 짚고는 그를 내려다보았다.

"여름휴가 못간 것 이제 갈 수 있겠어. 어때? 안인석 씨도 휴가 계획을 내도록 해."

"연말이라 바쁜데 갈 수 있겠습니까?"

"이 사람이 이젠 완전히……."

강형문이 얼굴을 활짝 펴고 웃었다.

"하긴 나도 휴가를 반납했어. 막판에 피치를 올려야 할 것 같아서."

"대리님, 내년에 팀장 되시면 절 데려가 주십시오."

"그거야 여부가 있나? 이제 손발이 맞기 시작하는데."

강형문이 자리로 돌아가자 안인석은 컴퓨터의 키를 눌렀다. 그러나 금방 일을 시작할 수는 없었다.

조금 일찍 회사를 나온 안인석이 박미정의 집에 도착했을 때는 저녁 7시 30분이 되어 있었다. 약속시간에 딱 맞추어 온 것이다. 먼저 와서 기다리고 있던 박미정이 문을 열어주었고 보험회사 중역인 아버지 박남호 씨와 어머니가 그를 맞았다. 50평의 아파트는 잘 꾸며져 있었고 주방에서는 맛있는 냄새가 풍겨 나왔다.

안인석이 저녁도 얻어먹을 겸 부모님께 인사를 하러 가겠다고 진즉부터 졸라왔던 것이다. 인사를 마치고 응접실의 소파에 앉자 박남호 씨가 입을 열었다.

"이야기는 많이 들었어. 고려전자에 다니고 있다고."

반백의 머리에 부드러운 인상의 박남호한테서 오랜 직장생활로 단련된 품위가 풍겨 나왔다.

"예, 작년 말에 입사했습니다."

"미정이하고 같은 부서에서 근무했다니 서로 잘 알겠구먼."

"제가 여러 가지로 도움을 많이 받습니다."

"서로 도와야지."

과일을 깎아온 박미정이 탁자 위에 접시를 내려놓고는 다시 주방으로 돌아갔다.

"참, 부친께서 병원을 하신다면서?"

"예, 영동에서 조그맣게."

"문세 병원이라면 나도 알아."

과일을 집어든 박남호 씨가 얼굴에 웃음을 띠었다.

"자네가 우리 집을 처음 방문한 미정이 남자친구야. 그래서 그런지 내가 관심이 많아."

"영광입니다, 아버님."

안인석은 그의 표정에서 내비치는 호감을 읽을 수 있었다. 주방에서 가끔씩 이쪽을 바라보는 어머니도 마찬가지였다. 저녁을 마친 안인석이 배웅하겠다는 박미정과 함께 아파트를 나온 것은 밤 10시가 넘어서였다.

11월 말이어서 밤공기는 찼고 습기를 띈 바람이 불어오고 있었다. 어깨를 움츠린 박미정이 그의 팔을 끼었다.

"인석 씨 알고 보니 교활해. 엉큼한 데가 있어."

그렇게 말하는 박미정의 목소리는 밝다.

"우리 아버지 어머니가 좋아할 말만 골라서 하고 있더구먼."

안인석이 그녀의 팔을 잡고는 잠자코 옆쪽으로 발길을 돌렸다.

"어디로 가는 거야?"

그러나 앞쪽의 어린이 놀이터가 시선에 들어오자 그녀는 더 이상 묻지 않았다. 그들은 인적이 없는 놀이터의 나무벤치에 나란히 앉았다. 싸늘한 바람이 놀이터를 휩쓸고 지나가자 안인석은 팔을 뻗어 그녀의 어깨를 안았다.

그리고 거침없이 얼굴에 입술이 다가왔지만 박미정은 거부하지 않았다. 두 팔로 안인석의 허리를 안은 그녀는 곧 입을 벌려 그의 혀를 받아들였다. 다시 바람이 그들의 피부를 핥고 지나갔으나 열중한 그들은 아랑곳하지 않았다.

"미치겠어. 널 갖고 싶어서."

잠시 입술을 뗀 안인석이 그녀의 귀를 물며 허덕였다.

"난 너만큼 사랑한 여자가 없어."

그의 한쪽 손은 이미 박미정의 재킷을 젖히고는 젖가슴을 거칠게 어루만지고 있었다. 다시 안인석이 박미정의 혀를 강하게 빨아들였다. 이윽고 박미정의 치마를 젖힌 그의 손이 저항 없이 팬티 속으로 미끄러져 들어와 젖어 있는 부분에 닿았다. 그 순간 박미정은 허리를 틀어 그의 손을 미끄러뜨리고는 얼굴을 뒤로 젖혀 혀를 뺐다.

"이제 그만."

두 손으로 안인석의 가슴을 민 박미정이 가쁜 숨을 고르려는 듯 잠시 어깨를 들먹이며 앉아 있었다. 안인석의 입술이 다시 귀를 물었으므로 박미정은 다시 머리를 젖혀 입술을 피했다. 그러나 이제 안인석은 예전처럼 조급하게 서두르지도 민감하게 반응하지도 않았다.

박미정의 어깨를 안은 채 바람에 흔들리는 그네를 바라보면서 안인석도 숨을 고른다.

"난 행복해. 이렇게 너하고 있는 것이."

다시 박미정의 어깨를 안은 팔에 힘을 주면서 안인석이 말했다.

대답 대신 안인석의 한쪽 가슴에 어깨를 묻은 박미정은 흔들리는 그네에서 시선을 떼지 않았다. 그때에도 저렇게 그네가 흔들리고 있었다는 생각이 들었던 것이다. 그때에도 이렇게 바람이 불었던 것 같다. 박미정은 안인석의 가슴에 안긴 채 한동안 그네만 보았다.

블라디보스토크의 밤, 부두 끝 쪽에 있는 화물 터미널 빌딩은 짙은 어둠에 묻혀 있었다. 항구 안에 떠 있는 수십 척의 화물선들이 제각기 불을 밝히고 있었지만 하늘과 바다가 분간되지 않는 먹물 속 같은 어둠이다. 바람이 세어서 부둣가의 시멘트 방파제를 때리는 파도소리가 컸다. 그 외에 들리는 소리라고는 뒤쪽의 도로를 달리는 희미한 차량들의 엔진소리 뿐이다. 규칙적으로 반복되는 파도소리와 차량들이 내는 미세한 진동 뿐이었던 터미널 빌딩 앞의 정적이 깨진 것은 도로에서 이쪽으로 다가오는 한 대의 승용차 때문이었다.

두 개의 라이트를 강하게 번득이며 달려온 승용차는 빌딩 앞의 공터에 멈췄다. 그러자 어둠에 묻혀 보이지 않던 공터의 한쪽에서 갑자기 두 줄기의 불빛이 번쩍 뻗어 나왔다. 승용차 한 대가 세워져 있었던 것이다. 달려왔던 승용차가 다시 움직여 그쪽으로 다가가 멈춰 섰는데 긴 코트를 입은 한 사람이 내렸다. 그러자 기다리고 있던 차의 뒷좌석 문이 열리더니 사내 한 명이 내렸다. 그 긴 코트를 입은 사람에게 다가가 서자 그들은 차 사이의 공간에 마주보고 있는 자세가 되었다.

"늦었습니다."

긴 코트 차림의 장인규가 말하자 40대의 사내가 날카로운 시선으로 그녀를 바라보았다.

"조심을 많이 하시는군, 장 동무."

"할 수 없지요, 살아남으려면."

얼굴에 웃음을 띤 장인규가 힐끗 옆쪽으로 시선을 주었다. 옆얼굴을 보인 채 앞자리에 앉은 두 사내는 움직이지 않았다. 사내가 입을 열었다.

"평양에서 동무의 해명을 받아들였습니다. 동무는 꽤 친지가 많은 것 같소."

"알고 있었어요. 그 친지들이 미리 알려주어서."

장인규가 사내를 똑바로 바라보았다.

"그리고 당에 기부금을 내야 한다는 조건도 들었습니다. 그런데 그 내역은 말해주지 않더군요."

"동무는 듣던 대로 대단히 도전적이군."

"여자 기준으로 보지 말아요. 난 남자 이상으로 일해 왔습니다."

"50만 달러요. 그리고 동무가 경영하는 무역회사의 소유권을 우리에게 넘기시오."

장인규가 그에게로 머리를 돌렸다.

"회사는 아버지의 전 재산이고 아직 내가 간섭할 수가 없어요. 그건 안 됩니다."

"배신행위에 대한 보상을 이렇게 받는 것도 처음 있는 일이요, 동무. 그만큼 동무에게 관대한 결정을 내렸다는 걸 모릅니까?"

"현금 50만 달러를 만들려면 집과 모든 걸 팔아야 하고 회사까지 처분해야 해요. 그렇게 되면 우린……."

"부자라고 소문이 난 집안이던데… 개혁 이후로 당신 집안은 떼돈을 벌었다고 들었습니다."

"……."

"기간은 열흘이오. 이유야 어떻든 간에 동무의 배신으로 여러 명의 동지가 죽었고 중요한 포로를 탈취 당했소. 이렇게 결정을 내린 조국에 감사해야 될 거요."

"회사를 넘기는 것은 내 힘으로 안 됩니다. 아버지는 아직도 평양에 친구가 많아요. 그들에게 다시 부탁할 기회를 주세요."

그러자 사내가 머리를 끄덕였다.

"부탁하는 것을 우리가 말릴 수는 없지요. 하지만 기간은 열흘로 변함이 없소."

소리 죽여 한숨을 내쉰 장인규가 머리를 끄덕이자 사내는 몸을 돌렸다. 곧 승용차는 요란한 엔진 소리를 내며 그녀의 옆을 스치고 지나갔다. 바닷바람에 머리칼을 날리면서 장인규는 한동안 그 자리에 서 있었다. 잠시 후 어두운 빌딩의 그늘에서 인기척이 나더니 곧 사내 한 명이 다가와 섰다.

"무슨 일 있습니까?"

장신의 사내는 그녀의 아버지 장하연 씨가 보내준 경호원이다. 빌딩에 숨어 들어간 그로부터 이상이 없다는 연락을 받고나서야 이쪽으로 왔기 때문에 약속시간에 늦은 것이다.

"아냐, 어서 집으로."

차 쪽으로 몸을 돌리며 그녀가 말했다. 아버지가 다시 평양의 친지들에게 연락하는 수밖에 다른 방법은 없을 것 같았다.

바 안에 모인 사내들은 대부분이 러시아인들로 동양인은 그들 둘뿐이었다. 동쪽 길의 끝에 세워진 이곳은 간판도 없었지만 사람들에게는 보냐네 집으로 불리는 싸구려 술집이었다. 성한 의자가 별로 없는 술집 안은 20평 정도로 조그마한 규모였지만 손님들은 가득 차 있었고 소음으로 귀가 아플 지경이었다. 김상철과 송길수는 상표도 붙지 않은 보드카 한 병을 놓고 마주앉아 술을 마셨다. 술은 밀주였고 가격도 한 병에 5달러를 받았는데 하바롭스크의 시장에 가면 1달러도 안 될 것이다. 그러나 지독하게 독해서 몇 잔 마시자 머리끝이 당겨왔다. 숨을 멈추고 잔에 든 술을 한 입에 삼킨 송길수가 입을 벌리고는 더운 숨을 뱉어냈다.

"얼마 전에 메틸을 먹고 두 명이 눈이 멀었지요, 서쪽 길의 싸구려 술집이었는데 눈 먼 두 놈하고 술집주인까지 세 놈이 러시아 경찰에 넘겨졌어요. 그 두 놈은 수배자들이어서……."

그는 번들거리는 눈으로 김상철을 바라보았다.

"오늘 저녁에도 수송단 트럭으로 2, 30명이 이곳에 왔어요. 아마 그중에서 90% 이상이 수배자들일 거요."

체격이 우람한 러시아인 두어 명이 그들을 훑어보고 지나갔다. 벌써 몇 번째였지만 이쪽의 받아넘기는 기세에 그냥 지나가고 있다.

"쓰레기 인생들이지. 이곳이 그래도 자유롭다고 찾아오지만 아마 살아나가는 놈은 얼마 안 될 거요."

어깨를 늘어뜨린 그가 탁자를 노려보았다. 이제 열흘 가깝게 같이 붙어 다니고 있었는데 낮에는 술집 공사장에서 일을 하고 밤에는 싸구려 술집을 찾아 술을 마시다가 하룻밤 2달러짜리 합숙소에서 잠을 자는 생활이었다. 머리를 든 송길수가 멍한 시선으로 그를 바라보았다.

"형님이나 나나 여기서 죽으면 안 되는데."

김상철은 그에게 자신도 한국의 기관원을 살해한 혐의를 받고 있다고 말해주었다. 고려의 직원으로 일하다가 하바롭스크에서 살인을 했다고 하자 그는 더 이상 묻지 않았다. 사연은 제각기 길고 나름대로 정당한 이유가 있다는 것을 알고 있기 때문이다.

그리고 제 이야기를 제 입으로 할 때는 느끼지 못하지만 남의 이야기를 들어 줄 때에는 지겹다는 것도 알고 있었으므로 아예 묻지 않는 것이 이곳의 불문율이었다. 그는 며칠 전부터 김상철을 형님이라고 부르고 있었다. 김상철이 술을 입 안에 털어 넣고는 그를 바라보았다.

"술집을 하나 세우자. 여자도 있는 술집을 말이다."

그러자 송길수가 눈을 껌벅이며 물었다.

"돈이 어디 있다고. 형님, 지금 우리가 짓는 최태호의 술집이 얼마가 드는 줄 아시오? 5500달러나 든다고 합디다."

"……"

"거기에다 술 들여 놓고 이것저것 드는 비용이 300달러는 될 거요."

"경비소 허가는 네가 맡아라."

"그거야…… 하지만 형님."

"자재는 수송단에 끼어 싣고 오는 것보다 고려에서 빼내올 수가 있겠더구먼, 최태호의 공사를 보니까."

이제 송길수는 술기운이 달아난 듯 두 눈을 똑바로 뜨고 김상철을 바라보았다.

"형님, 그런데 돈은……."

"내게 3만 달러가 있어."

"……."

"종업원은 수배자 중에서 너하고 내가 하나씩 골라야겠다. 내일부터."

그러자 송길수의 어깨가 점점 펴졌다.

"형님, 정말이요?"

"이곳에서 제일 큰 술집과 색싯집을 만드는 거야. 며칠간 생각한 끝에 결정한 것이다."

"아니, 돈이 정말 있냐고 물었소."

"내가 일당 25달러로 살아가니까 믿기지 않는 모양인데."

김상철이 입은 파카의 가슴을 손바닥으로 쳤다.

"내일부터 시작이다, 어떠냐?"

"하지요, 형님."

송길수가 손을 뻗어 술병을 쥐었다가 놓았다.

"나는 꼭 여기서 어떤 일이 일어날 줄로 믿었소. 이제야 말하지만 말이오."

다음날 아침, 경비소의 변홍근 부소장은 대기실에서 마주앉은 사내를 의심쩍은 얼굴로 바라보고 있었다. 어젯밤에도 여러 명이 잡혀온 모양으로 옆쪽의 유치장에서는 고함소리와 꾸짖는 소리가 떠들썩하게 들려 왔다. 변홍근이 입을 열었다.

"그래, 가게를 연다는 건 좋아. 우리 고려에서는 그것을 제한하고 있지는 않아. 하지만 우선 신고를 해야지."

"예, 그러려고 지금 찾아온 겁니다."

송길수가 공손하게 대답했다.

"규칙은 꼭 지킵니다, 소장님."

"난 부소장이야."

"예, 부소장님."

"그런데 어떤 가게를 짓는다는 거야? 괜히 통나무조각이나 주워 다가 거지 움막 같은 걸 만들게 할 수는 없어. 도시 미관을 해치니까."

"2층 건물로 200평쯤 되는 규모로 짓고 싶은데요, 소장님."

그러자 변홍근이 입을 쩍 벌리고 눈을 둥그렇게 떴다. 마을에서 제일 크다는 크라우프 바도 100평밖에 되지 않는다.

"뭐라고? 200평?"

"예, 아래층은 바로, 2층은 저…… 색싯집으로 만들고 싶습니다만."

"돈은 있어?"

변홍근이 송길수의 아래위를 훑어보았다.

"그게 얼마나 들지 알고 하는 소리야?"

"예, 대충 압니다."

"2만 달러 가깝게 들거야. 모두 합쳐서."

"제 생각도 그렇습니다."

다시 멍한 얼굴로 송길수를 바라보던 변홍근이 의자를 당겨 앉았다.

"당신, 수배자지?"

"예, 소장님. 살인혐의 수배잡니다."

변홍근이 눈을 껌벅이며 그를 바라보았다. 당당한지 바보인지 아직 분간이 안 가는 표정이었다.

"경찰이었는데 부정을 감추려고 절 죽이려는 상관을 쏘고 도망쳐 온 겁니다. 그래서 이곳에 정착하려고."

한동안 그를 바라보던 변홍근이 입을 열었다.

"돈은 충분하단 말이지?"

"예, 소장님."

"매일 밤, 그날 매출액의 10%를 낼 수 있겠지?"

"예? 10%를 말입니까?"

"싫으면 그만두고 일어서서 나가."

그랬다가는 문밖으로 나가기도 전에 유치장에 끌려가 내일쯤이면 러시아 당국에 넘겨질 것이다.

"하지요, 소장님. 내겠습니다. 저는 처음 듣는 말씀이어서."

"당신의 솔직한 점이 마음에 들었어."

변홍근의 얼굴에 웃음이 떠올랐다

"자신을 살인범이라고 대뜸 말한 놈은 한 사람도 없었거든. 모두 금세 밝혀질 것인데도 거짓말을 한단 말이야."

"……"

"자, 그럼, 위치와 자재 이야기를 해야겠군."

다시 의자를 당겨 앉은 변홍근이 생각난 듯 그를 바라보았다.

"우리, 커피 한 잔 할까? 서울산 커피라 질이 아주 좋거든."

"그 자식 덕분에 서울산 커피를 처음 마셔보았소. 아주 씁디다."

송길수가 김상철에게 말했다. 그들은 보냐네 집의 구석자리에 앉아 있었는데 손님 이라고는 대여섯 명 뿐이었다.

그들은 일거리를 못 찾았거나 너무 취해 아직도 몸을 가눌 수 없는 사내들이었다.

"내가 살인범 이라고 털어 놓았더니 안심하는 눈치였습니다. 문제가 생기면 당장에 잡아서 러시아 당국에 넘길 수가 있을 테니까요. 그렇게 되면 가게는 놈들 소유가 되지요."

"크라우프 바도 10% 상납을 하나?"

"그건 자세히 모르지만 아마 그럴 겁니다. 그러니까 그렇게 철저히 봐주고 있지요. 주인은 이르쿠츠크에서 온 조선족이라는데 가게에 잘 나타나지 않습니다."

탁자 위에 보드카 병이 놓여 있었지만 그들은 아직 손도 대지 않았다.

"자재는 모두 그 변가 놈이 대준다고 했소. 아마 고려의 자재창고에서 빼내올 모양입니다."

전혀 다른 사람이 된 것 같은 송길수가 그를 바라보았다.

"형님, 서쪽 끝의 땅을 배정받았습니다. 이제 공사는 당장이라도 시작할 수 있어요."

이곳은 땅값이 없다. 경비소에서 마을 지도에 선을 긋고 떼어 주는 것으로 끝이 나는 것이다.

머리를 끄덕인 김상철이 시계를 내려다보았다. 오전 11시가 되어가고 있었다. 그 순간 가게의 문이 열리더니 한 사내가 들어섰다. 작달막한 키에 다 헤어진 슈바를 땅에 끌리도록 입은 조선족이었다. 그는 곧장 그들에게로 다가오더니 송길수의 옆자리에 털썩 앉았다.

얼굴이 온통 수염으로 덮여 있어서 나이를 짐작할 수 없었지만 송길수의 말을 들으면 20대 후반이라는 것이다.

"인사해라, 김 선생님이시고, 형님, 이 사람이 제가 말씀드린 하용준이오."

김상철이 머리를 끄덕이자 하용준이 그를 똑바로 바라보았다.

"먹고 재워주기만 한다면 무슨 일이든 하지요. 저를 써 주십시오."

"북한군대에서 탈주했다고?"

"예, 양강도 국경 경비대에 있었습니다."

"내가 듣기로는 러시아에서 강도짓을 하다가 체포되었고 거기서 또 탈주했다면서?"

"예, 그래서 이곳으로 온 겁니다."

힐끗 송길수를 바라본 김상철이 다시 물었다. 그로부터 대강 들은 것이다.

"특기가 무엇이야?"

"예, 몸이 빠릅니다. 싸움을 해서 져본 적이 없습니다."

"대개 뒤에서 찌르거나 총을 쏜다면서?"

"허점을 보이는 놈이 지는 거지요."

그러면서 하용준이 옆에 앉은 송길수에게 곱지 않은 시선을 주었다. 한동안 그를 바라보던 김상철이 입을 열었다

"쓰겠다. 하지만 지켜야 할 규칙이 있는 것 알지?"

그러자 하용준이 이를 드러내며 활짝 웃었다.

"압니다, 형님에 대해서는 절대로 발설하지 말 것. 길수한테서 들었습니다."

"그리고 내 뒤를 노리다가는 네 목을 떼어낼 테니까 그것도 명심하고."

하용준의 얼굴이 순식간에 굳어졌다.

"난 신세를 입은 사람을 배신하지 않소. 두고 보시오."

"우선 옷부터 사 입도록 해라. 사람들을 모으려면 그런 꼴로는 안 되겠다."

김상철이 눈짓을 하자 송길수가 주머니에서 1백 달러 지폐 한 장을 꺼내 하용준에게 건네주었다. 두 손으로 그것을 받은 하용준이 김상철을 향해 머리를 숙였다.

"감사합니다, 형님."

"유지노사할린스크에서 온 수배자랍니다. 살인범이라는데요."

코즈모프 바 안에 있는 밀실에서 최태호는 부하의 보고를 받고 있었다. 부하가 말을 이었다.

"서쪽길 끝에 200평 규모로 술집과 색싯집을 짓는다고 했습니다."

그러자 최태호가 쓴웃음을 지었다.

"그놈은 돈을 엄청나게 도둑질해 온 모양이다. 이곳에 그런 돈을 투자하는 걸 보면."

그는 40대 중반으로 반쯤 흰머리칼에 가는 눈매가 날카로운 사내였다.

"어쨌든 고춘식이 그놈, 가게가 생길수록 제 수입이 늘어날 테니까 살인자건 강도건 돈만 가져 오면 영업을 하게 해주는군."

"노동자가 올해 안에 4만 명이 넘게 될 테니 고려숙사 내부의 시설로는 도저히 감당할 수 없지요. 그래서 고려 본부에서도 허락하는 모양입니다."

사내는 코즈모프 바의 지배인이자 최태호의 보좌관인 진남일이다. 그가 한 걸음 앞으로 다가와 섰다.

"오늘 중으로 그놈을 만나는 게 낫지 않겠습니까?"

최태호가 머리를 저었다.

"아니, 지금 당장 그럴 필요는 없다."

그는 의자에 등을 기대고는 담배연기를 앞으로 길게 뿜었다.

"고려측의 허가가 난 이상 가게 짓는 것을 방해한다면 문제가 시끄러워질 것이다. 경비소 놈들이 당장에 눈치를 채게 될 테니까."

"……."

"다 짓고 나서 그놈의 가게를 송두리째 먹어버리도록 하자. 조선족 놈들이니까 방법은 얼마든지 찾을 수가 있을 것이다."

머리를 끄덕인 진남일이 말머리를 돌렸다.

"어제 수송단편에 도착한 보드카 3000병이 아직도 고려의 자재 창고에 있습니다, 사장님."

그러자 최태호가 이맛살을 찌푸렸다.

"그 망할 자식들, 꼭 돈을 받아야 내주는군. 한두 번도 아닌데."

"제가 지금 고춘식한테 6000달러를 전해주고 아예 자재 창고까지 같이 가서 술을 가져오겠습니다."

최태호가 머리를 끄덕이자 진남일은 방을 나갔다. 두 달 전까지만 해도 최태호는 다른 가게 주인처럼 경비소를 통해 물품을 공급받았지만 지금은 다르다.

아예 수송단에 자신들의 물품을 끼워 넣고는 적당한 통과세를 떼고 찾아오는 것이다. 그들이 들여온 술이나 물품들은 고려의 거대한 자재 창고에 입고되었다가 빠져나갔는데 창고 담당과 경비소가 손발을 맞춰 도둑질을 하는 것이었다.

보드카의 경우에는 병당 경비소와 창고가 각각 1달러씩 계산해서 3000병이면 3000달러씩 한 몫에 먹는다.

"도둑놈들."

씹어뱉듯 말한 최태호는 서랍을 열고 조그만 상자를 꺼내 뚜껑을 열었다. 상자 안에는 흰 분말이 곱게 쌓여 있는 것이 보였다. 코카인이다. 그는 아주 작은 스푼을 들더니 한 스푼을 떠서 코에 들이대고 힘껏 들이마셨다. 코카인이나 아편같이 값진 물품은 인편을 통해 들여오므로 돈은 떼이지 않는다. 다른 물품 값을 경비소나 창고의 도둑놈들에게 떼인다고 해도 힘없는 다른 가게 주인들에 비하면 아무것도 아니다.

그는 5달러짜리 고급 보드카를 구입해서는 운반비와 창고, 경비소 몫을 합쳐 병당 8달러 정도에 들여오고 있었다. 그리고 이곳에서 판매 가격은 병당 30달러였다.

그러나 다른 가게는 고춘식한테서 20달러 가까운 가격으로 구입해야만 했으므로 이윤 면에서 엄청난 차이가 나는 것이었다. 머리가 하얗게 맑아지는 기분이 되었으므로 최태호는 의자에 등을 기댄 채 눈을 감았다.

방 안은 담배연기가 자욱했고 역한 술 냄새가 풍겨 나왔지만 조용했다. 가끔 마룻바닥에 부딪치는 발자국 소리와 나무 의자의 삐걱거리는 소리가 날 뿐이다. 그러나 20평 정도의 방에 모여 있는 사람들은 3, 40명이 되었고 그들은 모두 테이블 주위에 몰려서 있었다. 그들이 둘러싸고 있는 것은 마주보고 앉은 두 사내였다.

한 명은 러시아인, 또 다른 한 명은 동양인이다. 갑자기 발자국 소리까지 그친 방 안에 숨소리도 들리지 않는 정적이 흐르더니 러시아인이 권총을 세워들었다. 콜트에 소음기를 낀 볼품없는 모양의 총이었지만 천장에 매달린 가스등 빛을 받아 검은 총신에 윤기가 흘렀다. 그는 천천히 총을 세우더니 총구를 오른쪽 관자놀이에 가져다 댔다. 잿빛 콧수염을 기른 사내의 푸른 눈동자가 조금 초점을 잃는 것같이 보였지만 표정은 변하지 않았다.

이윽고 방아쇠에 걸린 검지에 힘이 주어지더니 노리쇠가 공이를 쳤다. 그러자 철컥하고 쇠가 마주치는 소리가 났다. 그 순간 방안은 터져나갈 것 같은 소음에 휩싸였다. 내기 돈을 올리려고 악을 쓰는 사람과 돈을 넘겨주고 받으며 확인을 하는 통에 의자가 넘어졌고 종이쪽이 흩날렸다. 러시안 룰렛이다. 여섯 발들이 원형탄창에 실탄 한 발을 넣고 번갈아가며 자신의 머리에 대고 쏘는 것이다

잠시 후 소란이 뚝 그치더니 이번에는 동양인이 권총을 쥐었다. 짧게 깎은 머리에 얼굴이 희었으나 두 눈의 흰자위가 충혈 되어 있어서 섬뜩한 느낌을 주는 사내였다. 사내는 권총의 무게를 재듯이 눕혀든 채 위아래로 흔들어 보이면서 주위에 둘러선 군중들을 둘러보았다.

김상철은 그의 시선이 스치고 지나가자 저도 모르게 입맛을 다셨다. 그러자 사내는 총구를 입 안으로 틀어넣고는 손잡이를 탁자 위에 대었다. 머리가 탁자를 향해 숙여진 자세로 그는 엄지손가락을 쭉 펴면서 방

아쇠를 힘껏 눌렀다. 이제 떨컥 소리와 함께 노리쇠가 또 한 번 빈 공이를 쳤다. 김상철은 다시 아수라장이 된 테이블 가에서 벽 쪽으로 물러나왔다. 송길수가 그의 옆으로 다가와 섰다.

"형님, 보기 싫으십니까?"

"저놈은 살아 나와도 쓰고 싶지 않다."

벽에 등을 기댄 김상철이 턱으로 앞쪽을 가리 켰다.

"저런 식으로 제 목숨을 내놓는 놈에게 일을 맡길 수가 없어."

"일이 없었기 때문이요, 형님. 카자흐스탄에서 고아로 자라나 같은 얼굴, 같은 말을 쓰는 사람들을 찾아 시베리아까지 온 놈이오."

그 순간 다시 방 안이 조용해졌고 숨이 멈춘 순간에 다시 쇳소리가 났다. 러시아인이 다시 살아난 것이다. 방 안은 다시 아우성 소리로 덮였다. 판돈이 자꾸 늘어나고 있었으므로 노름꾼들은 반쯤 미치광이가 되어 있었다.

그들은 곧 결말이 오리라는 것을 아는 것이다. 횟수가 늘어날수록 가능성은 급격히 떨어진다.

"저놈은 일거리를 준다고 했더니 마지막으로 운을 시험해보겠다고 했습니다. 그리고 오늘 게임에 이겨야 빚을 갚는다는 겁니다."

방 안이 다시 순식간에 조용해지자 송길수를 바라보던 김상철이 서둘러 테이블로 다가갔다. 발자국 소리가 크게 울렸으므로 몇 사람이 머리를 돌려 그를 흘겨보았다.

"잠깐만 멈춰라."

김상철의 고함소리가 방 안을 울렸다. 사람들을 헤친 김상철이 테이블 옆에 서자 권총의 손잡이를 테이블에 내려놓고 있던 사내가 입을 조금 벌린 모습으로 그를 바라보았다. 그 순간 김상철이 손을 뻗어 사내의 권총을 낚아챘다. 한손에 권총을 세워든 그가 거간꾼을 바라보았다.

"이자한테 걸린 돈이 모두 얼마냐?"

그러자 사내들이 아우성을 쳤다. 그러나 김상철이 권총을 조금 높히자 조용해졌다. 러시아인 거간꾼은 금방 눈치를 채고는 손에 들고 있던 수첩을 슬쩍 보았다.

"모두 855달러."

김상철이 송길수에게로 머리를 돌렸다.

"이 놈에게 돈을 줘라."

한국말이다.

"예, 형님."

주머니에서 지폐를 꺼낸 송길수가 한 뭉치의 돈을 세는 동안 방 안은 다시 조용해졌다.

"이것 보시오."

침묵을 깬 것은 테이블에 앉아 있던 사내다. 그는 핏발 선 눈을 치켜뜨고는 김상철을 올려다보았다.

"내 운은 나쁘지 않습니다. 이 일을 끝내도록 놔두시오."

김상철이 그에게로 몸을 돌렸다. 그리고는 권총의 총구를 그의 이마에다 겨누었다가 직각으로 떨어뜨리고는 테이블을 향해 방아쇠를 당겼다. '퍽' 하는 소리와 함께 테이블 위에 놓여 있던 유리 재떨이가 산산조각이 나며 부서졌다.

"네 목숨은 내가 산 것이다."

눈을 부릅뜬 김상철이 그를 노려보았다.

"일어서서 따라 나와!"

보스들의 결단

"곧 연락을 해준다고 했으니 기다릴 수밖에 없다."

아침 식사를 마치고 숭늉을 마시면서 장하연 씨가 말했다. 그는 이민 2세였지만 1세들이 대부분 사망했으므로 교민 사이에서 원로 대접을 받는다.

"비서국의 박동일 비서는 언제나 당 서열 50위 안에 드는 거물이야. 그자가 대외정보 조사부에 있을 때 나한테 단단히 신세를 졌었다."

장하연이 주름진 얼굴을 들어 장인규를 바라보았다.

"회사는 어떻게든 내가 손을 써서 남겨둘 작정이야. 그러니 걱정 할 것 없다. 그자들은 내 회사에 손을 못 댄다."

장하연 씨는 소련연방 시절에 연해주의 행정관리였고 연방이 러시아 공화국으로 분리되었을 때 퇴직하면서 블라디보스토크의 공공건물 몇 채와 교외의 땅을 불하받고 나온 것이다. 그리고 그것이 사업을 일으킬 밑천이 되었다. 그는 건물 몇 채를 일본 기업에 장기 임대해주고 그 돈으로 자신의 빌딩에 무역회사를 차렸는데 1년 매출이 1000만 달러가 넘는 큰 회사가 되어 있는 것이다.

"아버지 정말 죄송합니다."

장인규가 겨우 입을 열었다. 무남독녀 외딸로 자라면서 모스크바 유학까지 보내준 부모는 이제까지 싫은 소리 한 번 한 적이 없었던 것이다. 그러나 젊은 혈기에 북한의 사업에 뛰어들어서는 결국 집안을 파탄 일보직전까지 만들어 놓았다.

"쓸데없는 소리."

숭늉그릇을 내려놓은 장하연이 그녀를 바라보았다.

"나는 네가 이 일로 마음을 잡고 가업을 하겠다는 것만으로 만족한다. 솔직히 공화국의 사업이라는 것이 마음에 들지 않았었다."

"……."

"내 고향은 황해도 개성이고 네 조상들의 뼈도 그곳에 묻혀 있어. 네 할아버지는 일제 때 고향에서 굶어죽기보다는 넓은 땅에서 죽자 살자 일하면 뭔가 나오겠지 하고 이곳에 오셨다."

벌써 수십 번 들은 이야기였으나 아버지는 이야기할 때마다 감회가 새로운 모양이었다.

"그런데 지금도 우리 고향에서는 동포를 도와야 하지 않느냐며 기부금을 걷어가고 생일 선물로 무엇을 바쳐야 한다. 나는 그자들의 동포 소리는 이제 질려버렸다."

"……."

"조국이라면 우선 자랑스럽게 생각되어야 하고 못살아서 이렇게 조국을 떠난 우리한테 뭔가를 도와줘야지, 안 그러냐? 우리가 그들한테 무슨 빚을 졌단 말이냐? 남조선을 비교해보면 더욱 그렇다. 공화국이 못사는 건 순전히 공산당 때문이다."

"아버지, 이젠 그만하세요."

장인규의 말에 장하연이 얼른 머리를 끄덕였다.

"오냐, 그만두마."

예전 같았으면 부녀간에 한바탕 격론을 벌렸을 테지만 잠자코 있는 장인규가 마음에 걸린 것이다. 그가 식탁에서 일어섰다.

"그럼, 난 회사에 나가보겠다. 오늘 낼 사이로 박 비서한테서 연락이 올 것이야."

현관까지 아버지를 배웅하고 돌아온 장인규는 어머니와 설거지를 했다. 어머니는 전형적인 한국여인으로 남편에게 순종하고 20여 년 동안 시부모의 제사를 정성껏 지내며 자식 뒷바라지에 헌신해 왔다. 오랜만에 딸자식이 집에 머물러 있게 되자 어머니는 말이 많아졌고 얼굴에 웃음기가 배어 있었다. 설거지를 마친 장인규가 어머니의 어깨를 주무르며 이야기를 하고 있는데 현관문이 거칠게 열리는 소리가 났다.

그리고는 곧 방문이 활짝 열리더니 아버지의 경호원 서규환이 들어섰다. 그는 눈을 찢어질 듯이 올려 뜨고 있었다.

"사고가 났습니다."

그는 온몸을 굳히고 있는 두 여자들을 향해 다시 외치듯이 말했다.

"사장님이 강도의 총에 맞아 돌아가셨습니다."

12월 중순이 가까워지자 팀과 조의 실적에 대한 윤곽이 드러났다. 엄기호 과장이 이끄는 구주팀은 목표대비 95%를 달성하는 좋은 실적이었고 강형문 대리의 조는 130%였다. 그야말로 발군의 실적을 올린 것이었다. 그 주요 원인은 물론 내년에 가져가겠다는 바이어에게 재고 부담금을 이쪽에서 지불하는 조건으로 수출한 금액이 꽤 되었기 때문이다. 강대리가 내년에 새로운 팀장이 되는 것은 거의 확정적이었다. 월초부터 중역실과 인사부에서는 내년의 조직체제에 대한 작업에 들어갔고 각 부와 팀별 올해 확정 실적이 나오는 12월 하순에 조직개편안이 만들어질 것이었다. 그렇게 되어야 내년 초에 새로운 팀이나 조가 발표되면서 승진인사가 있게 된다. 강 대리는 엊그제 올해의 예상실적과 내년의 계획안을 중역실에 제출한 후부터 탈진한 사람처럼 보였다. 갑자기 5년 정도는 늙은 얼굴이 되어서는 휘청거리며 걷고 멍한 표정으로 책상에 앉아 있다가 가끔씩은 졸기도 했다.

과장진급에 팀장이 된다는 것은 고려그룹 안에서는 군대의 독립연대와 연대장에 비유되는 것이다. 팀별 독립채산제 방식으로 운영되는 고려전자에서 팀장은 팀의 예산에 대한 전결권을 갖고 있어서 어지간한 중소기업의 경영자 역할을 한다. 점심시간이 지난 오후 2시경, 안인석이 다가갔을 때에도 강형문은 책상에 앉아 끄덕이며 졸고 있었다.

"대리님."

안인석이 부르자 그는 깜짝 놀라 눈을 떴다.

"응, 무슨 일이야?"

"한 대리님 조에서 올해 실적에 350만 달러를 추가시켰습니다."

옆자리에 앉으며 그가 낮게 말하자 강형문의 얼굴이 금방 팽팽하게 긴장되었다. 한남석 대리는 미주팀 소속이어서 이쪽과는 팀이 다르지만 그도 입사 8년으로 내년에 팀장을 바라보고 있는 것이다. 구주팀 내에서 강형문의 경쟁상대가 될 조장은 없었지만 미주팀은 시장도 컸고 조장들의 기가 세었다.

"그 새끼, 다른 조장의 실적을 가져간 것 아냐? 내가 뻔히 아는데."

강형문이 입술만을 들썩이며 말했다. 팀에도 티오가 있어서 부에서 두 개의 팀을 증설시킬 수는 없다. 한남석 대리의 조 실적은 3200만 달러로 목표대비 98%였는데 그것도 당겨 선적한 것까지 합한 실적이라는 것을 강형문은 알고 있었다. 그러나 350만 달러가 추가되면 실적은 100%가 훨씬 넘는다.

강형문이 안인석을 바라보았다. 이제 믿고 의지하는 동료를 바라보는 시선이다.

"미주팀에 안인석 씨 동기들이 있지? 알아 봐, 어느 조에서 실적을 돌렸는지. 한남석을 키우려고 실적 미달인 다른 조의 실적을 팀장이 돌려준 것이 틀림없어."

"알았습니다. 하지만 그래도 겨우 100% 넘는데, 우린 130%란 말씀입니다."

"그놈들은 마진이 높아. 40% 가깝게 된단 말이다. 우리보다 7, 8% 높으니 평가점수가 비슷하게 될지도 모른다."

"알아보겠습니다."

"고맙다, 안인석 씨."

강형문이 일어서는 안인석의 어깨를 가볍게 쳤다.

"너 밖에 없다."

퇴근시간이 조금 늦었으므로 안인석이 강남 대로변의 커피숍에 들어섰을 때는 저녁 8시 10분이었다. 캐럴이 울리는 커피숍 안의 분위기는 밝아보였고 안쪽에 앉아 있다가 그를 향해 손을 든 박미정의 표정도 밝다.

"저 캐럴을 지금 여섯 번째 듣고 있는 중이야."

앞자리에 안인석이 앉자 그녀가 눈으로 천장의 스피커를 가리켰다.

"속이 거북해서 토할 것 같아."

그러자 안인석이 웃었다.

"잘 됐다. 그것은 술로 풀어야지."

종업원에게 커피를 시키고 나자 안인석이 생각난 듯 주머니에서 조그만 상자를 꺼내었다.

"선물이야."

눈을 동그랗게 뜬 박미정이 상자를 받았다.

"갑자기 무슨 선물?"

"이유야 얼마든지 있지, 크리스마스 선물이래도 좋고, 네 부모님한테서 합격점을 받았다는 기념이라고 해도 좋아."

"누가 그래? 합격점이라고?"

"며칠 전에 너 없을 때 집에 전화했더니 어머니가 자주 놀러 오라고 하셨어."

"……."

"아버지도 날 좋아하신다고 했고."

안인석을 흘겨본 박미정이 포장지를 벗겨내고는 벨벳 천에 덮인 상자의 뚜껑을 열었다. 그 순간 박미정의 두 눈이 크게 떠졌다.

상자 안에 든 것은 목걸이였다.

"예쁘다."

그녀는 불빛을 받아 반짝이는 금목걸이를 집어 들었다. 두 눈가가 발그레해졌고 어느덧 입술에는 웃음이 떠올라 있다.

"정말 예뻐."

"마음에 들어?"

"응, 정말"

박미정이 머리를 들어 그를 바라보았다.

"고마워, 인석 씨."

"고맙긴 뭘, 쑥스럽게."

캐럴이 다시 흘러나왔으나 박미정은 이제 귀에 들어오지 않는 모양이었다.

저녁을 마친 그들은 영동 시가지가 내려다보이는 타운 호텔의 스카이

라운지에 올랐다. 성탄일을 일주일 앞둔 때여서 곳곳에 세워진 붉은 십자가와 트리가 밤하늘을 밝히고 있다.

이윽고 박미정이 창에서 시선을 뗀다.

"대전에 요즘 안 갔지?"

안주를 씹던 안인석이 입놀림을 멈추고는 머리를 끄덕였다.

"가만 생각해 보니까 자주 가는 것도 좋지 않을 것 같아서, 상처만 건드릴 것 같다는 생각이 들어."

"……."

"그런데 왜 갑자기 그걸 묻는 거야?"

"갑자기 생각이 나서."

이번에는 안인석이 창밖으로 시선을 주었다. 이제까지 김상철의 이야기를 꺼내는 것은 금기사항이었지만 항상 그의 잔영이 머릿속에 남아 있다는 것을 서로 잘 알고 있는 것이다.

박미정이 입을 열었다.

"얼마 전까지만 해도 그 사람에 관련된 이야기는 입에 담기도 두려웠어. 지금도 조금 억지를 써서 말을 꺼냈지만."

"……."

"이젠 받아들이고 지나가야 할 것 같아서."

"시간이 해결해 주는 거야."

안인석이 양주를 입 안에 털어 넣었다.

"억지 쓸 것도, 그렇다고 감출 필요도 없어."

술잔을 내려놓은 그가 박미정을 똑바로 바라보았다.

"나는 너를 위해서는 무슨 일이든 할 거야, 네 행복을 위해서는. 그놈한테 빚진 기분이 언제 가실지 알 수 없지만 그렇다고 너를 놓칠 수는 없어."

"그렇게 거창하게 이야기 안 해도 돼, 나는 지금 행복하니까."
얼굴에 웃음을 띠운 박미정이 그의 시선을 받았다.
"그리고 나도 놓치기 싫어."

응접실로 들어선 파벨은 긴장한 표정이었다. 파벨은 양복에 넥타이를 단정하게 맨 차림으로 가슴 호주머니에 찔러 넣은 손수건이 양복 색깔과 어 울렸다.
"기다리게 해서 미안합니다."
그가 영어로 정중히 말하자 자리에서 일어서 있던 강미현이 가볍게 머리를 숙였다.
"아닙니다. 제가 갑자기 찾아와서 놀라셨을 것 같네요."
"과연 그렇소."
입술 끝으로 희미하게 웃은 그가 강미현에게 자리를 권하고는 소파에 앉았다. 아침 10시였으니 강미현이 그의 첫 손님인 셈이었다. 아침 9시 30분에 그가 본부로 사용하고 있는 블라디보스토크의 유니온 빌딩에 출근했을 때 비서가 전해준 메모를 읽고는 머리를 기울였다. 고려그룹 강 회장의 손녀가 비밀리에 만나고 싶다는 전갈이었으니 그럴 법도 했던 것이다. 건장한 러시아인이 응접실로 들어서서 그들 앞에 커피 잔을 내려놓고 돌아가자 파벨이 입을 열었다.
"강 회장의 손녀가 있다는 것은 나도 오늘 처음 알았지요. 당신의 메모를 받고 서둘러서 확인을 했습니다."
그는 강미현의 얼굴을 찬찬히 보았다.
"팩스로 받아본 사진보다 더 미인이시군요, 강미현 씨."
"만나주셔서 고맙습니다, 파벨 씨."
"고려와 우리는 협력관계에 있습니다. 그런데 날 비밀리에 만날만한 무슨 이유가 있습니까?"

"김상철 씨 때문에요."

그러자 부드러워졌던 파벨의 얼굴이 다시 굳어졌다. 그는 머리를 한쪽으로 기울이며 물었다.

"김상철 씨 때문이라니? 자세히 말씀해주시오."

"그 사람의 행방을 알고 싶어서 찾아왔어요."

"그가 나한테 있다는 이야기는 누구한테 들었습니까?"

"국정원 수사관한테서 들었습니다."

"……"

"이것은 개인적인 일입니다. 나하고 김상철 씨 둘 사이의 일이지 회사와는 상관이 없습니다. 그래서 비밀리에 만나자고 말씀을 드렸어요."

"……"

"나중에 아시게 되겠지만 저는 일본에 다녀오겠다고 하고는 이곳에 왔어요. 할아버지나 아버지는 제가 이곳에 온 줄 모르십니다."

"나는 아직 무슨 영문인지 모르겠는데, 회장의 손녀가 이렇게 나서는 이유를."

"부탁합니다. 저는 지금 모든 위험을 무릅쓰고 왔어요."

그러자 숨을 들이마신 파벨이 의자에 등을 기대고는 천천히 내뿜었다.

"김상철은 내가 제공해준 은신처에 머물다가 갑자기 종적을 감추었소. 지금 나도 그가 어디에 있는지를 모릅니다."

"왜 그랬지요?"

눈을 반짝이며 강미현이 묻자 그는 머리를 저었다.

"잘 모르겠소. 하지만 나하고 같이 있기에도 불안했던 모양이오."

"……"

"참, 하바롭스크의 한 이사는 당신이 날 만나는 걸 압니까?"

"모릅니다."

"그가 김상철을 찾고 있다는 것은 알고 계시겠지요?"

"아마 그렇겠지요."

강미현이 무릎 위에 두 손을 얹고는 파벨을 바라보았다.

"파벨 씨, 그를 찾아주시지 않겠어요? 이건 제 개인적인 부탁입니다."

그러자 파벨이 이를 보이며 웃었다.

"개인적이라고 자꾸 말하지만 당신은 고려그룹의 후계자중의 하나요. 강 회장의 손녀란 말이오. 이것은 결코 개인적인 일로 끝날 일이 아닙니다."

"……"

"한 이사는 김상철의 소재를 알면 즉시 알려달라는 요청을 해오고 있소. 난 고려와의 협력 관계를 깨뜨릴 수가 없습니다."

"고려그룹이 이제 상철 씨를 위해 해줄 일은 없어요. 그건 제가 잘 압니다."

잠깐 아랫입술을 물었던 그녀가 말을 이었다.

"파벨 씨도 잘 알고 계실 거예요. 그 사람의 현재 상황을."

"……"

"그리고 상철 씨에 관해서는 고려와의 협력 관계까지 염려하실 것은 없습니다. 문제가 생기면 내가 책임 질 테니까요."

파벨이 눈을 깜박이며 그녀를 바라보았으나 입을 열지는 않았다. 강미현이 말을 이었다.

"이제까지 상철 씨가 당신을 의지해 왔다는 것을 알고 있습니다. 그러다가 아마 고려 쪽에서 압력을 넣자 떠난 것이겠지요. 그런데 가끔 실무자가 회사를 위한다는 명분하에 과잉 반응을 하는 경우가 있습니다. 예를 들면 하바롭스크의 한 이사 같은 경웁니다."

"……."

"그 사람은 시키지도 않은 일을 했습니다. 고려는 목숨을 바쳐 일한 직원을 그런 식으로 배신하는 회사가 아니에요."

핸드백을 열고 손수건을 꺼낸 강미현이 얼굴을 가볍게 눌러 닦았다.

"어쨌든 이런 상황이 된 것도 고려의 책임입니다. 그래서 저라도 개인적으로 그를 만나 돕고 싶어요. 저는 나중에 할아버지께 당당히 말씀드릴 수가 있습니다. 비록 지금은 비밀리에 저 혼자 나서고 있지만."

"잘 알았소, 강미현 씨."

파벨이 낮은 목소리로 말했다.

"이해가 갑니다, 어느 정도는."

머리를 든 강미현이 그를 바라보았다.

"저는 그를 사랑하고 있습니다. 그러면 모두 이해하실 수 있겠지요?"

"짐작하고 있었소."

이제 파벨이 이를 드러내며 웃었다.

"하지만 직접 말로 들으니 해답이 되었습니다."

밤 11시가 가까워지자 부둣가 상점들의 불빛이 대부분 꺼졌다. 아침부터 내리기 시작했던 눈은 저녁 무렵이 되어서야 그쳤지만 이제는 칼끝 같은 바람이 불어왔다. 쌓였던 눈이 바람결을 타고 빈 거리를 훑고 지나면서 눈가루를 뿌렸다. 부두의 여객터미널 앞에 있는 러시아 바는 이미 문을 닫은 지 오래여서 나무문이 굳게 닫혀져 있었다. 바 앞의 길가에 세워진 승용차도 눈을 잔뜩 뒤집어쓰고 있어서 마치 치우다만 쓰레기더미처럼 보였다.

11시 정각이 되었을 때 차량의 왕래도 인적도 없는 거리를 승용차 한 대가 질주해오더니 바 앞에서 멈추었다.

그 순간 눈을 뒤집어쓴 승용차의 문이 열리더니 두 사내가 재빠른 동작으로 나왔다. 그들이 멈춰 선 승용차로 다가가자 슈바 차림의 장인규가 가방을 들고 차에서 내렸다. 사내 한 명이 장인규의 얼굴을 확인하더니 앞장을 서서 바로 다가갔다. 그가 문을 두드리자 곧 문이 열렸고 장인규가 안으로 들어섰다.

"어서 오시오, 장 동무."

그렇게 말한 것은 비어 있는 바의 한복판에 둘러앉아 있던 사내중의 한 명이다.

"약속시간에 정확하게 맞추셨군, 오늘은."

잠자코 그들에게 다가간 장인규는 가방을 테이블 위에 놓고는 빈자리에 앉았다. 사내가 다시 입을 열었다.

"장 동무, 부친의 사고는 정말 유감이오."

장인규가 말없이 머리를 조금 숙여보였다. 테이블에 둘러앉은 사내는 모두 네 명이었으나 입을 여는 것은 좌상격인 박대일이다. 그는 열흘 전에 화물터미널 빌딩 앞에서 만난 사내로 해외특수사업반 소속의 간부였다. 장인규가 손을 뻗어 테이블 위에 놓인 가방을 열었다.

"서류 준비해 왔습니다. 우리 쪽 서명은 했으니 내일 선생께서 시청에 접수시키면 됩니다."

장인규는 한 묶음의 서류를 꺼내 박대일에게 넘겨주었다.

"그리고 50만 달러는 며칠 더 시간을 주시지요. 아직 돈을 채우지 못했습니다."

서류를 받아 옆 사내에게 넘긴 박대일이 머리를 한쪽으로 기울였다.

"알고 있어요. 건물 두 동을 40만 달러를 받고 파벨에게 넘기셨더군."

"남은 것은 살고 있는 집인데 아직 정리가 덜 됐어요. 정리되는 대로 팔 생각입니다."

"서두르시오. 동무 때문에 난 평양으로 돌아가지 못하고 이곳에 머물고 있습니다."

"3, 4일 후에는 채워질 수 있지만 40만 달러를 먼저 받으신다면 내일이라도……."

그러자 박대일이 머리를 저었다.

"아니, 한몫에 주시오. 이렇게 자주 만나기도 싫으니까."

가방의 뚜껑을 덮은 장인규가 주위 사내들을 둘러보고는 자리에서 일어섰다.

"그럼, 나흘 후에 연락을 주세요."

"알았소. 나흘 후에."

따라 일어선 박대일이 그녀에게 손을 내밀었다.

"동무는 운이 좋은 줄로 아시오. 이렇게 관대한 처벌을 받는 것은 모두 돌아가신 동무의 부친 덕이었습니다."

"알고 있습니다."

그와 악수를 나눈 장인규는 발자국 소리를 내며 문으로 다가갔다. 문 앞에 서 있던 사내가 문을 열어주자 찬바람이 휘몰려 들어오면서 곧 그녀 앞에 사내 하나가 바짝 다가섰다. 장인규는 그를 향해 손을 벌렸다. 그 손에 묵직한 권총이 쥐어졌고 그 순간 그녀는 몸을 돌렸다.

"타타타타타타!"

그녀와 함께 다시 방 안으로 들어선 서규환이 방 안의 사내들을 향해 칼라시니코프 자동소총을 쏘아댔다. 먼저 문 앞에 서 있던 사내가 두 손을 휘저으며 쓰러졌고 테이블에 둘러앉아 있던 사내들이 황급히 몸을 피하려고 하는 바람에 실내는 아수라장이 되었다. 장인규는 표정 없는 얼굴로 권총을 똑바로 겨누고는 방아쇠를 당겼다.

"탕, 탕, 탕!"

첫 번째 과녁은 박대일이다. 그는 테이블 밑에 엎드려 있다가 얼굴에 총을 맞고 뒤로 벌렁 넘어졌다.

"타타타타타타!"

다시 서규환이 쏘아대자 사내들이 바닥으로 나뒹굴었다. 그중 한두 명이 권총을 드는 민첩함을 보였지만 선수를 친 것은 이쪽이다. 미처 방아쇠를 당겨보지도 못하고 그들은 온몸이 벌집이 되었다.

"탕, 탕, 탕, 탕!"

기관총에 맞고 이미 움직이지 않는 사내들을 향해 장인규는 다시 한 발씩 정확하게 쏘아댔다. 서규환이 테이블로 뛰어가 흐트러진 서류를 쓸어 담고는 그녀에게로 다가왔다.

"가십시다."

그들은 눈바람이 휘날리는 밖으로 나와 바의 문을 닫았다. 눈에 쌓인 승용차의 창밖으로 사람의 팔 한 쪽이 늘어져 있는 것이 보였다. 장인규는 손을 뻗어 사내의 늘어진 손을 차 안으로 던져 넣고는 자신이 타고 온 승용차로 다가갔다.

문이 열리자 눈보라가 휘몰려 들어와 탁자 위의 종이들을 날렸다. 밖에 나갔던 송길수와 하용준이 들어온 것이다.

그들은 슈바의 묻은 눈을 털면서 페치카 옆으로 다가왔다.

"형님, 자재는 모두 내려놓고 왔습니다."

송길수가 페치카 옆에 앉은 김상철에게 말했다.

"변홍근이한테 잔금을 치렀습니다."

"날씨가 이런데, 내일 공사를 할 수 있을까?"

김상철이 묻자 송길수가 눈썹에서 녹아내리는 얼음물을 손끝으로 씻어내며 말했다.

"내부 공사는 할 수 있지요, 인부들은 일당 때문이라도 일하려고 할 테니까요."

공사는 이제 2주일 후면 끝날 예정이었고 개업식이건 뭐건 생략하고 바로 영업에 들어갈 계획이었다. 공사자재는 기둥에서 판자는 말할 것도 없고 망치와 못, 톱 등 연장에 이르기까지 모두 고려의 자재 창고에서 들여왔는데 그래도 사람 눈이 걸리는지 운반은 밤에 하는 것이다. 김상철이 주위에 둘러앉은 사내들을 바라보았다.

"그럼, 난 계획대로 러시아에 다녀오겠다."

"아마 형님이 돌아오실 때쯤이면 나파스 클럽은 완공이 되어 있을 겁니다."

"그래야지요. 그러지 못했다가는 여자들을 재울 데가 없거든요."

하용준이 그의 말을 받았다. 김상철은 내일 돌아가는 수송단의 트럭을 타고 하바롭스크로 떠나는 것이다. 그는 20일 예정으로 그곳에서 여자를 모아올 계획이었는데 동행하는 것은 러시안 룰렛에서 입에 총구를 넣던 이한이다.

"이곳 걱정은 하지 않으셔도 됩니다, 형님. 가게의 허가도 정식으로 받았고 경비소와의 관계도 최상입니다. 다만 최태호가 잠자코 있는 것이 신경이 쓰이긴 하지만 방심하지 않겠습니다."

송길수가 차분하게 말했다. 20여 일 동안 그는 거의 잠도 제대로 자지 못하면서 공사를 해왔지만 얼굴에는 활기가 가득했다.

그는 이제 이곳에서 새생활을 시작하기로 결심을 굳힌 것이다. 방문이 열리더니 눈보라와 함께 집주인인 보냐가 들어섰다. 그들은 보냐네 집의 뒤채를 임시거처로 삼아 빌려 쓰고 있는 중이었다.

50대의 털보인 보냐가 얼굴에 묻은 눈을 손바닥으로 훑어 내리며 그들을 바라보았다.

"일제검문이야. 곧 이곳으로 경비소 놈들이 들이닥칠 거야."

그가 서두르듯 말하면서 턱으로 문 쪽을 가리켰다.

"잠깐 벌판으로 나가 있든지 하라고, 재수 없으면 잡혀, 어서!"

사내들의 시선이 일제히 김상철에게로 모아졌다. 그의 말대로 방 안의 모두는 수배자 신분이어서 끌고 가면 그만인 것이다. 그들 중에 정식으로 허가를 받은 사람은 송길수 밖에 없다.

"여기서 기다려, 나갈 것 없다."

김상철이 말하자 잠깐 그를 바라보았던 송길수가 보냐에게 물었다.

"책임자가 누구야?"

"소장이 직접 왔어."

다시 김상철에게 시선을 주었던 송길수가 알았다는 듯 머리를 끄덕이자 보냐는 허둥거리며 문을 열고 나갔다.

그가 나간 지 1분도 안 되었을 때다. 문이 왈칵 열리면서 대여섯 명의 사내들이 방 안으로 쏟아져 들어왔는데 앞장을 선 것은 고춘식 소장이다. 그는 허리에 두 손을 얹고는 방 안의 사내들을 훑어보았다.

그의 주위로 경비원들이 늘어섰는데 가슴에 고려 마크를 붙인 제복 차림에다 모두 벨트에는 권총을 찼다.

"처음 보는 인간들이 많군."

훑어가던 고춘식의 시선이 김상철에게서 멈추었다.

"너도 조선족인가?"

그가 턱으로 김상철을 가리키며 물었다.

"예, 소장님."

그러면서 나선 것은 송길수였다. 그는 공사관계로 몇 번 고춘식을 만나 안면이 있다.

"제가 유지노사할린스크에서 불러온 친굽니다, 학교 선생이었는데."

"너한테 묻지 않았어."

그의 말을 자른 고춘식이 일어서 있는 김상철의 앞으로 한 걸음 다가섰다.

"너도 수배자냐? 솔직히 말해."

"예, 소장님."

김상철이 머리를 숙였다.

"공금횡령입니다, 소장님."

"이름이 뭐야? 컴퓨터로 두드리면 금방 밝혀지니까 바른 대로 말해."

"양흥만입니다, 소장님."

경비원 하나가 수첩을 꺼내 그의 이름을 적었다. 송길수가 앞으로 한 걸음 나섰다.

"진즉 인사를 드렸어야 했는데 이 친구가 몸이 아파서…… 부소장님께는 미리 말씀을 드렸었지요, 제 동업자라고."

"횡령한 공금이 얼마나 돼?"

송길수의 말을 귓가로 흘리며 고춘식이 다그치듯 묻자 김상철이 손으로 뒷머리를 긁었다.

"미화로 2만 달러 쯤 됩니다요."

"흥, 그 돈으로 이곳에서 장사를 할 모양이구만."

그는 몸을 돌려 하용준과 이한을 훑어보더니 송길수에게로 돌아섰다.

"이 봐, 명심해둬. 나는 당장이라도 너희들을 러시아 당국에 넘길 수 있다는 것을 말이야. 규칙에 어긋나는 짓을 하면 그날로 장사고 뭐고 끝이다, 알아?"

"알고 있습니다, 소장님."

"벌써 서른 명 가깝게 잡아놨으니 오늘밤은 이것저것 따지지 않겠다."

고춘식이 발을 돌리자 경비원들도 그를 따라 썰물이 빠지듯 방을 나갔다.

"저놈 숨통을 오늘 밤이라도 끊어놓을 수가 있는데……."

눈을 치켜뜬 하용준이 송길수를 바라보았다.

"그, 양흥만이라는 자, 괜찮은 거냐?"

그러자 송길수가 얼굴에 웃음을 띠었다.

"내가 양흥만을 담당했던 경찰이야. 걱정할 것 없다. 컴퓨터 기록과 형님의 인상착의도 비슷하니까."

그들의 말을 들으며 김상철은 보드카 잔을 쥐었다.

그가 걱정했던 것은 그와 함께 교육을 받은 경비요원들을 만나는 것이었다. 그러나 고춘식이나 변홍근 등은 그가 모르는 사람들이었고 방 안에 있던 경비원들도 모두 처음 보는 얼굴이었다. 아마 그들은 숙사나 유전, 또는 다른 중요한 곳에 배치되어 있는 모양이었다.

그는 한입에 보드카를 털어 넣고는 버릇처럼 코밑수염을 쓸었다. 이제 코밑과 턱수염이 짙게 자라나 있었는데 그것도 얼굴을 가리기 위한 위장 때문이었다.

눈보라가 그친 아침 하늘은 티 한 점 없이 맑았다. 파란 하늘과 맞닿은 지평선 위로 검은 점 서너 개가 보였다가 사라지곤 하는 것은 수송 트럭의 대열 때문이다. 고려시는 이제 골격을 갖춰 가고 있었다. 우선 사변이 10킬로미터인 정사각형의 면적 위에 중심 부분에는 시청 건물을 세우고 시청에서 팔방으로 폭이 100미터가 되는 대로가 뻗어나간다.

그것은 마치 태양을 중심으로 빛살이 뻗어나가는 모양이 되었고 파리의 샤를 드골 에투알 광장에서 뻗어나간 12개의 방사선 거리와 비슷했지만 더 넓고 길었다.

이대각은 손바닥으로 햇살의 반사광을 가리고는 광장의 한복판에 서 있었다. 그의 뒤쪽으로 시청 건물의 공사가 진행 중이었으므로 요란한 크레인의 엔진음과 쇠가 부딪치는 소리, 트럭에서 자갈이 쏟아지는 소리들이 귀를 울렸다.

이윽고 그는 눈 위에서 손을 내렸다. 직선도로를 달려 온 지프가 가까이 다가왔기 때문이다. 지프가 그의 앞에서 멈추고 관리이사 조성욱이 내렸다.

직급은 같지만 조성욱이 그보다 4, 5년 더 고참이다.

"이봐, 이 이사, 노보시크 현장에서 200명을 이쪽으로 돌렸어, 한 시간쯤 후에 도착할 거야."

육중한 체격의 그가 소리치듯 말하며 다가와 서자 이대각이 머리를 끄덕였다.

"고맙소, 조 이사. 그런데 철근은 언제 도착하는 거요?"

"이틀 후야. 눈 때문에 수송단이 그로발 지점에서 발이 묶이는 바람에 늦었어."

그는 사람 좋아 보이는 얼굴을 찡그리며 하늘을 올려다보았다.

"내가 이제 기상학자가 다 되었어. 러시아 기상청 놈들의 예보보다 내가 예측하는 것이 더 정확하다니까."

"조 이사도 추운데 와서 고생이오."

"그나저나 자재 도둑놈들 때문에 골치가 아파 죽겠어."

그들은 철근빔 위에 나란히 앉았다.

햇살이 비치는 맑은 날씨여서 그들은 작업 파카의 단추를 풀어 제친 차림을 하고 있었다.

"자재가 유출되는 것 같은데 꼬리를 잡을 수가 없단 말이야."

이대각이 머리를 끄덕였다.

"나도 그 소문을 들은 것 같은데 마을로 빠져나간다면서요?"

"그 마을에 가보면 세워놓은 가게들은 모두 우리 자재로 만든 것이라니까. 그것을 보면 열통이 터져."

그는 가래를 긁어모아 땅에 뱉었다.

"장부상으로 조사를 하면 컴퓨터상으로는 입출 내역이 딱 들어맞게 찍혀져 나오지만 재고 파악을 할 수가 있어야지, 환장을 할 지경이야."

축구장 크기의 다섯 배보다 큰 자재창고가 일곱 개가 되는데다가 하루의 입출 물량이 트럭 100여 대분이다. 제 아무리 컴퓨터로 재고를 파악해둔다고 해도 재고 파악은 사람이 직접 해야만 했다.

"그런데 참, 이곳이 완공되면 마을을 없앤다는데, 그거 사실이야?"

"글쎄, 그건 단장하고 그 윗선에서 결정할 문제라서 난 모르겠어."

"아예 그렇게 하는 것이 낫지 않을까 싶은데, 그렇지 않으면 아예 우리가 그런 술집들도 운영해 버리든지 말이야."

그러자 이대각이 쓴웃음을 지었다.

"조 이사는 가끔 억지소리를 하시더구면. 그랬다가는 이 땅에 기어들어올 사람이 노동자밖에 더 있겠소? 마을 같은 것은 자연 발생적으로 세워지게 내버려 두는 거요. 그것까지 막았다가는 이주해올 사람이 없어."

"하긴 그렇지만."

"내 생각이지만 마을은 그대로 번창하게 둘 것 같아요. 단장은 그럴 생각인 것 같습니다."

"그런데 자재가 문제야."

"혹시 경비소 놈들과 짜고 빼돌리는 게 아닐까요? 그런 소문을 들었는데."

이대각은 현장 책임자여서 현장 노동자들과 접할 기회가 누구보다 많은 것이다. 따라서 그들의 생활과 주변 환경에 대한 정보는 누구보다도 빠른 편이었다. 조성욱이 찌푸린 얼굴로 머리를 끄덕였다.

"그럴 가능성도 있어. 그래서 정보원을 몇 놈 심어놓았는데 만일 증거만 잡힌다면 눈 속에다 묻어 놓을 거야, 어떤 놈이건."

"그나저나 언제 나하고 색싯집이나 갑시다. 곧 마을에 꽤 큰 색싯집이 개업한다던데."

"이 이사가 산다면 가지. 난 월급에다 수당까지 모두 서울로 보내야 되는 판이라 주머니가 비었어."

"이 양반 알고 보니 지독하네. 그럼, 여기선 뭐로 먹고 산다는 말이오.

"숙사밥이지. 돈 들게 뭐 있어?"

그는 빔에서 엉덩이를 들고 일어섰다.

"6개월이 넘었는데 아직도 공치고 있어. 돈도 없지만 그놈의 마을에 내 자재가 덮인 걸 보면 속이 뒤집혀서 가기가 싫었거든."

하바롭스크를 출발한 러시아호는 쾌속으로 블라디보스토크을 향해 남하하고 있었다. 임차지의 마을을 떠난 지 일주일째 되는 날 오후였다. 비킨과 야만을 거친 기차는 우스티스크로 접근하고 있는 중이었다.

이제 3시간 후면 15시간의 기차여행도 끝이 난다. 4인승 컴파트먼트에는 그들 두 사람뿐이었으므로 김상철은 모처럼 긴 잠을 달게 잘 수 있었다. 객실 안은 따뜻해서 그와 이한은 겉옷을 벗은 차림이었다.

"블라디보스토크에 한번 가본 적이 있습니다. 한 달쯤 있다가 떠났지요."

앞자리에 앉은 이한이 그를 향해 더듬는 듯한 목소리로 말했다.

스물세 살의 그는 여덟 살 때 카자흐스탄을 떠나 노보시비르스크, 이르쿠츠크 등에 있는 고려인과 러시아인 가정을 떠돌다가 열다섯 살 이후로는 우크라이나의 수도 키에프에서 5년간 혼자 공장에 다니면서 공부를 했다고 했다. 그러나 그곳에서 사고를 치고는 3년 동안 떠돌다가 시베리아의 고려마을로 들어온 것이다. 조선족 고아가 러시아를 횡단하는 긴 방황이었다.

"한국으로 가려고 화물선에 탔다가 들켰습니다. 그래서 경찰에 넘겨졌는데 그곳에서 도망쳤지요."

이한이 창백한 얼굴을 들어 김상철을 바라보았다.

"나는 부모 얼굴도 못 보았지만 내가 길바닥에 버려졌을 때 전주 이 씨라고 쓰인 쪽지가 내 옷 속에 넣어져 있었답니다. 날 여덟 살 때까지 키워준 사람은 내 부모가 떠돌이 부랑자이거나 카자흐스탄을 잠시 거쳐 간 고려인 범죄자중의 하나라고 했습니다."

이제까지 이한이 이렇게 길게 말하는 것을 보지 못한 김상철이 머리를 끄덕여 주었다.

"한국에는 전주 이 씨가 많아. 전주라는 도시도 있다. 인심 좋고 살기 좋은 곳이지."

"내가 한국으로 가려고 했던 것은 부모 고향을 찾기 위해서가 아니었습니다."

"……."

"잘 산다고 들었고 그곳은 모두 같은 고려인일 테니 일을 내기가 쉬울 것 같다고 생각했거든요."

"이곳보다는 낫겠지."

"그런데 날 데리고 있는 이유는 뭡니까? 처음부터 그것이 궁금했었습니다."

그러자 김상철이 쓴웃음을 지었다.

"네 얼굴을 보는 순간 곧 죽을 놈이라는 생각이 들었다. 내가 나서지 않았다면 그렇게 되었겠지만."

"……."

"처음에는 그대로 내버려 두고 싶었어. 너는 이미 살기를 포기한 놈 같았으니까. 그런데 송길수가 그러더군. 마지막으로 운을 시험해 보겠다고 했다고. 그래서 내가 네 운을 열어주기로 한 거다."

"……."

"그렇다고 부담을 가질 필요는 없어. 그때의 운은 그렇게 되었고 지금은 또 다르니까. 하지만 이것만은 알아둬."

김상철이 그에게로 상체를 숙이고 똑바로 바라보았다.

"네가 나와 같이 일하기로 이미 약속을 했으니 나도 약속을 하지. 이제 난 네 보호자가 될 거야. 또한 널 의지하게 될 것이다. 나도 이 시베리아에서 지금 혼자니까."

"……."

"너는 나보다 세상을 많이 겪었으니 잘 알 것이다. 네 운은 이제 네 스스로 만들어 나가야 돼. 지난번 같은 경우는 다시 오지 않아."

러시아인 차장이 컴파트먼트 안을 굽어다 보더니 사라졌다.

블라디보스토크에 가까워진 모양이었다.

파벨이 얼굴을 펴고 웃는 것은 드문 일이었다. 그는 방 안에 들어선 김상철의 상반신을 안고는 손으로 등을 두드렸다.

"김, 나는 자네가 앞으로 나타나지 않을 줄 알았어. 잘 왔네."

김상철의 팔을 끌어 자리에 앉힌 그는 인터폰을 눌러 외부인의 방문을 금지시켰다. 아침 10시가 조금 넘었을 뿐이었는데도 대기실에는 벌써 파벨과의 면담을 기다리는 10여 명의 방문객이 있었던 것이다. 파벨이 부드러운 표정으로 앞자리에 앉은 김상철을 바라보았다.

"그래, 자네 그동안 어디 있었나?"

"임차지에 있었습니다."

"임차지라니?"

눈을 둥그렇게 뜬 그에게 김상철은 그동안의 이야기를 간략하게 설명했다. 그리고 자신이 양홍만이라는 가명을 쓰고 있다는 것까지 털어놓았다.

"새로운 인생을 살고 있군."

그의 이야기가 끝나자 파벨이 머리를 끄덕였다.

"그곳에 들어가서 사업을 벌일 생각을 했다니, 난 생각지도 못했네."

"그저 불나방처럼 불을 향해 다가간 것이지요. 특별한 계획은 없었습니다."

"이곳에 온 것은 여자를 모으기 위해서란 말인가?"

"그렇습니다, 파벨 씨."

"어렵지 않아. 우스티노프에게 말하면 100명이라도 모을 수 있어."

그는 김상철을 똑바로 바라보았다.

"그런데 자넬 찾는 사람이 나한테 왔었어, 서울에서."

잠자코 바라보는 김상철과 시선이 마주치자 그는 얼굴에 웃음을 띠었다.

"나도 놀랐다네, 김. 자네와 사랑하는 사이라는 여자였어."

"……."

"강 회장의 손녀와 그런 사이였다니 말이야. 어쨌든 미스 강은 당당했어. 꾸밈없이 솔직했고, 그리고 회사는 자네를 구해줄 책임이 있다고 하더구먼."

"……."

"그래서 나도 개인적인 일이기는 하지만 그녀를 위해 협조하기로 약속을 했단 말이야."

"그건 그녀의 개인적인 감정입니다, 파벨 씨."

가라앉은 목소리로 김상철이 입을 열었다.

"아직 나설 상황이 아닙니다."

"그래도 그녀는 회장의 손녀야. 그녀는 경영자에게 과잉 충성을 하는 일부 실무자가 그런 짓을 했다고까지 했어. 자네는 그 말을 믿어야 될 것 같네."

"그건 압니다."

"이곳까지 나를 찾아와 부탁을 하고 갔어, 과연 강 회장의 손녀답더군."

"……"

"물론 그 여자가 나선다고 일이 금세 해결될 리는 없지. 하지만 큰 도움이 될 거야, 자네한테. 하바롭스크에 있는 고려의 한 이사는 어떻게 됐던 간에 오래가지 못하겠더구먼. 분위기를 보면 알 수 있어."

파벨은 오늘따라 표정이 밝은데다가 말도 많았다. 그와 다시 만나기로 약속을 한 김상철이 마악 문을 나서는데 따라 나오던 파벨이 그의 팔을 잡았다.

"참, 장인규 말인데, 소식 들었나?"

"아니 전 듣지 못했습니다."

"그랬겠지. 그 여자, 재산을 정리해서 가족과 함께 이곳을 떠났어."

"……"

"가족이라야 어머니 한 명 뿐이었으니 튀기 쉬웠지. 아버지가 총에 맞아 죽었으니까."

눈을 크게 뜬 김상철을 향해 그가 말을 이었다.

"북한 놈들이 아버지를 제거한 모양이야. 그 여자는 북한 공작원 여섯 명을 몰살시키고 튀었다네. 그 여자도 대단한 여자야. 고려인 여자들은 대단해."

샤워를 마친 안인석은 가운 차림으로 의자에 앉아 두 다리를 길게 뻗었다. 적당한 취기까지 섞인 터여서 온몸에 기분 좋은 피로감이 번져나가고 있었다. 젖은 머리칼을 손가락으로 쓸어 올리면서 그는 벽시계를 올려다보았다.

1시 45분이었다. 오늘도 박미정과 영동의 카페에서 시간을 보내다가 들어온 것이다. 창밖으로 주택가의 야경이 바라보였다. 이쪽은 고지대인데다가 2층이어서 전망이 좋았다. 그 순간 전화벨이 울렸으므로 그는 머리를 돌렸다. 박미정이 집에 도착했을 시간이었다.

자리에서 일어선 그는 수화기를 들었다.

"여보세요."

"인석이냐?"

맑게 울려나오는 상대방의 목소리에 안인석은 온몸을 굳혔다.

"여보세요. 누구……."

"나, 상철이다."

"아아."

안인석은 이제 손가락 하나 움직이지 못하고 온몸을 돌덩이처럼 굳혔다.

"야, 인마, 안인석. 듣고 있어?"

김상철이 소리치듯 묻자 안인석은 겨우 정신을 차렸다.

"너, 지금 어디에 있는 거야?"

"블라디보스토크이야, 놀랬어?"

"인마, 실종되었다던데."

"지금도 실종중이지."

잠시 말을 멈추었던 김상철의 목소리가 낮아졌다.

"아버진 별고 없으시지?"

"그래, 별고 없으셔."

"민희 사고 소식은 알고 있다."

"……."

"네가 봐주었겠지?"

"그래, 그거야 물론……."

안인석이 손바닥으로 이마의 땀을 훔쳤다.

"잘 치렀어. 어머니 옆에 곱게 묻었다."

"……."

"상철아."

기어코 안인석의 목이 메었다.

"상철아, 네가 살아 있구나, 이 새끼야."

"그래, 살아 있다."

김상철의 목소리도 젖어 있는 것처럼 느껴졌다.

"난 그렇게 쉽게 이 세상에서 없어질 놈이 아니다."

"상철아, 그렇다면……."

"난 당분간 한국에는 못 가. 너도 알고 있겠지만 난 수배자야. 살인혐의를 받고 있어."

"……."

"너한테도 알리지 않으려고 했지만 아버지 때문에…… 아버지께 내가 살아 있다는 것을 알려드려야 해서."

"염려 말아. 내가……."

"꼭 부탁한다."

"글쎄, 그것은 걱정 하지 말라니깐."

"내 전화 왔다는 것, 미정 씨한테도 말할 필요 없다."

"……."

"어느 정도 시간이 지났으니 충격이 가셨겠지. 난 그 여자한테 더 이상 상처를 주고 싶지 않단 말이다."

"……."

"알아들었어?"

"상철아."

"알아들었냐고 물었다."

"알겠어."

"절대로 말하지 마라. 돌아갈 기약도 없는 놈이야. 난 그 여자를 구속할 권리가 없다."

"……."

"아버지를 꼭 부탁한다."

"그것은 걱정 말아."

"그럼, 잘 있어."

안인석은 끊긴 전화를 들고 한참동안이나 정신 나간 얼굴로 서 있었다. 그러자 다시 신호음이 짧게 울렸다. 정신을 차린 그는 통화 스위치를 눌렀다.

"여보세요."

"인석 씨, 나야."

박미정의 맑은 목소리가 흘러나왔으므로 그는 다시 손바닥으로 이마의 땀을 씻어내었다.

"이 시간에 무슨 통화가 그렇게 길어?"

"아니, 저기……."

"나 말고 또 다른 여자 있어?"

"쓸데없는 소리 하고 있어."

와락 이맛살을 찌푸린 안인석이 그제야 엉거주춤 의자에 엉덩이를 걸치고 앉았다.

"그래, 잘 들어갔어?"

"응, 그런데 기분이 안 좋아? 목소리가 왜 그래?"

"아니, 조금 피곤해서."

"거봐, 만날 술을 마시니 간 그렇지, 어지간히 마시라니깐."

안인석이 상체를 세우고는 창밖을 바라보았으나 시선에는 초점이 없다.

"일찍 자, 인석 씨. 내일 거기서 기다릴게."

"그래, 잘 자."

수화기를 내려놓은 안인석은 길게 숨을 내려 쉬었다.

다음날은 토요일이었고 크리스마스 연휴가 시작되는 날이었다. 안인석이 아버지의 은색 대형 승용차를 끌고 남산타운 호텔의 현관으로 다가가자 박미정이 뛰어왔다. 그녀는 서둘러 그의 옆자리에 앉았다.

"십 분이나 늦었어."

그를 향해 눈을 흘기는 시늉을 하며 그녀가 말했다.

"고속도로 막히겠어. 서둘러."

연휴 기간 동안 설악산에 가기로 한 것이다. 평시에도 밀리는 고속도로 하행선이 토요일 오후 3시였으니 체증이 엄청났다. 그들이 영동고속도로에 접어들었을 때는 이미 주위가 어둠에 덮인 6시 경이었다. 연휴를 맞아 떠나는 사람들로 고속도로는 주차장이 되어 있었던 것이다.

"내일 새벽에나 설악산 가겠다."

의자에 등을 기댄 박미정은 종알거리면서도 그 정도는 예상했었는지 짜증을 내지는 않았다. 그러나 가끔씩 이쪽을 바라보는 것이 아무래도 안인석의 가라앉은 분위기가 마음에 걸리는 모양이었다. 막혔던 길이 뚫려 차가 조금씩 속력을 내자 그녀가 안인석을 바라보았다.

"회사에서 무슨 일 있어?"

"아니."

안인석이 머리를 젓자 그녀가 이맛살을 찌푸렸다.

"아까부터 왜 그래? 축 늘어져서는."

"내가 그래?"

"시치미 떼지 마. 무슨 일 있지?"

"없다니까 그러네."

액셀러레이터를 밟던 안인석은 앞차가 속력을 줄이는 바람에 세차게 브레이크를 밟아 겨우 충돌을 면했다.

"조금 피곤해서 그래."

안인석이 말하자 한동안 그를 바라보던 박미정이 머리를 끄덕였다.

"그렇다면 조금 쉬었다가. 서둘 것 없잖아? 사흘이나 있어, 시간이."

"……"

"저기, 휴게소 표시가 보이네. 저기서 쉬어."

지난 여름, 1박2일의 기간 동안 그녀와 바닷가에 간 적이 있었지만 지금은 그때와 분위기도, 상황도 다르다. 이제 그녀는 큰 저항 없이 3박4일의 여행에 응해주었고 그것은 곧 그에게 모든 것을 맡긴다는 의미였던 것이다.

휴게소의 한쪽 귀퉁이에 차를 세우자 박미정이 갑자기 그에게로 상체를 기울이더니 그의 입술에 키스를 했다. 상체를 세운 짧은 키스였지만 안인석은 정신이 난 듯 그녀를 바라보았다.

"내가 마실 것 사올 테니 쉬고 있어."

어둠 속에서 흰 이를 드러내며 웃은 박미정이 문을 열고 밖으로 나가자 안인석은 길게 숨을 내려쉬었다.

의자를 뒤로 젖히고 길게 누운 그는 눈을 껌벅이며 위쪽을 바라보았다. 그러자 차츰 가슴이 가라앉아 가는 것이 느껴졌다. 어젯밤의 일은 꿈일 뿐이고 지금이 현실이다. 그는 그녀가 앉아 있던 의자에 손바닥을 갖다 댔다. 아직도 체온이 남아 있는 의자는 따뜻했다. 이것이 현실이다. 그는 상체를 세우고는 일어나 앉았다. 그리고는 두리번거리며 박미정을 찾았다.

설악산의 콘도에 도착한 것은 새벽 1시쯤이 되었을 때였다. 깨끗하게 정돈된 30평형의 콘도는 안문세 박사 소유로 그가 대학시절부터 자주 찾아왔던 곳이다. 어둠에 덮인 창밖을 바라보고 선 안인석의 옆으로 가운 차림의 박미정이 다가왔다.

샤워를 마친 그녀의 몸에서 옅게 비누냄새가 풍겨왔고 얼굴에서는 윤기가 흘렀다. 한쪽 손으로 안인석의 허리를 안은 박미정이 상반신을 기대왔다.

"안아줘."

안인석은 몸을 돌려 그녀를 안았다. 기다리고 있던 그녀의 입술이 금방 그의 혀를 받아들였고 곧 그들은 침대 위로 쓰러졌다. 박미정은 가운 밑에 아무것도 걸치지 않은 알몸이었다.

그녀의 나신을 본 안인석은 자신의 옷을 뜯어내듯이 벗어던졌다. 그녀의 다리를 거칠게 열어젖힌 그가 진입해 들어가자 박미정은 사지를 오그려 그의 몸을 안았다. 안인석의 거친 몸놀림에 조금 놀란 것 같았지만 오히려 더 자극을 받은 것 같다.

곧 거침없는 신음소리가 그녀의 입에서 터져 나오기 시작했고 방 안은 신음소리로 뜨거워져 갔다. 이윽고 안인석이 격렬한 몸놀림을 하더니 그녀를 안은 채 움직임을 멈추었다.

"이대로 그냥 있어."

안인석을 감싸 안은 박미정이 아직도 숨을 몰아쉬며 말했다.

"떨어지지 마."

안인석이 그녀의 귀를 가볍게 물었다. 그리고는 뜨거운 숨결을 뱉으며 말했다.

"그래, 떨어지지 않을 거야."

아침 식사를 끝낸 강 회장이 식탁에서 일어서더니 문득 강미현을 바라보았다.

"미현이, 너, 서재로 차 가지고 오너라."

연휴기간이어서 모처럼 여유 있는 아침 식사를 마친 가족들은 아직도 식탁에 둘러앉아 있었다. 강 회장이 식탁을 떠나자 강재원이 얼굴에 웃음을 띠었다.

"아마 널 진급시켜주실지 모르겠다. 과장을 일 년 달았으니 때도 되었어."

그는 뉴욕에서 돌아와 중공업 그룹의 비서실장이 되어 있었다. 아버지인 강용식의 뒤를 이을 준비 작업이다.

녹차 잔을 들고 강미현이 서재로 들어서자 신문을 읽고 있던 강 회장이 머리를 들었다.

"거기 앉아."

찻잔을 내려놓은 그녀는 소파의 끝자리에 앉았다. 강 회장은 차는 거들떠도 보지 않고 강미현에게 시선을 주었다.

"블라디보스토크에 간 이유가 뭐냐?"

낮은 목소리였지만 그의 표정은 굳어져 있었다.

"사실대로 말해라, 어서."

"파벨을 만났습니다."

메마른 목소리가 나왔으므로 강미현은 헛기침을 하고 그를 똑바로 바라보았다.

"김상철의 소식을 알려 달라고 했어요. 도와달라고 부탁했습니다."

"……."

"고려는 회사를 위해 일하다가 그렇게 된 사람을 버린 적이 없다고 말했습니다. 과잉충성을 하는 실무자가 경영자의 뜻과는 다른 행동을 해서 김상철이 오해를 하게 되었다고 말해주었어요."

"……."

"김상철은 파벨이 제공한 은신처에 숨어 있다가 말도 없이 떠났다고 하더군요."

"그것을 어떻게 안 거냐? 파벨이 숨겨주고 있다는 것을."

"국정원 수사관한테서 들었습니다."

"국정원 수사관이 알고 있을 것이라는 것은 어떻게 알고?"

"이 실장님한테 물었어요."

그러자 한동안 강미현을 쏘아보던 강 회장이 입을 열었다.

"이 할애비가 알게 되리라는 것을 예상하고 있었겠지?"

"예, 할아버지."

"내가 어떤 반응을 보이리라는 것도 짐작하고 있으렸다."

"……."

"그것을 말해보아라."

"할아버지는 가족이 정상을 벗어난 행동을 했을 땐 엄격하셨어요. 벌을 받을지도 모른다고 생각했습니다."

"계속해."

"회사를 그만두게 하시고 집안에 가둬놓고는 결혼을 시키실 것 같았습니다."

"그 다음의 네 행동도 생각해 두었으렷다. 그것도 말해보아라."

"할아버지를 설득시켜 보겠다고 생각은 했어요. 그는 제가 알았던 남자 중에서 저나 고려의 앞날을 위해서 가장 필요한 사람이라는 것을요."

"그것이 무슨 얘기냐?"

"제가 그 사람을 좋아한다는……."

"……."

"제 결혼상대자로 그 사람을 생각하고 있었어요."

그러자 강 회장이 헛기침을 하고는 녹차 잔을 집어 들었다가 다시 내려놓았다. 그리고는 눈을 치켜뜨고 강미현을 노려보았다

"우리 집안에서 제일 당돌한 놈이구나, 이놈은."

"……."

"이놈이 도대체 누구를 닮았을꼬?"

"……."

"네가 만약 남자였다면 큰일을 내고도 남았겠구먼."

"할아버지, 저는……."

"이놈아!"

낮으나 강한 강 회장의 호통에 강미현이 머리를 떨어뜨렸다. 그가 쏘아대듯 말했다.

"천방지축 나대는 것, 용서할 수 없다. 오늘부터 근신이다. 만일 그놈에 대한 어떤 행동을 취했다는 것이 앞으로 한번만 더 발각될 경우 그때는 아예 회사고 뭐고 그만두게 하고 집에 묶어두겠다."

"……."

"하고 많은 남자 중에서 하필이면 그놈이라니."

"할아버지도 그 사람을 안중에 두시고 계신 줄 알았어요."

강미현이 하얗게 굳어진 얼굴로 강 팀장을 바라보았다.

"특히 임차지의 미래를 말씀하실 때는요."

"시끄럽다."

손바닥으로 의자의 팔걸이를 내려친 강 회장이 소리쳤다.

"그놈은 우리 미래와는 상관이 없다. 이미 운도 끝이 난 놈… 가문이 좋지 않으면 운이라도 좋아야 하는 법인데 그놈은 그것도 끊겼다."

한 호흡을 쉬고 난 강 회장이 말소리를 조금 낮추었다.

"회사를 위해 벌써 몇 명이 목숨을 잃었어, 그리고 난 그 보상은 충분히 했다. 그놈한테도 보상금이 지급되었고 제 애비가 찾아가게 되어 있어. 그놈은 실종자로 되어 있는 것이 이제 서로를 위해 좋은 일이야. 무슨 말인지 알겠느냐?"

"……."

"내가 너에게 화를 낸 것은 네 무모함 때문이야. 가능성이 전혀 없는 일에 달려든 네 철부지 같은 행동 때문이다. 내 손녀가 감정에만 치우쳐 그런 짓을 저지르고 다닌다니 부끄럽기 짝이 없다."

"……."

"알아들었으면 나가 보거라."

강미현이 자리에서 일어서자 강 회장이 생각난 듯 다시 말했다.

"널 주의해 볼 테니 정신 차려야 돼."

파벨의 저택 응접실 안, 사람을 물리친 파벨이 김상철과 마주앉아 술잔을 기울이는 중이다. 아직 오후 3시밖에 되지 않아 술을 마시기에는 조금 이른 시간이었으나 탁자 위에 놓인 보드카 병은 반병이 넘게 비워져 있었다. 여전히 창백한 얼굴에 눈가에만 붉은 기운이 있는 파벨이 문득 술잔을 내려놓았다.

"김, 이건 내가 며칠 동안 생각한 것인데……."

그는 김상철을 똑바로 바라보았다.

"임차지 안의 사업, 나하고 같이 하면 어떨까? 솔직히 난 그곳에서의 사업은 생각해보지 않았었는데…… 자네 이야기를 듣기 전까지는 말이야."

"……."

"수배자들이나 들끓고 숙사 내에는 온갖 편의시설이 갖춰져 있다고 해서 말이야. 마을이 생기고 가게에 여자 몇 명씩 들어가 있는 것은 들었지만 잔돈푼만 긁는 줄 알았거든."

"수배자들의 마을이 아니오, 파벨 씨, 근처에 생길 수십만 명의 근로자 집단을 상대로 하는 소비도시가 생겨나는 겁니다. 고려 자체내에서 술집과 색싯집을 운영할 수는 없지요. 그것은 이주민들이 만들도록 내버려두는 겁니다."

"어떤가? 나하고 동업을 하지 않겠나?"

그러자 김상철이 쓴웃음을 지었다.

"당신이 그럴 줄 예상하고 있었습니다."

"50명이나 여자를 데려간다고 했을 때 솔직히 나도 놀랐어."

"500명도 부족하지요, 앞으로는."

"내가 자금, 여자, 술, 모든 걸 대지. 자네는 운영을 맡고 이익을 반분하기로 하면 괜찮은 조건 아닌가?"

"고려 경비소에 매출의 10%를 줘야 합니다."

"그것들이 누구 흉내를 내고 있군."

파벨이 이를 드러내며 웃었다.

"그리고 곧 누구처럼 골로 가겠는데."

"처음부터 경비소와 마찰을 일으킬 수는 없습니다. 그놈들은 싸구려 술을 들여와 몇 배로 강매하고 만일 가게에서 술을 몰래 들여온다면 그 날짜로 영업을 정지시키니까요. 또 고려 창고에서 건설자재를 빼내오는데 그놈들과 손발을 맞추는 놈들이 하나둘이 아닙니다. 조금 사태를 눈여겨보아야 됩니다."

"그건 자네한테 맡기겠어."

파벨이 김상철의 잔에 술을 채웠다.

"고려를 위해서도 그놈들의 숨통을 끊어놔야 되겠구먼, 그렇지 않나?"

잠자코 술잔을 든 김상철이 한 모금에 술을 삼키자 파벨이 말을 이었다.

"자, 그러면 나와 계약이 된 것 인가? 김, 대답을 하게."

"계약이 되었습니다, 파벨 씨."

"좋아, 그럼, 건배를 하세."

만족한 얼굴로 그가 다시 술잔에 술을 채웠다. 그가 일찍부터 술자리를 벌인 것도 이것 때문이었던 것이다.

이틀 후, 연말을 나흘 남긴 아침 9시에 블라디보스토크 부두에서 북쪽의 고려 임차지로 수송단의 트럭들이 출발했다. 건설자재인 철근과 시멘트에다가 각종 화물을 실은 수송단의 트럭은 100여 대가 넘었는데 꽁무니에 달라붙은 세 대의 트럭에 김상철과 이한 그리고 파벨이 붙여준 두 명의 러시아인 부하가 50명의 여자들과 함께 타고 있었다.

장장 일주일에 걸친 시베리아의 남북 횡단이다. 여자들은 건강함을 우선 조건으로 뽑은 데다가 방한장비를 충분히 갖추도록 했고 트럭 안에는 난로까지 장치해 놓았다. 그러나 김상철은 마음이 놓이지 않았다. 병사들도 견디지 못하고 낙오된 것을 본 경험이 있는 것이다.

그는 10여 명의 여자와 함께 첫 번째의 트럭에 탔고 러시아인 부하들은 두 번째, 이한은 맨 끝의 트럭이었다. 이제 일주일간 여자들과 침식을 같이 하게 된 것이다

여자들은 대부분이 러시아계였지만 한족과 몽고족 등 동양계도 10여 명 섞여 있었고 나이도 10대로 보이는 여자로부터 30대 후반까지 각양각색이었다.

그러다보니 제각기 비슷한 또래나 피부색들이 모여 금방 서너 개의 그룹이 만들어졌다. 그녀들이 쉴 새 없이 떠들어대며 담배를 피워대는 통에 반나절도 못되어 김상철은 머리가 어지러워졌다. 모두가 파벨이 운영하는 유흥업소에서 지원한 여자들이어서 산전수전 겪은 베테랑들인데다가 계약금을 두둑이 받은 터라 마치 소풍가는 분위기였던 것이다.

김상철의 옆에는 두 무릎을 세운 채 위로 턱을 올려놓은 동양계가 앉아 있었다. 그녀는 안쪽에 앉아 있다가 김상철의 옆자리로 자리를 옮겼는데 그런 자신의 행동에 대해 주위의 시선은 아랑곳하지 않았다. 나이는 스물하나에 이름은 황윤이 중국계 여인이었다. 트럭의 끝 쪽 부분에 슬리핑백을 베고 누워 잠이 깨었다 들었다 하던 김상철이 문득 머리를 들자 자신을 내려다보는 그녀와 시선이 마주쳤다. 콧날이 조금 낮았지만 눈이 맑고 입술이 오동통한 여자였다.

"이봐요, 생각 있으면 말해요."

그녀가 서툰 러시아어로 그렇게 말하자 옆자리의 여자들이 소리 내어 웃었다.

"나, 괜찮아요."

그러나 다시 그렇게 말하는 그녀는 웃지 않았다. 김상철이 누운 채로 머리를 끄덕였다.

"좋아, 고맙다."

"이봐요, 대장. 그곳은 하룻밤에 100달러 맞아?"

이왕 말이 터진 참이라 안쪽에 앉은 러시아 여자가 소리치듯 물었으므로 김상철이 일어나 앉았다

"그래, 틀림없어, 너희 들 몫은 50달러고."

그러자 차 안은 탄성과 휘파람 소리가 터져 나왔다.

"대장, 더 이상 까는 것은 없는 거지?"

"더 이상은 없어."

"대장을 믿겠어."

그러나 두어 명이 못 믿겠다는 듯한 표정으로 쑤군댔다.

그녀들이 있었던 부둣가의 색싯집에서는 하룻밤에 30달러에다 20달러를 떼고 나면 손에 쥐는 것은 10달러뿐이었다.

"난 30달러짜리로 하룻밤 다섯 번 하는 것이 나아. 옆에 사내가 드러누워 있는 것은 참을 수가 없어."

황윤이 김상철을 바라보며 말했다.

"30분에 10달러는 내 몫이지?"

"그래."

"샤워장은 있어?"

"공동샤워장이야. 방에는 없어."

"그래도 괜찮아. 장화를 신을 테니."

하바롭스크까지는 아스팔트길이어서 트럭의 대열은 속력을 내고 있었다.

알루미늄으로 박스형 덮개를 씌운 트럭 안이라 엔진의 소음은 적다. 그러나 진동이 커서 가끔씩 서로 몸을 부딪쳤지만 분위기는 아늑해졌다. 안쪽의 누군가가 낮게 노래를 부르자 두어 명이 따라 불렀다.

"어마어마하군."

길가에 멈춰 선 자신의 승용차 옆으로 고려의 수송단이 지나가고 있었다. 처음 스물 몇 대까지는 무의식 중에 트럭의 수를 세다가 포기한 이금철이 다시 말했다.

"저거 모두 돈 아닌가?"

"돈 덩어리지요."

옆자리에 앉은 하석태가 맞장구를 쳤다. 그는 임차지에서 잠시 돌아와 있는 비서국 소속의 조직지도부 요원이다.

"임차지에 있는 우리 영업장의 매출이 급신장할 수밖에 없군."

아직도 이어지는 트럭을 바라보며 이금철이 입맛을 다셨다. 수송단은 하바롭스크에 머물지 않고 곧장 북쪽으로 올라갈 모양이었다. 그들의 승용차가 멈춰 선 교외의 도로를 속력을 내어 달려가고 있었다. 하석태가 그를 바라보았다.

"자금만 더 있으면 서너 군데 영업장을 더 세울 수 있겠는데 아깝습니다. 소비인구에 비해서 영업장이 턱 없이 부족한 상황이란 말입니다."

낸들 어쩔 수가 있느냐는 듯 이금철이 입맛을 다시자 그가 말을 이었다.

"조선족 수배자 한 놈이 본토에서 거금을 횡령해 와서는 2층짜리 술집과 색싯집을 세웠습니다. 며칠 후면 곧 영업을 시작할 텐데 규모가 제일 큽니다."

"어중이떠중이가 모두 몰려드는 모양이군."

"고려에서 허용을 하고 있으니까요. 우린 일단 영업을 시작하게 하고 나서 기회를 노릴 생각입니다."

이제야 소송단의 끝이 보였다. 알루미늄 박스로 화물칸을 장치한 세 대의 트럭이다. 그들이 탄 승용차는 다른 차들과 함께 길가에서 머리를 틀어 차도로 나왔다.

"아직까지는 우리가 마을에서 주도권을 잡고 있기는 하지만 외부자금이 들어오기 시작하면 불안해질 가능성이 있습니다."

하석태가 멀어져가는 수송단을 바라보며 말했다. 임차지의 영업과 조직 관리를 책임지고 있는 그는 물자구입을 위해 하바롭스크에 와 있는 참이었다.

"최태호가 이번에 지은 술집에 경비소 요원들이 불심검문을 나와 수배자 여섯 명을 잡아갔습니다. 상납 때문에 놈들이 시위를 하는 것이지요."

"그놈들, 아예 겁을 주는 것이 어때? 몇 놈을 죽여 놓든지, 아니면 그런 사실을 폭로한다고 위협을 하면……."

"그러면 다른 소장이 오게 되고 오히려 우리가 영업을 못하게 됩니다. 고려 쪽에서 대대적인 사찰을 하면 배겨날 수가 없어요."

하석태의 말에 이금철이 머리를 끄덕였다.

"자본주의의 대표기업인 고려가 벌써부터 구린내를 풍기는군. 바로 이것이 우리에겐 기회가 되겠지만 말이야."

"그렇습니다, 대좌동지."

"나도 이곳 일을 수습하고 나면 곧 그곳으로 들어가게 될 거야. 평양에서도 대단한 기대를 하고 있어, 그곳 일에."

"아직 장인규는 찾지 못했습니까?"

"이르쿠추크, 유지노사할린스크를 모두 뒤졌는데도 아직 꼬리가 잡히지 않아. 제 어미와 부하 한 놈, 이렇게 셋이서 떠난 것은 확인되었는데 말이야."

찌푸린 얼굴로 이금철이 입맛을 다셨다.

"평양에서 보낸 간부급 동무까지 몰살시켜버리다니, 내가 해명하느라고 진땀을 뺐어."

의자에 등을 기댄 그가 담배를 꺼내 물자 하석태가 재빨리 라이터를 켜 담배 끝에 대었다. 다른 사람 같았으면 벌써 평양으로 소환을 당해 온 데간데없이 사라져버렸을 큰 사건인데도 이금철은 이렇게 건재한 것이다. 그것은 그의 뒤에 엄청난 배경이 있다는 것을 의미 했다.
"하지만 곧 찾게 될 거야, 조만간에."
담배연기를 뿜으며 이금철이 혼잣말처럼 중얼거렸다.

서울과 시베리아의 3월

    3월 중순이어서 남산 하이츠 호텔 주변에는 진달래와 개나리가 화사하게 피어 있었다. 하지만 바람은 센 날이었다.
    바람에 쓸려간 듯 긴 구름 몇 조각만 흐르는 하늘은 파랗게 맑다. 호텔 12층의 소연회실에서는 옅은 매연에 덮인 영동 시가지와 오후의 햇살을 받아 물결이 반짝이는 한강이 모두 내려다보였다. 연회실 안은 그 햇살만큼이나 분위기가 밝다. 이제 약혼식이 모두 끝나고 점심 식사도 거의 마친 시각이어서 긴장이 풀린 양쪽 가족 간에는 부드러운 대화와 웃음이 일어나고 있었다.
    사회를 맡았던 친구가 수건으로 입가를 닦고 일어나더니 마이크를 잡고 양가를 대신한 인사말을 하기 시작했다. 신랑석에 앉아 있던 안인석은 머리를 돌려 박미정을 바라보았다. 연분홍색 수트 차림인 그녀는 오늘따라 눈이 부시도록 아름다웠으므로 그는 숨을 들이마셨다.
    이제 양가의 축복 속에 그녀와 약혼식을 마친 것이다 결혼은 두 달 뒤인 5월 중순으로 날을 잡아두었고 이미 반포의 30평형 아파트도 장만해

놓았다.

　박미정이 그의 시선을 의식한 듯 머리를 돌리더니 입술과 눈 끝으로 희미하게 웃어보였다. 그러자 안인석은 가슴에 차오르는 행복감에 숨이 멎는 것 같았다. 그는 상기된 얼굴을 감추려는 듯 시선을 옆쪽으로 돌렸다.

　친구의 인사말은 끝나가는 중이었고 손님 몇 명은 자리에서 일어설 차비를 하는 중이다.

　"다 끝났다, 얘."

　열려진 연회장 문 앞을 지나면서 최희은이 말했다. 그녀는 문앞에 쓰인 이름을 소리 내어 읽었다.

　"안인석과 박미정…… 뭐, 평범한 이름이네. 그런 냄새가 나."

　걸음을 재게 떼어 앞장선 강미현의 팔짱을 낀 최희은이 눈썹을 찌푸렸다.

　"기껏 가보자고 해놓고선 왜 도망치듯 지나가? 너 무슨 죄 지었어?"

　"시끄러."

　그들은 아래층의 라운지로 내려가 창가에 자리에 앉았다. 이곳에서는 아래쪽의 주택들만 내려다보인다.

　"김상철의 친구와 애인이 약혼을 한단 말이지."

　차를 주문하고 난 최희은이 혼잣말처럼 중얼거렸다.

　"김상철 입장에서 보면 배신을 더블로 받았네, 안 그러니?"

　"……"

　"참, 두 사람 다 그가 살아 있다는 걸 모른다고 했지? 그렇다면 부담은 없겠다. 행복하겠어."

　"날 그렇게 노려보지 말고 얘기해, 이것아."

　이맛살을 찌푸린 강미현이 말했다. 그녀는 마침 날라온 커피 잔을 들고는 블랙으로 한 모금을 마셨다.

"내가 알고 있다고 해서 나설 이유는 하나도 없어. 난 저 사람들하고는 인연이 없단 말이야."

"그런데 바쁜 나까지 끌고 와서 저 요란한 약혼식 모습을 구경시켜준 이유는 뭐야?"

"혼자서 확인하기에는 멋쩍었어, 조금 한심했고."

"재미있는 영화는 친구와 함께 보는 게 더 분위기가 나지. 옛날에 우리가 그랬잖아?"

"시끄러."

"속물근성이 아니다. 난 네 행동에 공감해. 너는 지금 한 걸음씩 앞으로 나아가고 있는 거야. 힘내라."

커피 잔으로 시선을 떨어뜨린 강미현이 입을 다물었으므로 최희은도 정색을 하고는 자리를 고쳐 앉았다.

"아직도 근신중이야?"

이제 최희은의 목소리도 가라앉아 있었다. 강미현이 머리를 끄덕이자 그녀는 숨을 내려쉬었다.

"네 할아버진 오래 사시겠던데, 산삼 좋은 것 있으면 다 잡수신다면서?"

"……."

"그, 파울인지 하는 마피아 대장한테서는 연락이 없어?"

"전화 해봤지만 소식을 모른대."

"그렇다면 너도 곧 저런 행사나 치르는 수밖에 없겠다."

최희은이 눈으로 위쪽을 가리켰다.

"넌 강단이 있지만 영리한 애니까 곧 바보 온달 찾는 건 그만둘 거야. 행방불명된 온달을 찾으려고 평강공주가 정조를 지킨다는 소리는 못 들어봤으니까."

시베리아의 3월은 아직도 칼날 같은 바람이 휘몰아치는 겨울이다.

저녁 무렵이 되자 인구가 5000명으로 늘어난 고려타운의 가로등이 일제히 켜졌다. 두 달 전부터 가로등이 설치되었고 건물에는 모두 전기가 들어오게끔 고려측이 시설을 해주었기 때문이다.

마을은 고려타운으로 정식 이름을 갖게 되었다. 서북방 20킬로미터 지점에 있는 고려시에는 경공업단지가 들어서 있었지만 아직 유흥인구는 이쪽의 십분지 일밖에 되지 않는다.

고려타운은 옆쪽에 거대한 유전시설과 근로자 숙소, 그리고 고려의 자재창고를 두고 있는데다가 남북으로 뻗는 교통의 중심지였다. 고려의 경영진에서도 고려타운을 고려시 쪽으로 옮기려고 검토를 했다가 결국 유흥도시로 발전시키기로 결정을 했다. 고려시는 상공업 중심도시로, 고려타운은 소비 중심도시로 발전시키게 된 것이다. 김상철은 그동안 다섯 개의 클럽을 세웠다. 물론 대표자는 다른 사람의 이름을 내세웠지만 실질적인 경영자는 그였다. 그는 이제 고려타운에서 북한 측을 바짝 따라붙는 세력으로 성장하고 있었다.

서쪽 대로변에 있는 나파스 클럽의 사무실 안이다. 문을 열고 안으로 들어선 송길수가 슈바를 벗으며 김상철의 앞자리에 앉았다.

"밤 11시경에는 트럭이 도착할 겁니다, 형님. 게이트 책임자하고 이야기도 되었고 그곳에 블라디미르를 남겨두고 왔습니다. 그가 이곳으로 트럭을 인솔해 올 겁니다."

김상철이 머리를 끄덕였다. 일주일에 한 번씩 오는 파벨의 보급트럭이다. 고려의 수송단과 함께 오는 이번의 보급트럭은 10대였고 화물은 술과 담배에다 각종 생필품 그리고 여자들 30여 명이 포함되어 있었다. 그래서 송길수가 아래쪽 60킬로미터 지점에 있는 도로의 검문소 책임자에게 미리 뇌물을 주어서 귀찮을 일이 없도록 하고 온 것이다.

이제 고려는 주류나 생필품 등의 반입을 제한하지 않아서 작년처럼 경비소장이나 부하가 폭리를 취할 수는 없다. 그리고 매출액의 10%를 세금으로 내는 것도 공식화되어 있었다. 김상철이 입을 열었다.

"투돌레프 클럽에서 어젯밤 소란을 피운 놈들이 다시 온다는 정보가 있어. 그래서 이한을 그곳에 보냈다."

"북한 놈들의 장난입니다. 최태호가 시켜서 하는 짓이오."

그는 주먹으로 의자의 팔걸이를 가볍게 두드렸다.

"그들하고는 언제 한 판 붙어야 합니다. 이런 식으로 치고받기만 할 수는 없단 말입니다."

"둘 중의 하나가 없어져야 돼, 그러면."

김상철이 머리를 저었다.

"놈들은 크게 일을 벌이지 못해. 우리 뒤에 파벨이 있다는 걸 이제 모르는 사람이 없으니까."

"손해가 이만저만이 아닙니다, 형님, 그렇다고 경비소 놈들이 제대로 할 일을 하는 것도 아니고 돈만 뜯어가니 말이오."

경비소장 고춘식은 두 다리를 책상 위에 얹고는 이를 드러내며 웃었다.

"마피아와 북한 공작반 사이에 끼어 있어서 얼핏 보면 금방 무슨 일이 일어날 것 같지만 천만에 말씀이야."

그는 보드카 잔을 들어 한 모금을 마셨다.

"우리는 완충지대에서 놈들의 세력에 균형을 맞춰주면 된다. 본부에서도 그것이 바람직하다는 의견이고."

"하지만 소장님, 며칠 전에는 나파스 클럽의 송길수가 매출장부 보여주기를 거부했습니다. 결국 보기는 했습니다만 돈을 반밖에 내지 않았어요."

앞쪽에 앉은 변홍근이 말하자 그가 코웃음을 쳤다.

"그놈들은 우리가 아직도 그 돈을 독식하고 있다고 생각하는 모양이지?"

"믿는 것 같지가 않습니다. 영수증을 줘도 찢어버리는 놈들도 있으니까요."

고춘식은 건설 현장의 창고과장으로 잔뼈가 굳은 사내로 눈치가 빠른 데다 요령이 좋았다. 그는 올해 1월에 관리이사인 조성욱에게 타운의 관리비 및 경비소 운영자금은 각 업소의 매출액에서 일정금액을 징수하여 조달하는 것이 낫겠다고 조심스럽게 건의를 했다. 그것을 조성욱이 정리하여 본부의 승인을 받아낸 것이다. 이제 매출액의 10%는 공식적으로 고려에 납부해야만 했고 이제까지 고춘식이 걷어낸 세금은 유야무야가 되어버린 것이다.

"그놈, 송길수가 마피아의 끄나풀인지는 미처 생각하지 못했어. 그 양홍만이라는 놈도……"

고춘식이 말하자 변홍근이 머리를 끄덕였다.

"정보원 이야기를 들으면 양홍만이 마피아의 보스급이랍니다. 러시아 놈들도 그놈 앞에서는 설설 긴다는데요."

"나도 들었어. 어쩐지 그놈 인상이 섬뜩했어. 처음 보았을 때부터."

변홍근이 시계를 올려다보았다.

"오늘밤에 마피아 쪽의 보급트럭이 옵니다. 트럭 10대분이라는데요. 그리고 여자도 30명이나 타고 있답니다."

"이거 점점 북한 쪽의 영업이 떨어지겠다. 장사는 마피아가 잘하는구먼."

"북한 놈들은 매출이익을 대부분 본국으로 보내는 모양입니다. 마피아처럼 몽땅 재투자를 하지 않습니다."

고춘식이 자리에서 일어섰다.

"난 숙사에 들어갈 테니 크라우프 바에서 싸움이나 일어나지 않게 조심해. 매출이 떨어지면 안 되니까."

어젯밤에 조선족 서너 명이 집기를 부수며 소동을 피우는 바람에 투돌레프 클럽의 영업은 엉망이 되었었다.

그들이 서로 싸우는 시늉을 하면서 영업을 방해했다는 것을 손님들도 모두 느낄 정도였다. 모두 최태호의 부하들로 잘 훈련된 사내들인 것이다.

이한은 창백한 얼굴을 들어 클럽 안을 둘러보았다.

저녁 8시가 조금 넘었을 뿐인데도 클럽 안은 손님들로 가득 찼고 대부분이 작업복에 고려의 마크를 붙인 조선족들이었다. 클럽은 정사각형의 구조로 중앙 부근에 세워진 원형 무대에는 러시아인 여자 둘이서 음악에 맞춰 풍만한 몸을 흔드는 중이다. 그 주위는 모두 테이블이었고 주방은 입구의 반대편에 있다.

"술 드릴까요?"

반팔 셔츠에 짧은 치마의 유니폼을 입은 황윤이 쟁반을 들고 그의 앞에 섰다. 그가 머리를 끄덕이자 그녀는 쟁반에 놓인 잔 하나를 그의 앞에 내려놓았다.

"오늘밤에 기다릴게요."

그녀가 서툰 러시아어로 말하자 이한은 머리를 저었다.

"돈 없어."

"그냥 와요."

이한이 머리를 들자 그녀는 재빨리 몸을 돌렸다. 그가 30달러를 주고 30분짜리 쇼트타임 상대로 그녀를 만난 것은 우연이었다. 전에 블라디보스토크에서 올 때부터 알고 있었다고 했지만 같은 트럭에 타고 왔던 것도 아니다. 그러나 첫 번째 만남은 실패작이었다. 황윤이 텍스를 꺼내 길게 펴는 것을 보고 이한이 옷을 입고 나가버린 것이다. 두 번째 만남은 황윤이 하용준에게 부탁해서 이루어졌다.

하용준이 술을 먹인 이한을 끌고 오자 황윤은 텍스를 신지 않은 그의 맨살을 받아들인 것이다.

9시가 넘어서 클럽 안에 빈자리가 보이지 않을 정도로 손님이 찼을 때 남자 종업원 한 명이 서둘러서 이한에게 다가왔다.

"총을 꺼낸 놈이 있습니다."

그가 눈으로 안쪽의 자리를 가리켰다. 아직 주위의 손님들은 모르는 눈치였지만 그가 가리 킨 테이블을 본 이한은 자리에서 벌떡 일어섰다. 오늘도 최태호 부하들의 난동이다. 요즘 들어 그들의 도전이 더욱 잦아지고 있는 것이다.

그가 사람들을 헤치고 그들에게 다가갔을 때 주위 테이블에 있던 손님들은 모두 긴장으로 얼어붙어 있었다. 잘못하다가는 손님들이 수라장을 일으키며 밖으로 뛰쳐나갈 판이다. 이한은 그들에게 다가가 가로막듯이 섰다. 사내 두 명이 서로 권총을 겨누고 있었는데 그에게는 눈길도 주지 않는다.

"이 봐, 참으라고. 왜 이래?"

옆에 앉은 두 사내가 제각기 달래는 시늉을 했다. 이한이 테이블에 두 손을 짚고 그들을 내려다보았다.

"이 새끼들. 그 총으로 나를 먼저 쏴 봐!"

그의 목소리는 낮았으나 울림이 강해서 두 사내는 일제히 그에게 시선을 던졌다. 이한이 한 손을 들어 자신의 파카 지퍼를 반쯤 내렸다 그러자 한쪽 가슴에 매달려 있는 매그넘 45구경 권총이 드러났다. 총신이 길고 구경이 커서 돼지 머리를 쏘면 머리 반쯤이 날아간다.

"셋을 세겠다. 그사이에 날 쏘지 않으면 내가 네 놈들 둘을 쏘아 죽인다."

그는 파카의 한쪽을 잡아 벌리고는 허리를 폈다. 그리고 한쪽 손을 테이블에서 뗐다. 벽 쪽을 바라보고 서 있는 자세여서 뒤쪽 테이블에서는 그의 등만 보였다. 이한이 숫자를 셌다.

"하나."

그러자 총을 든 사내들의 시선이 마주쳤다.

"둘."

그 순간 총을 가지고 있지 않은 사내 두 명이 거의 동시에 일어섰다.

"치우시오. 우리가 나가겠소."

"이 새끼야, 앉아."

그러면서 이한은 거대한 권총을 빼어들고는 파카 속에서 사내들을 향해 겨누었다.

"총을 테이블 위에 내려놔, 천천히. 그리고 일어 서."

사내들이 총을 내려놓자 뒤쪽에서 다가온 알렉세이와 보트킨이 그들의 권총을 집어 주머니에 집어넣었다. 사내들을 밀고 밖으로 나가자 주위의 서너 개 테이블에서 이쪽을 힐끗거렸다. 그러나 대부분의 손님들은 눈치 채지 못한 모양이었다. 투돌레프 클럽 뒤쪽은 눈에 덮인 공터였다.

이한과 두 명의 마피아 동료는 사내들을 끌고 공터의 한복판에서 마주섰다. 짙은 어둠 속에서 건물의 모서리를 훑고 지나는 바람이 날카로운 소리를 내면서 그들의 옷자락을 흔들었다.

"나란히 서."

총 끝으로 가슴을 겨누며 이한이 말하자 사내 한 명이 소리치듯 말했다.

"이보쇼, 우리끼리 싸운 것 가지고 너무 하지 않소?"

"어제도 그랬어. 다른 놈들이었지만."

바람소리가 컸으므로 이한도 소리치듯 말했다. 알렉세이와 보트킨은 그의 양옆에 서서 그들을 번갈아 바라보고 있는 중이다.

"서로 쏘아 죽이려고 한 것 같은데 내가 대신 해결해주지."

이한은 매그넘의 탄창을 털어 총알을 빼내고는 다시 두 발을 끼워 넣었다. 투돌레프 클럽 뒤창에서 비치는 희미한 불빛으로 그의 손놀림이 선명하게 보였다.

"자, 여섯 발 중 두 발, 확률은 30%다. 그러나 첫 발에 죽을 수도 있고 세 발째에도 살 수가 있지."

탄창을 소리 나게 끼워 넣은 이한은 첫 번째 사내의 이마에 총구를 대었다.

클럽 안에서 권총을 겨누었던 사내중의 하나였다.

"권총 장난은 이렇게 하는 것이다."

이렇게 중얼거리면서 이한이 방아쇠를 당기자 철컥 소리가 커다랗게 울렸다. 공이가 빈 탄창을 친 것이다. 그 순간 사내는 입을 쩍 벌리고는 아무 소리도 내지 않았다. 온몸이 굳어버린 것이다.

"다음은 너."

이한이 다른 사내의 이마로 총구를 옮겼다.

"아무래도 이번은 공이가 탄알을 칠 것 같다."

"아이고."

사내가 두 손을 들어 권총을 쥔 그의 손을 잡으려는 시늉을 했다.

"선생님, 잘못했습니다."

그러나 이한이 그대로 방아쇠를 당기자 귀청을 울리는 요란한 총성이 났다.

사내는 털썩 무릎을 꿇으며 주저앉았고 나머지 세 사내도 온몸의 기력을 떨어뜨렸다. 이한이 동료들을 돌아보았다.

"이봐 가자구, 이만하면 됐어."

그제야 사내들이 몸을 돌려 주저앉은 사내를 내려다보았다. 머리를 건들거리며 앉아 있는 사내는 아직도 정신이 가물가물한 것 같았다. 이한은 방아쇠를 잡아당기는 순간에 총구를 비꼈는데 그는 이마에 남아 있는 뜨끈한 열기를 총을 맞은 것으로 느끼는 모양이었다.

몸을 돌린 이한이 동료들에게 말했다.

"나도 배운 수법이야. 저놈들도 다시는 총 장난을 하지 않을 거야, 나처럼."

장부를 덮은 김상철은 창가로 다가가 짙은 어둠에 쌓인 창밖을 바라보았다. 이쪽은 나파스 클럽의 2층 뒷면에 나 있는 창이어서 지금은 아무것도 보이지 않지만 앞에 펼쳐져 있는 것은 눈 덮인 벌판일 것이다. 멀리 한 줄기 불빛이 어른거리다가 곧 사라졌는데 본부로 돌아가는 차량인 모양이었다. 호주머니에 두 손을 찌르고 선 그는 한동안 그 자세로 움직이지 않았다. 이제 안인석에게 연락을 하고 싶은 마음은 없다. 그는 유일하게 믿고 있는 친구였으니 틀림없이 아버지를 만나 소식을 전해주었을 것이다. 그러나 뽑히지 않는 가시처럼 가슴에 언제나 남아 있는 미련, 그것은 박미정이다. 그가 어둠 속의 한 점을 응시하는 사이에 어느덧 그녀의 목소리와 냄새, 피부의 감촉까지 기억 속에서 되살아났다. 그는 어금니를 물었다.

당장 뒷주머니에서 지갑을 꺼내 그녀 사진을 들여다보고 싶은 충동이 일어났지만 그는 움직이지 않았다. 떠오르는 그녀의 영상은 흐리다. 감촉과 냄새는 아직도 생생한데도 모습은 흐려지는 것이다. 사진을 꺼내보지 않은 지 오래된 때문인지도 모른다. 그녀를 무작정 기다리게 할 수만은 없다. 그것은 자신의 감정이 절실 할수록 상처의 몫도 커져야 한다고 결정해버린 결과였다. 이윽고 김상철은 턱을 들고 어깨를 폈다.

한국에 돌아갈 길이 막힌 이상 이제 그녀가 잊어주기를 바랄 수밖에 없다. 그는 시간이 상처의 아픔을 가시게 하고 언젠가는 흔적만 희미하게 남게 된다는 것을 여러 번의 경험으로 알고 있었다. 내 아픔이나 미련 쯤은 얼마든지 감당해낼 수 있는 것이다.

창에서 몸을 돌린 그에게 탁자 위의 장부가 시선에 들어왔다. 이제까지 100만 달러가 넘는 금액이 모였고 앞으로는 더 빨리 불어날 것이었다. 이제 자신은 시베리아의 마피아이자 유지노사할린스크 출신의 공금횡령 수배자인 것이다.

그 순간 방문이 벌컥 열렸으므로 그는 몸을 굳혔다. 송길수와 하용준이 서둘러 들어섰는데 모두 눈을 치켜뜬 얼굴이었다.

"형님, 보급대가 습격을 당했습니다."

송길수가 소리치듯 말했다.

"블라디미르한테서 연락이 왔는데 화물은 모두 빼앗기거나 불에 탔고 호송원도 여럿 죽었답니다. 강도단 짓이랍니다."

"여자들은?"

다그치듯 김상철이 묻자 이번에는 하용준이 대답했다.

"다친 사람은 몇 명 있는 것 같지만 여자들 대부분은 무사한 모양입니다."

"……"

"게이트 남쪽 50킬로미터 지점에서 습격을 받았다고 했습니다. 여자를 실은 트럭 두 대만 지금 게이트에 도착했다는데요."

그렇다면 트럭 8대에 실렸던 보급품은 모두 유실된 셈이다.

한동안 그들을 바라보던 김상철이 입을 열었다.

"남은 물자로 영업장이 얼마나 견딜 수 있지?"

"이틀이 고작입니다, 형님."

송길수가 아랫입술을 물었다.

"강도단에게 습격을 당하다니, 게이트까지 다 와가지고 말이오."

"차를 준비해라, 게이트로 가겠다."

그러자 하용준이 밖으로 뛰어나갔다. 그와 엇갈리듯이 이한이 방 안으로 들어서더니 벽 앞에 비스듬히 서서는 김상철을 바라보았다 그도 소식을 들은 모양이었지만 이것이 그의 성품이다. 김상철이 이한에게로 몸을 돌렸다.

"정보원을 모두 풀어서 북한쪽 놈들이 지금 몇 놈 남아 있는가 알아봐라, 어서!"

이한이 소리 없이 방을 나가자 김상철이 어금니를 물었다. 이제 그의 얼굴에서 수심은 씻은 듯이 사라져 있었다.

게이트의 사무실에는 경비소의 조사를 마친 호송대원들과 블라디미르가 초조한 표정으로 앉아 있었다. 밤 12시가 가까워진 시간이었고 바람이 약해지면서 눈발이 굵어지는 중이었다.

"경비본부에서 현장으로 병력을 보냈습니다. 하지만 이미 끝난 일이오."

김상철에게 다가온 블라디미르가 말했다.

"놈들은 가져갈 수 없는 화물은 모두 기름을 붓고 불을 질렀다는 군요. 트럭까지 함께 말입니다."

반쯤 불에 타서 넝마가 된 파카를 걸친 빅토르가 입을 열었다. 그는 보급대의 호송 책임자이다.

"그놈들은 모두 방한모와 방풍 안경을 끼고 있어서 얼굴을 볼 수 없었지만 러시아인들이었소. 훈련이 잘 되어 있는 놈들이었습니다."

밖에서 부상자들을 나르는 앰뷸런스의 사이렌이 울려오고 있었다. 부상자들은 숙사 내에 세워진 병원으로 이송되는 것이다.

트럭 두 대에 실린 여자들을 우선 타운으로 보내고 난 김상철은 설상트럭 두 대에 탄 부하들과 함께 사건현장으로 향했다. 운전사를 포함한 호송대원 다섯 명이 사살되고 네 명이 부상 당한데다가 차가 뒤집히는 바람에 여자들도 다섯 명이 병원으로 실려 간 것이다. 보급물자는 거의 하나도 건지지 못했다.

그들은 눈보라를 헤치며 밤길을 두 시간쯤 달려 아직도 불탄 트럭의 잔해에서 연기가 오르는 현장에 도착했다. 고려의 마크를 차체에 커다랗게 붙인 경비본부의 트럭 세 대가 길가에 나란히 세워져 있는 것이 보였다. 그들이 차에서 내리자 고려의 경비 요원들이 다가왔다. 미리 간다고 무전연락을 해놓았으므로 선임자로 보이는 사내가 그들 앞에 멈춰 섰다.

"볼 것 없수다. 깡그리 태우고 부쉈으니까. 이제까지 우리도 술병 서너 개 찾아낸 것이 고작이오."

한국말이다.

그는 마스크를 아래로 내리며 김상철을 아래위로 훑어보았다.

"화물 주인 되시오?"

"내가 화물 주인이오."

옆에 서 있던 송길수가 한 걸음 나서자 그가 그쪽으로 시선을 돌렸다.

"눈발이 이렇게 심해서 놈들을 쫓기는 틀렸소, 늦기도 했지만."

그것을 기대하고 있던 것은 아니었으므로 그들이 잠자코 있자 그가 말을 이었다.

"놈들이 대전차포까지 사용한 걸 보면 아무래도 어중이떠중이들은 아니오."

"그럼, 그레고리 일당이란 말이요?"

김상철이 묻자 그는 그에게로 시선을 주었다.

"아직 모릅니다. 날이 밝으면 헬기를 동원해 살펴볼 작정이지만 눈보라가 그쳐줘야 할 텐데."

"북한 벌목사업소로 가는 길을 조사해주시오, 조장님."

"날 아시오?"

경비대원이 다시 한 걸음 다가서더니 김상철을 바라보았다. 그러나 방풍 안경에 방한 마스크를 쓴 차림이어서 얼굴이 모두 가려져 있다. 김상철이 머리를 저었다.

"어깨에 계급장이 붙어 있지 않습니까?"

"그렇군, 당신은 대뜸 북한 벌목사업소를 짚는데 그곳은 여기에서 500킬로미터도 넘게 떨어져 있소."

"이런 눈보라 속이라면 내일 아침까지 200킬로미터도 나가지 못할 것이오. 만일 북한 벌목사업소 놈들 짓이라면 놈들은 눈 속에 묻혀 있다가 발견될 것이라는 말씀입니다."

남쪽은 평원지대라 마땅한 은신처도 없다. 조장이 머리를 끄덕였다.

"본부에서도 그런 가능성을 말해주더군. 그런데 당신 이름이 뭐요?"

"양홍만입니다."

"아, 당신 이야기를 들었소."

조장이 드러내놓은 입으로만 웃었다. 이제 양홍만은 마피아 보스로 알려져 있는 것이다.

그 시간에 코즈모프 클럽의 뒤뜰에 있는 사무실 건물 안에 하석태와 최태호 등 대여섯 명의 사내들이 둘러앉아 있었다.

방 안은 페치카의 열기로 훈훈했지만 하석태를 제외한 다른 사내들은 모두 두툼한 슈바 차림이었고 옷에서는 눈이 녹은 물방울이 떨어져 내렸다.

상좌에 앉은 하석태가 최태호를 바라보았다.

"마피아 놈들이 제일 먼저 우리를 의심할 것은 뻔한 사실이야. 아마 우리가게에 정보원들이 깔려 있을 거야."

"당연하지요. 하지만 증거가 있습니까?"

최태호가 가는 눈매를 더욱 가늘게 뜨며 웃었다.

"오늘 밤 타운 밖으로 나간 우리쪽 사람들은 없습니다."

하석태가 옆에 앉은 사내에게로 시선을 돌렸다.

"이렇게 눈보라가 치는데 가는 데 지장이 있지 않을까?"

"그것이 걱정입니다만 눈보라가 치면 저쪽도 마찬가지가 될 테니까요. 내일 아침이면 아마 2, 300킬로미터는 떨어져 있게 될 겁니다."

사내가 무성하게 자란 턱수염을 손바닥으로 쓸었다.

"오히려 다행입니다. 경비 본부의 헬기가 뜰 수 없게 되어서요."

"저놈들이 당하고 있지만은 않을 거야. 증거는 없지만 우리 짓이라는 것을 짐작은 하고 있을 테니."

주위를 둘러 본 하석태가 말을 이었다.

"10여 명이 죽거나 다친 데다 영업할 물자를 몽땅 잃었으니 이를 갈고 있을 거라고. 준비를 단단히 해두도록."

"며칠 후면 마피아 쪽 영업장은 대부분 문을 닫고 여자 장사만 겨우 하게 될 겁니다. 다음 물자는 아무리 빨리 도착한다고 해도 열흘 후가 될 테니까요."

최태호가 그를 바라보며 웃었다.

"이제까지 이런 기회를 얼마나 기다려 온 줄 압니까? 그동안 숨이 막혀서 쓰러질 뻔했단 말입니다."

유장석이 보급단이 습격당했다는 보고를 들은 것은 다음날 아침이다. 이제 부단장에 상무로 승진이 된 이대각이 나름대로 조처를 하고나서 출근한 유장석에게 보고를 했던 것이다.

유장석은 고려리아라고 명명된 임차지의 개척단장에 관리단장을 겸한 사장급 임원으로 승진해 있었는데 이제는 몸가짐에도 위엄이 있다.

"이상무 생각에는 북한 측이 마피아측의 영업을 방해할 의도에서 습격한 것이란 말이지?"

그가 묻자 앞에 서 있던 이대각이 큰 머리를 끄덕였다.

"그렇습니다, 단장님. 북한 측 영업장이 위축되고 있었습니다. 자금력 때문에 시설이나 서비스면에 있어서 밀리는 판이었지요. 그래서 기어코……."

"유혈충돌이란 말인가?"

"충돌은 아닙니다. 강도로 가장한 한쪽의 일방적인 습격이지요. 하지만 아무리 가장을 했다하더라도 북한 놈들 짓이라는 것은 마피아 쪽도 알고 있을 겁니다."

"……."

"그래서 말씀대로 곧 유혈충돌이 있을지도 모르겠습니다, 단장님."

그러자 단장실의 문에서 노크 소리가 들리더니 경비본부장인 박종용 상무와 이상훈 부장이 들어섰다. 자리에서 일어선 유장석이 옆쪽의 소파로 옮겨가 앉자 그들도 주위에 둘러앉았다. 짧은 머리에 다부진 인상의 박종용은 육군소장 출신이었고 이상훈은 국정원에서 파견된 사내였다.

박종용이 유장석을 바라보았다.

"눈보라 때문에 헬기를 출동시킬 수 없을 것 같습니다, 단장님. 본부 중심으로 사방 500킬로미터가 모두 눈보라에 묻혀 있습니다."

"그렇다면 놈들의 흔적은 깨끗이 감춰지겠군."

"이런 눈보라 속이라면 이동도 쉽지 않을 것 같습니다만, 벌써 열두 시간이 지난 상태라서요."

그러자 이상훈이 헛기침을 했다.

"제가 어젯밤 현장에 갔을 때 마피아 쪽 책임자들이 왔더군요. 송길수와 양흥만을 모두 보았습니다."

주위의 시선을 받으며 그가 말을 이었다.

"그들은 북한 측의 습격이라고 단정하고 있었습니다. 아래쪽 벌목사업소에서 보냈을 것이라고."

"……"

"당분간 근로자들의 외출을 제한해야 될 것 같습니다, 단장님."

"당신도 곧 충돌이 일어날 것이라고 믿는군."

유장석의 말에 그가 머리를 끄덕였다.

"그렇습니다. 보고에 의하면 북한 측의 도발적인 행위가 점점 심해지고 있다가 어젯밤 습격이 일어난 것입니다. 마피아가 가만히 있을 리가 없습니다."

"타운이 혼란상태가 되는 것도 바람직하지 않아. 무고한 이주민들이 피해를 입을 것이고, 그것이 알려지면 고려리아의 이주민 정책에 차질이 올 것이야."

"지금까지 두 세력이 견제도 받지 않고 너무 비대해져 왔습니다. 이 기회에 어느 한쪽의 세력을 약화시킬 필요가 있습니다, 단장님."

유장석이 박종용에게로 머리를 돌렸다.

"박 상무는 어떻게 생각하시오?"

"이 부장의 의견과 같습니다."

차분한 목소리로 그가 말을 이었다.

"북한 측이 계획을 세워두고 있는 것 같아서 조금 걸리지만 이 기회에 타운의 질서를 경비본부가 장악해둘 필요가 있다고 생각합니다."

"이상무, 당신 생각은 어때?"

유장석이 불쑥 묻자 이대각이 눈을 껌벅이며 그를 바라보았다.

"뭐 말씀입니까?"

"아, 이제까지 이야기 안 들었어?"

"저는 타운에 있는 중립업소들을 생각하고 있었습니다. 그들이 우리의 친위세력, 아니, 괴뢰업소라면 좋겠는데 하고 말입니다."

이맛살을 찌푸린 유장석이 입맛을 다셨다.

"그게 무슨 말이야?"

"그렇게 된다면 여러 가지로 편리할 것 아닙니까? 이런 경우라면 아예 마피아와 북한 양쪽이 서로 치고받다가 전멸당하도록 버려둬도 되지요."

"아직 한국에서 이주민을 받을 계획은 없어, 엉뚱한 소리는 그만해."

"타운에 있는 크라우프 바, 안나네 집이라는 색싯집, 그리고 조지 클럽 등 대여섯 군데의 일급업소는 중립입니다."

말을 멈춘 이대각이 이상훈에게로 머리를 돌렸다.

"이 부장도 알고 있지? 그곳은 마피아도 북한 놈들도 건드리지 않는 곳이라는 것을 말이야."

이상훈의 얼굴이 굳어졌다.

"알고 있습니다, 부단장님."

"그 업소들의 주인이 누군지도 알겠구먼? 그렇지?"

힐끗 유장석에게로 시선을 준 이상훈이 입을 열었다.

"모두 조선족 이주민들이지만 타운에서는 고려에서 돈을 대 만든 업소로 알려져 있습니다."

"도대체 무슨 소리야?"

눈을 치켜뜬 유장석이 이대각을 쏘아보았다.

"타운에 고려에서 투자한 업소가 있어? 빙빙 말을 돌려대지 말고 냉큼 말해."

그러자 시치미를 뗀 얼굴로 이대각이 이상훈을 바라보았다.

"이 부장이 말해."

이상훈이 자리를 고쳐 앉았다.

"경비소에서 뒤를 봐주고 있기 때문에 그런 소문이 난 것 같습니다, 단장님."

"경비소가 말인가?"

"예, 업소의 주인들은 한사코 자신이 투자한 가게라고 하지만 종업원들조차 믿지를 않습니다."

"그럼, 투자한 놈이 누구야? 경비소장인가?"

유장석의 얼굴이 붉게 달아올랐다.

"그놈을 당장에 잘라!"

"경비소장은 아닌 것 같습니다."

그렇게 말한 것은 박종용이다. 그가 말을 이었다.

"얼마 전부터 부단장님과 그 일을 상의했습니다만 경비소장급에서 만든 일이 아닙니다, 단장님."

"그렇다면 그 윗선에서……."

"예, 타운의 건물들을 보셔서 알겠지만 자재 유출에서부터 업소 설립, 세금 문제 등 뿌리 깊은 부정은 훨씬 윗선에서 조직적으로 해온 것입니다. 따라서 서툴게 움직인다면 놈들의 뿌리는 찾지 못하게 될지도 모릅니다."

이제 유장석이 길게 숨을 내려쉬었다.

"벌써부터 조직적인 부정이니, 이 자식들이 시베리아에 와서도……."

"더 해먹기 좋은 조건이지요, 단장님."

이대각이 말하자 유장석이 눈을 부릅뜨고 그를 노려보았다.

"왜 이제야 말하는 거냐?"

"본부장과 이 부장, 저…… 이렇게 셋이서 비밀리에 조사해 왔습니다. 대책도 없이 말씀드렸다가는 단장님은 틀림없이 목부터 자르신다고 하실 것 같아서요, 지금처럼."

"음……."

"비밀리에 더 조사할 생각입니다. 그래서 이 기회에 단장님께 상황보고만 드리는 겁니다."

"……."

"자, 그러면 아까 하던 이야기를 계속하지요. 마피아와 북한의 전쟁에 대해서."

유장석이 이대각을 다시 노려보았지만 입을 열지는 않았다.

이상훈이 서쪽 거리의 끝에 있는 조그만 가게에 들어섰을 때는 밤 10시가 되어 있었다. 그는 기다리고 있던 사내의 안내를 받아 가게 뒷문으로 나왔다. 사내는 잠자코 뒤쪽 공터에 세워진 시멘트 건물로 앞장서 가더니 문에 노크를 하고는 육중한 철문을 열었다.

"들어가시오."

철문 안으로 들어선 이상훈은 어둑한 방 안에 앉아 있는 두 사내를 보았다. 들어서는 그를 향해 그들도 자리에서 일어섰다. 송길수는 몇 번 본 적이 있었으므로 그의 옆에 서 있는 사내가 어젯밤에 본 양홍만일 것이다. 방한 마스크와 안경을 벗은 그의 얼굴은 온통 짙은 수염에 덮여 있었다.

"어젯밤에 만났었지요, 우리는."

이상훈이 우선 양홍만에게 손을 내밀었다.

"어제는 경황중이라 제대로 인사를 못했습니다. 난 경비본부의 이상훈 부장입니다."

"아아, 그렇습니까?"

표정 없는 얼굴로 김상철이 머리를 끄덕였다. 송길수와도 악수를 나눈 이상훈은 자리에 앉고 나서 주위를 둘러보았다.

이곳은 토치카다. 그는 문득 그런 생각이 들었다. 두꺼운 시멘트벽과 어깨 높이로 뚫린 작고 견고한 창문, 그리고 앞뒤의 철문에다 지하실로 내려가는 계단이 옆쪽에 보였다. 송길수가 탁자 위에 놓인 보드카 병을 들더니 이상훈에게 한잔을 따라 내밀었다.

"갑자기 이 부장께서 우릴 만나자고 하신 건 어제일 때문인가요?"

"그것과 상관이 있지요."

이상훈이 보드카를 한 모금 마시고는 내려놓았다.

"내가 여기 온 것은 타운의 경비소장도 모르는 일입니다."

"……."

"어제 사건으로 이쪽과 북한 쪽의 분위기가 험악해진 것으로 알고 있습니다. 아마 타운 주민들 대부분이 분위기를 느끼고 있겠지요."

그들이 잠자코 있었으므로 이상훈이 말을 이었다.

"우리 정보원들의 정보를 모아본 결과 북한은 이미 100명 가까운 전투요원을 모아놓았어요. 모두 중무기로 무장되어 있습니다. 그자들은 아마 당신들의 도발을 기다리고 있을 겁니다."

"……."

"물론 당신들도 50명이 넘는 병력이 있으니 승산이 없다고 볼 수는 없지요. 하지만 타운 내에서의 전쟁은 안 됩니다."

그러자 김상철이 입을 열었다.

"우리한테 그 이야기를 하려고 오신 겁니까? 경고를 하려고?"

"충고요. 짐작하고 계시겠지만 우리는 마피아와 북한계 양쪽의 균형을 적당히 맞춰서 타운을 관리해 왔습니다."

이상훈이 김상철을 똑바로 바라보았다.

"당신들한테도 그렇지만 우리는 공공연히 북한 쪽을 견제할 수는 없어요. 그자들은 이미 근로자들 속에 프락치를 대량으로 심어놓은 데다가 러시아 본토에서 방해공작을 하면 근로자 모집이나 이주계획에 막대한 차질이 옵니다."

김상철이 천천히 머리를 끄덕였다. 그 사정은 그가 누구보다도 잘 알고 있는 것이다.

"북한이 우리 보급대를 공격해서 물자를 모두 못쓰게 했다는 것을 모르는 사람이 없어요. 우리는 어떤 방법을 써서라도 제재를 해야 합니다."

"이해를 못하는 건 아니지만 우리는 타운이 전쟁터로 소문나는 것을 원치 않습니다."

"이미 전쟁터가 되어 있어요, 이곳은."

"정보에 의하면 이곳에는 북한 비서국 조직지도부 요원 하석태라는 자가 정예요원을 데리고 와 있다고 합니다."

"……."

"당신들과 북한의 두 세력 중에 어느 하나가 당했다 하더라도 금방 재충전이 되겠지요, 전보다 더 강하게 말입니다. 우리는 그런 상황을 원치 않습니다."

"주도권은 고려가 잡아야 한다는 말씀 같은데."

"그렇습니다."

머리를 끄덕인 김상철이 이상훈을 똑바로 바라보았다.

"우리도 나름대로 정보원이 있습니다. 이 부장께서는 국정원 요원이 시지요?"

"그렇습니다."

어깨를 편 이상훈이 날카로운 눈매를 늘어뜨리며 웃었다.

"양 선생께서 알고 계실 줄 알았습니다."

수저를 내려놓은 강 회장이 강용식을 바라보았다. 얼굴에 활기가 차 있었다.

"이제 석 달 후면 원유의 파이프라인이 완성된다. 그렇게 되면 하루 5만 배럴의 원유가 민스크항에 모이게 돼."

"예상보다 반년이 빨라졌습니다, 아버님."

"러시아 정부에서도 놀라고 있어, 우리의 건설 속도에."

강 회장이 이를 드러내며 웃었다.

"올해 말까지는 하루 7만 배럴의 원유가 고려정유로 공급될 것이다. 그렇게 되면 내년부터 고려의 중화학공업은 새 전기를 맞게 되겠지."

고려리아 이야기를 할 때의 강 회장은 언제나 몇 년쯤 젊어보였고 따라서 분위기가 밝아졌다. 고려리아는 이제 경공업 단지에 10여 개의 공장이 시험가동 기간을 거쳐 제품을 생산하는 중이었다. 한국에서 3D업종으로 기피되었던 산업들이 시베리아에서 다시 경쟁력을 키우기 시작하는 것이다. 탐사단의 김진모 상무는 고려리아의 북부지역에서 천연가스와 아연 광맥을 찾아내어 지금 매장량을 측정 중이었다.

숭늉그릇을 든 강 회장이 식탁에 둘러앉은 가족을 둘러보았다.

"난 내년 초부터 고려리아에 상주하겠다."

갑자기 조용해진 가족들을 향해 그가 말을 이었다.

"본래 재원이 애비가 맡기로 했지만 가만히 생각해보니 내가 가 있는 것이 나을 것 같아. 그곳 일이 내 적성에 맞고."

강용식은 잠자코 있었는데 아마도 그와는 이야기가 되어 있는 모양이었다.

"한국은 재원이 애비와 재원이한테 맡긴다. 물론 난 그곳에서 한국 일도 도울 것이다."

"할아버지, 여러 가지 불편하실 텐데요."

강재원이 말하자 강 회장이 눈을 치켜떴다.

"이놈아, 공기 맑고 물 좋은 곳이다. 그리고 유 사장이 벌써 내가 묵을 곳을 짓고 있단 말이다."

자리에서 일어선 강 회장이 식당을 나가다가 문득 머리를 돌려 강미현을 바라보았다.

"참, 미현이, 너 점심때 동양 호텔로 오너라. 나하고 점심이나 먹자."

"네, 할아버지."

강 회장이 방을 나가자 강용식이 힐끗 그녀를 바라보았으나 입을 열지는 않았다.

동양 호텔은 고려 소유의 호텔로 장충동 입구에 세워진 객실 1천실 규모의 특급 호텔이다. 강미현이 12시 30분 정각에 호텔 25층에 있는 양식당에 들어서자 기다리고 있던 지배인이 허리를 숙였다.

"회장님께서 기다리고 계십니다."

그가 강미현을 안내해 간 곳은 한강이 내려다보이는 밀실이다. 그곳에서 강 회장이 중요한 손님과 식사를 하곤 한다는 것을 강미현도 알고 있었지만 들어가 보지는 않았다.

강미현은 안으로 들어섰다

20평쯤 되어 보이는 방 안에 장방형의 테이블이 놓여 있었는데 강 회장은 한 사내와 마주앉아 이야기를 하는 중이었다.

"응, 어서 오너라."

회장이 그렇게 말하자 앉아 있던 사내가 자리에서 일어섰다. 말쑥한 차림새에 단정한 용모의 젊은이여서 강미현은 잠시 어리둥절한 표정이 되었다. 사내는 예의바르게 강미현이 자리에 앉기를 기다렸다가 다시 앉았다.

"그렇지, 참. 초면이겠구먼."

표정 없는 얼굴로 강 회장이 그들을 번갈아 바라보며 말했다.

"이쪽은 내 손녀다. 그리고 이쪽은 대동그룹 한회장의 차남이고. 인사들 해."

"한민수입니다."

사내가 앉은 채로 머리를 숙여보였다. 이름을 밝히고 난 강미현은 이제 할아버지의 의도를 알 수 있었다.

그는 직접 자신의 손주 사위를 챙기려고 하는 것이다. 근신령을 내린 이후로 그는 한 번도 옛날 일을 끄집어 내지 않았고 평시와 똑같이 그녀를 대했지만 결코 마음을 놓지 않았다는 증거였다.

식사가 날라져 왔고 식사하는 동안 강 회장은 그들을 향해 이것저것을 번갈아서 물었다. 그러다보니 그들은 단 한 마디도 직접 대화를 나누지 않았지만 서로에 대한 것은 대충 알게 되었다.

한민수는 뛰어난 남자였다. 재계순위 20위권 안에 드는 그룹의 차남인데도 그는 그룹의 후계자가 될 꿈을 버리고 법학 공부를 했다. 그리고 사법고시에 합격한 후에 판사생활을 잠깐 하다가 영국유학을 가서 국제경제학 박사학위를 받아온 것이다. 좀체 이런 일을 할 것 같지 않던 강 회장이 직접 나설 만한 가치가 있는 사내임에는 틀림없었다.

식사를 하는 둥 마는 둥 하던 강 회장이 냅킨을 탁자 위로 내려놓더니 자리에서 일어섰다.

"나 먼저 갈 테니, 너희들은 여기 있거라."

그가 따라 일어선 그들에게 명령하듯 말했다.

"따라 나올 것 없다."

강 회장이 거칠게 문을 닫고 나간 후에 테이블에 마주보고 앉은 그들은 한동안 입을 열지 않았다. 방음장치가 잘 되어 있는 방이었지만 바깥의 소음이 희미하게 들려왔다. 차도를 달리는 자동차의 엔진소리에 누군가가 경적을 신경질적으로 두어 번 누르는 소리도 들렸다. 이윽고 한민수가 입을 열었다.

"처음에는 저도 놀랐습니다. 회장님께서 직접 저를 찾으셨을 때."

"……."

"저를 꽤 눈 여겨 보셨던 모양입니다. 그것은 영광이지요. 어쩌면 제가 고시에 패스하고 학위를 딴 것보다 더, 자랑과 긍지를 느꼈습니다."

그는 잘생긴 얼굴에 이를 드러내며 맑게 웃었다.

"그래서 말씀인데 지금 미스 강께서 절 거부하신다고 해도 상관없다는 생각이 듭니다. 중요한 일이 아니죠. 전 이미 명예를 얻어 놓았으니까요."

강미현이 시선을 들어 그를 찬찬히 바라보았다. 이 남자는 다른 사람과는 다른 점이 있었다. 사람을 끄는 힘이 있는데다가 자신만만함에 거부감이 들지 않는다. 하긴 어설픈 겸손이나 재능, 그리고 허세로 할아버지의 눈을 속일 수는 없을 것이다. 그녀가 입을 열었다.

"거부감을 느끼시지 않으셨어요? 할아버지가 찾으셨을 때."

"천만에요. 내용을 알고는 기뻤습니다. 강미현 씨에 대해서는 들어 왔던 터여서."

"제가 좋아하는 남자가 있다는 것도 들으셨어요?"

"저도 여자가 있었습니다. 영국에서 같이 지내던 유학생이었는데 헤어졌지요."

"……"

"한때는 아버지의 영향력에서 벗어나려고 고시도 보았고 판사생활도 했습니다. 그것이 이제는 아버지나 다른 사람에게 무슨 훈장처럼 보이는 것이 기분 나쁘지는 않습니다. 아마 치기였던 모양입니다."

"……"

"남녀 간의 결합은 비슷한 수준의 남녀일 때 훨씬 더 잘 이해하면서 살아갈 수 있다는 전제하에, 이렇게 만나고 이런 이야기를 늘어놓는 것입니다. 그리고 우린 어느 정도는 사생활을 희생해야 되지요, 가족을 위해서는."

한민수가 물 잔을 들어 한 모금 마시더니 내려놓았다. 정색을 한 얼굴이었다.

"강미현 씨가 할아버지의 명령을 어길 수 없었던 것처럼 저도 그렇습니다. 이런 상황에서 보통 남녀처럼 신선하고 감동을 받는 어떤 것을 기대 했다면 잘못이지요."

"……"

"긍정적으로 받아들이고 나면 얼마든지 그런 것을 만들어 낼 수도 있지요. 조금 낯이 뜨거운 일이지만."

그러고 나서 그는 다시 얼굴을 펴고 웃었다.

"한번 만들어 봅시다. 언젠가 저한테서 고려그룹의 손녀인 강미현이 아니라 그냥 여자인 강미현을 사랑한다는 말이 나올지도 모르니까요."

점심을 마친 강형문 과장이 자리에 돌아와 앉자 안인석이 다가갔다. 강형문은 이제 과장 진급에 팀장이 되었고 안인석은 그의 팀원이다.

"과장님, 퍼거슨한테서는 아직 연락이 없습니다. 이것, 아무래도 이번 달 선적에 차질이 있겠는데요?"

안인석의 말에 강형문이 입맛을 다셨다.

"할 수 없지. 다음 달로 넘기는 수밖에."

퍼거슨은 네덜란드 바이어로 500만 달러 가까운 신용장을 아직 개설하지 못하고 있는 것이다. 그러나 연간 2000만 달러 가량의 웨이퍼를 수입해가는 고정 거래선의 하나였고 신용도도 높았으므로 강형문은 크게 걱정하지 않는 눈치였다. 그가 턱으로 옆쪽 의자를 가리켰으므로 안인석은 의자를 당겨 앉았다.

"전 대리는 아직 안 들어 왔나?"

그가 묻자 안인석의 시선이 앞쪽을 훑고 지나갔다. 전규영 대리는 그의 새로운 조장이었는데 미국지사 근무를 하다가 본사로 발령 받아 온 사람이다.

"손님과 점심약속이 있다고 했으니 조금 늦을 모양입니다."

"어제도 그 친구하고 술 마셨다며?"

"예, 양주 한 병 나눠 마시고 바로 헤어졌습니다."

저도 모르게 안인석의 목소리도 낮아졌다. 전규영은 뉴욕지사 근무를 4년째 하다가 귀국한 입사 6년차 대리였는데 사고를 일으켜 귀국당한 것이라는 소문이 나 있었다. 강형문이 그를 바라보았다.

"그래, 무슨 말 안해? 내 이야기 나……."

"과장님 이야기는 하지 않았습니다."

"그 친구 때문에 골치가 아파."

강형문이 이맛살을 찌푸리며 말했다.

"내가 안인석 씨한테는 솔직히 말하는데 그 친구가 이렇게 비협조적으로 나올 줄 알았다면 받지 않았을 거야."

"……."

"그 친구, 뉴욕에서 100만 달러 가까운 제품을 사기 당했어. 사기꾼이 내놓은 담보를 확인도 하지 않고 받고는 제품을 넘겨주었단 말이야."

처음 듣는 이야기였으므로 안인석은 긴장을 했다.

"어떻게 그런 일이……."

"사기꾼은 프로리다에 수백만 달러짜리 별장에 살면서 전 대리를 초대하고 때로는 별장도 빌려주었다더군. 둘은 친구가 된 것이지. 회사에서도 그것 때문에 혹시나 하고 있어."

강형문이 다시 목소리를 낮추었다.

"내가 답답해서 하는 소리야. 파면되지 않고 본사로 온 것만 해도 고맙게 생각하고 열심히 일해 줘야 할 텐데 매일 술타령에 업무는 신경도 쓰지 않으니 말이야."

"전 대리도 곧 다른 곳으로 옮기고 싶은 모양이던데요."

안인석의 말에 바짝 긴장을 한 강형문이 다가앉았다.

"어디로 말이야?"

"고려리아의 경공업 단지나 유전 현장이라도 좋답니다. 곧 인사부에 지원하겠다고."

"……."

"분위기가 싫다고 했습니다."

강형문이 잠자코 머리를 끄덕이자 안인석은 자리에서 일어나 테이블로 돌아왔다. 이제 강형문이 무슨 일을 할 것인지 짐작할 만큼 그도 회사생활에 익숙해져 있었다. 강형문은 먼저 부장이나 인사부에 전규영이 팀에 적응하지 못하고 있다는 보고서를 제출할 것이다. 전규영보다 먼저 선수를 쳐야 될 것이므로 아마 오늘 중으로 보고서가 올라갈지도 몰랐다.

 이제 섹스는 그들에게 자연스런 행위였다. 서로 근무시간이나 상황이 엇갈려 일주일에 한번 정도밖에 만나지 못했지만 대부분은 식사나 술을 들고 나서 호텔방으로 간다. 오늘도 누가 먼저라고 할 것도 없이 그들은 방에 들어와서는 두 번이나 뜨거운 섹스를 했다.
 벽에 걸린 시계가 새벽 1시를 가리키고 있었다. 알몸인 채 누워서 시계를 바라보던 안인석이 옆으로 머리를 돌렸다. 역시 알몸인 박미정이 아직도 가쁜 숨을 몰아쉬며 눈을 감고 반듯이 누워 있었다.
 "좋았어?"
 그가 묻자 박미정이 눈을 떴다.
 "응, 그런데 너무 길었어."
 "길다니, 난 너한테 맞추려고 했는데."
 "바보 같기는, 난 두 번이나 되었어, 그러다가……."
 "세 번째로 가다가 끝낸 모양이구만."
 그러자 얼굴에 웃음을 띠운 박미정이 손을 뻗어 그의 고환 밑을 부드럽게 쓸어 올렸다.
 "끝나고 나서 왜 그런 걸 물어? 내가 좋았던 걸 뻔히 알면서."
 "예의야."
 "앞으로는 내가 먼저 말해줘? 좋았는지 나빴는지."
 "생각해 보니 그건 안 되겠다."
 어느 사이에 다시 발기해 있던 자신의 것을 눈 끝으로 내려다보면서 안인석이 웃자 그녀도 따라 웃었다.
 "참, 어머니가 내일, 아니, 오늘이군. 오늘 회사 일찍 끝내고 시내에서 널 만나자고 하셨어. 그러니 오전에 전화해 봐."

안인석이 말하자 박미정이 상반신을 들었다.

"왜? 무슨 일이신데?"

"너하고 가구 보러 가시겠대."

"그건 우리 엄마하고 다 보았는데."

"잠자코 따라가 봐. 해주는 건 아무 소리 말고 받으란 말이야, 이 바보야."

박미정이 몸을 굴려 안인석 위에 올라앉고는 자신의 몸속으로 안인석의 것을 밀어 넣었다.

"아까 끝내다만 것 해줘."

상반신을 뒤로 젖힌 그녀의 얼굴은 이미 붉게 달아올라 있었다. 안인석은 그녀의 젖가슴을 두 손으로 움켜쥐고는 그녀의 움직임에 맞춰가기 시작했다.

박미정의 집으로 돌아가는 차 안이다. 한동안 차창 밖을 바라보고 있던 안인석이 문득 얼굴에 웃음을 띠었다.

"강 과장이나 전 대리는 모두 나를 이용하고 있어. 그들은 나를 통해서로 상대방의 상황을 알아내려고 한단 말이야."

"둘다 인석 씨를 믿고 있기 때문일 거야."

박미정의 말에 그가 머리를 끄덕였다.

"그렇겠지, 좋게 해석하면."

"왜 이용한다고 생각해?"

"그렇게 배워왔거든, 이용가치 기준으로 신뢰의 등급이 매겨지더란 말이야."

"……"

"내가 마음에 안 든다고 쫓아내려던 친구가 이제는 날 심복처럼 생각하고 있어."

"전 대리는 적응이 안 되는 모양이지?"

박미정은 틈틈이 들어서 안인석의 팀 분위기를 알고 있는 것이다.

머리를 끄덕인 안인석이 쓴웃음을 지었다.

"강 과장하고 안 맞는 거야. 뉴욕에서 오래 생활해서 그런지 강 과장의 스타일에 자주 거부반응을 일으켜."

"……."

"아마 오늘 강 과장이 부장하고 인사부에 연락했을걸? 같이 근무 못하겠으니 다른 곳으로 보내달라고."

"……."

"어제 전 대리하고 술을 마셨는데 대단한 사람이야. 총회장의 장손 강재원 씨와 뉴욕지사에서 같이 있으면서 심복이 되었어."

"강재원 씨와?"

놀란 박미정이 묻자 그가 커다랗게 머리를 끄덕였다.

"그가 털어놓았어, 나한테."

"심복이라고?"

"그래, 그리고 갑자기 본사로 발령이 나면 이상하게들 생각할 것 같으니 사고를 일으켜 좌천당한 것으로 소문을 내었다고."

"……."

"곧 과장급 팀장이 되었다가 강재원 씨와 같이 근무하게 될 거야."

"그런데 강 과장이 인사부에 같이 근무 못하겠다는 보고를 해?"

"그러니 야단났지."

그러면서 안인석이 이를 드러내며 웃었다.

"제 스타일에 맞지 않는다고 부하직원을 마음대로 하려고 한 대가를 곧 받게 될 거야."

"……."

"전 대리는 나에 대해서도 잘 알고 있더라고. 강 과장한테 찍혀서 한때 코너에 몰렸었던 것도."

"……."

"그래서 나한테 그런 이야기를 한 거야. 고려리아 이야기도."

"고려리아라니?"

"이야기가 길어. 다 왔으니 나중에 이야기해 줄게. 재미있으니까."

택시가 박미정의 아파트 쪽으로 다가가는 중이었다. 박미정이 머리를 돌려 안인석을 바라보았다.

"인석 씨는 많이 변했어."

"적응해 가는 거지. 그래야 처자식 먹여 살리고 무시당하지 않을 것 아냐."

"참, 내."

안인석이 손을 뻗어 박미정의 손을 쥐었다.

"사랑해, 미정아. 난 내가 너한테 믿음직한 남자로 보이는 것만이 유일한 바람이야. 월급이나 진급은 솔직히 내 안중에 없어."

이해할 수 있었으므로 박미정은 그의 손을 마주 쥐었다. 택시가 아파트 정문 앞에 멈춰 서고 있었다.

외로운 사나이

고춘식이 방 안으로 들어서자 자리에서 일어선 최태호가 얼굴에 웃음을 띠었다.

"갑자기 소장께서 웬일이시오? 퇴근시간이 넘었는데."

이제 서로를 잘 알고 있는 사이여서 쓸데없는 거드름을 피우지도 않지만 그렇다고 겸손한 것도 아니다.

고춘식은 무겁게 늘어진 권총집을 옆으로 비켜 올리며 소파에 앉았다.

이곳은 최태호의 아지트이자 북한 요원들의 본부나 마찬가지인 코즈모프 바의 뒤채 건물이다. 저녁 7시가 넘어서야 고춘식으로부터 방문하겠다는 연락을 받은 최태호는 웃는 얼굴이었지만 가는 눈 속의 눈동자가 재빠르게 움직이고 있었다. 긴장하고 있는 것이다.

"최 사장, 지금 당신, 누구 땅에 들어와 있는지 알고나 계신 거요?"

고춘식이 대뜸 그렇게 묻자 최태호의 얼굴에서 웃음기가 사라졌다.

"아니, 도대체 무슨 말씀을."

"마피아 쪽과 당신들이 전쟁준비를 하고 있는 걸 내가 모르는 줄 아시오? 그걸 알고 있는 내가 가만히 있을 것 같습니까"

얼굴을 잔뜩 일그러뜨린 고춘식이 쏘아붙이듯 말했다.

"당신은 날 허수아비 취급하는 모양인데 나도 명색이 경비소장이오. 당신들 때문에 내 목이 달아날 수는 없어."

"이것 보시오, 소장님."

고춘식이 숨을 돌리는 사이에 최태호가 입을 열었다.

"전쟁준비라니, 그건 너무 심한 말씀 아니오. 우린 어디까지나 자위 수단으로 영업장을 지키고 있을 뿐이오."

"자위수단? 이거 정말 날 바보 취급하는구먼."

그 순간 문이 열리더니 최태호의 부하 한 명이 서둘러 들어섰다. 최태호에게 다가선 그는 무언가를 귀엣말로 말하고는 뒤쪽으로 물러났다.

그러자 이맛살을 찌푸린 최태호가 고춘식을 바라보았다.

"타운에 경비요원들이 몽땅 깔렸다는데, 무얼 하실 작정이오.

"타운 밖도 통제시키고 있으니 오늘은 밖으로 도망칠 수도 없을 거요. 일제단속을 하는 겁니다."

타운 밖까지 막고 단속을 하는 것은 처음 있는 일이었으므로 최태호의 표정이 점점 더 굳어졌다.

"오늘밤 마피아가 당신들의 영업장을 일제히 습격한다는 확실한 정보가 있어요."

고춘식이 자르듯 말하더니 주위를 둘러보는 시늉을 했다.

"하 선생은 어디 계시오?"

"하 선생은 왜 찾는 거요?"

"추방당하지 않으려면 하 선생과 그 부하들은 모두 경비소로 와 주셔야겠소."

"경비소는 왜 갑니까?"

"안전지대이기 때문이지. 아니, 중립지대라고 해야 되겠군."

시계를 내려다본 고춘식이 자리에서 일어섰다.

"마피아와 북한 쪽을 함께 모아둘 수는 없지 않습니까? 그래서 마피아는 경비본부의 유치장에, 북한 측은 타운의 경비소에 격리시켜 수용하기로 한 겁니다."

"……."

"하 선생이 부하들과 함께 제 발로 경비소로 찾아와 보호를 요청한다면 내일 아침에는 돌려보내드리겠소."

"……."

"물론 지금 부소장 변홍근이 마피아의 양홍만과 송길수를 만나고 있습니다. 그들에게도 부하들과 함께 경비본부에 출두해 주기를 요청 하고 있어요."

"그럼, 그자들도 내일 아침에 돌려보내 주시겠군."

"아마 그렇게 될 거요. 그 대신 오늘밤의 습격은 무산되겠지."

문 앞으로 다가간 고춘식이 문의 손잡이를 잡고 머리를 돌려 최태호를 바라보았다.

"하지만 만일 반항하거나 검거에서 잡힐 경우에는 사살되거나 최소한 추방이요. 서둘러 주시오, 최 사장."

"양홍만과 그 부하 20여 명이 서쪽 길 끝에서 경비본부의 호송차에 탔습니다. 제가 방금 보고 왔습니다."

밖에서 들어온 부하가 서두르며 말한 것은 고춘식이 나간 지 20분쯤 되었을 때였다. 그때는 하석태도 와 있었으므로 방 안 사내들의 시선이 일제히 그에게로 모아졌다. 오늘밤은 경비본부에서 유전과 고려시의 경비 병력까지 동원한 200명이 넘는 병력으로 타운을 장악하고 있는 것이다. 하석태가 쓴웃음을 지었다.

"발악을 하는군, 고춘식이가."

"그럼, 어떻게 하시겠습니까?"

초조한 듯 최태호가 물으며 시계를 내려다보는 시늉을 했다. 벌써 9시가 되어 있었다.

"양홍만이가 갔다면 나도 나가야 되겠군, 경비소에 가서 하룻밤 쉬고 오겠어."

하석태가 주위의 사내들을 둘러보았다.

그가 평양에서 데려온 간부급 부하들이 모두 모여 있는 것이다.

"우리가 안 간다면 일이 복잡해진다. 일단 우리도 경비소에 들어가 고려의 체면을 살려주기로 하자."

"만일 그자들이 약속을 지키지 않으면 어떻게 합니까?"

부하 한 명이 묻자 하석태가 웃음 띤 얼굴로 머리를 저었다.

"마피아도 그렇지만 우리한테는 더욱 그럴 수가 없어. 우리만 추방시키거나 어떻게 할 수가 없단 말이다. 그렇게 되면 근로자들의 사보타주는 물론 모집도 어려워질 테니까. 고려리아의 존립이 위험해지지."

문이 열리더니 다시 밖에서 부하 한 명이 들어섰다. 밖에는 눈이 내리는지 눈가루가 옷에 묻어 있었다.

"네 방향에서 검거가 시작되었습니다. 끝 쪽에서 안으로 검거해 옵니다."

하석태가 최태호를 바라보았다.

"경비소에 연락을 해, 나하고 20명이 들어가겠다고."

"알았습니다."

자리에서 일어선 최태호를 향해 그가 말을 이었다.

"그리고 내일 아침 식사 전에는 경비소를 나와야 한다고 분명히 전해.

이것으로 양쪽의 분위기가 식어진 것은 틀림없으니 당분간 소장의 목은 단단하게 굳혀진 것 같구먼 그래."

"그렇습니다. 모두 고춘식이 당황해서 만들어 놓은 일입니다."

최태호가 방을 나가자 하석태는 탁자 위에 놓인 보드카 잔을 들었다.

"자, 한 잔씩 들자. 체면상 경비소에 술병을 들고 갈 수는 없을 테니까."

눈보라가 흩날리고 있었지만 추운 날씨는 아니었다. 장갑을 벗어 옷에 묻은 눈을 털면서 변홍근은 경비소로 들어섰다. 밤 10시가 조금 넘은 시간이었다.

"이제 오십니까?"

부하 한 명이 그를 향해 거수경례를 하면서 지나갔다. 활기찬 몸짓이었다. 경비소 안의 분위기도 활기에 차 있는 것이 느껴졌다. 이제 상황은 거의 종료되어가는 중이었다. 직원들 대부분은 마피아와 북한계 폭력단의 거물급 모두가 순순히 자수해 온 것에 대해서 자부심을 느끼고 있는 것 같았다. 그가 소장실에 들어섰을 때 고춘식은 마악 수화기를 내려놓는 참이었다.

"이동이다."

고춘식이 옷걸이에 걸린 방한 파카를 집어 들며 말했다.

"저 놈들을 모두 경비 본부로 데려 오라는 지시다."

"저놈들은 오늘밤 이곳에 있기로 되어 있지 않습니까?"

의아한 듯 변홍근이 묻자 지퍼를 올리며 고춘식이 머리를 저었다.

"본부에서 조사할 것이 있다는 거야."

"그럼, 호송원을 준비하지요."

"필요 없어. 곧 본부에서 호송차와 호송원이 온다. 너하고 나만 따라가면 돼."

"알겠습니다."

그들은 방을 나와 옆쪽의 유치장 문을 열고 들어섰다. 그들이 들어서자 유치장 안에 모여앉아 있던 사내들의 시선이 일제히 그들에게 쏠렸다. 질서 있게 늘어앉아 있는 사내들의 맨 뒤쪽에 책상다리를 하고 앉아 있는 사내가 하석태이다.

유치장 경비원에게 문을 열라고 지시한 고춘식과 변홍근은 안으로 들어가 그의 앞에 나란히 앉았다.

"하 선생, 곧 우리와 함께 본부로 가 주셔야겠습니다. 물론 여기 있는 사람들과 같이 말이오."

고춘식이 정중하게 말을 이었다.

"본부에서 조사할 것이 있답니다. 조금 전에 본부로 데려간 사람들이 항의를 한다는 겁니다, 불공평하다고."

"아마 불공평하다는 이유 때문이겠군요."

하석태가 부드럽게 말했다.

"여러 가지 신경 쓰실 일이 많아 골치가 아프시겠소, 소장님도."

"물론 내일 아침 아홉시에는 타운으로 돌아오시게 됩니다. 그건 본부에서도 확인을 받았습니다."

"당연하지요. 우리 모두가 이주증이 있고 현행범도 아닌데 문제가 될 일은 안하는 게 낫지요."

벽에 등을 기댄 하석태가 얼굴에 웃음을 띠었다.

"보지 않아도 뻔합니다. 아마 사건을 일으키면 안 된다는 이야기나 고려의 규칙을 지키겠다는 서약서에 사인을 하라고 하겠지. 그건 저쪽 마피아 놈들에게도 꼭 받아내야 될 겁니다, 소장님."

눈발을 피해 방한 파카의 후드를 올려 쓴 최태호는 경비소 앞을 떠나는 한 대의 호송트럭과 세 대의 지프를 한동안 바라보다가 몸을 돌렸다.

"소장이 책임진다고 했으니 내일 아침까지 기다리자."

옆에 선 부하에게 말한 그는 발을 떼었다. 밤 11시가 되어가고 있었다.

오늘은 고려에서 타운으로의 외출을 금지시킨 때문에 거리는 한산했다. 가끔씩 옆을 지나는 행인들은 러시아인이거나 가게의 종업원들뿐이었다.

"이렇게 되었다가는 타운이 며칠 안 가 망해 버리겠군."

옆을 따르던 부하가 혼잣말처럼 중얼거렸다. 많이 풀려나올 때는 하룻밤에 2만 명에 가까운 고려 근로자가 거리와 가게를 가득 메우는 것이다. 그의 시선을 따라 빈 거리와 가게를 둘러보던 최태호는 길게 숨을 내려쉬었다. 마피아와 타운의 주도권을 잡으려고 눈에 불을 켜고 있었지만 결국 열쇠를 쥐고 있는 것은 고려인 것이다. 고려가 펴놓은 무대 위에서 뛰노는 기분을 느낀 것이다.

눈길을 10킬로미터쯤 전진해 나갔을 때 고춘식은 입을 커다랗게 벌리고 하품을 했다. 초저녁부터 긴장의 연속이었고 이제는 거의 끝나가는 것이다.

"이봐, 자넨 타운에 자주 놀러 와 보았나?"

그는 옆자리의 경비대원에게로 머리를 돌렸다.

"예, 몇 번 갔습니다."

30대 초반의 사내는 얼굴에 웃음을 띠었다. 어깨의 계급장에 흰줄이 세 개 있으니 대리급 사원이다.

"주로 어디서 놀았나?"

"예, 크라우프 바와 안나네 집 이었지요."

"그래, 그곳 분위기가 제일 낫지."

고춘식이 머리를 끄덕였을 때 지프가 속력을 줄이더니 벌판 한가운데서 멈춰 섰다.

"무슨 일이야?"

뒷좌석에 앉았으므로 머리를 내민 고춘식이 앞쪽을 내다보았을 때였다.

"잠자코 있어."

그렇게 말한 것은 옆자리의 사내였다.

눈을 휘둥그렇게 뜬 고춘식이 그를 바라보았다.

"뭐라고?"

"잠자코 있으란 말이다."

사내는 눈 한번 깜박이지도 그렇다고 말소리를 높이지도 않았다. 고춘식이 다시 입을 벌리려는 순간이다. 사내의 주먹이 날아와 고춘식의 턱을 쳤다

"아이고."

머리를 앞쪽 의자에 부딪히며 비명을 지른 그의 목덜미에 다시 주먹이 내려쳐졌다.

차가 멈추었을 때 두 번째 지프에 타고 있던 하석태는 이맛살을 찌푸리고 주위를 둘러보았다. 이곳은 경비본부와 타운의 중간 지점으로 주위에는 은폐물도 없는 벌판의 한복판이다. 앞자리에 타고 있던 사내가 밖으로 나가더니 뒤쪽에 있는 트럭으로 다가갔다. 하석태의 시선이 그의 뒷모습을 쫓자 옆자리의 사내가 불쑥 입을 열었다.

"잘 봐두시오, 하 선생."

이제까지 한마디도 입을 열지 않았던 사내였으므로 하석태는 그에게로 시선을 주었다. 어깨에 계급장이 없는 30대의 사내였다. 사내가 턱으로 뒤쪽을 가리켰다.

"잘 봐두시라니까."

그러자 지프가 조금 움직이더니 앞쪽으로 30미터쯤 천천히 굴러가다가 멈춰 섰다 뒤쪽의 트럭과는 50미터쯤의 거리가 된 것이다. 곧 하석태는 이쪽으로 뛰어오는 서너 명의 사내들을 보았다. 트럭의 전조등 불빛을 받으며 그들은 전력을 다해 달려오고 있는 것이다.

하석태는 문득 눈을 치켜뜨고 입을 벌렸다. 사태를 눈치 챈 것이다. 그 순간이다. 번쩍이는 불과 함께 트럭은 산산조각이 나면서 폭발했다. 요란한 폭음이 울리면서 불덩이가 된 잔해들이 사방으로 떨어져 내렸다. 뛰어오던 사내들은 일제히 눈 위에 엎드리고 있었다.

"이 새끼들."

번쩍 상반신을 일으키던 하석태는 옆구리를 강타한 주먹을 맞고 털썩 주저앉았다. 입을 쩍 벌리고 몸을 비트는 하석태의 목덜미를 사내가 움켜쥐었다.

"자, 아직 끝나지 않았다."

사내가 하석태의 얼굴을 뒤쪽 유리창에 밀었을 때 다시 폭음과 함께 폭발이 일어났다. 이번에는 그 뒤쪽에 있던 지프였다.

"저 지프에는 타운 경비소의 부소장이 타고 있지. 그놈은 너희들의 공격을 받아 죽은 거야."

사내가 낮은 목소리로 말했다.

"물론 우리 경비원도 다섯 명쯤 죽는다. 저기 앞차에 타고 있는 경비소장까지 포함하면 일곱 명의 경비원이 죽은 것으로 보고 될 것이다."

"네놈들이 우릴 없애려는 계획이었군."

하석태가 이를 갈았다.

"두고 봐라, 우리 공화국이 네놈들 씨를 말릴 것이다."

그러자 사내가 이를 드러내며 웃었다.

"너희들은 소장과 부소장 등 일곱 명의 경비대원을 죽이고 탈주하다가 폭사하고 사살된 것이다."

그러면서 사내는 갑자기 하석태의 팔을 잡아 뒤로 꺾었다.

"문을 열어라."

앞에 탄 사내가 서둘러 차에서 내리더니 하석태 쪽의 문을 열었다.

그들은 눈바람이 휘몰아치는 밖으로 나와 섰다.

"자, 뛰어라."

사내가 잡았던 하석태의 팔을 와락 앞으로 밀면서 소리쳤다. 그러나 두어 발짝 비틀거리며 밀려갔던 하석태가 발을 멈추고는 몸을 돌려 사내를 바라보았다.

눈보라가 그의 얼굴을 때리고 있었지만 어깨를 펴고 턱을 든 자세였다.

"쏴, 이 간나새끼야, 날 어떻게 보고 뛰라는 거야!"

그가 소리치자 어느 사이에 사내가 쥐고 있던 권총에서 총성이 울렸다.

고춘식은 하석태가 사살되는 것을 똑똑히 볼 수 있었다. 눈 위에 서 있는 사내들이 이쪽저쪽에서 플래시를 비치고 있는데다가 불타는 트럭과 지프가 주위를 밝히고 있었기 때문이다.

"자, 이제 네 차례다. 고춘식."

옆의 사내가 고춘식의 어깨를 손으로 가볍게 두드렸다.

"부소장은 먼저 보냈어, 귀찮아서."

"당신들은 누구요?"

온몸을 떨고 있었으므로 그의 목소리도 떨려 나왔다.

"도대체 내가 무슨 죄가 있다고 나를……."

"넌 쓰레기야. 그런데 그 쓰레기를 값지게 처리할 수 있게 된 것이지."

앞쪽에 앉은 사내들은 이미 밖으로 나가 있었으므로 차 안에 그들 둘뿐이다.

"하지만 기회를 줄 수도 있어. 네 배후 조종자가 누구고 그 라인을 모두 실토한다면 말이다. 하지만 시간이 없다."

사내가 시계를 내려다보는 시늉을 했다.

"서둘러야 돼, 여기 앞에 앉은 내 부하들이 돌아올 때까지 신통한 이야기가 없으면 넌 시체로 이곳에 던져질 거다."

"당신들이 누군지 말하면 말하지요."

그러자 사내가 얼굴에 웃음을 띠었다.

"국정원 요원이야, 한국의. 그럼, 됐나?"

"……."

"놀란 얼굴을 보니 꽤 기분이 좋군. 네놈 윗선과 라인만 말하면 살려줄 테니 이젠 부담 없이 말해라. 널 그대로 소장 자리에 앉혀서 돈 벌게 해주 겠다고 약속할 테니까."

다음날 오후 1시경이 되어서야 김상철은 부하들과 함께 타운에 돌아올 수 있었다. 그가 곧장 나파스 클럽의 사무실로 들어가 앉자 송길수 등이 주위에 모여 앉았다.

"소장과 부소장을 포함해서 일곱 명의 경비대원이 죽었습니다."

송길수가 서두르듯 입을 열었다.

"저쪽은 하석태와 18명의 부하가 몰살당했습니다. 경비대원들을 죽이고 도망치려다 당한 것이라고 합니다."

머리를 끄덕인 김상철이 주위의 부하들을 하나씩 둘러보았으므로 방 안은 조용해졌다.

"타운에서 고춘식이 관리했던 업소가 모두 몇 개인지 아나?"

누구를 향해서 물은 것도 아니어서 사내들이 서로 얼굴을 바라보았다. 먼저 입을 연 것은 빨빨거리고 잘 돌아다니는 하용준이다.

"모두 다섯 개 정도인 것 같은데요. 크라우프 바, 안나네 집, 마샤 클럽, 조지 클럽, 거기에다 북쪽 끝에 새로 생긴 서울 하우스도 경비소에서 봐 준다는 소문이 있습니다."

그를 바라보고 있던 김상철이 쓴웃음을 지었다.

"그건 맞다. 하지만 일곱 개가 더 있다."

그러자 모두 놀란 얼굴이 되었다.

파벨이 붙여준 러시아인 블라더미르도 한국어를 조금 아는지라 입을 쩍 벌렸다.

"아니, 그렇다면 열두 개 업소란 말입니까? 그렇게 많이…."

송길수가 눈을 껌벅이며 말했다.

"그놈, 억울해서 곱게 죽지 못했을 것 같습니다."

"우리가 그곳을 인수하기로 했다."

김상철의 말에 사내들이 다시 놀란 얼굴들이 되었다.

"어떻게 말입니까?"

누군가 재촉하듯 물었으므로 김상철이 말을 이었다.

"인수금은 없어. 우리가 관리를 하고 이익금은 반씩 나누기로 했다. 이제부터 이익금의 반은 고려의 경리부로 보내지는 거다."

그는 호주머니에서 접혀진 종이쪽지를 꺼내들었다.

"오늘부터 당장이야. 그러니 이 업소들을 너희들이 한두 개씩 맡아야 할 것 같다. 잘 들어."

그 시간에 최태호는 고려의 경비본부에 불려와 이상훈과 마주 앉아 있었다.

최태호는 이상훈이 초면인데다가 경비본부의 분위기에 조금 위축된 표정이었다. 더구나 하석태와 그 부하들이 몰살당한 데다가 이쪽도 경비소장과 부소장을 포함해 일곱 명을 살해한 것이다. 이래저래 그의 심기는 불편해져 있었다. 이윽고 이상훈이 탁자 위에 펼쳐진 수십 장의 사진들을 걷어 모았다. 그것은 모두 어젯밤 사건 현장의 컬러 사진으로 마피아의 사상자와 파괴된 차량들, 그리고 무기들까지 세밀하게 찍어놓은 것이다.

"이런 상황이라면 우리가 당신들 모두를 고려리아에서 추방시켜도 할 말이 없을 겁니다. 고려의 경비소장과 부소장 등을 살해한 것은 고려에 대한 정면도전으로 볼 수가 있으니까."

이상훈이 단호한 어조로 말을 이었다

"우리가 북한계로부터 조선족 모집에 협조를 받고 있지만 이런 만행을 더 이상 묵과할 수가 없어요. 본부 단장께서 이미 서울로 보고를 하셨으니 곧 조처가 내려올 겁니다."

"하지만 우리도 20명이 죽었습니다. 더욱이 하석태 씨는 중요인물로."

"이것 보시오……."

최태호의 말을 이상훈이 잘랐다. 그는 이제 눈을 치켜뜨고 있었다.

"싸움을 말리려고 데려가는 경비대원을 살해하다니, 그러고도 사상자가 났다고 투정을 부리는 거요? 당신들 억지가 한국에서처럼 이곳에서 통할 것 같소?"

"……."

"얼마 전, 게이트 남방에서 보급트럭을 폭파하고 인명을 살상한 것도 당신들이라는 정보가 있소. 당신들은 이곳을 적화 사업장으로 삼을 작정이요?"

"그건 우리하고 무관한 일이오. 억지소립니다."

얼굴을 붉힌 최태호가 그를 노려보았다.

"무슨 증거로 그러는지 증거를 대시오."

그러자 이상훈이 찌푸린 얼굴로 혀를 찼다.
"어쨌든 위에서 정책적인 결정이 내려질 때까지 돌아가서 기다리시오. 물론 당신도 평양에 보고를 해야겠지요. 하지만 충고를 하겠는데……."
이상훈이 그를 똑바로 쏘아보았다.
"하석태 씨는 경솔했소. 갑자기 경비소장의 권총을 빼앗아 그를 쏘아 죽이고 뛰쳐나가 트럭의 운전사를 쏘았소. 나는 도무지 이해할 수가 없단 말이오. 그 사람의 행동으로 이제까지 무난했던 관계가 하룻밤 사이에 급변한 거요."
"……."
"당신들은 당분간 자중해야 됩니다. 이것은 내 개인적인 충고니 새겨들으시오."

머리를 든 유장석이 옆쪽의 소파를 눈으로 가리켰다.
"거기 앉게, 곧 부단장도 온다고 했으니까."
출근한 지 얼마 되지 않은 아침시간이었다. 유장석이 뒤쪽 유리창 밖으로 광활한 평원이 바라보였고 지평선 위의 하늘은 티 한 점 없이 맑았다.
한동안 넓은 단장실 안에서는 유장석이 서류를 넘기는 종이소리밖에 들리지 않았으므로 이상훈은 숨을 죽였다. 단장이 자신에게 경계심을 품고 있다는 것을 그도 잘 알고 있었다. 어쨌든 자신은 고려식구가 아닌 것이다. 그 순간 문에서 노크 소리가 들리더니 이대각이 들어섰다. 큰 머리를 흔들면서 활기찬 걸음으로 들어선 그는 이상훈의 옆자리에 털썩 앉았다.
"무슨 일입니까?"

이상훈의 인사를 건성으로 받으며 그가 묻자 자리에서 일어난 유장석이 그들의 앞자리에 앉았다.

"이 부장이 보고할 것이 있다고 해서, 엊그제 사건 문제로."

유장석이 이상훈에게로 시선을 돌렸다.

"그래, 말해 봐."

"고춘식의 진술을 우선 들으시는 것이 나을 것 같습니다."

들고 온 가방에서 소형 녹음기를 꺼낸 이상훈이 그것을 탁자 위에 내려놓고는 스위치를 켰다. 그러자 곧 서두르며, 가끔씩 더듬거렸다가 목이 메기도 하는 듯한 고춘식의 목소리가 방 안에 울려나왔다. 낯선 사내가 다그치듯 묻는 말에 고춘식은 고분고분 대답하는 편이었다. 녹음테이프가 돌아가는 20여 분 동안 방 안의 사내들은 입을 열지 않았다. 테이프가 꺼진 후에도 한동안 정적이 흘렀다. 이윽고 먼저 입을 연 것은 이대각이다.

"소름이 끼치는군. 아니, 이가 갈린다."

그는 눈을 부릅뜨고 이상훈을 바라보았다.

"잘했어, 정말 수고했다고."

그러자 유장석이 머리를 들었다. 얼굴 표정이 딱딱하게 굳어 있었다.

"그래서 이 진술을 받고나서 고춘식을 죽였나? 변홍근이도 같이 말이야."

이상훈을 노려본 채 그가 말을 이었다.

"회사를 위한다는 명분은 좋지만 난 죽이라는 지시는 하지 않았어. 그래, 고춘식과 변홍근을 제외한 다섯 명의 경비대원은 어떻게 된 거야?"

"가공의 인물입니다. 사진만 그렇게 찍었을 뿐입니다, 단장님."

"그렇다면 병원 영안실에 있는 관 다섯 개는 비어 있겠군."

"적당한 무게의 나무를 넣었습니다."

"이 사실을 알고 있는 것은 누구야? 국정원 요원인 당신과 부하들을 빼놓고…… 경비본부장도 알고 있겠고."

"본부장님도 모르고 계십니다, 단장님. 고려직원으로는 단장님과 부단장님 두 분만 알고 계신 겁니다."

찌푸린 얼굴로 이상훈이 입을 다물자 이대각이 헛기침을 했다.

"솔직히 말씀드리면 잘 했다는 생각이 드는데요. 이런 놈들은 저라도 그렇게 했을 겁니다, 단장님."

"시끄러!"

유장석이 버럭 소리를 질렀다.

"부단장쯤 되었으면 경망스럽게 굴지 좀 마라."

"경망스럽다니요?"

이상훈의 앞이기도 했으므로 이대각의 관자놀이에 핏줄이 섰다.

"아니, 이런 방법이 아니었으면 어디, 북한 놈들 세력을 약화시킬 묘안이라도 있었습니까? 더구나 이 암세포 같은 놈들의 진상을 밝혀낼 수가 있었겠느냐 말입니다."

한바탕 퍼붓고 난 이대각은 유장석의 시선을 이겨내지 못하고 마침내 시선을 내렸다. 이상훈이 입을 열었다.

"사전에 말씀드리면 허락해 주실 것 같지 않아서 제가 독단으로 결정했습니다. 이 일은 제가 책임을 지겠습니다, 단장님."

"앞으로는 우리한테 승인을 받고 행동하시오, 이 부장."

"알겠습니다, 단장님."

이상훈이 손바닥으로 이마의 땀을 씻어냈다.

"그래서 지금 타운에 있는 열두 개 업소가 허공에 뜬 상태가 되었습니다. 관리인 노릇을 하던 고춘식과 변흥근이 죽었으니까요."

"그렇군, 배후 놈들은 나설 입장도 아닐 것이고."

이대각이 말을 받자 이상훈이 유장석을 바라보았다.

"그래서 그 열두 개 업소의 관리를 양흥만에게 맡겼습니다, 단장님. 이것도 제 독단이었습니다만 하루라도 공석으로 할 수가 없는 상황이어서."

"양흥만이라면, 그 마피아의 보스 말인가?"

"그렇습니다, 단장님."

"그자한테 왜?"

"그 사람이 김상철입니다, 단장님. 기억하십니까?"

"김상철?"

버럭 소리치며 나선 것은 또 이대각이다. 그의 얼굴은 이제 하얗게 되어 있었다.

"김상철이가 양흥만? 아니, 양흥만이가…… 마피아가 김상철?"

이상훈의 말에 일어나 왔다갔다하던 유장석도 이상훈에게 바짝 다가앉을 때는 얼굴이 굳어져 있다. 유장석이 말했다.

"자세히 이야기 해, 이 부장."

"그는 양흥만이라는 가명을 쓰고 타운에 들어왔던 것이지요. 물론 그는 마피아의 절대적인 지원을 받는 간부입니다."

"……"

"저도 얼마 전에야 알게 되었습니다. 그래서 본부에 보고를 했더니 그를 지원하라는 지시가 내려 왔습니다."

"김상철을 지원하라고 말이야?"

이대각이 묻자 그가 머리를 끄덕였다.

"물론 비공식입니다. 그는 파벨의 심복이기도 한데다가 고려를 위해서는 자신을 희생한 사람이니까요. 여러 모로 우리에게도 필요한 사람이지요."

수화기를 귀에 댄 조성욱 상무는 이맛살을 찌푸렸다.

"숙소에도 전화를 받지 않는데 아직 출근하지도 않았단 말이야?"

"예, 상무님. 하지만 창고에 가셨을지도 모르니까 곧 연락드리도록 하겠습니다."

"알았어."

수화기를 내려놓은 그는 한동안 테이블 위를 내려다보다가 다시 수화기를 들었다. 관리담당 중역인 그는 창고의 관리에서부터 인력 관리까지 맡아왔고 능력을 인정받아 지난번에 상무로 승진까지 되었던 것이다.

다이얼을 누르자 곧 신호가 떨어지면서 저쪽에서 수화기를 드는 소리가 들렸다.

"여보세요."

숙사 관리부의 양부장이다.

"나야, 거기 별일 없지?"

"예, 저야 그렇습니다만……."

그의 목소리가 허둥거리는 듯 들떠 있었으므로 조성욱은 한 호흡을 쉬었다.

"그래, 어제 다녀왔어?"

"예, 상무님."

"그래서?"

"여느 때보다도 손님이 많았습니다. 전날에 외출금지로 못나왔던 바람에."

"……."

"별다른 소문은 듣지 못했습니다."

"알았어."

수화기를 내려놓은 그가 자리에서 막 일어서는데 문에서 노크 소리가 들리면서 문이 열렸다. 들어서는 사람은 이대각과 이상훈이다.

"아니, 부단장께서 웬일이시오?"

조성욱이 사람 좋은 얼굴에 웃음을 띠었다. 그들을 소파로 안내한 그는 앞에 앉은 이대각을 부드러운 시선으로 바라보았다.

"또 가스현장으로 인력을 증원시켜야 한다는 겁니까?"

조성욱이 입사 선배이긴 했지만 이대각은 부단장이다. 조성욱의 말에 이대각이 빙그레 웃었다.

"가스현장 인력은 이미 조처했습니다. 내 직권으로 유정인력에서 2000명을 빼내었지요."

"……."

"창고의 박용성 부장을 어젯밤부터 찾고 계시는데, 그는 지금 여기 있는 이 부장이 보호하고 있어요."

그러자 조성욱이 이맛살을 찌푸렸다.

"이 부장이 보호하고 있다니. 그럼, 경비본부에서……."

"그렇소. 이제 조사는 다 끝났으니 곧 옮겨질 거요, 북쪽으로."

이제 얼굴을 굳힌 조성욱은 전혀 다른 사람처럼 보였다. 그가 이대각을 바라보았다.

"난 무슨 말인지 알아듣지 못하겠는데, 하나도. 자세히 설명해 주시겠소?"

"이 부장 따라가서 이야기를 해."

그를 쏘아본 이대각이 말을 이었다

"더러운 놈, 도망치려고 헬기까지 준비해 놓았더군. 이제 북쪽으로 끌려가서 마음껏 놀아봐라. 시베리아 유형지라는 것이 어떤 곳인지 겪어보란 말이다."

저녁 8시가 되자 고려타운은 시베리아의 밤하늘을 휘황찬란하게 밝히며 활기 있게 움직이기 시작했다. 네온사인이 명멸하는 거리는 사람들로 가득 메워졌고 수많은 가게에서 울리는 음악소리와 갖가지 소음들이 거리를 더욱 생기 있게 만들고 있었다.

서쪽의 중간 부근에 위치한 나파스 클럽도 예외는 아니다. 벌써부터 홀을 가득 메운 손님들은 무대 위의 댄서들을 바라보며 흥을 돋우고 있었다. 이제 곧 쇼가 시작되는 것이다.

클럽 안쪽의 밀실 안이다. 주방 옆에 만들어진 밀실은 출입구가 뒤쪽에 나 있는데다가 2층으로 올라가는 비밀 계단까지 갖춘 VIP용이었다. 밀실 안에 혼자 앉아 있던 김상철은 문이 열리자 자리에서 일어섰다.

앞장서서 들어선 것은 유장석이고 뒤를 따르는 것은 이대각이다. 김상철은 그들을 향해 두어 걸음 다가갔다가 멈춰 섰다. 멈춰선 그들도 김상철을 뚫어져라 바라보았다. 이대각이 입을 딱 벌렸다가 다시 닫았는데 그것은 유장석에게 말을 양보하려는 부하로서의 본능이다. 김상철을 바라보는 유장석의 표정은 마치 성난 것처럼 보였다.

"네가 여기 있었다니……."

유장석의 목소리는 낮지만 방 안을 울렸다.

"이 지독한 놈, 여기 있었으면서도 우리한테……."

그리고는 두 팔을 벌리고 다가와 김상철의 상반신을 안았다.

"우리는 네가 살아 있을 줄로 믿었다, 이놈아."

"이제 그만하고 놓아주시오."

옆에 서서 그렇게 말한 것은 이대각이다.

"나도 이 새끼 한 번 안아봅시다."

그의 목소리는 그답지 않게 가라앉아 있었다. 이윽고 그들은 소파에 마주 앉았다. 탁자 위에는 이미 술과 안주가 가득 놓여 있었으므로 이대각은 김상철과 방 안을 신기 한 듯 둘러보았다.

"김상철이가 색싯집 주인이 되어 있다니."

그들의 잔에 술을 따른 김상철이 머리를 숙여보였다.

"뵙고 싶었지만 폐가 될 것 같았습니다."

"야, 인마. 폐는 무슨…… 네가 여기 있는 줄 알았으면 내가 폐를 끼쳤을 텐데."

그들의 말을 잠자코 듣던 유장석이 잔을 비우고는 김상철을 바라보았다.

"한 잔 마시기 전에 너한테 말해 둘 것이 있다."

움직임을 멈춘 그를 향해 유장석이 말을 이었다.

"우선 살인혐의에 대한 네 기소는 국정원에서 취하하기로 했다. 이제 넌 수배자도, 실종자도 아니다."

"……"

"물론 국정원은 마피아의 간부급 대우를 받으며 파벨의 동업자로 이 타운을 장악하고 있는 네가 이용가치가 있었기 때문에 그랬을 것이다."

잠자코 자신을 바라보는 김상철을 향해 유장석이 쓴웃음을 지었다.

"모두 네 힘으로 해낸 것이다. 결국 너는 네 혼자 힘으로 헤쳐 나왔어."

"……"

"그리고 오늘 오후에 이 실장과 통화를 했는데, 네가 원한다면 당장이라도 회사에 복귀시키라는 지시였다. 총회장의 지시를 받았다고…… 대단히 기뻐하셨다는 거다."

그러자 김상철이 머리를 저었다.

"저는 이것이 낫습니다, 단장님. 저도 나름대로 도시를 건설하고 있으니까요."

"그렇지."

틈을 노리던 이대각이 그제야 끼어들었다.

"그럴 줄 알았다니까. 오면서 단장님하고도 이야기했지만 네가 복귀하지 않을 것이라고 우리 둘 다 생각했었다."

유장석이 헛기침을 했으나 그는 내처 말을 이었다.

"너는 소비도시를 건설하는 거다, 우리가 밀어줄 테니. 고려를 배경으로 말이야."

"이번에 열두 개 업소를 인수받았지?"

길어지려는 말을 자른 유장석이 묻자 김상철이 머리를 끄덕였다.

"예, 단장님."

"아닌 게 아니라 우리도 네가 쉽게 복귀하리라고는 생각하지 않았다. 그래서 복안을 가져왔는데, 타운을 이대로 내버려 둘 수는 없으니 앞으로는 우리도 네 뒤를 밀어주기로 했다. 이것도 어떻게 생각하면 널 이용하는 셈이지."

그는 다시 얼굴에 웃음을 띠었다.

"이건 내 생각이지만 넌 거저 주는 것은 받지도 않을 놈이야. 네가 힘이 있고 줄 것이 있어야 받을 놈이라는 것을 알고 있단 말이다."

"그건 나도 압니다."

술잔을 들며 이대각이 말했다.

"혼자 다 아는 척하지 마시오, 단장님."

점심시간이어서 투돌레프 클럽의 지배인과 함께 식사를 하고 있는 이한에게로 부하가 다가왔다.

"형님, 손님이 찾아오셨는데요."

"나를?"

이한이 버릇처럼 찡그린 얼굴에 눈을 크게 떠 보였다.

"누군데?"

"사장님을 찾아온 손님입니다."

사장이라면 김상철이다. 이제 20개 가까운 영업체를 장악하고 있는 김상철은 사장으로 불렸고 각 업소는 지배인이 관리하는 체제로 되어 있는 것이다. 자리에서 일어선 이한은 부하를 따라 아래층으로 내려갔다. 텅 비어 있는 홀의 안쪽에 앉아 있던 두 남녀가 다가오는 그를 보더니 자리에서 일어섰다.

조선족으로 여자는 윤곽이 뚜렷한 얼굴이었는데 그의 시선을 똑바로 받는다.

"사장님을 찾아오셨다고요? 어디서 오셨는데?"

하용준이나 다른 부하들이 모두 지배인으로 나갔어도 이한은 자청하여 김상철의 옆에 남아 있었다.

"블라디보스톡에서 온 장인규라고 하면 아실 겁니다."

여자가 부드럽게 말했다

잠시 그녀를 바라보던 이한이 몸을 돌렸다. 그로부터 20분쯤 후에 장인규는 나파스 클럽의 뒤채에 있는 김상철의 사무실로 들어섰다. 자리에 앉아 있던 김상철이 쓴웃음을 지으며 일어섰다.

"여기까지 날 찾아오다니, 어지간히 갈 곳이 없었던 모양이군."

"이젠 술집 주인이 되셨군요, 아니 사장님인가?"

말은 빈정거리듯 했지만 그녀의 얼굴은 풀려져 있었다. 자리에 마주앉자 김상철이 새삼스러운 듯 그녀를 바라보았다.

"파벨한테서 온다는 연락은 받았어. 그전에 집안 사정도 들었고."

"갈 곳이 없었어요, 도망 다니기도 지쳤고."

의자에 등을 기댄 장인규가 방 안을 둘러보았다.

"토치카처럼 지은 걸 보니 이곳도 살벌한 것 같군요."

"곧 이금철이 온다는 거야, 그렇게 되면 밤낮으로 그자의 얼굴을 보게 될 상황이지."

"얼마 전에 조직지도부의 간부와 부하들이 몰사를 했다더니 이젠 이금철이 직접 나설 모양이네."

짧게 자른 머리에 화장기가 없는 그녀의 얼굴은 야위어 있었다. 찻잔을 쥔 손가락도 가늘다. 그녀가 블라디보스토크의 부둣가 가게에서 북한측 요원 6명을 쏘아죽인 여자인 줄은 이한도 모를 것이었다. 김상철이 입을 열었다.

"파벨은 그저 당신이 나한테 온다고만 말했는데. 그래, 여기까지 온 것은 무엇 때문이야?"

"성격은 여전하군요, 김상철 씨는."

찻잔을 내려놓은 장인규가 정색을 했다.

"돈이 20만 달러쯤 있어요, 그 돈으로 이곳에서 사업을 하고 싶어요."

"……"

"이르쿠츠크의 친척집에 어머니를 모셔다 놓고 돈을 떼어드리고 남은 돈이에요. 20만 달러면 가게 몇 채는 세울 수 있겠죠?"

"……"

"파벨한테 상의하니까 당신과 말해보라고 하더군요. 당신이 결정할 문제라고."

"그 돈이면 일본에라도 건너갈 수 있을 텐데, 어머니 모시고."

그러자 장인규가 그를 쏘아보았다.

"도망치느라고 바빠서 그 생각은 못해본 것 같군요."

"……"

"이금철이 곧 온다니 나 때문에 그자와 일이 날 것이 걱정되나요? 그렇다면 돌아가겠어요, 구차하게 부탁은 않겠어요."

잠자코 있는 김상철을 바라보던 장인규가 자리에서 일어섰다.

"실망하지 않았으니까 신경 쓰지 말아요."

따라 일어선 김상철이 입을 열었다.

"이익금의 반을 내야 돼."

"……"

"그리고 내 통제를 받아야 되고…… 무슨 말인지 알겠지?"

입을 꾹 다문 채 그를 바라보고 서 있는 장인규를 향해 그가 말을 이었다.

"숙소는 우선 이 클럽의 별채를 써. 그러고 나서 사업에 대해서 상의를 해보자고."

다시 자리에 앉은 김상철이 그녀를 올려다보았다.

"잘 왔어. 점심 안 먹었으면 같이 하지, 자리에 앉아서."

5월 초순이 되자 하루걸러 비가 내렸으므로 거리는 지저분했다. 오늘은 비가 그쳤지만 하늘은 흐렸고 열려진 차창으로 몰려드는 바람도 눅눅한 습기를 품고 있었다. 강미현은 운전석 옆자리에 앉아 똑바로 앞을 바라본 채 한동안 입을 열지 않았다. 그녀는 한민수와 시내에서 점심을 먹고 회사로 돌아가는 중이었다.

"회장님께선 고려리아에 대단한 관심을 갖고 계시는 것 같더군요."

한민수가 입을 열었다.

"나도 놀랐습니다, 일 년 반만에 그 정도로 빨리 발전될 줄은."

"할아버지는 곧 그곳에서 사실 생각이세요."

"저한테도 그런 말씀 하셨습니다."

신호에 걸려 차를 세운 한민수가 그녀를 향해 웃어보였다.

"대뜸 나한테 물으셨어요. 시베리아에 가서 살 생각 없냐고요."

"……."

"사는 장소는 문제가 아닙니다. 무슨 일을 하고 사는가 그것이 중요합니다. 그렇게 말씀드렸지요."

강미현은 소리 죽여 숨을 내리쉬었다. 아마 강 회장을 크게 만족시킨 대답이 되었을 것이다. 이 사람은 고시에 패스한 사람답게 정답만을 말하고 언행에 오차도 없다. 신호가 풀렸으므로 그의 대형 승용차는 부드럽게 굴러나갔다.

"이제 50년쯤 후면 세계는 경제권으로 구분이 되고 국경의 의미가 없어진다는 회장님의 말씀에 나도 동감입니다."

그의 듣기 좋은 목소리가 차 안을 울렸다.

"그때까지 살아남는 것은 기업, 그리고 그것을 이끄는 것은 가문이지요."

한민수가 손을 뻗어 강미현의 손을 쥐었다. 기어의 손잡이를 쥐는 것처럼 너무 자연스러운 행동이어서 강미현은 그가 기어를 잡으려다 손을 잘못 놀린 것으로 생각할 정도였다.

"미현 씨가 좋아지고 있습니다."

손을 쥔 채 그가 날씨 이야기를 하는 것처럼 그렇게 말했다.

"당신만큼 내 가슴을 설레게 하는 여자는 없었습니다."

강미현이 손을 들어 올려 시계를 보았으므로 그의 손이 핸들로 옮겨갔다. 오늘 저녁에 강 회장은 한민수와 만난 이야기를 물어올 것이었다. 그와 만나고 난 다음이면 강 회장은 꼭 오늘 어땠냐고 물어왔는데 아마 한민수 쪽에서 보고를 했거나 정보원이 따라다녔든가 둘 중의 하나였다.

오후 3시 정각에 도쿄발 대한항공 825편은 김포공항에 도착했다.

김상철이 세관을 통과해서 공항의 대합실로 나온 것은 3시 30분, 짐이라고는 손가방 하나밖에 없었기 때문에 곧장 출입국 신고만 하고 나온 것이다.

1년 가깝게 떠나 있다가 돌아오는 길인데다가 살인혐의의 수배자로 한국 땅을 영영 밟지 못할 뻔했던 김상철이다. 참기 어려운 감회가 일어났으므로 어금니를 문 굳은 얼굴로 김상철은 대합실의 인파를 헤치고 나아갔다. 마중 나온 사람이 있을 리가 없는 귀국이다. 김상철은 사람들의 시선과 마주치려고도 하지 않았다.

대합실을 나온 그는 택시 정류장으로 다가갔다. 흐린 하늘에서는 금방이라도 빗방울이 떨어져 내릴 것 같았고 아직도 두꺼운 모직옷 차림이어서 피부에서는 금방 땀이 배어나왔다.

"김상철 씨."

뒤에서 부르는 소리에 그는 흠칫 머리를 들고는 걸음을 멈추었다. 몸을 돌린 그의 앞으로 강미현이 다가왔다.

밝은 색 투피스 차림이어서 주위가 환해진 느낌이었다.

"귀국을 축하합니다."

다가선 강미현이 웃음 띤 얼굴로 손을 내밀었다.

"정말 기뻐요, 이렇게 뵙게 되어서."

상기되어 있는 얼굴이 빈말이 아니라는 표시일 것이다.

"고맙습니다."

김상철은 강미현의 따뜻하고 부드러운 손을 쥐었다.

"국정원 심 과장님한테서 들었어요, 오늘 오신다는 것."

택시 정류장으로 다가가면서 강미현이 말했다. 그러고는 주위를 둘러보았다.

"물론 제가 공항에 나오리라는 건 아무한테도 말하지 않았어요."

빈 택시가 많았으므로 둘은 곧장 차에 올랐다.

"타운에서 사업을 하신다는 얘기 들었어요. 할아버지도 기뻐하시더군요."

택시가 고속도로로 접어들자 강미현이 입을 열었다.

"그런데 시내 어디로 가세요?"

그러자 운전사가 백미러로 그들을 바라보았다. 시내로만 가자고 했기 때문이다.

"고속버스 터미널로 갑시다."

김상철이 운전사에게 말하고는 강미현을 바라보았다.

"아버지를 만나러 온 겁니다."

"……"

"오늘 면회는 안 되겠지만 대전에서 자고 내일 일찍 뵈려고."

목적지를 정한 택시는 속력을 내어 달리기 시작했다.

"강미현 씨는 이미 아셨으니 할 수 없지만 다른 사람에게는 알리지 않을 생각입니다."

시선이 마주치자 김상철이 희미하게 웃었다.

"실종자가 되어야 할 필요가 있어요, 몇 사람을 위해서는."

"알고 계셨어요?"

강미현의 시선을 받은 김상철이 곧 창밖으로 머리를 돌렸다. 그는 알고 있는 것이다. 그렇게 생각하자 강미현은 저도 모르게 손을 뻗어 그의 손을 쥐었다.

그 순간 김상철의 몸이 굳어지는 것이 느껴졌다. 그러고는 김상철의 손이 아주 부자연스럽게 자신의 손 안에서 빠져나가자 강미현은 가슴이 저리는 듯한 느낌을 받는다. 알 수 없는 감동이었다.

뜨거운 여인

    그들이 다섯 평쯤 되는 대기실에 단둘이 마주앉게 되었을 때 먼저 입을 연 것은 김영환 씨였다.
    "여위었구나, 피부도 거칠어지고."
    그는 김상철의 얼굴을 똑바로 바라보았다
    "고생을 많이 했다고 들었다."
    "별것 아닙니다, 아버지."
    김상철이 손바닥으로 얼굴을 쓸어내렸다.
    "아버지가 답답하셨겠어요."
    "나도 답답한 것 없다. 이젠 적응이 되었어."
    "일이 있어서 그동안 찾아뵙지 못했습니다."
    "들었다."
    잠시 둘 사이의 말이 끊겼고 다시 입을 연 것은 김영환 씨였다.
    "너는 살아있으리라고 믿었어."
    "……"

"이렇게 만나보니 이제 여한이 없다."

"아버지."

머리를 든 김상철이 테이블의 귀퉁이를 양손으로 움켜쥐었다.

"아버지는 곧 나가시게 될 겁니다. 올해 안으로."

무슨 소리냐는 듯 눈을 치켜뜬 그를 향해 김상철이 말을 이었다.

"준비를 해두세요. 목장을 하시든 사업을 하시든 간에요."

"무슨 소리냐? 아직 3년이나 남았는데."

"그것은 아실 필요 없습니다, 아버지."

김영환이 이맛살을 찌푸렸다.

"그럴 이유가 없어. 쓸데없는 소리 말아라."

"이야기가 되어 있습니다. 약속도 받아냈고요."

김상철이 방 안을 둘러보는 시늉을 했다.

"아버지, 이렇게 일반 면회실이 아닌 대기실에서 그것도 단둘이 만나게 해준 것을 보세요. 그들은 그럴 만한 힘이 있습니다."

"그들이 누구냐?"

"정부지요. 한국 정부기관입니다."

"너, 그들과 어떻게……."

"떳떳한 일입니다, 아버지."

"애비를 위해서 그들에게 무엇을 주었는데?"

"누구를 배신하지도, 그렇다고 타협하지도 않았습니다. 믿으세요, 아버지."

한동안 그의 얼굴을 들여다보던 김영환이 길게 숨을 내려쉬었다.

"네가 다른 사람처럼 보이는구나."

"……"

"아니면 내가 약해졌는지도 모르겠다."

대기실을 나왔을 때는 정오가 되어 있었다. 그들은 한 시간 가깝게 마주앉아 이야기를 나누었지만 아무도 눈물을 보이지 않았고 감정에 치우치지도 않았다. 두 사람은 감방 안에서 또 시베리아의 급박한 환경에서 상처들을 단련시켜 왔기 때문이다. 환한 햇발을 받으며 교도소의 정문을 나왔을 때 사내 한 명이 다가왔다.

특별면회를 주선해준 국정원의 심재택이었다.

"김 형, 이제 후련해?"

그렇게 묻는 심재택의 얼굴이 더 후련한 듯 보였다. 그들은 대기시켜 놓은 심재택의 승용차에 올랐다.

"언제 출발할 거요?"

심재택이 옆에 앉은 김상철에게 물었다.

이곳은 한국인 것이다. 그래서 김상철은 심재택을 보고 놀라지 않았다.

"비행기편이 있으면 오늘밤이라도 출발할 겁니다."

김상철의 말에 심재택이 눈을 둥그렇게 떴다.

"이건 내 예상하고 다른데, 아니 어머니와 동생 산소에는……."

"다음에 들리지요."

"……"

"죽은 사람과 이야기할 수 있는 것도 아니고, 그렇지 않습니까?"

"하긴."

조그맣게 머리를 끄덕이던 심재택이 엄지손가락을 세워 뒤쪽을 가리켰다.

"교도소 앞에서부터 우릴 따라오는 뒤쪽 승용차, 서울 번호판의 흰색 차 말인데……."

그는 김상철에게로 힐끗 시선을 주었다.

"강 회장의 손녀 강미현이오. 그 여자, 교도소 앞에서 날 보더니 피하던데…… 아마 김 형을 만나려고 하는 모양이오."

"어제 공항에서 만났습니다."

"정보는 내가 주었소."

"……."

"그런데 내 앞에서는 어색한 모양이지? 저러는 걸 보면."

"……."

"이것 봐라. 이거 왜 이래?"

심재택이 차의 속력을 줄이더니 바깥 차선으로 비스듬히 나아갔다.

"내 차는 똥차라 가끔 이렇다니까. 가속기가 고장인지 연소가 제대로 안 되는지 정비소마다 말이 달라."

그는 인도에 바짝 붙여 차를 세웠다.

"차가 또 고장이오, 김 형."

이맛살을 찌푸린 심재택이 그를 바라보았다. 그리고는 턱을 들어 뒤쪽을 가리키는 시늉을 했다.

"저 차도 서울 올라갈 테니까 이왕이면 고급차를 타고 가시는 게 낫지 않을까?"

그들로부터 30미터쯤 뒤쪽에 흰색 승용차가 마악 멈춰서고 있었다.

고속도로에 진입하자 강미현은 속력을 냈다. 평일의 한낮이다. 차량통행이 현저히 줄어든 고속도로 위를 승용차는 총알처럼 달려 나갔다.

"몇 년 전에 미국을 차로 횡단한 적이 있어요. 한 달 예정으로 떠났는데 40일이 걸리던데요."

핸들을 쥔 강미현이 앞을 바라본 채 말했다.

"친구 두 명과 함께 출발했지만 도중에 친구 하나는 돌아갔어요. 몸살이 나서."

"……."

"열흘쯤 지나니까 지루하더군요. 끝없이 이어져 있는 길을 보면 숨이 막혔어요."

그녀는 1차선의 앞을 가로막고 있는 차를 보자 1차선에서 2차선으로 옮겨가더니 추월해 나갔다.

"잘 준비되고 보장된 것은 금방 진력이 나요. 환경 탓이기도 하겠지만 난 거칠고 새로운 것이 좋아요."

김상철이 그녀의 옆얼굴을 바라보았다.

"어쨌든 고맙습니다, 여러 가지로."

"인사 받으려고 한 일 아녜요."

얼굴에 웃음을 띠운 강미현이 가속기를 밟아 차에 더욱 속력을 냈다.

"하지만 그 말씀을 들으니 기분이 나쁘지는 않군요."

"그런데 이제 이쯤해 두시는 것이 나을 것 같은데, 난 당신이 바라는 거칠고 새로운 스타일의 남자가 아닙니다."

방음장치가 잘 되어 있는 차 안에 그의 목소리가 울려나왔다.

"물론 당신은 아름답고 나무랄 데 없는 여자지만 당신과 같이 있으면 거북하단 말이오."

"알고 있었어요."

"그리고 고려와 나 사이에는 아직 불신감이 가시지 않았습니다."

"그것도 알아요. 나는 고려나 할아버지를 위해 이러는 것이 아니에요."

속력을 줄인 강미현이 바깥 차선으로 옮겨가더니 곧 한적한 정류장을 발견하고는 차를 세웠다.

"내가 알고 있는데 당신이 한국에 와 있는 것을 할아버지가 모르실 리가 없어요. 아마 내가 당신과 같이 있는 것까지 아실지도 모르지요."

그를 바라보는 강미현의 눈이 햇살을 받아 반짝였다.

"당신을 수소문하려고 블라디보스토크의 파벨을 찾아간 후로 내게 금족령이 내려졌지요. 그리고 남자를 소개받았어요, 할아버지한테서."

"……."

"내가 즉흥적으로 이런다고 생각하면 안 돼요. 난 꽤 오랫동안 당신을 지켜봐 왔어요."

그녀는 손을 뻗어 김상철의 손을 쥐었다.

"당신의 살아가는 자세, 그리고 여자에 대한 것도."

"그런데 난 아직 당신을 모릅니다, 아무것도."

김상철이 잡힌 손을 뺐다.

"그리고 지금은 이러고 있을 여유가 없어."

"이대로 당신과 헤어질 수는 없어요."

눈을 치켜뜬 그녀가 김상철을 쏘아보았다.

"내가 얼마나 기다렸는데…… 당신이 이렇게 반발하는 것은 내가 회장의 손녀이기 때문인가요?"

브레이크를 내린 강미현이 핸들을 움켜쥐고 앞쪽을 바라보았다.

"경황이 없겠지만 나한테도 기회를 줘요, 나를 알릴 기회를. 날 강 씨 가문의 여자로만 생각하지 말고."

입맛을 다신 김상철이 입을 열었다.

"당신이 나를 안다면, 어떻게 하나를 잃고 또 다른 하나를 금방 찾으라고 할 수 있습니까?"

김상철이 그녀의 옆얼굴을 쏘아보았다.

"그 상처를 당신으로 위로 받는다는 것은 당신에 대한 모욕이 됩니다."

머리를 돌린 강미현이 그의 시선을 받았다.

"하지만 지금 당신을 놓치면 나는 기회가 없어요. 당신에게 나를 알려

줄 기회가 오지 않아요."

"……"

"나도 보통여자예요, 난 지금 부끄러워서 소리라도 지르고 싶단 말예요."

"우습군."

숨을 내리쉰 김상철이 팔짱을 끼고 의자에 등을 묻었다.

"한국에 와서, 고속도로 길가에서 이런 식의 이야기를 나누는 내가."

"난 상철 씨 아버님을 제외하면 한국에서 당신을 기다렸던 유일한 사람이에요."

"……"

"곧장 고려리아로 돌아가실 계획이지요? 아무도 만나지 않고."

"그럴 생각이었는데……"

"며칠만이라도 한국에서 쉬세요. 제가 보살펴 드릴게요."

김상철이 잠자코 있자 그녀가 얼굴에 웃음을 띠었다.

"그럼, 가요, 서울로."

나무젓가락을 쪼갠 강형문이 앞에 앉은 안인석을 바라보았다. 회사 근처의 일식집 방 안이다. 바깥 홀에서는 손님들의 소음이 들리고 있었지만 방에는 그들 두 사람뿐이었다.

"이봐, 전 대리가 뉴욕지사에 있을 때 강재은 씨와 같이 근무했었지 않아?"

강형문이 목소리를 낮추었다.

"사고를 내고 좌천되었다고 하지만 그의 심복이었다는 말도 있어. 뉴욕에 있다가 런던으로 간내 동기 놈한테서 들었는데……"

"그럴 리가 있습니까? 그렇다면 왜 이쪽으로 보냈겠습니까?"

아예 강재은 씨가 가 있는 중공업 쪽으로 보냈겠지요."

"그건 그렇단 말이야, 하지만……."

"제가 알기로는 좌천입니다. 본인의 입을 통해서 직접 들었고요."

"글쎄, 그런데……."

회접시가 들어 왔으므로 그들은 말을 멈추었다. 퇴근 무렵에 강형문에게 끌려온 안인석은 이제 그의 의중을 짐작할 수 있었다. 강형문은 전규영 대리의 인사고과서와 전출 제의서를 인사부와 경영진에게 제출한 사실이 은근히 불안해진 것이다. 그는 그동안 각지에 퍼져 있는 동기와 선후배를 통해 나름대로 정보를 수집해 온 모양이었다. 정종을 한 모금 삼킨 강형문이 다시 입을 열었다.

"그런데 전 대리는 아직 시베리아 전출 희망서를 내지 않았어. 그건 어떻게 된 일이야?"

"곧 내겠다고 하던데요. 어제도 제가 직접 들었습니다, 과장님."

"……"

"내일 아침이라도 과장님께서 저한테 들었다고 말씀하시고 시베리아 전출 문제를 직접 물어보시지요. 그러시는 게 차라리 낫지 않겠습니까?"

"아니, 그럴 필요는 없어."

강형문이 머리를 저었다.

"그자가 직접 이야기할 때까지 기다리지. 내가 서둘 필요가 있나?"

이제 그의 얼굴은 풀려져 있었다.

"하지만 팀 분위기를 봐서라도 그자가 빨리 알아서 해주었으면 좋겠단 말이야."

"제 생각도 그렇습니다, 과장님."

"나도 안타까워, 실력은 괜찮은 친군데 도무지 의욕을 보이지 않고 분위기를 깨니 말이야. 나로서는 최선을 다한다고 했는데."

다시 술을 한 모금 삼킨 강형문이 머리를 들었다.

"고마쓰 지사에 가 있는 친구한테서 연락이 왔는데 대영과 고마쓰가 연간 200만 장의 8인치 웨이퍼 공급계약을 맺는다는 거야. 그런데 주요 공급지역은 유럽이야. 우리 지역이라구."

"……"

"고마쓰의 기존 거래선에 공급될 물량이라면 연간 50만 장이면 충분해. 그런데 200만 장이라니, 그놈들은 우리 거래선을 넘보고 있는 거야."

안인석이 머리를 끄덕였다. 대영과 고마쓰가 연합하여 고려의 거래선에 침투해 올 것은 뻔한 일인 것이다.

"확실하다면 큰일인데요. 가격으로 치고 들어올 텐데."

"확실하다마다."

술잔을 내려놓은 강형문이 식탁 위로 상체를 끌어 당겼다.

"나도 팀장이 되고나서 정보원을 인계받았어. 하마터면 자네가 갈 뻔했던 자리지만 말이야."

그는 술기운으로 붉어진 얼굴을 펴며 웃었다.

"그놈들이 하는 짓을 거울을 들여다보듯 볼 수 있어서 다행이야. 그러니 우리도 앉아서 당하지는 않아."

안인석이 강형문과 헤어졌을 때는 밤 10시가 넘어 있었다. 권하는 대로 정종을 마셨으므로 다소 취기가 오른 그는 길가에 세워진 공중전화 박스로 들어섰다.

박스 문을 열어둔 채 그는 다이얼을 눌렀다.

"여보세요."

수화기를 통해 박미정의 목소리가 들렸다.

"나야. 지금 과장하고 한잔 마시고 헤어진 참인데……"

그는 손목시계를 다시 한 번 내려다보았다.

"어때? 내가 그쪽에 잠깐 들렀다 갈까?"

"피곤할 텐데 그냥 집으로 가."

박미정이 부드럽게 말했다.

"내일 만나면 되잖아? 일찍."

"그래. 그럼, 내일은 만사 젖혀놓고 만나자. 과장이 아니라 사장이 부르더라도 뺑소니를 칠 테니까."

그러고 보면 결혼이 한 달밖에 남지 않았다. 수화기를 내려놓은 안인석은 전화박스를 나와 택시정류장을 향해 걸었다. 일식집 옆쪽의 편의점 안에 서서 그의 뒷모습을 바라보던 김상철도 문을 열고 밖으로 나왔다. 휘황하게 빛나는 네온 밑으로 활기찬 모습의 남녀가 바쁘게 오가고 있었다. 잠시 거리의 인파를 바라보던 그는 안인석과 반대 방향으로 발걸음을 옮겼다.

다음날 아침, 막약 현관을 나서는 강미현에게 가정부 아줌마가 서둘러 다가왔다.

"아가씨, 회장님이 서재에서 부르시는데요."

잠자코 몸을 돌린 그녀가 복도 끝 쪽의 서재에 들어서자 소파에 앉아 있던 강 회장이 머리를 들었다. 그도 출근하려던 참인지 양복차림이었다.

"부르셨어요?"

"음, 거기 앉거라."

강미현은 그가 턱으로 가리킨 앞자리에 앉았다. 강 회장이 그녀를 똑바로 바라보았다. 조금 굳어진 표정이었다.

"어제 김상철을 만났다는데, 사실이냐?"

대뜸 묻는 강 회장의 시선을 받자 강미현은 저도 모르게 침을 삼켰다.

"네, 할아버지."

"대전 교도소까지 따라갔었다며?"

"……네, 할아버지."

"할애비가 어떻게 생각할지 알고 있겠지?"

"네."

"그렇다면 그걸 말해보아라."

"처음에는 화를 내셨다가 어쩌면 그것도 나쁘지 않겠다고 생각하실 것 같았습니다."

"흠, 제멋대로군. 그건 왜냐?"

"김상철은 하바롭스크에서 고려 측의 배신으로 목숨을 잃을 뻔했지요. 그가 다시 한국 땅을 밟게 된 것에 고려는 아무런 도움도 주지 못했거든요."

"그래서."

"그가 고려에 어떤 감정을 가지고 있는가를 알고 싶으실 것…… 아니 알려 드리고 싶었어요."

그러자 강 회장의 얼굴이 더욱 찌푸려졌다. 그는 어금니를 물고 콧김을 길게 뿜어냈다.

"그것이 그자를 만난 이유냐?"

어금니를 겨우 떼고 말하는 그의 음성이 낮게 갈라져 있었다.

"말해라, 어서."

"그 사람을 좋아하기 때문이에요, 할아버지."

얼굴이 하얗게 된 강미현이 필사적으로 그의 시선을 받았다.

"국정원의 어떤 사람이 그가 귀국한다는 정보를 주었을 때 아무것도 생각나지 않았어요. 할아버지의 말씀도 잊었습니다."

"……"

"이렇게 부르실 줄도 알고 있었어요. 벌을 받을 각오도 하고 있었습니다."
"우리 집안의 어느 사내놈도 이렇게 나를 거역한 예가 없었다."
강 회장의 목소리는 낮았으나 마치 서릿발이 내려앉는 것처럼 방 안을 싸늘하게 했다.
"더구나 새파란 손주, 그것도 계집아이가 나한테 이러다니."
"……."
"그놈은 지금 어디 있느냐?"
강미현이 천근처럼 무거워진 머리를 들어올렸다
"시내에 있습니다. 하지만 오전 중에 저한테 연락하겠다는 약속을……."
강미현의 말을 자르면서 강 회장이 단호하게 내뱉었다.
"연락이 되면 나한테 데려오너라. 약속시간은 이 실장이 정해줄 테니."
"……."
"그놈한테 내가 보잔다고 해. 그러면 올 것이다, 그놈은."
"할아버지."
"나가 봐."
강 회장이 턱까지 들어 올리며 나가라는 시늉을 했으므로 강미현은 굳어진 몸을 힘들게 펴며 일어섰다. 그리고는 그의 시선을 쫓았으나 그녀에게서 떠난 강 회장의 시선은 다시 돌아오지 않았다.

사직원을 내고 이번 달 말까지 근무하면서 업무의 인계인수를 하는 상황이었으므로 박미정은 제대를 앞둔 말년 병장 같은 처지였다. 그런 이유로 여유시간이 많다. 사무실 앞 복도에 커피 자판기가 있었지만 오늘도 그녀는 빌딩 아래층의 커피숍에 내려와 커피를 시켜 마셨다. 바쁜 사무실 분위기에 휩쓸리는 것도 싫었을 뿐 아니라 제법 업무에 익숙해진 미스 최에게 미리 기회를 주는 것도 나쁘지 않을 것이었다.

아침 시간이어서 커피숍 안에는 손님이 두어 명뿐이었다. 커피 잔을 내려놓은 박미정의 앞으로 커피숍 주인아줌마가 다가왔다. 남편이 골프 가게를 하고 있다는 그녀와는 신입사원 시절부터 알고 지내는 사이였다. 앞자리에 앉은 그녀가 버릇처럼 머리를 쓸어 올렸는데 손가락에 낀 다이아 반지가 반짝였다.

"이달 말에 그만둔다던데 결혼은 언제야?"

"한 달 남았어요."

"좋겠다. 신랑 될 사람이 문세병원의 차남이라면서?"

"다 아시네, 뭐."

"비서실 여직원들이 말해주었어. 모두 부러워하더라고."

"그이와는 입사 동기예요."

"미스 박은 복이 붙을 인상이야. 내가 사람들을 많이 겪어봐서 잘 알아."

"고맙습니다."

40대 중반의 주인은 인조 속눈썹의 끝부분을 조금 건드려 올리더니 박미정을 찬찬히 바라보았다.

"여자는 남자를 잘 만나야 돼. 한번 실패하면 다시 회복하기 어려운 것이 여자의 일생이야. 남자와는 달라."

"……"

"잘했어. 결혼식에 꼭 갈게. 청첩장 보내야 돼."

"그럴게요."

시계를 들여다보는 시늉을 하면서 박미정은 자리에서 일어섰다.

"이젠 올라가 봐야 되겠어요."

커피숍을 나와 계단을 오르면서 박미정은 이제는 두 번 다시 커피숍에 들리지 않겠다고 마음먹었다. 요즘 들어 주인의 힐끗거리는 시선이 자신을 스치고 지나갔던 것도 이제 이해가 되었다.

김상철과 함께 몇 번 커피숍에서 만난 적이 있었고 그때도 주인은 자신을 눈여겨보았을 것이다. 그리고 비서실 여직원들의 수다로 김상철이 실종된 것도 알았을 것이다. 계단을 오른 박미정은 엘리베이터 앞으로 다가가 한동안 번호판을 올려다보며 우두커니 서 있었다. 비서실 여직원 가운데 자신과 김상철의 관계를 모르는 사람은 없다. 그녀는 그것이 전혀 부끄럽지 않았고 오히려 자랑스럽기까지 했던 것이다. 박미정은 내일부터 회사를 나오지 말아야겠다는 생각을 했다. 꼭 월말까지 있을 필요는 없다. 업무 인계인수도 마친 상황이니 업무에 지장도 없을 터였다. 스위치 누르는 것도 잊고 서 있는 자신을 깨달은 박미정은 스위치를 누르고 주위를 둘러보았다. 텅 비어 있는 로비의 한쪽에서 사내 하나가 마악 이쪽에 등을 보이며 돌아서더니 현관을 향해 다가가고 있었다. 그의 뒷모습을 바라보던 그녀는 사내가 시야에서 사라지자 얼굴에 쓴웃음을 지었다. 사내의 뒷모습과 걸음걸이가 김상철과 닮아 있었던 것이다.

엘리베이터 문이 열렸으므로 그녀는 안으로 들어섰다. 마악 그의 생각을 하던 참이어서 사내들의 모습도 그와 닮아 보인다. 그러나 그는 이제 잊어야 할 사람이었고 이미 얼마쯤은 흐려져 있는 사람이었다.

점심시간이 되어서 타운 호텔의 라운지는 티 타임을 즐기려는 남녀들로 붐비고 있었다. 강미현은 창가의 테이블에 앉아 있는 김상철에게로 다가갔다. 12시 30분 정각이다.

"잘 쉬셨어요?"

앞자리에 앉으며 그녀가 묻자 김상철은 입술 끝으로만 웃었다.

종업원이 다가와 커피 주문을 받고 돌아갔다.

"점심 안하셨으면 아래층 식당으로 내려갈까요?"

다시 그녀가 묻자 김상철이 머리를 저었다.

"미안합니다만 난 생각이 없는데."

"그렇다면 그만두죠 뭐. 저도 생각이 없어요."

"미안합니다. 억지로 앉아 있을 기분도 안 되어서."

"고려타운의 영업은 잘된다면서요?"

강미현이 말머리를 돌리자 김상철이 머리를 끄덕였다.

"잘됩니다. 난 열일곱 개 사업장을 거느린 사장입니다. 직원들도 꽤 있고."

"마피아와 조선족 범죄자들이 뒤섞인 직원들 아녜요?"

"그런 셈이지요."

종업원이 다가와 커피 잔을 내려놓고 돌아갔다.

"앞으로 고려리아 전역에 사업장을 늘려갈 작정입니다. 아마 고려 쪽의 사업계획에 그것도 포함되어 있을 텐데."

김상철이 강미현을 바라보았다.

"고려는 나를 통해 마피아의 세력을 중화시키고 북한 세력을 견제하려고 하지요. 물론 나를 이용하는 것은 국정원도 마찬가지고."

"저는 잘 모르고 있어요, 그쪽 상황은."

"마피아의 자금이 대량으로 흘러들어 오고 있습니다, 이주민도 마찬가지고. 지금까지는 성공하고 있지요, 고려의 이주정책과 개발 사업이."

"……"

"돈이 모인다고 하니까 돈 가진 러시아인들까지 타운과 고려시, 또는 북방의 개척지로 몰려들고 있습니다. 이제 몇 년 안에 고려리아는 동양의 번성지역이 될 겁니다."

강미현이 잠자코 머리를 끄덕이자 그가 말을 이었다.

"회장님의 꿈이 실현되는 것은 이제 시간문제가 되었어요. 그리고 나도 그 그늘 아래에서 새 꿈을 갖게 되었고."

"그것이 뭔데요?"

"아직 말할 단계는 아니오."

"이제 김상철 씨의 본래 모습으로 돌아간 것 같네요."

얼굴에 웃음을 띤 강미현의 시선을 받자 그는 커피 잔을 들었다.

"솔직히 강미현 씨가 큰 위로가 되었습니다. 총회장의 손녀가 날 생각해준다는 것은 명예이기도 하겠지만 보통 사람들의 이합 관계를 우습게 보게 하는 효과가 있었거든."

"안인석과 박미정의 관계를 말하는 건가요."

"난 안인석에게 내가 살아 있다는 전화를 했어요. 그런데 그놈은 아버지한테도 그 말을 전하지 않았더구먼. 혹시 박미정이 면회 왔을 때 그것이 전해질까 걱정이 되었던 모양이오."

"어제는 그놈을, 오늘 아침에는 박미정의 모습을 보았지……. 그냥 호텔 방에 앉아만 있기에는 솔직하지 못한 것 같아서 말입니다."

강미현의 시선을 받은 김상철이 쓴웃음을 지었다.

"절대로 그들의 판을 깰 생각은 없어요. 그렇다고 언제까지 실종자 신세로 남아 있을 수도 없을 것이고. 그들의 행복과 불행은 전혀 내 탓이 아닙니다, 그렇지 않습니까?"

잠자코 머리를 끄덕인 강미현을 향해 그가 말을 이었다.

"이해해준 것으로 내 할 일은 끝내야 할 것 같다는 말입니다. 그들이 결혼할 때까지는 나는 철저히 실종자 신세로 돌아가야 할 겁니다. 그래서 국정원 사람들한테도 부탁해 놓았지요."

"할아버지가 뵙자고 하셨어요."

강미현이 화제를 바꾸었으므로 김상철이 처음으로 이를 드러내며 웃었다.

"당신은 대단한 여자요."

"천성인가 봐요. 그런 소리 많이 듣는 걸 보면."

"그 말은 마음에 안 드는데…… 피부에 소름이 돋는 것 같고."

"저녁에 식사를 같이 하자고 하셨어요. 당신은 꼭 오실 것이라고 하시더군요."

"……"

"지독히 야단을 맞을 줄 알았는데 곧 풀려났어요. 당신을 만난 것을 알고 계시는데도……."

강 회장이 밀실에 들어선 것은 약속시간보다 10분쯤 늦은 6시 10분이 되었을 때였다. 김상철과 강미현이 자리에서 일어서자 그는 가볍게 머리를 끄덕여 보이더니 안쪽의 자리에 앉았다. 무표정한 얼굴에 이쪽으로 시선이 옮겨오지 않는다. 10평 가까운 방 안에 한동안 침묵이 흘렀으나 아무도 선뜻 입을 열지 않았다. 방음장치가 잘된 곳이어서 옆 사람의 숨소리가 들릴 정도였다. 종업원도 어떤 지시를 받았는지 들어올 기척도 없다. 이윽고 강 회장이 가볍게 헛기침을 했다.

"이렇게 살아 만나서 반갑다."

그의 굵은 목소리가 방 안을 울렸다.

"네 운은 그만하면 되었다."

"걱정을 끼쳐 드렸습니다, 회장님."

김상철이 말하자 그는 입맛을 다셨다.

"마음에도 없는 소리는 말고."

"……"

"타운에서 술장사를 하고 있었다니 제법이다. 사업의 맥도 잘 짚은 거야."

그때서야 문에서 인기척이 나더니 지배인이 들어와 주문을 받고 나갔다. 강 회장이 다시 입을 열었다.

"누구는 네가 고려리아에 마피아를 끌어들였다고 하지만 내 생각은 다르다. 어차피 그놈들은 들어올 놈들이었고 초창기부터 네가 그놈들을 이끌어 기반을 잡는 것이 낫다는 생각이야. 그러면 그쪽에서 네 위치도 굳어질 것이고 그것이 우리한테도 나을 테니까."

"……."

"북한 사람들을 견제하는 데도 마피아가 적격이지. 그자들도 기반을 굳히려고 들 테니까."

그는 머리를 돌려 옆에 앉은 강미현을 흘겨보았다. 그리고는 다시 김상철에게로 시선을 돌렸다.

"너, 여기 있는 미현이를 좋아하느냐?"

김상철의 시선이 강미현을 스치고 지나갔다. 그녀의 얼굴이 순식간에 붉어져 있었다.

"예, 좋아하고 있습니다, 회장님."

"흥."

짧게 콧소리를 낸 강 회장이 손끝으로 테이블을 가볍게 두드렸다. 붉어져 있던 강미현의 얼굴이 이제는 희게 변하면서 딱딱하게 굳어져 갔다.

"듣자하니 네 여자와 남자친구가 결혼하게 되었다면서? 네가 실종된 줄 알고."

"예, 회장님."

"음……."

방 안에 다시 테이블을 두드리는 소리가 들렸다. 강 회장이 말했다.

"내가 알기로는 이놈이 너를 쫓아다니는 것 같던데…… 너는 꽁무니를 빼고."

"……."

"이놈은 너보다 그런 경험이 적어. 풍파가 없는 집안에서 자라 성격이 곧을 뿐으로 앞뒤를 재지도 못한단 말이다."

아랫입술을 깨물고 있는 강미현에게 힐끗 시선을 준 그가 말을 이었다.

"사귀는 것은 허락한다. 서로를 잘 알게 될 때까지 말이다."

"……."

"김상철이가 내 손녀에게 전략적으로 접근했다고는 믿지 않아. 그리고 내 손녀도 그저 고집만으로 남자를 택한다고 믿지도 않고."

문이 열리더니 지배인이 음식그릇을 받쳐 든 종업원들을 이끌고 들어섰으므로 그는 말을 멈추었다. 종업원들이 물러가고 다시 방 안에 그들 셋만이 남게 되자 강 회장이 젓가락을 들었다.

"자, 먹자. 나는 너희들에게 시간을 주는 것이다. 각자 깨달을 시간을 말이야."

최선호가 방에 들어서자 신문을 읽고 있던 조영규 실장이 머리를 들었다.

"실장님, 어제 저녁에 고려의 강 회장이 누굴 만났는지 아십니까?"

앞자리에 앉으며 최선호가 대뜸 물었으므로 그는 이맛살을 찌푸렸다.

"강 회장이라니? 총회장 말이야?"

"그럼요. 아들 강 회장은 중공업 회장으로 불리지 강 회장이라고는 안 합니다."

"그래, 누굴 만났는데?"

"김상철이오. 국정원 요원을 살해했다가 실종되었다고 했던 그놈을 만났단 말씀입니다."

조영규가 신문을 내려놓았다.

"김상철이?"

"그렇습니다. 그런데 더욱 흥미를 끄는 사실은……."

상반신을 굽힌 최선호가 목소리를 낮추었다.

"강 회장과 김상철, 그리고 또 하나의 참석자가 칼튼 호텔의 밀실에서 저녁을 먹었는데 그 참석자는 강 회장의 손녀 강미현이었습니다."

"……."

"그들은 두 시간 가깝게 밀담을 나누고 헤어졌답니다."

"김상철과 강미현이라, 그게 어울리는 짝이 될까?"

머리를 한쪽으로 기울인 조영규의 말에 최선호가 코웃음을 쳤다.

"글쎄요. 당사자보다도 강 회장의 의중이 관건 아니겠습니까? 그보다 더 놀라운 일은 김상철의 살인혐의가 어느 사이에 풀려져 있다는 것입니다, 실장님."

"강 회장이 손을 썼나?"

"솔직히 그것도 아직 자세히 모릅니다. 저도 조금 전에 김상철의 기록을 보고 온 참이어서요."

조영규가 생각에 잠긴 얼굴로 머리를 끄덕였다.

"강 회장처럼 엉뚱한데다 충격적이군, 그래. 어쨌든 김상철에 관해서는 더 조사해 보는 것이 낫겠어. 놈의 역할도 역할이지만 로열패밀리가 될 가능성도 있을 것 같으니 말이야."

열려진 차창으로 습기를 띤 바람이 휘몰려 들어왔다. 경부 고속도로상의 간이 휴게소에 차를 세우고 그들은 한동안 앞쪽을 바라본 채 입을 열지 않았다. 한낮이었지만 하늘은 어둡다. 옆쪽을 질주하는 차량들로부터는 찢어져 가는 듯한 타이어의 마찰음이 들려오고 있었다. 후불 티켓을 빼들고 고속도로로 진입한 참이어서 아무 곳이나 목적지가 될 수 있는 상황이다. 핸들 위에 올려놓은 손가락을 피아노 건반을 두드리듯 꼬물대던 강미현이 머리를 돌려 김상철을 바라보았다. 두 눈이 맑았고 오늘따라 엷은 색 루주를 칠한 입술이 선명했다.

"참, 어제 저녁 할아버지 앞에서 그렇게 말해줘서 고마워요, 날 좋아한다고……."

그녀는 흰 이를 드러내며 웃었다.

"바른 대로 이야기했다가는 할아버지 체면이 엉망이 되었을 테니까요. 눈치는 채고 계신 것 같았지만."

"그런 일로 기분 상하실 회장님은 아닙니다."

김상철의 얼굴도 부드러워졌다.

"그리고 나도 꾸며서 이야기한 것만은 아니오. 미현 씨의 성격에 끌리고 있기는 했으니까."

"이제 제대로 순서를 찾아가는 것 같네."

강미현이 목구멍을 콕콕 울리며 웃었다.

"간지러운 느낌이 와요. 당신한테서 그런 말을 듣게 되니까."

"소름이 돋지 않아서 다행이군."

그러자 차에 연결된 전화벨이 울렸으므로 그들은 말을 멈추었다. 반짝이는 신호등을 바라보던 강미현이 손가락으로 스위치를 켰다.

"여보세요."

굵은 남자의 목소리가 차 안을 울렸다.

"네, 강미현인데요."

핸들을 움켜쥔 강미현이 앞쪽을 바라보며 대답하자 목소리가 다시 울렸다.

"아, 미현 씨, 저 한민습니다. 회사에 연락했더니 아침에 나가셨다고 해서."

"아아, 네."

"그런데 지금 바쁘십니까?"

"네에, 조금."

"이런, 그럼, 다시 연락하지요. 아니 저한테 연락을 주시렵니까? 회사에 있을 테니까."

"연락드릴게요."

"기다리겠습니다."

전화가 끊기자 강미현의 손가락이 다시 핸들을 두드리기 시작했지만 아직 앞쪽을 향한 시선은 돌려지지 않았다.

"일부러 스피커를 켠 것…… 너무 심했지요?"

이윽고 머리를 돌린 강미현이 그를 바라보았다.

"그 사람한테 말예요."

"아니, 나는 괜히 미현 씨한테 미안한데. 전화가 왔을 때 얼른 밖으로 나가는 건데."

그러자 강미현의 얼굴이 다시 부드러워졌다.

"내가 조금 서두르고 있는 것 같아요, 그렇죠?"

"금방 그 사람한테 미안하단 생각이 들 정도면 염려할 정도는 아닙니다."

강미현이 풀썩 웃었다.

"할아버지가 소개시켜준 사람인데 아마 곧 상황을 알게 되겠지요."

"……"

"꿈만 같아요. 이렇게 한국에서 당신과 나란히 앉아 있다는 사실이."

"난 아직 감정을 버리지 못했습니다. 한국에 올 때까지 내 가슴속에 들어 있던 것은 두 사람에 대한 그것뿐이었어요."

부드러운 말투였으나 김상철의 말에 차 안의 분위기가 금방 가라앉았다.

"이해합니다. 그리고 결합을 방해할 생각도 없어요. 하지만 앞으로는 그들을 의식하지 않고 행동할 거요. 그들은 이제 나에게는 완전한 타인이란 말입니다."

"……"

"미현 씨가 다가왔을 때 우선 위안이 되었어요. 의지가 되었습니다. 표현은 억제했지만 당신을 이용하고 있었지요."

"……"

"우리, 약속하지 맙시다. 흐르는 대로 맡겨둡시다. 다시 전쟁터나 다름없는 그곳으로 가야만 하고 목숨을 건 생활을 해야만 하는 나요."

김상철이 손을 뻗어 핸들 위에 놓인 강미현의 손을 쥐었다.

"그것이 당신에 대한 내 예의요, 고마움에 대한 보답이고. 내 지난 여자한테 한 것처럼 당신에게 부질없는 약속을 하지 않겠다는 것이."

"나도 따라가고 싶어요."

김상철의 손 위에 자신의 손을 포개놓으면서 강미현이 말했다.

"할아버지가 당신을 선선히 받아들이신 것, 그것이 정책적인 수단이라는 건 알고 계시겠지요?"

"……"

"당신과 같이 있고 싶어요."

둥근 접시를 뒤집어 놓은 것 같은 그녀의 유방은 약간 작았지만 탄력이 있었다. 걸음을 떼어놓을 때마다 젤리 덩어리처럼 흔들렸고 팽팽한

허벅지와 다리 사이의 검은 음모가 정면으로 보였다. 침대를 향해 다가오는 강미현은 자신의 알몸을 가리려는 아무런 몸짓도 하지 않았다. 다만 시트를 들치고 그의 옆으로 들어서면서 시선이 마주치자 엷게 웃음을 띠워 보인 것이 유일한 반응이었다. 김상철은 비누 냄새가 나는 그녀의 조금은 찬 몸을 받아 안았다. 그러자 그의 온몸에 빈틈없이 몸을 붙여온 강미현이 만족한 듯 가늘고 길게 숨을 내려쉬었다. 그의 입술이 다가오자 반쯤 벌린 입으로 서슴없이 받는다. 말랑말랑한데다 유연하게 꿈틀대는 그녀의 혀에는 힘살이 전혀 섞여 있는 것 같지 않았다. 김상철은 곧 뜨겁게 달아오르기 시작했다. 아래에 깔린 강미현이 발끝으로 시트를 걷어 제쳤다. 이윽고 입술에서 떨어진 김상철의 혀가 그녀의 목과 가슴, 그리고 아랫배를 더듬어 내려갔다. 그의 머리칼을 움켜쥐었다가 귀를 당기고 머리를 들어 그의 어깨에 걸치며 몸부림을 치던 강미현의 입에서 참다못한 신음소리가 터져 나오기 시작했다. 두 눈을 크게 뜨고 있었지만 시선에는 초점이 없고 얼굴은 붉게 상기되어 있었다. 이미 젖어 있는 그녀의 깊은 곳에 다다르자 그녀가 두 다리를 갑자기 죄었다. 본능적인 행동이었지만 겨우 머리를 빼낸 김상철은 상체를 들어 올려 그녀의 입을 맞추었다. 그리고는 곧 깊은 곳으로 진입해 들어서자 강미현의 입이 딱 열리면서 이맛살이 찌푸려졌다.

저도 모르게 신음소리가 터져 나왔는데 그의 어깨를 움켜쥔 그녀의 손 모양을 보면 고통을 참는 것을 알 수 있었다. 움직임을 멈춘 김상철은 그녀의 귀를 가볍게 물었다.

"아파서 그래?"

강미현이 머리를 끄덕였다.

"천천히 해줘."

그것은 기술적인 요청이 아니라 조심스럽게 다뤄달라는 표현이었다.

김상철의 허리가 움직일 때 마다 강미현은 신음소리를 뱉어내었고 그것이 조금씩 쉽고 느리게 움직이며 길어지기 시작하자 마침내 그녀는 그의 등을 감싸 안았다. 그리고 땀으로 범벅이 된 두 몸이 움직임을 멈추었을 때 그들은 한동안 그 자세로 움직이지 않았다.

"미안해요, 서툴러서."

강미현이 가볍게 숨을 몰아쉬며 말했다.

"하지만 좋았어."

이윽고 몸을 굴려 그녀의 옆에 누운 김상철은 엉덩이가 젖은 느낌에 상반신을 일으켰다. 그리고는 손바닥만 하게 퍼져 있는 혈흔을 보았다. 그러자 강미현이 서둘러 몸을 일으켜 시트를 잡아 당겼다.

"내가 치울 테니 저리 비켜요."

이금철이 안으로 들어서자 자리에 앉아 있던 사내들이 일제히 일어서서 그를 맞았다. 코즈모프 바의 뒤채에 세워진 사무실 안이다. 시베리아에도 어느덧 봄기운이 감돌기 시작하는 5월 중순의 한낮, 사내들의 차림새도 모두 가벼운 점퍼나 조끼 차림이었다. 비워져 있는 상석에 이금철이 앉자 사내들이 따라 앉았다.

"그래, 노조 문제는 어떻게 되었어?"

이금철이 오른쪽에 앉은 30대의 사내를 바라보았다. 그는 유정 기지의 노조 간부로 북한에서 조직교육까지 받고 나온 조선족이다. 그가 머리를 저었다.

"임금인상은 가능성이 없습니다. 고용 계약서에 모두 서명까지 해놓은 입장인데다가 선동에 찬동하는 사람들이 적습니다."

잠자코 있는 이금철을 향해 그가 말을 이었다.

"서약서에 서명을 하고 온 놈들도 이곳에 와서는 금방 남조선 물이 들어버린단 말입니다. 그놈들한테 잘 보이려고 고자질 하는 놈도 있습니다."

"예상은 하고 있던 일이야, 평양에서도."

이금철의 목소리가 단호해졌다.

"그렇다고 지금 당장 거세게 운동을 일으킬 수는 없지만 각 단위 사업장마다 기율을 잡아가야만 한다는 지시가 내려 왔다."

사내들의 시선을 받은 그가 말을 이었다.

"불순분자, 기회주의자를 가려내서 본보기를 보여야만 한다. 각 단위 사업장에서는 즉각 시행하도록."

찬 기운이 내려앉은 방 안에는 잠시 정적이 흘렀다. 이윽고 왼쪽 줄에 앉아 있던 사내가 머리를 들었다.

"동지, 경비부에서는 이미 우리들뿐만 아니라 행동대원의 명단까지 확보하고 있다는 소문이 있습니다, 괜찮겠습니까?"

"상관없어. 그렇다고 모두를 잡아들일 수는 없을 테니까. 이제부터는 우리도 움직여야만 돼. 시간이 지날수록 남쪽 물이 들어서 힘들어진단 말이야."

그는 머리를 돌려 옆쪽에 잠자코 앉아 있는 최태호를 바라보았다.

"장인규를 처단하는 것은 당분간 미룬다. 안팎으로 경비부와 마피아를 상대로 일을 벌인다면 복잡해질 테니까."

"장인규는 가게 세 곳을 지을 모양입니다. 동로와 서로에 터도 배당받았고 자재도 고려에서 공급된다고 합니다."

얼굴을 찌푸린 최태호가 말을 이었다.

"이젠 김상철의 업소가 우리의 세 배가 넘습니다. 장인규의 가게까지 놈이 장악하고 들어간다면 말입니다."

"평양에서도 생각이 있으니까 서두르지 마."

의자에 등을 기댄 이금철이 사내들을 둘러보았다.

"고려와 마피아가 자금을 풀어 이 땅을 장악하려 하지만 어림없는 수작이다. 우리는 조직으로 움직인다. 우수한 조직력, 그리고 그것의 뒤를 받쳐줄 인력이 우리한테 있단 말이야."

고려타운은 이제 사변의 길이가 2킬로미터에 가깝게 늘어난 정사각형의 도시가 되어 있었고 길도 예전의 십자형의 외통길이 아니다. 바둑판 모양으로 구획을 정해 가로 세로로 직각을 이룬 도로가 뻗어 있었다. 저녁 무렵이 되자 숙사와 민가에서 쏟아져 나온 인파가 도로를 가득 메웠고 거리의 상가에서 명멸하는 네온사인은 이미 변화한 도시로서의 면모를 보이기에 충분했다. 행인의 대부분이 남자인데다가 나이든 사람이 드물어서 다소 거친 분위기였지만 그것이 도시를 더욱 활기 있게 만들고 있는 것이다.

크라우프 바 안. 벌써 가득 차 있는 손님들의 소음과 담배연기로 뒤덮인 구석자리에 바의 지배인인 하용준이 느슨한 자세로 앉아 있었다. 북한군 탈주병 출신으로 갖은 신고를 치르며 이곳까지 흘러들어 온 그로서는 대단한 출세였고 본인도 그것을 감추려 들지 않는다. 타운의 양복점에서 맞춘 검정색 양복을 입고 흰색셔츠에 붉은색 넥타이를 맨 그의 차림새는 조금 어두운 실내에서도 금방 눈에 띄었다. 양복 차림은 그 혼자뿐이었기 때문이다.

근무시간에는 금주를 해야 했으므로 빈 술잔을 만지작거리고 있는 그에게로 러시아인 한 명이 다가갔다. 털투성이의 얼굴에 남루한 겨울 파카를 걸친 거한이다. 그러자 하용준의 옆쪽 테이블에서 조선족으로 보이는 사내 두 명이 일어서서 러시아인 앞을 가로막았다. 하용준의 경호원 겸 바의 종업원들이다

"무슨 일이야?"

경호원이 내쏘듯 러시아어로 묻자 사내가 주춤거리며 멈춰 섰다.

"보스를 만나려고 해."

"나한테 말해."

"너한테는 안 돼. 보스에게 전할 말이 있어."

그러자 뒤에서 그들의 말을 듣고 있던 하용준이 헛기침을 했다.

"야, 그 새끼 이쪽으로 보내라."

러시아인이 다가와 하용준의 앞자리에 앉았다. 수염 밖으로 드러난 피부는 눈에 타서 검붉은 색깔이 되어 있었다.

"무슨 일로 날 찾아?"

제법 러시아어에 익숙해 있는 그가 묻자 사내는 테이블 위에 놓인 보드카 병을 움켜쥐더니 벌컥거리며 두어 모금을 마셨다.

"술 마시려고 거짓말 했다면 그 술이 마지막 마신 보드카가 될 거야."

작달막한 체격이었지만 상체는 제법 큰 하용준이 어깨를 세웠다.

"자, 말해라, 어서."

"총보스인 미스터 김을 만나야겠는데."

입가의 술을 손등으로 닦은 사내가 하용준을 바라보았다.

"난 그레고리 파트킨의 부하 이반이야. 우리 대장의 전갈을 갖고 왔어."

눈을 치켜뜬 하용준이 사내를 쏘아보았다. 그레고리 파트킨이 동부 시베리아를 횡행하는 강도단 두목이라는 것을 그가 모를 리가 없다.

"나한테 말해. 너는 직접 말할 수 없어."

사내가 다시 보드카 병을 기울여 두어 모금을 삼키고는 내려놓았다. 주위가 소란스러웠으므로 그는 테이블 위로 상반신을 굽혔다.

"우리 대장이 당신네 총보스를 만나야겠다는 거야, 열흘 후에. 장소는 다시 연락할 것이고."

"너희 두목이 왜?"

"협상을 하자는 것이다."

"우리가 너희들하고 그럴 이유가 있단 말이냐?"

하용준이 입술을 찌그러뜨렸다.

"네놈이 그레고리 부하이고 전갈을 가져왔다는 증거가 있어?"

"우린 지난번에 너희 보급트럭을 습격했어. 트럭 열 대 분량의 보급품을 몽땅 털어 갔지, 나머지는 태우고."

"……."

"나는 저쪽 유정기지가 아직 세워지기도 전에 그곳을 습격한 사람이다. 북한쪽의 부탁을 받고 말이야. 이만하면 되었나?"

머리를 들어 주위를 둘러본 하용준이 자리에서 일어섰다.

"따라와."

그가 사내를 데려간 곳은 클럽 주방의 뒤쪽에 딸린 대기실이다. 방문을 닫고 마주서자 소음이 딱 끊겼으므로 사내는 정신이 새로워지는지 허리를 폈다. 밝은 곳에서 자세히 보니 아직 20대쯤으로 보이는 사내였다. 그가 다시 입을 열었다.

"우리 대장은 북한과의 거래를 끊겠다는 거야. 그놈들은 약속을 지키지도 않는데다 우리를 이용하기만 했어."

"그거야 당연하지. 믿었던 너희들이 잘못이다."

하용준이 의자에 등을 기댔다.

"내가 그쪽 사정을 잘 알지."

"그래서 대장은 너희 보스와 손을 잡고 싶다고 했어."

"우리 보스는 누가 손을 내밀면 그냥 잡아주는 사람으로 아는 모양인데……."

얼굴을 찌푸린 하용준이 비스듬한 시선으로 그를 바라보았다.

"오갈 데 없는 신세가 되어가지고 괜히 손을 잡는다 발을 내민다 하지 말란 말이다. 항복하고 기어들어 온다면 몰라도."

그러자 사내가 입맛을 다셨다.

"우릴 적으로 만들면 손해가 클텐데, 여러 가지로. 그렇게 큰 소리 칠 것도 없다."

"좋아, 보스한테 전하지. 하지만 대답은 시간이 걸릴 것이다, 일주일쯤."

벽에 걸린 달력으로 시선을 옮긴 그가 말을 이었다.

"우리 보스는 생각하는 데 시간이 걸리는 사람이거든."

"이상하게 생각할 것 없어. 마침 그자리가 비었기 때문이니까."

자리에서 일어선 이한이 표정 없는 얼굴로 말을 이었다.

"가고 안 가고는 네 맘이야. 이곳이 좋다면 남아도 되고."

침대에 걸터앉아 있던 황윤이 일어섰다.

"가겠어요."

더듬거리는 한국말이다.

이한을 만나고 나서 맹렬히 배운 그녀의 한국말은 이제 어지간한 대화소통을 할 정도가 되었다.

"그럼, 언제부터……."

"내일부터."

황윤이 머리를 끄덕이자 그는 몸을 돌려 방을 나왔다. 나파스 클럽의 2층이어서 복도 양쪽에는 수십 개의 방들이 만들어져 있었고 방 안에서 들려오는 갖가지 소음이 복도까지 들려오고 있었다. 대부분이 여자의 교성과 과장된 신음소리들로 남자들의 목소리는 거의 들리지 않는다. 아래층으로 내려와 뒤쪽의 사무실에 들어서자 소파에 앉아 있던 장인규가 머리를 들었다.

"뭐라고 해? 오겠다고 해?"

"예, 누님."

이한이 그녀의 앞자리에 앉았다.

"내일부터 누님한테 가기로 했습니다."

"잘 되었어. 나도 그 애가 마음에 들었으니까."

장인규가 짓고 있는 세 채의 사업장은 두 달쯤 지나야 영업을 하게 될 것이지만 그녀는 자신을 도와줄 경리를 필요로 했다. 하얼빈에서 고등학교를 나와 국영상점에서 경리일을 본 적도 있다는 황윤을 그가 소개하자 장인규가 선선히 승낙해준 것이다.

"그런데 김 선생은 언제 돌아오신다는 거야?"

"며칠 후에 오신답니다."

"지금 서울에 있는 거야?"

"예, 송 형이 전화를 받아서 자세한 것은……."

"예정보다 많이 늦네."

혼잣말처럼 중얼거린 그녀가 문득 머리를 들고 이한을 바라보았다.

"김 선생의 애인이 서울에 있다던데, 그 여자 때문인가?"

"모릅니다, 누님."

"이렇게 바쁘고 불안한 때에 특별한 이유도 없이 오래 자리를 비우다니."

"……."

"이주민들이 쏟아져 들어오기 시작하는데…… 이러다가는 고려리아의 인구가 금방 100만 명이 되겠어."

그는 가끔 그녀의 말동무가 되었다. 김상철의 부하들 중에서 그녀와 제일 가까운 것은 이한이다. 김상철의 지시로 장인규의 경호역을 맡은 때문이기도 했지만 말수가 없고 언제나 어두운 표정의 이한이 그녀를 누님이라고 부르게 된 것은 장인규의 친화력 때문이었다. 여자지만 보스 기질이 있는 장인규였던 것이다. 장인규가 답답한지 길게 숨을 내쉬자 이한이 자리에서 일어섰다.

"가게를 둘러보고 오겠습니다, 누님."

밤에는 외출을 삼가고 있는 처지였으므로 장인규가 잠자코 머리를 끄덕이자 이한은 방을 나갔다.

이금철 휘하의 최태호가 운영하는 코즈모프 바도 그날 밤에는 예외 없이 붐비고 있었다. 러시아인 여자 댄서가 플로어에서 몸을 뒤틀며 춤을 추었고 음악은 요즘 유행하는 미국곡이 흐르고 있었다. 혼잡한 사람들 사이를 헤치고 벽 쪽으로 다가간 종업원이 테이블 위에 쟁반을 내려놓고 한숨 돌렸다는 듯이 숨을 내쉬었다.

"보드카 세 병에 안주 두 접시니 95달러."

종업원이 테이블에 둘러앉은 사내들을 향해 손을 내밀었다.

"선불이요, 여러분."

"지배인 오라고 해."

사내 하나가 말하자 종업원이 와락 이맛살을 찌푸렸다.

"지배인은 왜? 할 말이 있으면 나한테 해."

그는 조선족 출신으로 모든 종업원들과 마찬가지로 유사시에는 행동대원이 되도록 훈련이 되어 있다. 테이블에 둘러앉은 사내들을 훑어본 그는 그들이 중국계라는 것을 알 수 있었다. 조선족이라면 여기 와서 이런 식으로 말할 리가 없다 생김새를 자세히 살펴보니 두상이 조선족과 다른 것이다.

"이런 개새끼들이."

이제 종업원은 대놓고 욕설을 했다.

"어디 와서 행패야? 돈을 내든지 아니면 눈앞에서 꺼져, 이 새끼들아."

요즘 들어 중국계 이주민이 대량으로 쏟아져 들어왔는데 대부분이 부랑자나 노름꾼이 아니면 범죄자들이었고 자본을 가진 자들은 드물었다. 이들도 옷차림은 말쑥했지만 그들 중의 하나일 것 이었다. 말대꾸를 하던 사내가 옆에 앉은 사내에게 중국어로 무어라고 말하자 그가 머리를 끄덕였다.

"좋아, 나가지."

그리고는 사내들이 일제히 일어섰으므로 종업원은 코웃음을 쳤다.

"병신 같은 중국 놈들, 여기가 어디라고 기어들어 와? 이번에 몸성히 나가는 것만 해도 다행이다, 이 새끼들아."

한국어를 하는 중국 사내가 종업원의 어깨를 가볍게 건드렸다.

"테이블 밑에 폭탄을 장치 해놨어."

그는 얼굴에 웃음을 띠었다.

"건드리면 넌 가루가 돼. 그리고 5분 후에 폭발하게 되어 있으니 서둘러야 될 거다, 이 조선족 놈아."

눈을 치켜뜬 종업원을 뒤로 하고 그들은 테이블 사이를 유유히 걸어나갔다.

"개새끼들이 무슨……."

그러면서 다시 쟁반을 테이블 위에 내려놓은 종업원은 상반신을 굽히고 머리를 테이블 밑으로 집어넣었다. 순간 그는 입을 딱 벌리고는 숨을 멈추었다. 테이블 밑바닥에 테이프로 붙여놓은 시한폭탄이 있었던 것이다. 깜박이는 초침의 표시가 보였고 유리판에 나타난 붉은색 시간 표시는 4분 35초를 가리키고 있었다.

"어이구."

머리통을 테이블에 부딪치며 상반신을 세운 그의 얼굴은 하얗게 질려 있었다.

"어이구, 폭탄이네."

그가 아우성을 치며 동료들을 불렀고 수십 개의 머리가 테이블 밑바닥 속으로 기어 들어갔다 나오고 난 다음 코즈모프 바는 아수라장이 되었다. 하나밖에 없는 입구로 몰려 나가다가 넘어지고 짓밟힌 손님들의 비명과 고함소리가 그친 후 홀 안은 텅 비어 졌다. 난장판이 되어 있는 홀 안에는 색색의 조명만이 번쩍이고 있을 뿐 숨 막힐 듯한 정적에 덮여 있다. 홀의 현관 바깥쪽에 서있던 최태호는 손목시계를 내려다보았다. 그의 주위로 벽을 등지고 붙어선 부하들은 모두 긴장으로 굳어진 모습이었다.

"빌어먹을."

입맛을 다신 최태호가 마악 상반신을 안쪽으로 돌렸을 때 '펑'하는 소리가 홀을 울렸다.

두어 걸음 다가가 홀 안을 들여다본 그는 벽 쪽의 테이블 한 개에서 불길이 솟아오르고 있는 것을 보았다.

"손님들을 몰아내려는 것이 목적이었던 것 같습니다. 테이블 한 개만 태운 것을 보면 전문가가 한 짓이오."

코즈모프 바 뒤채의 사무실 안이다. 최태호가 턱으로 탁자 위에 놓인 폭탄의 잔해를 가리켰다.

"마피아가 다시 도전해오는 것이 틀림없습니다. 놈들은 아예 우리를 이곳에서 완전히 몰아낼 모양입니다."

그러자 이금철이 입맛을 다셨다. 지난번에 하석태와 그의 부하들이 몰살당한 사건 이후로 타운의 양대 세력인 마피아와 북한 측은 적극적인 마찰은 자제해 왔었다. 그러나 양측은 필사적으로 각자의 세력을 키우면서 만일의 경우에 대비하고 있었던 것이다.

"김상철이 서울로 가 있는데 일을 벌인단 말인가?"

손끝으로 턱을 쓸면서 이금철이 탁자 위를 내려다보았다.

"그리고 정보원들의 보고를 들으면 저쪽 간부 놈들은 전혀 움직임이 없어."

"시치미 떼고 있는 겁니다. 폭탄 소동으로 코즈모프 바의 오늘 장사는 망쳤고 손님들은 겁이 나서 앞으로도 발길을 끊을지도 모릅니다. 우리 쪽의 다른 영업장도 영향을 받을 겁니다."

"……"

"이대로 당하고 있을 수만은 없습니다, 위원장 동지. 가뜩이나 밀리고 있는 판인데 손님까지 끊기게 되면……"

"서두르지 마라."

단호한 말투로 이금철이 말하자 최태호가 입을 다물었다. 밤 12시가 가까워진 시간이었다. 단둘이서 방에 마주앉아 있었지만 바깥에는 20여 명의 부하들이 대기하고 있는 중이다.

"저쪽의 그루진스키에게 사람을 보내겠다. 오늘밤 일을 항의하고 그 쪽의 해명을 듣자."

이금철이 피로한 듯 의자에 등을 기댔다. 그루진스키는 파벨이 보내온 김상철의 보좌역이다.

"그리고 또다시 이런 일이 발생한다면 이번에는 우리가 놈들의 사업장을 완전히 박살낼 것이라고 경고를 하는 거다."

"……"

"놈들의 짓이건 아니건 간에 경고를 한다."

찌푸린 표정의 최태호를 향해 그가 밀어붙이듯 말을 이었다.

"선불리 대응했다가는 놈들의 함정에 빠져들 가능성이 많단 말이야. 다음번에는 아마 우리가 선수를 치게 될 것이다."

기세에 눌려 한동안 눈을 껌벅이며 앉아 있던 최태호가 머리를 들었다.

"놈들은 중국계로 보였다고 했습니다. 한 놈은 한국어를 제법 했지만 나머지는……."

"위장한 것이겠지. 내가 파리야킨을 칠 적에도 중국산 기관총과 로켓포를 썼으니까."

이금철이 쓴웃음을 지었다.

"그때 한 조가 되었던 김상철과 장인규가 다시 한 조가 되었군. 이젠 내 상대가 되어서."

고려타운의 경비소장으로 새로 부임해온 사람은 경비본부에서 근무하던 안현국 차장이었다. 그는 고려에 파견된 국정원 직원으로 이상훈 부장의 직속 부하여서 이제 고려리아의 보안과 경비 체제는 국정원이 장악하고 있다고 해도 과언이 아니었다. 다음 날 아침, 출근한 안현국이 자리에 앉자 차석으로 있는 전동석이 바쁘게 들어섰다.

"소장님, 어젯밤에 유정과 시 건설단 소속의 근로자 세 명이 살해되었습니다."

놀란 듯 바라보는 안현국을 향해 그가 말을 이었다.

"시체는 모두 아침에 타운 안에서 발견되었는데 강도들 소행 같습니다."

"모두 조선족인가?"

"그렇습니다. 모두 서약서를 쓴 B그룹 소속인데……."

그는 테이블 위로 바짝 다가와 안현국을 내려다보았다.

"세 명 모두가 노조 간부들입니다."

"물론 빨강색이겠지?"

"아닙니다. 모두가 노란색 입니다."

그러자 사태의 심각성을 감지한 안현국이 자리에서 일어섰다.

그들은 옆쪽의 소파에 마주앉았다. 경비본부에서는 편의상 근로자를 A와 B의 두 그룹으로 구분했는데 A는 고려에서 직접 채용한 근로자였고 B는 북한쪽에 서약서를 쓰고 들어온 사람들이다.

거기에다 사상을 색깔로 나누어서 빨강은 북한 측, 노랑은 변신의 가능성이 있는 자는 중립, 파랑은 믿을 만한 사람을 나타냈다. 그러므로 어젯밤의 세 사람은 노조 간부로 북한에 서약서를 쓰고 들어왔지만 이쪽에 협조적인 사람들이었다. 전동석이 서류를 내밀었다.

"세 명 모두 칼에 찔렸거나 흉기를 맞아 죽었습니다. 이건 아무래도 심상치 않습니다, 소장님."

"놈들이 이제 실력 행사를 하는군."

서류를 뒤적이던 안현국이 머리를 들었다.

"본부에 보고를 해야겠다. 노조 간부가 하룻밤 새에 세 명이 피살되었다는 건 심상치 않아."

더구나 노란 색깔의 간부이니 안현국의 얼굴색도 변할 만했다. 탁자 위에 놓인 수화기를 들고 본부의 이상훈에게 보고를 하는 동안 전동석도 긴장한 표정으로 서 있었다. 그는 고려중공업 출신의 30대 초반의 사내였다. 통화를 마친 안현국이 전동석을 바라보았다.

"본부에도 비상이 걸릴 거야. 이 부장도 놀라는군. 예상은 하고 있었지만 꽤 힘든 싸움이 되겠어."

"그 일과는 상관이 없는 것같이 보입니다만 어젯밤 코즈모프바에서 폭탄 소동이 일어났습니다."

전동석이 소동의 내막을 설명해주자 안현국은 한동안 그를 바라본 채 입을 열지 않았다

"그자들은 마피아의 소행이라고 믿는 것 같았습니다. 영업 방해를 하려고 그랬다는 것이지요."

"그들이 했나?"

"아침에 송길수한테 물어보았더니 펄쩍 뛰더군요. 김 선생도 안 계신데 무슨 일을 벌이겠느냐는 겁니다."

"그건 그렇지. 그렇다면 누구 짓이야?"

"누가 장난을 했는지도 모릅니다."

그러나 양쪽이 대립해 있는 상황에서 그것이 장난으로 받아들여지지 않는 것이 문제였으므로 그들은 잠시 말을 멈추었다.

"이것, 상황이 수상한데 김상철 씨가 빨리 돌아와야겠는데요, 그래야……."

전동석이 말하자 안현국이 힐끗 벽시계를 올려다보았다. 아침 8시 30분이 조금 지난 시간이었다.

"돌아오겠지. 오늘 내일 중으로."

삼합회

　방 안으로 들어서는 김상철을 보자 자리에 앉아 있던 사람들이 일제히 일어섰다. 나파스 클럽 뒤채에 있는 사무실 안이다. 아침 8시 정각, 어느덧 여름이 시작된 시베리아 땅을 훑고 온 상큼한 바람이 열린 창문으로 몰려 들어왔다 오늘은 어젯밤에 도착한 김상철을 맞아 일찍부터 회의가 열리는 것이다. 자리에 앉은 김상철이 좌우를 둘러보았다. 조선족과 러시아인이 뒤섞여 있는데다가 왼쪽 열에는 여자까지 끼여 있었는데 바로 장인규였다. 방 안에 모인 10여 명의 사람들은 그가 관리하고 있는 조직의 간부와 사업체의 관리자들이다. 김상철이 입을 열었다.

　"그동안에 있었던 일에 대해서는 들었으니 먼저 결론부터 말하겠다."

　한국말이었으나 그루진스키를 비롯한 러시아인들도 무리 없이 알아듣는다. 그가 말을 이었다.

　"이금철이 우리가 폭탄소동을 벌였다고 아직도 믿는 모양인데 우리측도 당할 염려가 있다. 손님들의 감시에 신경을 더욱 쓰도록."

　시베리아에서 두 번째의 여름을 맞는 김상철이다. 고려그룹 개척단의 사원으로 들어왔다가 이제 그는 개척도시에서 마피아와 고려의 지원을 받아 20개에 가까운 사업장을 거느린 보스가 되어 있었다. 생과 사의 경계를 오가면서 적극적으로 살아간 때문이었으나 강 회장의 말마따나 사업 운과 재능이 적절히 따라주었기 때문일 것이다. 그리고 덧붙일 것이 또 있다면 그의 단련된 육체적 능력과 근성이었다.

열흘 가까운 기간 동안 비어 있었지만 하룻밤 사이에도 수백 명씩 이주민이 늘어나고 난데없는 사건이 일어나는 개척도시인 고려타운이다. 그가 회의를 마쳤을 때는 10시가 되어 있었다.

회의실을 나와 자신의 방으로 돌아온 그는 그루진스키와 심복들을 불러들였다. 그들이 소파에 둘러앉자 김상철이 입을 열었다.

"고려리아에 이주해 오고 있는 이주민의 비율은 조선족이 5할, 러시아인이 3할, 그리고 한족과 몽고족 등 중국계가 2할로 정해져 있어. 그것을 너희들이 미리 알아두어야 해."

그가 송길수에게 머리를 돌렸다.

"타운내의 인구 비율은 어떨 것 같으냐?"

잠시 머리를 기울였던 송길수가 입을 열었다.

"조선족이 6할, 러시아인이 3할, 중국계가 1할쯤 되는 것 아닙니까?"

그러자 김상철이 쓴웃음을 지었다.

"틀렸다. 석 달만에 인구가 세 배가 넘게 뛰어서 공식인구는 1만 6000명이지만 2천 명쯤 비공식 인구가 있다. 인종 비율은 조선족이 5할, 러시아인이 2할, 중국계가 3할쯤이다."

"중국계가 그렇게 많습니까?"

"생김새가 조선족과 같은데다 한국말을 하는 자들이 많으니까 중국계가 적게 보이는 거야."

"그렇겠습니다."

"그리고 그자들은 영업장에 자주 나타나지 않으니까."

김상철이 좌우에 앉은 심복들을 둘러보았다

"중국 본토에서 파견된 삼합회가 고려리아에 진출하려고 한다는 정보가 있어. 이것은 한국의 국정원으로부터 들은 정보다."

움직임을 멈 춘 그들을 향해 그가 말을 이었다.

"물론 경비본부도 그것을 알고 있어. 그래서 코즈모프 바의 폭탄 사건을 그들이 일으킨 것이 아닌가 생각하고 있었다."

모두는 그에게로 시선을 둔 채 한동안 입을 열지 않았다. 수백 년의 역사를 가진 삼합회는 TRiads(트라이어드)로 불리우며 중국에서 뻗어나가 대만, 홍콩 등지에도 50여 개 조직 10만여 명의 회원이 있다고 알려진 세계 최대의 갱조직이다. 이제까지 잠자코 있던 장인규가 김상철을 바라보았다.

"홍콩이나 대만, 또는 다른 국가에서는 몰라도 이곳은 마피아와 북한계 조직으로만 구분되어 있어요, 삼합회라도 이곳에 발을 붙이기가 힘이 들 텐데요."

"놈들은 중국계 이주민들의 조그만 가게나 음식점, 아편굴로 부터 뿌리를 뻗어갈 가능성이 있다는 거야. 우리처럼 내놓고 사업은 못하지만 얼마든지 세력을 내보일 수는 있지. 오히려 확실한 사업장이 없으니 마음 놓고 움직일지도 몰라."

김상철의 시선이 하용준에게로 옮겨졌다.

"그레고리 일당이 우리에게 접근해 온 것은 당연한 일이야. 북한쪽에 붙어서 득될 것이 없다는 결론을 냈을 것이다 그래서 힘이 남아 있는 동안 우리와 협상을 하겠다는 거지."

그러나 아직 삼합회에 대한 생각에서 벗어나지 못했던 하용준은 선뜻 입을 열지 못하고 있었다.

유장석의 집무실 안이다. 그의 집무실은 아직도 건설 중이기는 하지만 고려시티의 중심부에 자리 잡은 시청으로 옮겨져 있었다. 남북한을 합한 면적의 두 배가 넘는 영토인데다가 올해 안에 노동자 가족과 이주민을 합해 50만 명의 인구가 될 고려리아이다. 테이블에 앉아 있는 그의 모습은 고려리아 건설과 관리의 실무책임자답게 당당했고 권위가 풍겨 나왔다.

"그렇다면 지금까지 열네 명의 노란색 B급 간부가 피살된 셈이로군."

앞에 앉아 있는 이상훈을 바라보며 그가 말을 이었다.

"노조 위원장들은 노조의 분위기가 경색되어서 회의 진행이 어렵다는 거야. 북한 측의 계획대로 되고 있는 것이지."

"북한이 노동자들을 선동해서 당장 파업을 하거나 난동을 일으킬 수는 없습니다, 단장님. 그자들은 지금 기율을 강화시키고 있는 중입니다."

이상훈의 말에 그가 입맛을 다셨다.

"그래서 우리는 기율을 잡도록 앉아서 보고만 있어야 한단 말이야? 그놈들이 무엇을 위해 그런 짓을 하고 있을 것 같나?"

"그자들의 목표는 당의 하부인 노동자 조직을 이용하여 고려리아를 장악하는 것이지요."

"잘 아는군."

"타운에 있는 이금철이라는 자가 총책임자입니다. 그자는 평양으로부터 이 지역의 지도위원장에 임명되었습니다."

"멋대로 노는군. 이러다가 다 된 밥을 밥통채 뺏기는 것 아냐? 그 날강도 같은 놈들한테 말이다."

"조처하고 있습니다. 그리고 대다수의 노동자들이 북한의 선전선동에 반감을 가지고 있는 상황이라 그들 뜻대로 쉽게 되지 않습니다."

"하지만 더 이상 이런 일이 발생해서는 안 돼, 알겠어?"

"조처 후에 다시 보고 드리겠습니다."

이상훈이 들고 있던 서류를 한 장 넘겼다

"그레고리는 아직도 100명이 넘는 무장집단을 이끌고 있어서 그자가 마음만 먹는다면 큰 피해를 입힐 가능성이 있습니다, 단장님."

"그래서, 그 강도 놈들을 우리 경비대에 편입시키자는 말이야?"

이맛살을 찌푸린 유장석이 그를 쏘아보았다. 그레고리의 습격을 받아 부하들을 잃고 혹한 속에서 떨었던 기억은 영영 잊히지 않을 것이었다. 김상철이 구해주지 않았다면 자신은 이 자리에 없을 몸이다.

"아닙니다. 하지만 이용가치는 있다고 생각합니다. 그래서……."

"그까짓 100명, 경비대가 쓸어버릴 수는 없나?"

"그럴 능력이야 충분하지만 그자들은 일정한 거처도 없이 떠돌아다니는 집단이어서 저희들의 시간과 인력소모가……."

"그렇다면 끌어들여서 없애든지 협상하자고 해서 말이야."

이상훈이 가볍게 헛기침을 했다.

"중국 본토에서 삼합회가 고려리아에 파견되었다는 정보가 있습니다, 단장님."

"삼합회라구?"

이제 유장석의 표정은 완전히 일그러져 있었다.

"그것도 중국 본토에서 말이야?"

"예, 홍콩의 저희 정보원이 보내온 정보니까 확실한 것 같습니다."

잠자코 몸을 굳힌 유장석을 향해 그가 말을 이었다

"중국계 이주민이 증가하고 있는 상황이라 기반 굳히기가 수월한데다 이곳의 소문이 퍼져 있었으니까요. 그자들이 진출해오는 것은 당연한 일입니다."

"삼합회까지 온다면 머지않아 일본 야쿠자와 미국 마피아도 건너올지 모르겠다."

내뱉듯이 말한 유장석을 향해 이상훈이 진지한 얼굴로 머리를 끄덕였다.

"개척지니까요. 법과 질서가 아직 자리 잡히지 않는 곳인데다 유정과 가스 등이 발굴되고 유흥도시가 급속히 확장되어가는 상황입니다. 그자들도 눈독을 들이고 있을지도 모릅니다, 단장님."

그러자 유장석의 시선을 받은 그가 말을 이었다

"그래서 다각도로 대처 방법을 연구하고 있는 중입니다."

"그 방법 중의 하나에 그레고리가 포함되어 있단 말인가?"

"예, 김상철 씨와 상의를 했습니다, 단장님."

그가 상체를 반듯이 세우고는 유장석을 향해 굽혔다.

"그자들이 북한과의 거래에 염증을 내고 있다는 것이 사실이라면 이용가치가 있습니다. 이런 세계에서는 특히 적의 적은 동지나 마찬가지 입장이 되니까요."

가타부타 대답 없이 입맛을 다시는 유장석을 향해 그가 맺듯이 말했다.

"곧 다시 보고 드리겠습니다, 단장님."

"제거 대상자가 아직도 20여 명이나 남아 있는데 그놈들은 이제 외출을 하려고 하지 않습니다."

그렇게 말한 것은 박근수로 유정의 노조 간부이자 북한 노동당 당원인 사내였다. 그가 말을 이었다.

"숙사 내에서 일을 할 수는 없습니다. 놈들은 숙소가 떨어져 있는데다가 감시가 철저하니까요."

최첨단 장비의 감시 카메라가 구석구석에 설치되어 있어서 일거수일

투족까지 경비부가 체크하고 있는 것이다. 따라서 그들을 처치하려면 타운에 외출을 나왔을 때가 알맞았다. 동쪽 지역에 있는 레닌 클럽의 사무실 안이다. 저녁 외출을 나온 박근수와 다른 두 명의 노조 간부들이 이금철에게 상황을 보고하고 있었다.

"하지만 지금까지의 일만 보더라도 결과가 좋습니다, 위원장 동지. 우리가 주최하는 학습회의나 토의에 참석하는 인원이 곱절로 늘었습니다."

그러자 옆에 앉은 사내 한 명이 말을 받았다.

"고국 돕기 성금액도 지난 보름 사이에 이제까지 모은 금액보다 세 배나 늘어났습니다. 효과가 대단합니다."

덩달아 그들의 위치도 단단히 굳어졌을 것이고 두려움의 대상이 되었을 것이다 머리를 끄덕인 이금철이 박근수를 바라보았다. 그가 유정 노조의 책임을 맡고 있는 것이다.

"경비본부에 불려간 동무들은 모두 나와 있겠지?"

"물론입니다. 300명 정도나 끌려가 조사를 받았지만 잡혀 있는 동무는 한 명도 없습니다. 증거가 있어야 묻든지 잡든지 할 것 아닙니까?"

얼굴에 웃음을 띠운 박근수가 말을 이었다.

"저도 불려가 커피 대접을 받으면서 담배 몇 대 피우고 돌아왔지요. 솔직히 말씀드리면 우스웠습니다. 남조선에 도둑이 들끓는다는 이유를 알겠더라구요."

이금철이 정색을 한 얼굴로 그를 바라보았다. 30대 중반의 박근수는 조선족으로 평양에서 반 년간이나 사상교육을 받고 이곳에 보내진 사내였다. 강단이 있는데다 사상이 투철해서 믿을 만 했지만 남조선의 체제를 얕보는 경향이 있었다.

"그렇다고 경솔한 행동은 하지 말도록. 경비본부는 한국의 국정원에 의해 관리되고 있단 말이야. 놈들의 정보력을 무시하면 안 돼."

"알고 있습니다, 위원장 동지."

"서두를 것 없어. 기회를 보면서 제거 대상자는 남김없이 목을 딸 테니까 말이야."

밤 10시가 가까워졌을 때에야 그들은 이금철과 헤어져 클럽 2층의 색싯집으로 몰려갔다. 요즘은 빈번한 노조 간부들의 살해 사건으로 12시 통금이 실시되고 있는 중이다. 일을 치를 시간이 빠듯했으므로 그들은 대충 여자를 골라 그녀들의 방으로 들어섰다. 물론 화대와 술값 등 모든 것이 공짜인 것이다.

"야, 아래만 벗어라. 젖통은 거치적거리기만 하니까 윗도리는 그대로 입어."

바지만 끌어내리면서 박근수가 말했다. 여자는 조선족으로 그의 단골 파트너였다. 그를 힐끗 바라본 여자가 잠자코 치마를 들치더니 팬티를 끌어내렸다. 조선족 여자는 드물었기 때문에 보통 근로자들한테는 순서가 돌아오지 않았지만 당원이자 노조 간부이며 이금철의 막료인 박근수는 언제든지 그녀를 안을 수 있었다.

치마를 들쳐 올려 알몸인 하반신을 드러낸 채 여자는 침대 위에 누웠다. 그녀는 두 눈을 멀뚱거리며 천장을 바라보면서 두 다리를 벌렸다. 양쪽 옆방에서는 자지러지는 듯한 여자의 신음소리가 경쟁하듯 들려오고 있었다. 그때 무엇인가 꽤 커다란 소리가 났으므로 여자는 머리를 돌려 박근수를 바라보았다. 박근수는 셔츠만을 걸친 알몸으로 방바닥에 네 활개를 펴고 누워 있었다. 그리고 문이 닫히면서 사람이 빠져나가는 것이 시선 끝에 잡혔다. 침대에서 몸을 일으킨 여자는 누워 있는 박근수를 내려다보았다. 이마 한복판에 동전만한 구멍이 뚫린 그는 조금 전의 그녀처럼 천장을 올려다보고 있는 중이었다. 그러나 눈은 깜박이지도 초점이 잡혀 있지도 않았다. 그저 놀란 듯 입만 딱 벌리고 누워 있었다.
"뒈졌구먼, 하지도 못하고."
팬티를 찾아 다리를 꿰면서 여자가 혼잣말을 했다.
"저 봐, 물건은 아직도 서 있네, 별일이야."
그 순간 옆방에서 째지는 듯한 여자의 비명소리가 들렸다. 지금 발밑에 죽어 자빠진 채 연장만 흔들리는 사내의 일행이 들어간 방이다. 여자는 다시 침대에 걸터앉아 헛기침을 해서 목청을 가다듬었다. 그리고는 옆방의 여자와 맞추어 날카로운 비명을 질러대기 시작했다.

서쪽 지역의 끝 쪽에 세워진 금강산 클럽이 처음에 제출한 상호는 대동강 클럽이었다. 그것이 경비소의 변경 지시를 받아 금강산 클럽이라고 고쳐 제출해서 겨우 허가를 얻어낸 것이다.
오늘도 금강산 클럽의 앞쪽 길은 사람들로 북적이고 있었다. 북한 측이 가장 최근에 건설한 영업장이어서 새로운 볼거리가 많았을 뿐만 아니라 북한에서 데려온 가무단이 보름째 장기공연을 하고 있었기 때문이다. 클럽에서 50미터쯤 아래쪽에 있는 싸구려 선술집 안에까지 북한 가무단의 음악소리가 생생하게 들려오고 있었다. 이제 고함치는 듯한 여자의 목소리가 들려오는 것을 보면 끝날 때가 되어가는 모양이었다.
이한이 마악 자리에서 몸을 일으키는데 술집 안으로 최복수가 서둘러 들어섰다. 그는 중국 출신 조선족 밀입국자로 이한의 부하이다. 그의 눈짓을 받은 이한이 거리로 나와 금강산을 향해 걸었다. 네온사인의 불빛이 휘황한 거리는 그가 가본 동부 러시아나 중국의 어느 도시보다도 화려했고 그것이 자랑스러웠다. 이제 타운의 관리체제는 지난달부터 경비소와 행정사무소의 두 부분으로 나뉘어져 있었는데 내년부터는 직할시가 된다는 짓이다. 그것이 어떤 내용인지는 알 수 없었고 자신에게 상관도 없는 일이었지만 나쁜 일은 아니었다.

그가 클럽의 앞에 다다랐을 때 손님들이 몰려나오기 시작했다. 가무단의 공연이 끝난 것이다. 손님들은 대부분이 조선족으로 그중에는 부부로 보이는 남녀도 보였고 어린애도 끼여 있었다. 영화관이 두 개 있었지만 러시아인이 운영하는 좌석 5, 60석의 너절한 곳이다.

"형님, 저기."

입구 옆쪽의 벽에 붙어서 있는 이한에게 옆에 서 있던 최복수가 말했다. 그의 시선은 한 무리의 사내들에게 향해 있었다.

"저기, 가운데 있는 회색 점퍼를 입은 놈이오."

손님들이 무리를 지어 나오고 있었으므로 사람들에 의해 금방 가려졌으나 이한은 사내를 알아볼 수 있었다. 그는 인파를 헤치고 그들에게로 다가갔다. 떠들썩하게 지껄이며 거리를 몰려내려 가는 일행은 모두 조선족으로 여섯 명이다.

그들과 10미터쯤의 거리를 두고 사람들 사이에 끼여 걷던 이한이 걸음을 늦추었다. 사내들이 길가의 음식점 안으로 몰려 들어가고 있는 것이다. 조선족이 경영하는 조그만 음식점이었다.

입맛을 다신 그가 머리를 돌려 최복수를 바라보았다.

"안에 몇 놈이나 있는지 보고 와."

최복수가 재빠른 몸짓으로 사람들을 헤치며 음식점으로 다가갔다. 회색 점퍼의 사내는 이름이 오봉택이었는데 고려시 건설단 소속의 노조 간부로 이금철의 부하였다. 경비소에서 전해준 정보에 의하면 오봉택은 북한 노조의 행동대원이라는 것이다. 가게 앞에 서 있는 그에게 최복수가 다가왔다.

"형님, 안에는 열댓 명이 있는데 다른 손님들은 고려 근로자들이 아닙니다."

이한이 손목시계를 내려다보았다. 10시 30분이 되어 있었으니 숙사에 도착하려면 술 마실 시간은 얼마 되지 않는다.

"저 망할 자식은 도대체 언제까지 뭉그적거리고 있겠다는 거야?"

이한이 찌푸린 얼굴로 술집을 흘겨보았다.

그로부터 한 시간 후, 타운의 북쪽 외곽에 있는 주차장에서 고려시 건설단 마크를 붙인 승합차가 출발했다. 통금 직전이어서 주차장에는 차량의 불빛이 가득 차 있었다. 혼잡한 주차장을 빠져나온 승합차가 큰길로 들어서려고 멈춰선 때였다. 열린 창문으로 무엇인가 묵직한 것이 들어왔다. 무심코 허리를 숙인 사내 한 명이 바닥에 떨어진 물건을 보고 입을 딱 벌리는 순간 승합차는 밤하늘을 울리며 폭발했다.

곧 다른 한 개의 수류탄이 날아와 폭발하자 형체를 알아볼 수 없게 된 승합차는 불덩어리가 되어 타올랐다.

이를 악문 이금철의 눈치를 보며 최태호는 조심스레 앞자리에 앉았다.

새벽 1시가 넘어 있었지만 사무실 밖에는 긴장으로 굳어진 모습의 사내들이 모여들고 있는 중이다.

"경비소의 순찰대원 두 명이 사건 현장에서 중국계로 보이는 사내 두 명이 도망치는 것을 보았답니다."

최태호가 조심스럽게 말했다.

"증거물로 땅에 떨어진 중국인 여행자 수첩 하나와 소지품 몇 점을 발견했다고……."

"기가 막혀서."

갑자기 머리를 든 이금철이 천장을 쏘아본 채 입만 벌리고 웃었다.

"내 수법을 그대로 쓰는 것을 보면 김상철이도 어지간히 급했던 모양이군."

"……."

"김상철이 외에는 그런 짓을 할 놈이 없다. 뒤에는 고려가 있고."

시선을 내린 이금철이 최태호를 쏘아보았다.

"우리와 정면 대결을 하자는 거야."

"그렇습니다, 위원장님."

최태호가 그의 시선을 받았다. 하룻밤 사이에 이쪽의 노조간부 네 명을 포함한 아홉 명이 시체가 된 것이다. 더구나 유정노조의 간부 세 명은 바로 코앞의 색시집에서 벌거벗은 채 사살되었으니 지독한 수모를 당한 셈이었다.

"모든 기지에 연락을 해라, 파업 준비를 하라고."

이금철의 목소리가 방을 울렸다.

"파업에 동참하지 않는 자는 처단하겠다는 경고를 하라고 해. 그리고 러시아에 남은 가족들도 무사하지 못할 것이라고."

"알겠습니다, 위원장님."

"고려 측의 살인행위를 문제 삼는 거야. 잠자코 있다가는 오늘 살해된 동무들처럼 제거될 뿐이라는 것을 분명히 알려주란 말이야."

"그렇게 하겠습니다."

"결사적으로 대항해야 한다고…… 밀리면 죽는다."

"예, 위원장님."

최태호가 서둘러 방을 나가자 서너 명의 사내들이 들어와 그의 앞에 섰다.

"저놈들 분위기는 어때?"

그가 묻자 사내 하나가 대답했다.

"별다른 움직임은 없습니다. 김상철은 나파스 클럽의 뒤채에 있고 다른 놈들도 제 위치에 있습니다."

"어쨌든 곧 모든 작업장에서 파업이 일어날 테니 이곳도 전쟁터가 될 것이다. 따라서 오늘밤 안에 본부를 이동한다."

"오늘밤 안으로 말씀입니까?"

다른 사내가 당황한 표정으로 물었다. 예상하지 못했던 모양이었다.

"계획보다 조금 빠른 감이 있지만 여기서 우리가 머뭇거렸다가는 작업장의 기반이 단숨에 무너지게 될 테니까."

사내들이 머리를 끄덕였다. 행동을 일으키기 전에 이미 상대방의 여러 가지 대응방법과 그것에 대한 대책을 마련해 놓는 것이 공작의 원칙이다. 어쨌든 이쪽은 단순한 조직이 아닌 한 국가의 공작반이 움직이고 있는 것이었고 따라서 이러한 상황에 대한 대책은 이미 나와 있었다.

사내들이 몰려나가자 이금철은 벽시계를 올려다보았다. 새벽 2시가 되어가고 있었다. 전쟁이 시작된다고는 하지만 군인처럼 전쟁을 하는 것은 아니다. 아마 내일도 나파스 클럽이나 금강산 클럽은 영업을 계속하여 색시들의 웃음과 교성이 터져 나올 것이다. 그러나 각 사업장 안에서 고려 측과 북한 측의 노조원들이 각자의 세력을 모으려고 극명하게 다투기 시작할 것이다. 고려측은 경비대원과 행정력을 총동원하여 북한 측을 압박할 것이고 북한 측은 조직의 위세와 협박, 그리고 그들의 가족을 인질로 하여 조직원을 결속시켜 대항하게 될 것이다.

이금철은 담배를 입에 물고 불을 붙였다. 이번의 파업시도는 고려리아에 북한이 기반을 굳히느냐 실패하느냐의 결정적인 계기가 될 것이었다. 이번에 실패하면 이제까지 만들어 놓은 조직은 흔들리게 된다. 그리고 이곳도 마찬가지다.

그는 담배연기를 길게 내뿜었다. 이곳은 곧 테러와 암살의 무대가 될 것이었다. 그리고 그 무대의 두 주인공은 북한의 지도위원장인 자신과 한국 정부와 고려그룹, 그리고 마피아 세력을 배경으로 갖게 된 저 운 좋은 어린 놈, 김상철이다.

"어떻게 된 거야?"

바쁘게 다가온 하용준이 묻자 이한이 찌푸린 얼굴로 그를 바라보았다.

"뭐가 어떻게 돼?"

"그자식이 누굴 까는지 감시하라고 했는데 아예 승합차에다 수류탄을 던져 몰살을 시키면 어떻게 해?"

"……."

"하긴 앞으로 감시 할 필요는 없겠다."

그들은 나파스 클럽의 뒤뜰로 들어서서 사무실 쪽으로 다가갔다. 이한이 입맛을 다셨다.

"내가 하지 않았어."

"그게 무슨 말이야?"

눈을 크게 뜬 하용준이 걸음을 멈추었다.

"네가 그러지 않았다면 도대체 누가?"

"글쎄, 나는 아냐."

"나아, 이런."

이한을 따라잡은 하용준이 다그치듯 물었다.

"정말 네가 한 짓이 아냐?"

"난 그놈들이 주차장에 들어가는 걸 보고 돌아왔어. 최복수가 알아. 같이 있었으니까."

"……."

그들은 김상철의 방문을 열고 들어섰다. 안에는 김상철과 송길수 둘이 앉아 있다가 들어서는 그들에게 시선을 주었다.

"한이, 너, 왜 그런 거야?"

그들이 자리에 앉자마자 그렇게 물은 것은 송길수였다.

"왜 여섯 명이나 몰살을 시켰어?"

"내가 아니야."

이한이 다시 말했고 이젠 하용준도 그를 거들었다.

"한이는 그놈들이 주차장에 들어가는 걸 보고 돌아왔다는데, 최복수하고."

그러자 김상철이 입을 열었다.

"정말이냐?"

이한이 긍정하자 방 안에는 잠시 정적이 흘렀다.

"경비소에서는 우리가 했는 줄로 안다. 그래서 중국인 소행인 것처럼 증거물도 만들어 놓았어."

이한을 바라본 채 그가 말을 이었다.

"거기에다 코즈모프 클럽의 방에서 유정의 북한쪽 노조간부 세 명이 총에 맞아 죽었다. 열시가 조금 넘었을 때야."

"아무래도 형님······."

송길수가 그에게 상체를 숙였다. 경찰출신인데다 연륜이 있어서 부하들 중에서는 그가 대장이다.

"모함에 빠진 것 같습니다."

머리를 끄덕인 김상철이 손을 뻗어 탁자 위에 놓인 수화기를 쥐었다.

"난 경비본부에 연락할 테니 넌 최태호에게 연락을 해. 내가 이금철과 만나고 싶다고 전해라."

"이금철과 말입니까?"

"서둘러."

방 안에는 직통 전화가 한 대뿐이었으므로 송길수가 튕기듯 몸을 세우자 김상철이 이한과 하용준을 바라보았다.

"경계를 단단히 해라, 이금철은 오늘밤 사건을 모두 우리가 한 짓으로 생각할 테니까."

새벽 2시가 넘은 시간이다. 상점의 불빛은 꺼졌고 인적도 끊긴 타운의 거리는 흥청대던 저녁 시간과는 전혀 다른 모습이 되어 있었다. 아주 가끔씩 경비소의 순찰 지프가 빈 거리를 달려 어둠속으로 사라지는 것 외에는 움직이는 것도 들리는 소리도 없는 깊은 밤이다.

남쪽 지역에 세워진 보냐네 집도 어둠에 묻힌 채 밤을 맞고 있었다. 200평쯤의 규모로 고급스런 분위기를 내는 보냐네 집은 식당 겸 클럽이다. 그런 이유로 보냐네 집은 개척단의 고위층 간부들이 손님 접대차 자주 들리는 곳이었다. 그러나 이곳 역시 얼마 전 김상철이 이상훈으로부터 인수받은 업소중의 하나였다.

순찰차가 엔진 소리를 울리며 거리를 지나가자 바람에 휩쓸린 종이 조각들이 날아올랐다가 떨어져 내렸다. 다시 거리에 정적이 찾아 들었을 때, 보냐네 집의 옆쪽 담에서 떨어져 나온 듯한 검은 그림자들이 나타났다. 전신을 검은 옷으로 감싼 세 명의 동양인들이다. 그들은 발자국 소리도 내지 않고 현관으로 다가가 육중한 나무문을 소리 없이 열었다. 그리고는 빨려 들어가듯 안으로 들어갔다. 곧 철커덕 소리와 함께 문이 닫혔다.

홀 안쪽의 주방에 붙여진 방에서 먼저 인기척을 느낀 것은 경비원 한 씨였다. 그는 주방의 나무문이 열리는 소리를 잠결에 들었고 방문이 열리자 잠에서 깨어났다. 가족을 카자흐스탄에 남겨두고 돈을 벌겠다고 단신으로 고려리아에 밀입국한 그는 석 달쯤 후에 처자식을 데려올 꿈에 부풀어 있었다.

"누구요?"

침대에서 상반신을 반쯤 세운 그가 물었으나 문을 가로막고 선 사내는 대답하지 않았다. 주방의 외등에서 비치는 희미한 불빛이 방 안으로 흘러들어왔지만 저쪽은 불빛을 등에 받아서 검은 형체만 드러나 있을 뿐이다.

한 씨는 그가 바깥 경비를 서고 있는 유 씨가 아니라는 사실을 깨달았다. 유 씨보다 체격이 큰 것이다. 그가 상반신을 완전히 일으켰을 때 사내는 한걸음에 달려 와 무엇인가 묵직한 것으로 한 씨의 머리를 내려 쳤다.

한 씨가 침대에 꼬꾸라지자 사내는 다시 쇠뭉치를 휘둘러 옆쪽 침대에서 마악 머리를 드는 주방보조 김 군의 어깨를 내리쳤다.

"아이고!"

김 군의 비명이 방과 주방, 그리고 홀을 울렸다. 그러나 다시 한 번 사내는 쇠뭉치를 내려쳤고 곧 방 안은 조용해졌다. 방을 나온 사내가 홀 안으로 들어섰을 때 두 명의 사내는 이미 들고온 휘발유를 홀의 곳곳에 뿌리고 있는 중이었다.

5분쯤 후, 세 명의 사내가 다시 검은 그림자처럼 보냐네 집 현관을 빠져나간 지 얼마 되지 않았을 때, 보냐네 집 창문에 붉은 불빛이 어른거리더니 불길이 금방 창을 뚫고 뻗어 나왔다. 그리고 곧 집 전체에서 검은 연기가 뿜어져 나왔다. 순찰차가 사이렌을 울리며 달려왔을 때 가게는 불덩어리가 되어 있었다.

지난밤에 한숨도 자지 못한 하용준의 눈은 벌겋게 충혈되어 있었다.

"이금철은 타운을 떠났습니다. 새벽 세 시쯤 7, 8명의 부하들과 함께 지프 두 대에 나눠 타고 떠나는 것을 본 사람이 있습니다."

그는 김상철의 옆으로 바짝 다가와 섰다

"이금철은 떠나기 전에 지금부터 전쟁이라고 말했다는 겁니다. 그놈은 안전한 곳에서 지휘하려고 이곳을 벗어 난 것입니다."

그들은 잿더미가 되어버린 가게 앞에 서 있었다. 그 건물은 장인규가 신축중인 곳이었다. 구경꾼이 떼를 지어 모여서 있었고 경비소 직원들은 그들을 정리하느라 주위는 소란했다. 어젯밤에 방화를 당한 곳은 이곳까지 포함하여 네 곳이나 되었으므로 타운이 발칵 뒤집힌 것은 당연한 일이다. 화재 현장을 벗어나는 김상철에게 장인규가 다가왔다. 마침 10시가 되어 있어서 한낮의 햇살이 빛나고 있었지만 김상철의 주위는 겹겹이 둘러싸인 부하들로 어두운 그림자를 남기고 있었다.

"이금철이 이렇게까지 무모한 놈인지는 몰랐어요."

그의 옆으로 다가선 장인규가 뱉듯이 말했다.

"내가 짓고 있는 가게에도 불을 지른 걸 보면 나에 대한 원한이 얼마나 깊은지를 알 수 있겠네요."

그들은 길가에 주차시켜 놓은 차에 함께 올랐다.

"조금 전에 연락을 받았는데 오늘밤부터 근로자 숙사는 외출금지라는군, 무기한으로."

김상철의 말에 장인규가 쓴웃음을 지었다.

"이제 놀기 좋게 되었군요. 저쪽도 단단히 준비를 하고 있을 테니 타운은 곧 저 꼴이 되겠네요."

화장기 없는 그녀의 얼굴은 창백했으나 눈빛에는 날이 서 있었다.

"저놈들과 마찬가지로 내 원한도 아직 풀리지 않았으니까 나도 한 몫할 거예요. 지난번 우리가 같이 일했을 때처럼."

그들은 곧 나파스 클럽의 사무실로 들어가 마주앉았다. 어수선한 분위기였고 오가는 부하들의 몸짓도 안정되어 보이지 않는다.

김상철이 그녀를 바라보았다.

"곧 경비본부에서 경비대 1개 중대를 타운으로 파견할 거야."

"당연하지요. 하지만 그런다고 이 일이 끝날까요?"

"오늘부터 밤 9시 통금이야. 일제단속을 할 것이고."

"글쎄, 그것이 며칠이나 가겠어요? 주민들이 항의를 할 텐데, 근로자들을 상대로 먹고사는 사람들인데 계속해서 그들을 숙사에 묶어 둘 수만은 없어요."

김상철이 머리를 끄덕였다.

"아침에 경비본부의 이 부장을 만나고 왔어. 그는 어젯밤 사건 모두가 중국인들이 일으킨 것 같다는 거야."

"중국인들이?"

장인규가 놀란 듯 눈을 깜박이며 그를 바라보았다.

"그럼, 삼합회가?"

"삼합회가 양쪽을 때린 것이라고……. 그놈들이 고려리아에 침투했다는 정보가 있었으니까."

"……."

"양쪽이 전쟁을 일으켜도 좋고 알아차려도 그만이라는 거지. 일단 자신의 존재를 과시한 효과는 얻었을 테니까."

"그걸 이금철도 알고 있나요?"

"지금 경비소장하고 송길수가 최태호를 만나러 갔어. 소장이 이야기를 할 거야. 그리고 송길수하고 최태호도 어젯밤 일에 대한 해명을 할 테지."

"……."

"어젯밤 우리 사업장 네 곳을 습격한 것이 최태호가 아니라면 그자도 삼합회를 의심하게 되겠지. 그것만으로도 우리에겐 효과가 있어. 송길수를 보낸 것이 말이야."

"삼합회라니? 난 금시초문인데?"

최태호가 경비 소장 안현국을 멍한 얼굴로 바라보았다. 기가 막힌다는 표정이다.

"이보쇼, 소장님. 갑자기 중국 놈 이야기는 왜 꺼내는 거요? 그럼, 어젯밤에 총질을 해대고 수류탄을 깐 것이 그 중국 놈들 짓이란 말이요?"

"그럼, 당신이 오늘 새벽에 사업장 네 곳에 불 지르고 다섯 명을 태워 죽였소?"

"말도 안 되는 소리. 그건 김상철이가 우리한테 뒤집어 씌우려고 일부러 그런 것이지. 그래서 매상이 적은 곳하고 공사하는 곳을 골라 불을 낸 거요."

그러자 송길수가 상체를 와락 세웠다.

"우리가 미쳤어? 우리 사업장에 불을 지르게? 뭐가 겁나서 그따위 짓을 해?"

코즈모프 클럽의 사무실 안이다. 삼자 회담의 형식으로 세 사내가 둘러앉아 있었지만 살벌한 분위기는 좀처럼 가라앉지 않았다. 송길수가 내쳐 말을 이었다.

"소장님이 가자고 해서 마지못해 따라온 거야. 너희들 짓이라는 것은 이곳 사람들이다 알고 있는 사실이다. 삼합회 이야기는 나도 믿지 못하겠단 말이다."

안현국이 차갑게 보이는 얼굴을 들었다.

"이곳이 혼란상태가 되면 기반을 굳히기가 쉬워지겠지. 어느 한쪽의 세력이 꺾이면 그쪽과 손을 잡기가 쉬워질 테고. 그들은 증거가 없으니 탄로가 날 염려도 없다고 생각했겠지."

말을 멈춘 그가 송길수와 최태호를 번갈아 바라보았다.

"당신들이 상대방을 서로 믿지 못하는 건 잘 알아. 하지만 자기 자신들이 한 짓은 알고 있을 거야. 만일 당신들이 실제로 어젯밤에 아무 짓도 안 했다면 삼합회가 양쪽을 번갈아 친 거야. 그리고 기다리고 있을 거라고."

"……."

"오늘밤부터 9시 통금이야. 어느 쪽이든 문제를 일으킨다면 즉각 사살 하라는 명령을 받았어. 검문 시에 총기를 휴대 한 자가 있으면 즉각 추방 시켜 러시아 당국에 넘기겠어."

"흥."

최태호가 코웃음을 쳤다.

"이 기회에 우리 쪽을 쓸어낼 계획이라면 신중하게 생각하는 것이 나 을 거요. 당신들이 우리에게 조금이라도 편파적인 대우를 했다가는 고려 리아의 장래에 심각한 지장이 올 테니까."

"이봐, 당신, 공갈치는 거야?"

눈을 치켜 뜬 안현국의 목소리가 높아졌다.

"내 직권으로도 당신을 당장에 추방시킬 수 있어. 말 조심해."

"그렇게 된다면 고려리아에 들어오는 모든 수송로가 테러를 당하고 조선족 근로자나 이주민 공급이 뚝 끊길 거요. 그리고 각 사업장이 어떻 게 될지도 생각해 보셨을 텐데."

안현국을 노려보며 그가 말을 이었다.

"우리 공화국이 이제까지 협조적이었다는 것을 알아두는 게 좋을 거 요, 소장 선생. 공화국과 적대관계가 되었다가는 이곳이 몇 달 안 가서 예 전 같은 황무지가 된다는 것쯤은 알고 계시겠지?"

"그렇다고 너희들 공갈에 넘어갈 우리가 아니다. 이곳은 북한과 대치 하고 있는 남한이 아니야."

안현국이 검지를 곧추세우고 최태호의 콧등을 가리켰다

"너도 신중하게 머리를 굴리는 것이 나을 거다. 네놈들을 모조리 소탕하고 사업장에 있는 빨갱이 새끼들을 몽땅 추방시켜도 고려리아는 살아남아. 그렇게 되면 개발이 조금 늦어지겠지만 말이다. 그렇다고 네놈들이 러시아 땅을 가로질러 군대를 끌고 올 수 있겠어? 천만에 말씀이야."

자리에서 벌떡 일어선 안현국이 최태호를 내려다보았다.

"중국 놈들의 수단에 놀아나서 어디 일을 일으켜 봐, 아예 이 기회에 결판을 내버릴 테니까."

따라 일어선 송길수가 얼굴을 찌푸리고 혀를 찼다. 그는 무슨 말을 할 듯하다가 역시 잔뜩 찌푸려져 있는 최태호의 얼굴을 보고는 입을 닫았다.

울창한 삼림에 덮인 구릉의 응달진 부분은 아직도 흰 눈에 덮여 있었지만 타이가 지역에도 여름이 와 있었다. 얼었던 대지가 녹아 맵고 맑은 땅 냄새가 맡아졌고 피부를 스치는 대기는 부드러웠다 지프에서 내뿜는 매연 냄새가 더욱 강해진 것은 그만큼 공기가 맑기 때문일 것이다. 지프는 구릉 사이의 평탄한 골짜기를 달려가고 있었다. 길도 나 있지 않는 곳이었지만 눈이 녹은 대지는 탄력이 있었고 그것이 차체를 적당히 진동시키는 탓에 운전사는 꽤 속력을 내는 중이었다. 운전석 옆자리에 앉은 것은 이한이다. 그는 앞쪽을 달려가는 다른 한 대의 지프를 바라보며 줄곧 긴장하고 있었다. 이곳은 고려리아의 동부 지역으로 고려시에서 100킬로미터 넘게 떨어진 무인지대였다. 고려가 이 엄청난 원목을 베어내간다면 당장에 돈을 벌 수 있을 것이었다. 앞을 달리던 지프가 속력을 줄이면서 오른쪽 삼림 쪽으로 접근해갔으므로 최복수도 뒤를 따랐다. 이윽고 지프 두 대가 멈춰선 곳은 아직도 눈이 덮여 있는 구릉 옆의 음지였다.

"저기 있네요, 형님."

최복수가 말했지만 이미 이한도 빽빽한 침엽수 둥치 옆에 서 있는 사내들을 보았다. 위쪽의 좁은 골짜기에 나란히 세워진 트럭의 대열을 보면 1, 20명 규모의 무리가 아니다. 차에서 내린 이한의 앞으로 서너 명의 러시아인들이 다가왔다. 음지에서만 있었기 때문인지 모두 겨울 슈바 차림이었다.

"오시느라 수고했소."

앞장을 선 사내가 굵은 목소리로 말하며 이한에게 손을 내밀었다. 40대쯤의 짙은 콧수염을 기른 사내가 이한의 손을 세게 쥐었다.

"그레고리 파트킨이오."

"난 김상철 선생을 모시고 있는 이한입니다."

이한의 러시아어는 유창했다.

그들은 숲속에 설치된 그레고리의 텐트로 들어가 마주앉았.

타운의 외곽에서부터 이곳까지 이한을 안내해온 사내들은 보이지 않았지만 그레고리의 막료로 보이는 서너 명의 사내가 둘러앉아 있었다. 텐트 한쪽의 난로에서 장작이 기세 좋게 타오르는 중이다.

"보드카 한잔 하시겠소?"

그러면서 그레고리는 술병을 들어 잔에 술을 채웠다.

"실은 이 술도 지난번에 보급트럭을 습격했을 때 빼앗은 거요. 그때 여자들을 데려 오지 못했던 것을 부하들은 지금도 아깝게 생각하고 있지."

그레고리가 이한에게 술잔을 건네주었다.

"자, 만나서 반갑소."

제각기 한 모금에 술을 삼키고 나자 이한이 그를 바라보았다.

"김 선생에서는 당신이 타운으로 찾아와 달라고 하셨습니다. 안전을 보장하시겠다고, 중간지점에서 단둘이 만날 필요는 없다고 하셨습니다."

잠자코 있는 그레고리에게 그가 말을 이었다.

"그리고 협상이라는 말은 맞지 않다고 하시더군요. 김 선생의 보호를 요청 한다면 받아들일 작정이라고."

"요컨대 우리가 투항해야 한다는 말이군."

그레고리가 그의 말을 잘랐다. 그의 주위에 둘러앉은 사내들의 표정은 이미 굳어져 있었다.

"두 손을 들고 들어가 처분을 기다리라는 말이 아니요?"

"그렇습니다."

"우리가 받아들일 것 같소?"

"그건 모릅니다."

"요즘 같은 때 우리가 밖에서 일을 일으키면 곤란할 텐데."

"그런 말은 김 선생한테 직접 하시지요."

이한이 그를 똑바로 바라보았다

"찾아오면 안전을 보장한다고 하셨으니까요, 그레고리 씨."

타운 남서쪽 거리. 처음 이곳은 두어 채의 중국인 전용 음식점이 있었을 뿐이었는데 몇 달 안 가 곧 100여 채의 가게와 주택들이 늘어선 중국인 거리가 되었다. 그리고 이곳은 도시가 확장됨에 따라 급격하게 팽창되어 가는 중이었다.

중국인 거리의 끝쪽, 도로 공사 중인 길 앞으로는 광활한 평야가 펼쳐져 있었지만 지금은 밤이다. 짙은 어둠에 덮인 평야에서 비릿한 땅 냄새를 몰고 습기 찬 바람이 불어오고 있었다. 도로 끝 부분에 세워진 간이음식점 주인도 역시 중국인인 양 씨이다. 지난겨울에 처와 두 자식을 끌고 이곳에 도착한 그는 이제 겨우 생활 기반을 닦아가는 중이었다.

밤 10시, 통금이 된 지 한 시간이 된 타운에는 인적이 끊겼지만 양 씨 가게에서는 두런거리는 말소리가 들려나왔다. 중국인 밀집 지역은 사건 발생이 제일 적었으므로 100미터쯤 안쪽으로 경비대원 서너 명이 한가

하게 서 있을 뿐이다.

"이봐, 양 씨. 여기 더운물 한 잔만 더 부탁해."

10평도 안 되는 음식점 안의 나무탁자에 앉은 사내가 그렇게 말했다. 허름한 점퍼를 걸친 30대 초반쯤으로 보이는 사내였는데 체격이 당당했다. 넓은 어깨와 굵은 목 위의 이목구비도 뚜렷한 호남이었다. 양 씨가 더운물이 담긴 찻잔을 조심스럽게 내려놓자 사내가 부드러운 표정으로 머리를 끄덕였다.

"고맙소, 양 씨."

"아닙니다. 진 선생님."

양 씨가 돌아가자 진대원은 앞에 앉은 두 사내를 바라보았다.

음식점 안에는 양 씨와 그들 세 사람뿐이다.

"고려의 경비본부는 한국 국정원이 장악하고 있어. 그놈들의 정보력이 보통 이상이야. 며칠간 타운이 잠잠한 걸 보면 양쪽을 누르고 있는 모양이야."

진대원이 더운물을 한 모금 마셨다. 그는 술과 담배를 입에 대지 않는다.

"우리 짓이었다는 증거를 찾을 수는 없을 테고…… 설령 우리 존재를 의식하게 된다고 해도 해 될 것 없다. 두 세력 중 약자가 우리에게 손을 내밀게 될 테니까."

"그렇습니다, 진 형님."

그를 마주보고 앉아 있던 작달막한 체격의 사내가 입을 열었다.

"경비소장과 송길수가 최태호를 만났지만 아직 서로의 의심이 풀린 것은 아닙니다. 경비대가 타운에 진주해 있고 통금이 9시로 단축되어서 충돌할 기회가 없을 뿐입니다."

그는 진대원의 직속부하인 마연중이다. 40대 중반으로 갖가지 무예에

통달한 그였지만 삼합회의 총회장 방선휘가 총애하는 진대원에게는 깍듯한 예의를 갖추고 있다. 진대원은 북경에서 태어난 삼합회 가계 출신으로 그의 부친과 숙부가 삼합회 간부를 지낸 명문이다. 그는 삼합회의 간부가 되기 위하여 어렸을 때부터 엄격한 훈련을 받았고 홍콩으로 보내졌다. 그곳에서 대학까지 나온 후에 본격적으로 회에 투신한 그는 삼합회의 떠오르는 별로 성장했다. 진대원이 천천히 머리를 끄덕였다.

"김상철을 건드려 보겠다."

그는 번들거리는 눈으로 사내들을 바라보았다.

"그렇게 되면 움직이지 않고는 못 배길 것이다."

숙사의 근로자 외출이 금지된 지 일주일째. 타운의 통금이 9시인 탓에 수백 개의 사업장은 폐쇄된 것이나 다름없는 상황이었다. 그러나 다행인 것은 각 기지의 파업기도가 모두 무산되었다는 사실이었다. 북한 측 노조가 갖은 위협과 선동을 하고 있었지만 한국의 고려그룹에서 파견되어 구성된 우파 노조의 결속력과 조직력이 우위인 것으로 나타난 것이다. 한국에서 경영진과 정부를 상대로 수십 년간 투쟁과 선동으로 단련된 우파 노조가 노동자의 국가로 자부하는 북한 노조를 누른 것이다. 그러나 가장 중요한 원인은 경비부의 치밀한 예방 작전과 대다수 근로자들에게 배어 있는 사회주의 체제에 대한 염증 때문이었다.

무노동 무임금을 계약조건으로 하고 있는데다 시간외 근무수당까지 정확하게 지불하는 이쪽 제도의 영향도 있을 것이었다.

유장석의 사무실 안. 아침 햇살이 대형 유리창을 통해 방 안을 환하게 비추는 오전 10시경이었다. 방 안에 모인 사람은 유장석과 이대각, 그리고 경비 본부장인 박종용과 이상훈 부장, 거기에다 타운에서 올라온 김상철이다. 상황 설명을 마친 이상훈이 유장석을 바라보았다.

"북한은 기지의 파업이 뜻대로 되지 않고 타운의 경비가 강화되자 본국의 지시를 기다리고 있는 것 같습니다."

"이금철은 아직 돌아오지 않았나?"

"예, 경계선 부근의 벌목사업소에 있다는 정보가 있습니다."

이대각이 헛기침을 하며 나섰다.

"그런데 그, 삼합회인지 사합회인지 하는 놈들은 어떻게 된 거야? 이번 일이 그놈들의 모략이라는 증거도 없지 않나?"

"지금 중국계 근로자는 2000명 정도이지만 타운에 있는 중국계 이주민은 5000명이 넘습니다. 3분의 1이 되지요."

서류를 펼친 이상훈이 말을 이었다.

"당초의 이주민 계획에는 중국계가 2할이었지만 이런 추세로 보면 3할이 넘을 가능성이 있습니다. 이런 상황에 삼합회가 끼여들지 않는다는 것은 믿을 수가 없습니다."

"글쎄, 그건 당신 이론이고."

이대각이 성질대로 와락 짜증을 내었다.

"증거가 있느냐 이야기야, 내 말은."

"홍콩에서 이곳으로 10여 명의 간부급이 보내졌다는 정보가 있습니다."

"정보가 있어?"

"예, 그리고 중국에서 이주민에 섞여 회원들이 들어왔다는 정보가 있는데 몇 명인지는 모릅니다."

"답답하군."

이대각이 혀를 차자 박종용이 머리를 들었다. 조금 언짢은 표정이다.

"타운에서 전쟁을 그치게 한 것만 해도 우선 다행이라고 생각해야 됩니다. 이 부장의 정보가 없었다면 우리도 양쪽 싸움에 말려들 뻔했으니 말이오."

"그건 맞는 말이야."

머리를 끄덕인 유장석이 이대각을 바라보았다.

"당신은 아직도 북한이 우리 측 사업장을 태웠다고 믿는 모양인데, 증거가 없다고 정보를 무시 할 수는 없어."

그리고는 김상철에게로 머리를 돌렸다.

"사업 피해가 크겠군, 김 사장은."

"어쩔 수 없는 일입니다, 단장님."

"도발하지 말도록 해. 총회장님도 그렇게 지시하셨어."

"알고 있습니다."

유장석이 부른 이유를 알 수 있었으므로 그는 머리를 끄덕였다.

"북한계라고 해서 무조건 적대세력으로 보면 안 된다는 말씀이고 그건 나도 동감이야."

의자에 등을 기댄 유장석이 방 안의 사내들을 둘러보았다.

"경비본부장에 군 출신을, 경비부장에 현역 국정원 간부를 채용한 것은 북한의 공작에 적절하게 대치하기 위해서였지만 그렇다고 그들을 한국에서 적용하는 기준으로 대할 수는 없어. 그쪽 골수분자들도 거부반응을 보일 테니까."

그의 시선이 이상훈에게 머물렀다.

"여기서는 고려리아의 기준에 따라 통치해야 될 것이다. 그러기 위해서는 어느 정도 융통성이 필요하고 공평한 기준이 있어야 될 것이야. 예를 들면 모란봉 식당, 평양 클럽 같은 상호를 허용해주는 것도 괜찮겠지. 불필요한 마찰은 피하자는 말이다. 이것은 회장님의 지시사항이자 경영원칙이기도 하니까 모두 명심하도록."

이상훈이 입을 열었다.

"잘 알겠습니다, 단장님. 저도 그것이 현실적인 지침이라고 생각하고 있습니다."

"그렇다고 도발을 방치하라는 말은 아니야. 그때에는 가차 없이 봉쇄해야 해. 지난번 이상이라도 상관없어."

그러자 이상훈이 얼굴에 웃음을 띠었다.

"알겠습니다, 단장님."

회의를 마친 사람들이 방을 나가자 김상철은 유장석과 단둘이 마주 앉았다 언제나처럼 이대각이 따라 남지 않고 서둘러 나간 것은 현장 분위기가 마음이 놓이지 않았기 때문이다. 파업은 일어나지 않았지만 공사 능률은 예전의 70% 밖에 되지 않아서 태업으로 번질 가능성도 있었다. 유장석이 긴장이 풀린 얼굴로 김상철을 바라보았다.

"정신이 없다, 너나 나도. 나야 처자식이 번듯이 있지만 네가 문제야."

"이런 상황에서 제가 처자식을 만들 수 있겠습니까?"

그러자 유장석이 눈을 치켜떴다.

"이 자식이 날 바지저고리로 아는군. 지난번 네가 서울 갔을 때 뭘 하고 돌아다녔는지 다 안단 말이다."

"……"

"그리고 어제 강미현 씨한테서도 전화가 왔어. 너하고 연락이 안 된다면서 연락하라고 전해달라는 거야."

입맛을 다신 김상철이 시선을 내리자 그가 말을 이었다.

"총회장도 너한테 신경 쓰시는 것이 각별해. 전화보고 드릴 때마다 꼭 너에 대해서 물으신다."

그는 턱으로 책상 위의 전화를 가리켰다. 국제전화는 본부와 사무실에만 개통되어 있었고 타운에서는 내국 전화밖에 할 수가 없다.

"가끔씩 서울로 전화를 하도록 해. 강미현 씨는 괜찮은 여자다. 쓸데없는 생각은 버려도 될 거야."

"알겠습니다."

"내가 자리를 비켜줄 테니 할 테냐?"

유장석이 자리에서 일어나는 시늉을 했으므로 김상철이 손을 저었다

"아닙니다, 나중에 하겠습니다."

유장석은 의자에 등을 기댔다.

"한동안은 이런 상황이 되풀이 될 거야. 북한도 수단 방법을 가리지 않고 고려리아를 장악하려고 할 테니까."

그의 얼굴이 어두워졌다.

"기준은 확실히 세워놓되 그때그때 상황에 따라 대응해 가는 수밖에 없어. 이제 중국계 조직까지 끼어들다니."

"그자들도 곧 자금을 풀겠지요. 신도시가 생겨나고 이주민이 늘어날 테니까요. 그들이 자금을 들여와 사업을 벌일 것이라고 이 부장이 그러더군요."

"그렇지, 그 자금이 결국 고려리아의 발전에 쓰이느냐 마느냐는 나와 너한테 달렸다. 안팎에서 일하는 우리한테 말이다."

휴업 팻말을 내건 조안 클럽의 홀에서는 아예 주위 테이블을 치우고 초저녁부터 화투판이 벌어져 있었다. 벌써 열흘째 근로자의 외출 금지가 계속되는 중이었고 9시 통금이 지켜지고 있었다. 저녁 8시가 되자 화투판의 열기가 뜨거워지기 시작했다. 판돈이 굵어지면서 간 큰 사내들의 진면목이 드러났다.

하용준은 타고난 투기꾼이었다. 허세가 심한데다 교활한 성격까지 합

해져서 화투 두 장을 쥐고 끝수를 겨루는 버티기에서는 당할 자가 없다. 화투 끝발보다 기세로 몰아치는 것이다.

판이 지나치게 커지는 것을 방지하기 위해 판돈은 다섯 번까지만 걸기로 했는데 하용준은 중도에 패를 던진 적이 한 번도 없다.

"좋다, 나도 10달러 걸었다."

하용준이 테이블 위로 10달러짜리 지폐를 던졌다. 그의 상대는 두 명이었는데 한 명은 이미 패를 던진 상황이다. 조안 클럽의 지배인이자 하용준의 친구인 배정표가 선을 잡고 있었으므로 찌푸린 얼굴로 하용준을 바라보았다.

"너, 괜히 지랄 떨지 말아."

"잔말 말고 나갈 거야, 말 거야?"

"개자식, 죽어 봐라."

배정표가 앞에 놓인 지폐 두 장을 들어 앞쪽으로 던졌다.

"자, 20달러."

"그럼, 나도 20달러다."

"40달러."

배정표가 40달러를 던지자 투돌레프 클럽 경리인 강 씨가 패를 던졌다. 이제 남은 건 하용준과 배정표 둘이다. 그러자 하용준이 코웃음을 쳤다.

"자, 40달러."

"그럼, 80달러다."

그러자 테이블 주위에 모여 앉은 다섯 명의 사내가 모두 숨을 죽였다. 그들에게 그것은 엄청나게 큰 판돈인 것이다. 하용준이 앞에 쌓인 지폐를 천천히 세더니 앞쪽으로 밀어놓았다.

"자, 80달러."

이제는 패를 뒤집어볼 차례였다. 선인 배정표가 손바닥 안에 든 화투 두 장을 천천히 뒤집었다.

"사땡이다."

흑싸리 두 장이 나란히 있는 패였고 그의 얼굴에는 웃음이 떠올랐다.

"그래?"

모든 사내들의 시선을 받은 하용준이 눈을 치켜뜨고 그가 쥐고 있는 화투를 노려보았다. 긴장으로 굳어진 얼굴이다.

"사땡이란 말이지.

"그렇다."

"그럼, 나는 칠땡이야."

하용준은 손바닥 안에 든 두 장의 화투를 소리 나게 테이블 위에 내려 놓았다.

"내건 흑싸리에 핏물이 들었다."

손을 뻗어 테이블 위의 지폐를 끌어당기면서 그가 활짝 웃었다.

"어이, 오늘 영업 안합니다."

갑자기 강 씨가 소리쳤으므로 모두 그의 시선을 따라 현관 쪽으로 머리를 돌렸다. 돈을 정리하던 하용준도 현관을 들어서는 세 명의 사내를 바라보았다.

"영업 안한다니까. 어이, 안 들려?"

강 씨가 다시 소리쳤지만 사내들은 그들 쪽으로 거침없이 다가 왔다. 그순 간 하용준은 쥐고 있던 지폐를 던지고는 용수철에 튕기듯이 몸을 일으켰다. 그가 마악 벨트 사이에 꽂은 리볼버의 손잡이를 쥐었을 때였다. 세 사내가 일제히 총을 쏘아댔고 그 총격에 하용준이 가장 먼저 몸을 젖히면서 넘어졌다. 사내들의 총에는 모두 소음기가 끼워져 있었으므로 무딘 총성은 홀 안을 가득 메웠지만 울림은 짧다. 미처 자리에서 일어나지도 못한 나머지 사내들은 의자와 함께 바닥으로 뒹굴어 쓰러졌다. 그러자 곧 총격이 그쳤다. 사내들은 테이블과 홀 바닥에 어지럽게 깔린 지폐는 거들떠보지도 않은 채 몸을 돌려 홀을 빠져나갔다. 그들이 홀 안에 들어선 지 채 2분도 되지 않은 시간이었다.

하용준과 그의 동료 네 명이 사살되었다는 소식을 최태호가 들은 것은 그로부터 30분쯤 후였다. 숨을 헐떡이며 달려온 부하가 보고를 마치자 최태호는 방 안에 둘러앉은 사내들을 둘러보았다.
"삼합회가 틀림없는 것 같군."
그의 얼굴은 딱딱하게 굳어 있었다.
"이러다가는 정말 그 중국 놈들이 벌린 판에서 춤을 추게 되겠다."
"하용준이는 김상철의 심복입니다. 이대로 있다가 우리가 뒤집어쓰는 것 아닙니까?"
그렇게 말한 것은 진남일이다.
"해명을 해야 되겠습니다. 그리고 위원장께도 보고를……."
최태호가 머리를 끄덕였다.
"그럼, 네가 김상철에게 가봐라. 그놈들이 우리말을 믿어줄지 어쩔지는 알 수 없지만 잠자코 있을 수만은 없다."
그는 탁자 위에 놓인 전화기를 쥐었다.
"나는 경비소장을 만나겠다."
이제는 아무도 김상철측이 쇼를 한다는 이야기는 하지 않는다. 진남일이 서둘러 방을 나가는 것을 보면서 그는 다이얼을 눌렀다.
그 시간에 김상철은 이상훈과 통화를 하고 있었다. 이쪽 분위기는 최태호의 그것과는 대조적으로 격앙되어 있어서 금방이라도 폭발할 것만 같다.
"글쎄, 산사람이 없으니 증인도 없어요. 지난번과 같은 수법이오."

눈을 부릅뜬 김상철이 수화기를 쥐고 소리치듯 말했다.

"만일 삼합회 짓이라면 놈들을 찾아낼 테니까 이 부장은 상관하지 마시오."

"김 사장, 움직이면 안 돼요."

이상훈이 조급하게 말을 이었다.

"우리가 어떻게든 찾아낼 테니까 서두르지 말아요."

"기다리고만 있다가 내 부하들 씨가 마르겠소."

수화기를 던지듯 내려놓은 그에게 송길수가 다가와 섰다.

"최태호의 보좌관 진남일이가 이곳에 오겠답니다. 해명하겠다는데요. 그들 짓이 아니라는 겁니다."

"……."

"제가 만나볼까요?"

머리를 고덕인 김상철이 벽 쪽에 서 있는 이한을 바라보았다.

"중국인 마을은 어떠냐? 아직 얻어낸 정보는 없어?"

"없습니다, 형님."

이한과는 대조적인 성격의 하용준이었지만 그들이 꽤 친한 사이였던 것을 알고 있었으므로 김상철은 시선을 돌렸다.

"그놈들이 세력 과시를 하고 있다."

그가 방 안에 둘러선 사내들을 향해 말했다.

"새로운 지역에서 빠르게 기반을 굳히는 그놈들의 전통적인 수법이라는 거야."

그 방법이 이미 성공하고 있다는 것은 방 안의 사내들 모두가 알고 있었다. 그들은 이미 타운의 양대 세력을 뒤흔들어 놓은 것이다.

중국인 거리의 입구에서 차를 세운 이상훈은 잠시 주위를 둘러보았다.

오후 5시경이 되어 있었으므로 거리는 이미 가로등이 켜져 있었고 상점의 네온사인도 반짝이기 시작하고 있었다. 그러나 거리는 무장 경비원들만 곳곳에 서 있을 뿐 통행인도 보이지 않았다. 가택 수색과 일제검문을 실시하고 있는 상황이어서 거리 안쪽의 밀집 주택가에는 2백 명이 넘는 경비대원이 배치되어 있었다. 이상훈이 앞에 앉은 안현국의 어깨를 가볍게 쳤다.

"이봐, 안 소장. 현재까지 검문에 걸린 사람은 몇 명이야?"

몸을 돌린 안현국이 그를 바라보았다.

"등록증이 없는 자가 137명, 위생관계로 입건된 사업주가 28명, 기타가 23명입니다."

기타는 검문에 불응했거나 반항한 자, 또는 등록증이 있다고 해도 수상한 자를 말한다. 안현국이 말을 이었다.

"대부분 검문이나 검색에 불평하지 않고 따르는 걸 보면 내막을 알고 있는 것 같습니다."

이상훈이 머리를 끄덕였다.

"그렇겠지, 조금이라도 입을 열었다가는 삼합회의 보복을 당할 것이라는 것도 알고 있겠지."

기록상으로 중국계 이주민 숫자는 500명이 조금 넘었지만 등록하지 않은 사람까지 합하면 700명 가깝게 되리라는 것이 경비부의 예상이었다. 군소 가게의 숫자는 200여 개, 그리고 가구수는 1500여 호 정도가 된다.

"이제 남북한 양쪽이 삼합회의 존재를 의식하게 되었습니다. 이금철이 돌아온다는 정보가 있는 걸 보면 북한은 전쟁을 미룰 것 같은데요.그렇게 되면 놈들 작전이 실패한 것 아닐까요?"

안현국이 묻자 이상훈이 가볍게 머리를 끄덕였다

"가게를 태우고 종업원들을 죽였을 때와 하용준이 피살되었을 때도 김상철이 움직이지 않았으니까. 아마 김상철이 움직였다면 그자들이 바라는 전쟁이 일어났겠지."

"제 생각입니다만 이번 검문검색으로 성과가 있을 것 같지 않습니다. 이제까지 잡혀온 놈들을 보면 대부분이 부랑자나 잡범들뿐입니다."

"강력하게 단속을 해야 돼."

이상훈의 목소리가 단호해졌다.

"아예 중국인 가게 대부분을 영업 정지시키는 한이 있더라도 말이야. 그리고 당분간 중국계 이주민을 받아들이지 않도록 할 작정이다. 그렇게 되면 머지않아 불만세력이 나타날 거야."

그가 문을 열고 밖으로 나서자 안현국도 뒤를 따랐다. 그들도 직접 검문에 나설 작정인 것이다.

김상철이 클럽 안으로 들어서자 이곳저곳에 모여앉아 있던 러시아인들이 갑자기 조용해지면서 모든 시선이 그에게로 일제히 향해졌다. 밤 10시 가깝게 된 시간이었고 밖은 통금시간이 넘어 인적이 끊긴 상황이다. 김상철이 사내들을 둘러보자 옆을 따르던 이한이 한걸음 다가와 섰다.

"모두 20명을 데려왔습니다. 나머지는 타운 밖에 대기시켜 놓았다고 합니다."

홀에 모여 있는 사내들은 모두가 그레고리의 부하였다. 머리를 끄덕인 김상철은 다시 발을 떼었다. 투돌레프 클럽에는 VIP용으로 안쪽에 밀실이 만들어져 있었는데 그가 다가가자 문 앞에 지켜서 있던 부하가 문을 열고는 비켜섰다. 방 안의 소파에 앉아 있던 사내 두 명이 들어서는 그와 이한을 보더니 자리에서 일어섰다. 짙은 콧수염을 기른 사내가 한 걸음 앞으로 나서더니 김상철을 바라보았다.

"내가 그레고리요, 만나서 반갑소."

"김상철이오."

러시아어로 던지듯 말한 김상철이 그가 내민 손을 잡았다. 그들은 자리를 잡고 앉았으나 한동안 무겁고 어색한 분위기가 이어졌다. 먼저 입을 연 것은 그레고리였다.

"타운이 시끄럽더군요, 김 선생. 경비대가 마치 열병식 하듯 늘어서 있습디다."

이한의 안내를 받았으므로 그들은 열병하듯 경비대 사이를 지나 이곳까지 온 것이다.

"소문으로 들었는데 중국갱들이 김 선생의 사업장을 습격했다고……."

"인원이 몇 명이요?"

불쑥 김상철이 묻자 그레고리가 무안한 듯 눈을 껌벅이다 대답했다.

"120명 가깝게 됩니다."

"나한테 원하는 것을 말해보시오."

"나와 내 부하들이 정착해서 살아나갈 생활 기반이오."

"독자적으로?"

그러자 그레고리와 옆에 앉은 부하의 시선이 마주쳤다.

"김 선생과 손을 잡고 일하고 싶소."

"나와 동업하잔 말이요?"

"가능하다면."

한동안 그레고리를 바라보던 김상철이 천천히 머리를 저었다.

"난 이미 마피아의 파벨과 동업하고 있는데다 고려의 일도 맡고 있어서 동업자는 더 이상 필요 없소."

"……."

"그리고 난 이미 나를 위해서 목숨을 바칠 각오가 되어 있는 수백 명의 부하를 거느리고 있어. 그들은 갖가지 범죄를 저질렀거나 나쁜 환경에서 고생했던 자들이지만 이제는 나를 의지 하고 이곳에 정착해 있지. 당신과 당신의 부하들과는 다른 사람들이야."

잠자코 있던 그레고리가 입을 열었다

"그럼, 나와 같이 일할 생각이 없다는 말이오?"

"난 처음부터 그릴 생각이 없었는데."

눈을 부릅뜬 그레고리를 향해 김상철이 말을 이었다.

"나는 당신과 당신 조직에 대해 상의를 해보고 싶었을 뿐이오. 특히 120여 명이 된다는 당신 부하들에 대해서 말이오."

한동안 김상철을 노려보던 그레고리가 길게 숨을 내려 쉬었다.

"내가 당신 부하가 된다면 내 부하들을 받아들여 주시겠소?"

"아마 당신 부하들은 모두 만족할 거요. 춥고 배고픈 이리떼처럼 시베리아를 헤매다가 따뜻한 집과 직장을 갖게 될 테니. 그리고 넉넉한 보수도 주어질 테니…… 가족을 불러올 수도 있고."

"……"

"이곳은 러시아 당국의 경찰권도 미치지 못하지. 그들에겐 천국이 될 거요."

"……"

"하지만 앞으로는 내 명령에만 복종해야 하오. 말하자면 나는 당신의 조직을 모두 해체시킨 다음 재편성 하겠다는 말이오."

김상철이 의자에 등을 기대고 그를 똑바로 바라보았다.

"그런데 거기에도 문제가 하나 있소. 그것은 바로 당신인데, 당신 때문에 그들을 통솔하는 것이 힘들어질지도 모른다는 생각이 듭니다."

김상철의 말에 머리를 번쩍 들고 무어라고 입을 열려던 보좌관을 제지 한 그레고리가 물었다.

"일리가 있는 말이오. 그렇다면 내가 어떻게 해주면 좋겠소? 내 부하들을 받아들이는 조건으로."

"부하들에게 조직을 해체한다고 선언하고 나에게 모든 것을 맡긴 다음 떠나시오."

"……그렇게 하리다."

어깨를 편 그레고리가 머리를 젖히고 말했다.

"내가 떠나지요."

다음날 오후. 고려리아의 남쪽 구릉지를 한 대의 지프가 속력을 내어 달려가고 있었다. 구름 한 점 없는 파란 하늘에 흰 태양이 비치는, 모처럼 만에 맑은 날씨였다. 열려진 지프의 차창으로 신선한 대기가 휘몰려 들어왔으므로 그레고리는 깊게 숨을 들여 마셨다. 지프는 고려리아가 건설한 도로를 피해 길 없는 구릉 사이를 달려가고 있는 중이다.

"대장님."

핸들을 쥔 주코프가 입을 열었다. 그는 그레고리의 보좌관으로 구소련군 중위 출신이다.

"오늘은 북한의 벌목장에서 묵고 내려가는 게 낫지 않겠습니까?"

"아니, 기름도 충분하니까 곧장 내려간다."

그레고리가 손목시계를 내려다보았다.

"가다가 피로하면 차 안에서 잠깐 눈을 붙이도록 하자."

북한의 벌목장까지는 앞으로 300여 킬로미터였으나 동쪽으로 치우쳐 있어서 그는 곧장 남하할 생각인 것이다. 그들은 다시 입을 다물었고 지프의 엔진 소리만이 귀를 울렸다. 어젯밤에 자신의 부하 122명을 김상철에게 인계한 그레고리는 한사코 그를 따르겠다고 고집하는 주코프와 고려리아를 벗어나고 있는 중이었다. 그의 1차 목적지는 하바롭스크였지만 그곳에서 정착할 생각은 없다. 그렇다고 뚜렷한 목표가 있는 것도 아니어서 하바롭스크에 며칠 묵으면서 구체적인 계획을 세울 작정이었다.

평탄한 땅으로 들어서자 차에 속력을 더 내며 주코프가 그레고리에게 머리를 돌렸다.

"대장, 사할린으로 가는 것이 어떻겠습니까? 사할린 북쪽에서 사냥이나 하면서 사는 것도……."

20대 후반의 주코프는 여자 문제로 동료 장교를 쏘아죽이고 탈영한 사내답게 다혈질이었다.

"이젠 아무 곳에나 갈 수 있지 않습니까? 사할린이건 모스크바건."

그 순간 뒤쪽에서 울리는 엔진 소리에 그들은 동시에 머리를 들었다. 주코프가 백미러를 보았으나 보이는 것은 밋밋한 구릉뿐이다. 이제 엔진 소리가 분명히 들렸는데 그것은 헬기의 굵고 짧은 터빈엔진 폭음이었다. 주코프의 얼굴이 창백하게 굳어졌다. 가속기를 밟아 지프의 속력을 올리면서 그는 차를 지그재그 코스로 몰고 나갔다.

"빌어먹을."

더욱 가까워진 헬기의 폭음 소리 때문에 주코프가 소리치듯 말했다. 두 눈을 부릅뜬 그는 악에 받친 표정이었다.

"대장, 쏘아요! 이곳은 은폐물도 없습니다!"

그 순간 헬기가 지프 위를 스치고 앞쪽으로 날아갔다. 헬기의 바닥과 옆면에 고려 경비본부의 별표 마크가 그려진 것이 선명하게 보였다.

"고려 놈들!"

주코프가 차를 옆쪽으로 돌리면서 소리 쳤다.

"김상철이 이놈이 우리를 팔았습니다!"

헬기가 다시 머리를 이쪽으로 틀더니 다가왔으므로 주코프는 옆쪽으로 핸들을 틀었다. 지프 위로 요란한 폭음 소리를 내며 헬기가 지나가자 그레고리는 쥐고 있던 총을 눕히고는 창밖으로 머리를 내밀었다. 헬기는 몸체 양쪽에 12.7밀리미터 기관총과 2.75인치 로켓탄 포드가 장착된 공격용 건십이다. 다시 헬기가 뒤쪽에서 앞으로 지나쳤을 때 그레고리는 기관총좌 옆에 서서 이쪽을 향해 팔을 내젓고 있는 사내를 보았다. 그것은 이한이었다.

잠시 후에 차를 멈춘 그레고리와 주코프는 앞쪽에 내려앉은 헬기에서 두 사내가 다가오는 것을 바라보며 서 있었다. 앞장서서 다가오는 것은 김상철이었고 뒤를 따르는 것은 이한이다. 이윽고 그레고리 앞에 다가선 김상철이 얼굴에 웃음을 띠었다.

"그레고리 씨, 별일 없으면 나하고 같이 갑시다."

헬기의 엔진 소리가 컸으므로 그가 소리치듯 말했다. 눈을 껌벅이며 잠자코 서 있는 그를 향해 김상철이 말을 이었다.

"나하고 같이 일하자는 말이야. 당신한테는 믿고 일을 맡길 수 있다는 생각이 들었어."

주코프가 머리를 돌려 그레고리를 바라보았다. 그는 거의 숨을 멈추고 있었는데 사할린과 사냥 생각은 머릿속에서 지워진 지 이미 오래였다.

"어때? 나하고 같이 일하겠어?"

바짝 다가선 김상철이 다시 소리쳐 묻자 그레고리가 머리를 끄덕였다.

"고맙소, 김 선생. 같이 일하겠소."

"그럼, 됐어."

김상철이 손을 내밀어 그레고리의 손을 잡고는 주코프를 바라보았다.

"지프는 버리고 헬기에 타라. 타운으로 돌아가자."

<3권에 계속>

영웅의 도시 2

1판 1쇄 인쇄 | 2011. 5. 3
1판 1쇄 발행 | 2011. 5. 9

지은이 | 이원호
펴낸이 | 박연

펴낸곳 | 스토리뱅크
등록일자 | 2009년 11월 17일
등록번호 | 제313-2009-250호
주 소 | 서울시 마포구 모래내로 83 (성산동, 한올빌딩 6층)
전 화 | 02)704-3331 팩 스 | 02)704-3360

ISBN 978-89-966418-1-0 04810
ISBN 978-89-964778-9-1 (세트)

* 잘못 만들어진 책은 구입처에서 교환해 드립니다.